Pour le frère Brunus,

FRÊLE BRUIT _

Affectueusement

Michel Leiris

MICHEL LEIRIS

LA RÈGLE DU JEU

IV

Frêle Bruit

GALLIMARD

Il a été tiré de l'édition originale de cet ouvrage trente-cinq exemplaires sur Vélin d'Arches Arjomari-Prioux numérotés de 1 à 35.

Plutôt que suite logique ou chronologique, ces pages seront — quand finies ou du dehors interrompues — archipel ou constellation, image de la giclée de sang, déflagration de matière grise ou ultime vomissure dont mon écroulement (concevable pour moi sous cette seule forme de soudaine catastrophe) marquera le ciel fictivement.

Les poser, les déplacer, les grouper, comme avec des cartes l'on se fait une réussite. Ajouter, tantôt pour continuer la mosaïque, tantôt pour boucher un interstice. Supprimer, dans les cas où (de mauvais gré) je reconnaîtrais que l'unique remède est d'amputer. A l'inverse, laisser jouer l'intrusion et accepter des choses qui, le temps venant à me manquer pour découvrir et expliquer comment elles se rattachent au reste, auront l'air de ne rimer à rien.

Si, à chaque instant, je sais ce que veut dire l'assemblage, j'ignore ce qu'il indiquera quand brusquement il se figera, sort que ma main n'aura pas dessiné, à moins que de moi-même — croyant la partie conclue ou pensant que, match sans décision possible, elle doit rester en suspens — je n'aie bloqué le jeu.

*

Le 20 août 1944...

Entre autres véhicules qu'attaquent les F.F.I. embusqués dans une bonne partie des immeubles, nous voyons une auto, qui débouche du quai Saint-Michel, escortée par une fusillade très drue. Sans dommage, elle franchit la place Saint-Michel, puis s'engage dans le quai des Grands-Augustins. A ce moment, le conducteur ayant sans doute été touché, elle fait une embardée, monte sur le trottoir et s'écrase contre la devanture des éditions Perrin. Comme une grande croix rouge est peinte sur son toit, je suis surpris — et choqué — que les F.F.I. aient tiré dessus. Rapidement, des hommes armés entourent le véhicule en feu. Ses occupants supplient : « Camarades! Pitié! » Devant la portière de droite, leur seule issue, un jeune homme est posté, genou en terre et revolver braqué, pour empêcher les deux ou trois militaires allemands de descendre. Un débat s'ouvre entre les F.F.I. Les uns crient : « Qu'ils cuisent! Qu'ils cuisent! » Les autres : « Achève-le! Achève-le! » Bien que le côté tauromachique de la scène (exactement, l'air mi-matador mi-puntillero du jeune homme agenouillé avec son revolver) me semble plein de grandeur et de beauté, je quitte, horrifié, la fenêtre et m'en vais dans la cuisine où, machinalement, je me lave les mains au robinet de l'évier. Mais, dès que le

8

sens de mon geste m'est apparu (lavage rituel des mains, tel celui de Pilate), je ferme le robinet et retourne à la fenêtre de la salle à manger. Le jeune homme achève au revolver un des Allemands, sorti pour fuir les flammes et dont on voit le corps se tordre un instant sur le sol. Une accalmie. Puis une série de fortes détonations fait prendre le large au petit groupe de combattants rassemblés autour de l'auto : cette voiture à croix rouge était bourrée de grenades qui sont en train d'exploser.

*

Procurateur parodique,
poseur,
pharisien,
phraseur,
poule mouillée,
planche pourrie,
pantin,
putain,
puritain,
paillasse,
péteux,
pédé,
palotin,
pucelle,
punaise de sacristie,
pauvre con,
Prudhomme,
prix de vertu,
pastille Valda,
paralytique prêchi-prêcheur,
parasite,
père jésuite,
pisse-froid,
polichinelle pasteurisé,

pohète,
pied plat,
Pietà *piètre,*
perle de pissotière,
philosophe à la peau de toutou,
ploutocrate prudent,
pignocheur,
pinailleur,
précieux dégoûté,
potiche,
poli trop pour être honnête,
pacifiste bêlant,
patricien putride,
Pétrone à la mie de pain,
pur pourceau d'Épicure,
pâle pilastre.

＊

Sur l'emplacement d'un couvent de moines augustins qui ne survécut pas à la Révolution de 1789, et tout près du restaurant La Pérouse où il existe encore des cabinets particuliers comme à la Belle Époque (une des cloisons de l'un d'eux, calfeutré comme le sont tous les autres, est garnie d'un miroir sur lequel, à l'issue de soupers galants, des mains baguées sans doute de diamant griffonnèrent des noms et des dates), l'immeuble que j'habite est une bâtisse de six étages, construite vers la fin du règne de Napoléon III et dont la nullité architecturale est à peine palliée par quelques éléments décoratifs, notamment deux gros visages féminins ou angéliques à joues de bonnes nourrices, juste au-dessous du balcon qui s'étend d'un bout à l'autre du deuxième étage. Dans l'appartement du quatrième, dont le grand agrément est qu'on y domine la Seine d'assez haut, face aux maisons presque toutes plus anciennes du bord sud de l'île de la Cité, la pièce que nous nommons bibliothèque, mais qui n'est pas la seule à contenir des livres, posséda longtemps une cheminée pourvue d'un grand encadrement de bois sculpté, ornement d'aussi mauvais goût que les deux fausses portes dont l'unique rôle dans la pièce attenante — autrefois salon — était de faire pendant à deux vraies portes, demeurées telles, alors que leurs copies sont masquées par l'ameublement. A hauteur de regard, de part et d'autre de l'âtre, deux figures identiques constituaient le motif principal de cet encadrement : têtes de faunes ou de silènes dont les barbes onduleuses avaient l'air de reproduire, inversées, les flammes absentes de l'âtre, inemployé dans ce logis muni d'un calorifère qui, de mon temps, aura eu successivement pour sources de chaleur le charbon, le gaz, et enfin les ordures ménagères, par le canal du système dit chauffage urbain.

Fort encombrant, car il était très large, trop en saillie et se prolongeait presque jusqu'au plafond, l'encadrement de bois fut éliminé quelques années après la dernière guerre quand, les livres s'accumulant et les rayonnages ayant déjà proliféré çà et là, rétrécissant même le couloir qui dessert les diverses pièces et que parcourt sans se dissimuler l'archaïque tuyauterie dont le point de départ est un réduit situé derrière la cuisine et le point d'arrivée la salle de bains, nous dûmes, le beau-frère de ma femme et moi, faire poser d'autres tablettes sur des parties jusqu'alors intouchées des murs de la bibliothèque. En vérité, j'aurais aimé conserver ce décor aussi laid, j'en conviens, qu'il était incommode : à sa fausse majesté j'étais attaché comme on peut l'être à certaines choses absurdes mais relevant du folklore que chacun, tout jugement suspendu, nourrit au fond de lui-même. Pourtant, je suis si partagé entre ces deux sentiments, tenir aux livres une fois qu'ils sont là et craindre d'être étouffé par leur flot montant, que, faute de pouvoir préconiser des coupes sombres dont, trop maniaque, j'étais le premier à redouter la chirurgie, faute aussi de pouvoir prêcher l'endiguement pur et simple, car c'eût été en vain, j'ai proposé de moi-même cette suppression qui, temporairement, résolvait le problème.

Dans le creux de la cheminée libérée de son tablier, est encastré maintenant un bloc radio et tourne-disque, instrument médiocre et aujourd'hui bien vieux, ce dont je me soucie peu, n'écoutant guère la radio et réservant pour les week-ends à la campagne les auditions de disques d'opéra (habitude d'ailleurs perdue, car, à Saint-Hilaire, je ne passe déjà que trop de temps à de minimes occupations telles que promener le chien, fête pour lui et plaisant exercice pour moi). Pas très volumineux (c'est son unique qualité) ce petit meuble de fabrication allemande porte la marque SABA.

De celle de la bibliothèque — désormais plus spacieuse bien qu'encore plus remplie — et des autres fenêtres, on a vue, du côté gauche, sur le pont Neuf, mais on ne peut découvrir, même en se penchant beaucoup, un édifice tout proche et bâti, lui aussi, à quelques pas du fleuve : l'hôtel des Monnaies, doublement historique, puisque c'est dans ces parages que s'élevaient — avant que Louis XV le fît construire — l'hôtel de Nesle et sa tour au louche relent de stupre et de meurtre. Vers la droite, sur l'autre rive, on aperçoit la flèche de la Sainte-Chapelle dominant l'affreux Palais de Justice puis, au-delà du pont Saint-Michel, les deux grosses tours et la haute flèche de la cathédrale hugolienne qu'a revue et corrigée Viollet-le-Duc, ce faiseur de décors en dur pour drames réanimant les époques où le Christ était encore roi.

« Librairie académique Didier, Perrin successeur »,
35 quai des Grands-Augustins, plus tard « Librairie académique Perrin et C^{le} ». C'est là que fut publié, imprimé en
caractères d'un corps assez grand pour que toute ligne y ait
son prix, *Vers et prose* de Stéphane Mallarmé. En frontispice,
son portrait lithographique par Whistler, si transparent qu'on
le dirait de cendre et de fumée de cigare (l'atmosphère peut-
être des mardis de la rue de Rome, que même sans tabagie
enfumait le voisinage de la gare Saint-Lazare), alors que le
Morceau pour résumer Vathek — l'une des pièces du recueil et
la préface du conte de l'Anglais Beckford, paru sous une
même couverture bleu pâle chez le même éditeur — semble
taillé, lui, dans l'ébène ou le marbre noir.

De quelle pierre était faite cette maison, que j'ai connue
vieil immeuble pas bien haut mais chancelant, aux fenêtres
de travers et au décor un peu tarabiscoté, évoquant une
demeure d'alchimiste ou de magnétiseur du XVIIIe siècle?
Sans doute menaçait-elle ruine malgré la solidité du matériau, à moins qu'il ne faille voir là un simple effet des flux
et reflux du commerce : depuis deux ans, le rez-de-chaussée,
qui hébergeait la librairie, est en complète réfection. En
place dès le début des travaux, une palissade n'offre encore
aucun signe indiquant quel restaurant, café, boutique ou
bureaux du secteur public ou du secteur privé prendra la

suite de cette maison d'édition, si toutefois quelque chose est vraiment prêt à venir ensuite.

Bien que naguère, en passant, j'aie regardé maintes fois sa devanture, je ne pourrais citer d'autres titres de son catalogue, sinon (sauf méprise) un ouvrage d'Ernest Hello et *Les Grands Initiés* par Édouard Schuré, dont je sais seulement qu'il fut, en même temps qu'un fervent de l'ésotérisme, un wagnérien passionné, comme beaucoup d'intellectuels de son époque, celle où vécut, mais lui sans s'attarder, et parla — flamme et givre — Mallarmé, l'homme du Livre en quoi tout se coagule, et celui qui montra qu'on peut être à la fois grand poète et petit prof d'anglais qui ne casse pas les vitres.

*

L'écriture gothique c'est, bien sûr! le Moyen Age, les barbes
des dentelles de pierre et le cloisonnage des vitraux ou des
émaux. Beaux grillages à travers quoi des scènes pieuses ou
chevaleresques s'entrevoient, surprises grâce au coup d'œil
faufilé dans le cadre d'une fenêtre étroite autant qu'une
meurtrière ou entre les branches et feuilles foisonnantes d'un
lambeau de forêt.

Grilles d'arbre des trottoirs parisiens, lourds gâteaux
circulaires coupés d'avance en quartiers que, parfois, l'insurrection arrache. Grilles de foyer entre les barreaux incur-
vés desquelles brille le feu de charbon ou de tourbe. Cage
aux fauves toutes griffes dehors. Treillage de heaume. Vieilles
armoiries ou moderne enchevêtrement de poutres métalliques — moderne en vérité largement dépassé aujourd'hui,
style Crystal Palace, Galerie des Machines, Grande Roue,
Tour Eiffel ou toutes sortes d'autres constructions industrielles désuètes, à la Jules Verne ou à la Robida.

Quels épisodes de ma propre histoire pourraient être
écrits en caractères gothiques, je n'en vois pas l'ombre! A
moins de me reporter à des épisodes tout à fait imaginaires,
vécus par procuration à l'époque où les contes bleus sont
dotés de couleurs d'autant plus merveilleuses qu'on n'y
croit absolument pas et qu'ils sont, ainsi, le Merveilleux-
merveille, qu'on ne rencontre ni dans les récits bibliques ou

évangéliques, ni dans ceux de la mythologie gréco-romaine, écoutés tant soit peu à la manière de leçons d'histoire.

D'autres écritures qu'on découvrira plus tard — hiéroglyphes égyptiens, arabesques par définition arabes, petits blocs hébraïques ou chaldéens, idéogrammes chinois, énigmes cyrilliques — seront empreintes d'une froideur étrangère à cette écriture gothique qui demeure la nôtre malgré le traitement que je ne sais quel ferronnier, travaillant à feu vif avec pinces et marteau, lui a fait subir comme pour la compliquer sans la nier, et la rendre seulement plus sensible et plus riche en la pourvoyant de saillants et d'encoches, d'éperons et d'ajours, de pommes d'Adam et de salières auxquels l'imagination s'accroche, alpiniste utilisant jusqu'aux moindres prises...

Sambre rauquements de cuivres *et Meuse* frémissement de cymbales. C'est l'affaire, cette fois, des Républicains que de sabrer les Cimbres et les Teutons.

Jadis j'aimais, à cause de son allure martiale et surtout de son titre, la marche du régiment de Sambre-et-Meuse. Mais de tous les morceaux de musique que j'avais entendus — la plupart au phonographe, ce qui leur donnait une sonorité aigrelette ou râpeuse, vu la mauvaise qualité des enregistrements de ce temps-là — mon préféré était la *Marche du sacre du Prophète,* extraite de l'opéra de ce nom, que concluent (je le saurais ultérieurement) l'explosion d'une cave aux poudres et l'incendie d'un palais, quand la fortune a tourné contre le prophète populaire Jean de Leyde. Cette marche solennelle était exécutée par la Musique de la Garde républicaine, et cela ajoutait un faste de beaux uniformes et de buffleteries à son éclat jumeau de celui du pavillon métallique. De ce cylindre si souvent écouté que l'usure ponctuait de grains blanchâtres ses sillons, je n'ai pas oublié les gros accents gutturaux, accordés à l'idée de sacre royal comme le sont — à un rituel plus fruste — les fauves accents qui plus tard feraient vibrer mes tympans quand, virulente prolifération au sein d'un orchestre devenu forêt vierge, le *Sacre du printemps* offrirait à mon jeune philistinisme sa surprenante sauvagerie, dont je ne saisirais la vertu musicale que bien après.

Ver sacrum. Le printemps n'est-il pas, par excellence, la saison de la guerre? Et la guerre, comme le printemps, n'est-elle pas toujours païenne? Sur ce point, ma conviction est bien assise. Et c'est en pur amateur du son et de la figure des mots que je note (sans en tirer argument, mais nourri du plaisir que j'ai pris à laisser le langage penser pour moi et m'imposer ses enchaînements, au mépris des époques et autres coordonnées) combien aigu, dur et serré est ce qu'évoque l'*ï* de « païen » quand il frappe mon œil de lecteur et qu'ainsi je le perçois, non comme consonne, mais comme voyelle d'une particulière stridence : biscayen, pointe de flèche, étoile cristalline telle l'une de celles qui m'apparaissaient lorsque mon père, de sa voix de ténor, chantait « Noël! Sous le ciel étoilé... », début d'un *Noël païen* qu'il affectionnait et dont, à tort ou à raison, je croyais qu'il mettait en scène des Gaulois. Bourgeon aussi, qui perce et fraie inexorablement sa route comme une note haut perchée de fifre ou de clarinette.

Ni druide criant « Au gui l'an neuf! », ni guerrier à l'opulente chevelure et au collier de bronze, ni paysan gaulois, pas plus qu'aucun des échantillons d'humanité — noblesse, clergé ou tiers état — que propose l'histoire de France, mais sénateur romain, c'est ainsi que volontiers je me vois, quand je m'imagine vivant à une autre époque.

Un sénateur bien quelconque et n'aspirant nullement à se tailler un rôle, personnage légèrement tassé sous les plis chaque jour bien propres de sa toge, mains volubiles, crâne tondu, et qui traîne ici et là ses sandales, échangeant avec des collègues les derniers racontars et plissant un front toujours soucieux, moins à cause des affaires de l'État — révolte de légions ou incursion sur les confins — que parce qu'il est impossible de prévoir à quelle dangereuse incartade va se livrer l'empereur. Sensible au songe qui a visité son sommeil, à l'orientation d'un vol d'oiseau, à l'inégalité de pavage qui l'a fait trébucher, il est effrayé par le sang et n'aime pas les jeux du cirque. Pourtant, il ne laisse pas de fréquenter le Colisée, car son absence n'échapperait pas aux gens de sa connaissance et quelque bruit diffamatoire pourrait se propager jusqu'à l'oreille de César. Que rumine-t-on quand on ne se montre pas et n'est-il pas déjà suspect de bouder les plaisirs des autres? Point méchant homme, malgré ce à quoi peut l'entraîner son manque de mordant, il tient à honneur de ne jamais tourner son pouce vers le bas pour demander la mort d'un gladiateur. De même, il ne peut assister sans gêne au supplice d'un chrétien, pensant d'ailleurs que les souffrances du malheureux rejailliront sur lui, le dieu juif n'étant pas moins irascible que les autres dieux.

A Pompéi — qui comme plus tard Timgad (trace d'un prestigieux impérialisme dans l'Algérie naguère encore coloniale) m'a donné l'impression d'un Oradour il y a peu ravagé plutôt que de ruines antiques et où je me suis senti tellement chez moi que je visitai en lieux dont j'aurais été l'un des habitués taverne, bordel, théâtre, terrain de sports et jusqu'à la villa des Mystères avec sa scène de fustigation, initiatique dit-on, mais qui me semble mettre en vedette une femme à la croupe trop tentante pour qu'on puisse attribuer à cette image un but autre que d'émoustiller les amateurs de peaux blanches ou bises frémissant sous les coups de verges — à Pompéi qu'une nuée de cendres détruisit sans la métamorphoser, il allait chaque année folâtrer un peu, sous couleur d'éponger les fatigues que sa charge était censée lui causer.

Aussi prudemment qu'il eût conduit sa vie, il lui fallut un beau jour, avant d'avoir atteint sa septantième année, se soumettre aux ordres de l'empereur, qui pour quelque obscure raison avait décidé de procéder à ce que, de notre temps, on appellerait une purge. Crevant de peur mais s'efforçant de faire bonne figure, il s'allongea dans son bain et, les yeux fermés, tendit ses deux poignets au vieil et fidèle esclave qu'il avait prié de lui ouvrir les veines. Yeux fermés, et ses joues tremblotantes mouillées par quelques larmes, l'esclave, qui lui non plus n'en pouvait mais et dont les mains — purifiées par un lavage soigneux — s'étaient armées d'une lame parfaitement affûtée, exécuta ce que le maître lui avait ordonné, puis se terra dans son réduit et s'en alla, sitôt la nuit tombée, dormir sur les marches d'un temple avant de gagner la campagne, abandonnant dans la maison maudite la veuve consternée.

Que n'ai-je le don hallucinatoire d'un Marcel Schwob, pour conférer à cette vie imaginaire autant de couleur et de vérité que si je l'avais effectivement vécue, alors que d'elle à moi le seul lien autre que de sentiment relève de l'onomastique : l'origine probablement méridionale d'un patronyme qu'on croit emprunté à la langue d'oc, plus proche du latin que la langue d'oïl.

Mêmement assis sur la chaise peut-être curule, Pilate se lave les mains du sang de Jésus-Christ, le Juif barbu, et César, lui aussi trop parfaitement épilé pour ne pas mépriser le vaincu à longue moustache et chevelure flottante, reçoit Vercingétorix venu à cheval sans lance, épée, casque ni bouclier. Le cheval marche au pas, car le guerrier entend signifier que, s'il doit mettre les pouces, il lui importe peu que son vainqueur s'impatiente. Mais celui-ci ira plus fort côté chef ou côté sabre que Pilate côté Dieu ou côté goupillon : il traînera Vercingétorix derrière son char de triomphe, puis il le fera mettre à mort.

Ennemis héréditaires, comme pour les Français les Allemands, à l'époque où on les appelait les « Alleboches » (bientôt abrégé en « Boches » qui seul a continué d'empuantir certaines bouches) et où, pour « les Prussiens » (à qui l'on préférait les Bavarois, réputés moins brutaux), on disait « les Pruscos ».

Longtemps auparavant, Brennus — en vérité le *brenn* — déposait son glaive mal dégrossi de barbare grossier dans l'un des plateaux de la balance, pour augmenter d'autant le tribut exigé de Rome. Victoire éphémère de ceux qui, une fois colonisés, fourniraient à leurs dominateurs des friandises telles que les huîtres et le fromage de Roquefort.

*

Dans mon enfance imbue de catéchisme et de leçons d'histoire, la Gaule, pas plus que la Judée (patrie du Christ comme la Gaule le fut de Vercingétorix), n'était un pays comme les autres pays. Il me semble qu'en esprit, même maintenant, je prononce son nom avec une lenteur suspecte, faisant suivre d'un point d'orgue l'*o* très fermé et très long, comme si ce mot était alourdi par un fatras d'images qui, malgré mon détachement fort ancien, n'aurait pas cessé — subissant en route quelques soustractions et additions mais restant à peu près le même — de lui faire escorte depuis que j'ai quitté l'école :
les glands des chênes;
les huttes pareilles à des huttes de charbonnier;
les fumées bleues montant des huttes;
les cochons qui vaquent çà et là et se nourrissent des glands;
les travaux romains de circumvallation;
la blondeur et la blancheur de peau des femmes aux grandes robes sans manches;
les crinières et les moustaches abondantes de leurs compagnons;
leurs vêtements ternes et sans finesse;
leurs casques et leurs grosses épées de guerre;
leurs combats torse nu pour affirmer leur bravoure;
leur marche pesante de gens taillés à coups de serpe, plus

forestiers que campagnards et qui, sur le plan héroïque, auraient pour successeur direct le Grand Ferré, ce paysan qu'on montre combattant à pied et que je conçois comme une manière de maréchal-ferrant, large d'épaules et noirement barbu, qui tape sur les Anglais comme il taperait sur son enclume.

*

TEUTATÈS, terreur à trois têtes triplement tonnée!
CERNUNNOS, en serres et en os, en chair et nerfs à nu!
Dieux auxquels, à tort, je joignais IRMENSUL — iris, menthe,
lys et campanules — germain et non celte comme dans la
Norma de Bellini, où sa prêtresse et le Romain qui l'a délaissée marchent réconciliés vers le bûcher que les Gaulois ont
dressé, pour que les dieux repus protègent leur révolte,
IRMENSUL qui, tronc d'arbre et Arbre du monde, n'est pas
non plus la Diane ou la Vénus barbare que j'imaginais.
Porteurs de pantalons et spécialistes légendaires des moustaches en fer à cheval, nos ancêtres, coutumiers des sacrifices
humains, n'auraient-ils pas pensé que le ciel s'écroulerait
sur leurs têtes scalpées peu à peu par les siècles, s'ils avaient
prévu que cet été-là — revenant au châtiment que la goule
Marguerite de Bourgogne avait déjà subi — leurs descendants,
soûls de moralité autant que d'un hydromel, infligeraient
cette humiliation aux femmes coupables de s'être compro-
mises avec les occupants : la tonte à ras?
Tonte du crâne, s'entend, et non du pubis comme la
logique l'eût voulu.

*

Cabriole phonétique convenant à un jockey qui avait été
un as du steeple-chase avant de s'illustrer à la guerre : « Bob
Singecop ». Attribué au plus jeune d'une famille éléphantine
dont l'un, président de la République, avait disparu quelque
temps, enlevé par des conspirateurs ou des agents de l'étranger qui, pour arriver à sa chambre, avaient creusé sous son
palais un long boyau : « Éléphantinonde ». Toutes sortes de
Lapinot, Moutonnet, Singeonot je pense, Singinesco je crois
bien, et des Chien-chien au patronyme précédé de divers
petits noms, ainsi qu'un Écureuil-reuil (envolé mais dont je
me suis souvenu soudain à la campagne, voyant par un
après-midi pluvieux un écureuil roux à l'arrière-train empa-
naché traverser le routin qui passe entre notre jardin et la
terrasse de la maison, incident et remembrance futiles qui
m'ont pourtant touché à un niveau si profond que je puis
dire que c'est mon ventre et non ma gorge ou mon cœur qui
en était serré). De même que les Chienville, Chatonville,
Éléphantinopolis peut-être et autres noms géographiques en
rapport avec leurs aventures, les noms de ces animaux nous
étaient dictés, à mon frère et à moi, par ceux des espèces
auxquelles ils appartenaient... J'aimerais pouvoir les citer
tous et retrouver, au fil des réminiscences, la biographie de
chacun de ces héros dont la seule démesure — bien sage,
même chez les étoiles de première grandeur — était leur

vaillance aux aspects multiples, leur courage stoïque et leur abnégation sans limites.

Comme si le besoin de nous fabriquer des modèles de vertu avait été notre aiguillon, outre le pur plaisir d'exercer en une sorte de joute nos talents de narrateurs et comme si nous n'avions pas conçu destin plus noble que d'avancer à l'extrême dans l'une au moins des voies menant aux hautes récompenses qui sont pour les adultes ce qu'est pour l'écolier le prix d'honneur, nous poursuivions ensemble l'élaboration, non d'un roman de cape et d'épée ou de quelque autre récit feuilletonesque, mais d'une exemplaire chanson de geste que l'influence de certains de nos livres enfantins et, fondamentalement, le vif attrait que nous avions pour les bêtes (comme le commun des lecteurs auxquels pareils livres s'adressent) nous poussaient à situer chez ces êtres qu'un peu trop volontiers les hommes regardent comme des frères inférieurs.

La réalité singulière que ces noms (venus si naturellement qu'ils nous semblaient être ceux de personnes de notre connaissance) conféraient aux créatures qu'ils désignaient avec tant d'évidence et que nous sentions aussitôt comme individus clairement définis et non comme symboles de groupes zoologiques, la joie jamais émoussée avec laquelle nous manipulions, dans notre suite d'épisodes, ces noms propres qui n'étaient pas des étiquettes apposées mais, chair et sang, ceux-là mêmes qu'ils dénommaient, sans doute était-ce cela qui comptait par-dessus tout. Et si la vanité d'auteurs ne nous était pas tout à fait étrangère, l'une de nos fiertés était d'avoir forgé des noms aussi fascinants que ceux portés par Bob Singecop (le cavalier qui, même humain, eût été simiesquement juché sur sa monture pour accélérer son galop) ou Éléphantinonde, dont je ne me rappelle à peu près rien. Noms agissants, qui donnaient vie à des figures plus qu'ils ne les baptisaient.

Trouvaille de mon frère, et postérieur à un « Éléphanti-net » qui lui-même avait pris rang après un « Éléphan-

tin » dans une série quasi dynastique de noms dont il était
le dernier, ce nom en *onde* — mélodieux autant que les féminins « Rosemonde » et « Esclarmonde » alors ignorés de
nous — revenait à un personnage qui avait peut-être pour
rôle unique d'être un second Éléphantinet, ce qui explique-
rait fort simplement pourquoi, dans ma mémoire, il n'est
plus que ce nom : « Éléphantinonde », que sa terminaison
(cette bizarre syllabe qui, bien que diminutive comme le
...net d' « Éléphantinet », évase plutôt qu'elle n'amincit et
prolonge en sourdine plutôt qu'elle ne met fin) distinguait
de son prédécesseur, autant qu'il le fallait, mais pas au
point que leur parenté fût effacée. « Éléphantinonde » : rien
qu'un mot, certes, mais un mot qui — j'en rends grâce
comme jadis au génie inventif de mon frère — n'a pas cessé
de me séduire et, pour moi, demeure à lui seul tout un
monde!

A ces histoires aux péripéties pathétiques mais que
concluait toujours la *happy end* par excellence (le bonheur
dans la gloire et la paternité d'enfants eux aussi sans peur et
sans reproche) succédèrent — pour ce qui me concerne
— quelques histoires ou ébauches d'histoires moins édé-
niques, dont les personnages étaient des hommes et non plus
des animaux humanisés comme dans le cycle légendaire
composé au jour le jour avec mon frère et consigné partiellement dans des cahiers.

Choses qui n'étaient plus ni des contes que l'on se passe
de bouche à oreille, ni leur transcription ou leurs équivalents fixés sur le papier, mais se voulaient déjà des œuvres
— des œuvres théâtrales faites comme pour être jouées et que
je jouais à écrire, m'inspirant aussi bien de spectacles que
j'avais vus que de mes lectures maintenant plus réfléchies
(celle entre autres du manuel d'Albert Malet racontant le
Moyen Age aux élèves des classes de cinquième) : un début
de drame, *Brétigny,* qui mettait en scène des paysans de
l'époque de la guerre de Cent Ans dans un esprit, me
semble-t-il, anti-seigneurs en même temps qu'anti-Anglais,

ainsi qu'une autre pièce qui ne dut pas aller beaucoup plus loin que son titre mais qui aurait eu trait aux malheurs d'un pays dont mon frère et moi nous jugions criminel qu'il eût été rayé de la carte, *Les Faucheurs polonais* ou *Ceux qui meurent.* L'exacte chronologie m'échappe, mais je pense que ces deux essais furent précédés par un livret d'opéra, *Gottfried le messager du Graal,* que justifiait — seul mobile assignable à ce naïf plagiat — l'envie d'écrire mon propre *Lohengrin* (qui ne différait guère de celui de Wagner que par le nom du héros et par l'indigence de sa matière mais qui, à défaut d'être un original amélioré, était un autre *Lohengrin,* nommé autrement, dit autrement et répondant ainsi à mon désir, ces écarts suffisant à en faire une production neuve, que je pourrais regarder comme due à mon ingéniosité personnelle).

Du même tonneau que cette graalerie tout idéalité, mais tourné cette fois vers les abîmes à odeur de soufre, il y eut aussi un *Belzébuth,* diablerie imitée de *Faust* qui, en fait, ne dépassa pas le stade du projet et fut, tout au plus, prétexte à l'exécution d'un ou deux gribouillis à l'encre violette montrant les dessous du théâtre et la trappe qui permettrait les brusques interventions de Belzébuth alias Méphistophélès. Cette figure du mauvais ange n'était qu'un doublet du Méphisto de Gounod et c'est dans la même tenue de bal masqué que je l'imaginais : sourcils en ergots dressés, barbiche provocante, bonnet qu'orne une plume onduleuse et dont le devant pointu comme une griffe coupe le front en son milieu, épée brinqueballant au côté de la nerveuse silhouette et devinée toujours prête à jaillir. Quant à Faust, sans doute savais-je qu'un poète nommé Gœthe (mot que d'abord j'ai lu *Jété,* me croyant dans la règle allemande et trouvant dans cette prononciation je ne sais quoi d'archaïque à souhait) avait bâti sur lui, à une époque que primitivement j'ai pensée bien plus ancienne que celle des perruques poudrées, un drame doué de trop d'arrière-plans philosophiques pour être à ma portée. Ou si nébuleusement à ma portée, que cet affamé de connaissance absolue et de mainmise sur tout ce que la terre nous offre devenait un jeune chevalier au nom de chien fidèle, Ripeau, que le tentateur comble de richesses puis induit à la félonie, mais qui plus tard, se rappelant – cauchemar ! – le temps où, sans souillure, il était chevalier, pleure presque des larmes de sang sur ses péchés et se retire dans un cloître pour que cette expiation les efface. Le Mal vaincu par le Bien après son triomphe apparent, n'était-ce pas alors pour moi le beau sujet par excellence ?

*

En classe de philosophie, alors que l'on commence d'apprendre à manier les pensées comme, enfant, on maniait les pièces d'un jeu de construction, et que l'on admire chez le maître — s'il est doué de quelque habileté — son aisance à rebâtir puis à démolir chacun des systèmes du monde ou de l'homme qu'ont édifiés les philosophes antiques et modernes, l'*association des idées* est, parmi les thèmes sur quoi nos cours de psychologie portaient, l'un de ceux qui m'ont le plus intéressé. Imaginer ce mécanisme était aussi attrayant que la vue d'un tour d'illusionniste : les idées s'engrenant selon des affinités imprévues, et empiétant l'une sur l'autre, rebondissant grâce à leurs carambolages et se métamorphosant, proliférant à la traversée d'innombrables carrefours et s'ajustant dans notre tête en une chaîne infinie, dont chaque maillon donne naissance à une autre chaîne... Armée de cette capacité qu'a une idée d'en attirer une autre et celle-ci une autre encore sans que la ou plutôt les séries puissent jamais être épuisées, la vie de notre esprit paraît ne plus connaître aucune entrave.

Dans un livre mi-bouffon mi-spéculatif, *Testament d'un haschischéen,* qui loin d'être une confession est une apologie, un pharmacien ami de ma famille, philosophe et haschischéen, a décrit sous le nom de « cocalanite » l'hypertrophie de ce mécanisme (au jeu ordinairement plus pauvre qu'en théorie on ne peut l'escompter) sous l'influence de la prodigieuse drogue, laquelle mènerait celui qui en absorbe à une suite pratiquement sans limites de coq-à-l'âne révélateurs de vérités. Cet optimiste, qui ne rêvait qu'euphorie spirituelle et divine harmonie, avec en lui quelque chose d'un sage de la Grèce ou de l'Asie, d'un scolasticien médiéval et d'un auteur pour Almanach Vermot, ce petit diable joyeusement barbichu pensait aussi que l'âme est androgyne et qu'elle comporte deux principes opposés mais complémentaires : l'un mâle, *Pandorac;* l'autre femelle, *Pandorine*.

Je n'ai guère consommé de chanvre indien, mais j'ai le goût de la cocalanite et j'ai fait de l'association des idées, sinon un procédé d'invention, du moins l'un de mes modes favoris d'investigation intérieure : qu'une idée appelle une autre idée, une image une autre image, un souvenir un autre souvenir, et l'on doit arriver à faire le tour de soi-même. Quant à mon état de division, cette pénible dichotomie dont les deux termes ne cessent guère de se bouder que pour se harceler à coups d'épingle s'ils ne se jettent pas des assiettes à la tête, peut-être devrais-je l'expliquer par l'orageuse coexistence en moi d'un Pandorac et d'une Pandorine, époux unis jusqu'à la mort bien que rarement réconciliés? Personnages de vaudeville, substitués aux très classiques *animus* et *anima* par un pharmacien facétieux...

*

Un sociologue français, dont j'ai été l'élève et que j'ai peine
à qualifier de « sociologue » tant c'est le mutiler que lui
coller une étiquette, un homme d'étude respecté qui, sous
les Allemands, porta l'hexagramme d'infamie parce que fils
de juifs émettait cette idée : la fourchette ne serait-elle pas
une invention d'anthropophages (ce qu'autorise à supposer
sa présence chez des peuples connus pour tels)? Plus que
toute autre chair, celle de l'homme ne peut se consommer
sans danger; trop sacrée, c'est en usant d'un intermédiaire,
moyen de protection autant qu'ustensile de luxe, qu'on la
portera à sa bouche, sans la toucher avec les doigts. La fourchette marquerait donc, au départ, le respect que l'on a d'une
certaine qualité de viande et la nécessité de prendre les distances voulues pour éviter, entre cette viande et la main, un
contact sacrilège; peut-être aussi, que consommer cette précieuse denrée, la chair humaine, est une fête appelant une
sorte d'endimanchement des façons de manger.

En Europe et dans tout l'Occident, de nos jours, il n'y a
guère que les gens aux manières les plus frustes pour manger
directement à la main des nourritures préparées, autres que
gâteaux ou sandwiches par exemple. L'on dirait qu'à faire
ainsi la main se tache vilainement, se souille, plus encore
qu'elle ne se salit (manipuler un objet poussiéreux, voire une
friandise dont le sucre vous tiendra aux doigts, s'accepte plus

35

aisément que les polluer avec, viande ou non, un corps plus ou moins gras). De même, quand il s'agit d'un acte meurtrier, on aime à prendre des gants : plutôt que tuer à l'arme blanche, se servir d'une arme à feu, de préférence à longue portée et, mieux encore, aux effets massifs car le crime, alors, se noie dans le flou des victimes anonymes.

De quelle élégance, pourtant, peuvent faire preuve bien des gens qui mangent avec leurs doigts : prise entre le pouce et l'index (et le majeur éventuellement), la bouchée est amenée jusqu'aux lèvres en un geste rapide qui trace, depuis le plat jusqu'à la bouche, une gracieuse parabole (cela, je l'ai vu en Égypte, puis en d'autres lieux de l'Afrique). Chez les plus raffinés, vient ensuite l'usage de l'aiguière grâce à laquelle, sitôt le repas fini, les doigts sont débarrassés de leur salissure par le fin jet cristallin issu du récipient incliné par un serviteur ou quelque autre personne qui se penche vers le mangeur. C'est notre emploi de la fourchette qui, alors, fait figure de pratique grossière...

Moi, qui ne sais ni manger avec mes doigts ni boire à la régalade sans me salir honteusement, ne suis-je pas plus barbare que ceux qui possèdent le talent de le faire proprement ? Et, si je transfère cela dans le domaine plus large de la conduite morale, ne dois-je pas me reprocher une lacune du même ordre ? Sur ce terrain-là, c'est en effet à trop craindre la souillure que, souvent, l'on témoigne des plus mauvaises manières. Lénine n'a-t-il pas dit, en substance, qu'*il ne faut pas avoir peur de se salir les mains quand on travaille à la Révolution,* cette œuvre bonne en soi puisqu'on en attend, pour tous, des chances plus grandes et une égalisation de ces chances, mais qu'on ne peut mener à bien qu'en renonçant à faire sa sainte nitouche ?

Se rappeler, cependant, que les anthropophages auxquels Marcel Mauss pensait montrent, en maniant leurs fourchettes de bois délicatement ouvragé, que violence faite à la chair humaine n'est pas chose vénielle.

*

Deux mains nues, ne tenant rien, tenues par rien et réduites à rien que deux mains sans corps, se lavent au filet d'eau qui coule du robinet, dans la cuisine où s'est glissée la négrillonne, éveillée par le léger bruit et tirée de son lit par le désir d'en découvrir la source. Ce prodige nocturne, elle l'a vu de ses yeux, ou elle dit qu'elle l'a vu, racontant quelques années plus tard cette histoire à une cousine qui habite Paris — où les fantômes ne courent pas les rues — et qui écoute, terrifiée, ce récit mêlé à d'autres de même veine.

A moins que son tempérament trop nerveux ne l'eût tout simplement portée à la mythomanie, des contes de bonne femme avaient sans doute chauffé la tête de cette gamine, que la nubilité muerait en une grande câpresse un peu dégingandée, naïve diablesse, plaisante, cordiale, mais assez brusque et sujette à bien des sautes d'humeur, tantôt riant aux éclats, tantôt pleurant, tantôt se terrant dans la bouderie. Maintenant, alors qu'à Paris elle avait exercé longtemps ses dures mains à jouer Chopin et Debussy, afin de s'établir professeur de piano dans l'île où l'attendaient ses parents, lui sans religion, elle adventiste depuis un certain temps, voilà qu'elle a tout quitté pour entrer dans les ordres.

Aussi gracieuse et cuivrée que le veut un prénom qui lui donne pour sainte patronne une Eve maori façonnée dans le sable marin humide, la cousine fait sa dernière année de peul à l'École des langues orientales et espère obtenir, vers la fin de ce printemps, une bourse pour un voyage au Niger. Après quoi (c'est son rêve mais il ne faut pas parler trop tôt de vocation) elle se spécialisera dans le métier d'ethnographe, qui devrait lui permettre d'approfondir ce que l'on sait de cette Afrique vers laquelle maints descendants noirs ou métis des victimes de la traite tournent les yeux comme vers la maison-mère.

Cette belle écolière sera-t-elle plus constante que l'autre qui (je ne l'en blâmerai pas) s'est déjà lassée de la théologie et du giron des bonnes sœurs?

＊

Tous les parfums de l'Arabie,
tous les rêves du sommeil et de la veille,
toutes les aventures vécues ou imaginées,
toutes les expériences nées des œuvres à lire, à voir ou à entendre,
tous les remous à l'échelle des océans ou à celle du verre d'eau,
tout ce qui peut n'exister qu'à peine ou ne pas exister,
mais par quoi l'on existe...

*

Coupé de tout ce qui s'agite sous mes fenêtres, et les oreilles fermées à tout vacarme, suis-je plus vivant que deux mains à la dérive qu'on découvre en train de se laver sous un robinet, dans la pénombre d'une cuisine? Mais, si je me borne à regarder de ma fenêtre, je ne suis que deux yeux, et cela vaut-il mieux?

Une solution : jouant mon va-tout, descendre dans la rue. Toutefois, faire peau neuve à ce point me serait, sans doute, plus difficile encore que de sauter par la fenêtre...

Le fait est, cependant, que je ne suis ni deux mains ni deux yeux; plutôt, une bouche qui parle, assistée d'une seule main — la droite — qui écrit. En somme, un autre genre de spectre, sans autre emploi du temps que celui-ci : faire tinter ses chaînes en errant de fenêtre à fenêtre, tantôt du côté cour, tantôt du côté rue.

Quand le noir sur blanc des phrases imprimées suffit, pourquoi la bordure noire des lettres de deuil?

*

De l'ordre de la comédie et non de la tragédie, mais cela ne diminue pas leur vilenie, quelques scènes à lever le cœur et à faire croire qu'on en est soi-même sali :

— Spectacle, certes, tôt réprouvé par le commandement F.F.I. mais à peine moins révoltant que celui des juifs timbrés de l'étoile jaune montrant qu'ils étaient pour les nazis des colis à mettre au rebut, les femmes tondues à ras promenées en tête de cortèges populaires, dans la grosse liesse ensoleillée du Paris libéré de 1944.

— En Sicile, sous le beau ciel d'Agrigente ou de Syracuse, un bourgeois furibard giflant à plusieurs reprises et en pleine rue — comme pour le rabaisser davantage — son fils âgé apparemment de treize ou quatorze ans et mis comme s'il allait ou revenait de la messe, car c'était (je crois) un dimanche.

— A Paris, dans l'autobus 63 qui roule en direction de la Muette, une femme gourmandant à haute voix, en un long soliloque, sa fillette assise devant elle et le visage tourné obstinément vers la vitre, pour échapper le plus possible aux regards des autres voyageurs. Platement vulgaire, la mère, qui doit être l'épouse d'un modeste employé, reproche à la gamine son sale caractère, remâche toutes sortes de griefs et lui prédit une vie de réprouvée, lui répétant à satiété — d'un ton de juge ou de prophète satisfait d'être un

41

oiseau de malheur — qu'elle est moralement quelqu'un de si impossible que, plus tard, elle sera « toute seule », vous m'entendez, « toute seule », et se sera condamnée elle-même à l'être à perpétuité. Mère toujours revêche et fille au visage fermé, tant sur sa propre honte que sur celle dont le comportement déplacé de l'autre doit l'emplir, descendent de l'autobus place d'Iéna ou avenue Albert-de-Mun (cette voie qui longe les tranquilles jardins du Trocadéro) et je vois la mère s'en aller d'un pas décidé, suivie de la fille demeurée silencieuse et marchant quelques mètres derrière, comme un petit chien habitué, par force, à se tenir approximativement dans la foulée du maître.

— A Liège, dans les parages du quartier chaud et tout près d'un musée honnête et vieillot consacré au folklore local et à l'histoire de la ville, un adulte ivre en bras de chemise insultant sa vieille mère, ivrognesse peut-être elle aussi, ancienne putain ou maquerelle de maintenant, mais qu'importe! Spontanément, c'était du côté de la vieille injuriée qu'on se rangeait. Mais l'adulte hors de lui n'était-il pas un fils jadis humilié qui, en se déchaînant à son tour, prenait une juste revanche?

*

Le 26 août 1944...

Venu des toits, un égrènement de coups de feu oblige à se mettre à plat ventre, au beau milieu du trottoir, dans la rue voisine de l'Étoile où, poussant mon vélo, j'étais mêlé à la foule en train de se disperser après avoir fêté le militaire qui, voix que transmettait Londres, avait quatre ans auparavant appelé à la résistance. Plaisir d'être ainsi étendu, ni sur un lit si bas soit-il ni même sur un tapis ou un plancher mais quasiment à ras de terre, au pied de maisons hautes de six étages pour le moins, et non dans un site agreste, forestier ou marin tel que se vautrer pareillement ne serait que la conséquence d'un abandon légitime aux charmes de la nature.

Être couché, sans être ivre ou accidenté mais de propos délibéré, dans une de ces rues où l'attitude normale est la station debout, que l'on aille vers un but précis ou que l'on flâne à moins que, ne bougeant guère, on n'attende. Oubliant la crainte des taches ou autres petits dégâts qui si souvent embarrasse mes mouvements et qui aurait beau jeu de se manifester, le contact plus que pédestre avec une voie publique même la mieux tenue et à la saison la meilleure étant contre-indiqué à cet égard, sentir mon torse et mes quatre membres bien à l'aise dans le vêtement fort usé, de

43

style anglais, dont ils sont enveloppés. M'éprouver paradoxalement libre et tranquille comme si, délivré des conventions et des soucis de façade, j'étais à l'abri de tout. Le feu, bien sûr, n'est pas assez nourri pour qu'on ait à se dire que, même dans cette position, l'on risque sérieusement d'être atteint par les balles que projettent un peu au hasard les armes d'invisibles tireurs. Il n'est que l'alibi qui permet, sans quitter la cité, d'échapper au carcan de son protocole, ce protocole opposé même encore aujourd'hui, alors que pullulent les hippies qui sont dans la rue comme chez eux et volontiers barrent de leurs jambes une bonne partie d'un trottoir, à ce qu'un homme doué de raison adopte cette variété de la station couchée qui tend à nous plaquer la face contre le sol.

En la circonstance — loin d'imiter le chien qui, museau baissé presque au point de se le raboter dans sa marche d'obsédé, n'a d'yeux que pour l'étroite portion d'espace qu'explore son odorat — je n'avais pas le nez à terre mais, la tête un peu relevée, je regardais droit devant moi. Une part de mon plaisir tenait sans doute à la nouveauté de l'angle de vision qui m'offrait sensiblement à l'horizontale un morceau de paysage urbain, chose présentée d'ordinaire en vue légèrement plongeante et qu'on ne pourrait — en ce cas-là non plus — insérer sans une difficile gymnastique mentale dans le panorama que le survol en avion (dont je n'eus l'expérience que plus tard) vous montre à la verticale, mieux encore que ne le fait la troisième plate-forme de la tour Eiffel où il est rare que l'on monte plus d'une fois dans sa vie.

Ni l'herbe, ni les brindilles, ni le sable, mais l'asphalte dur, peu propice au repos. Dans cette situation théoriquement inconfortable et qui n'est pas tout à fait sans danger — sinon, pourquoi tant de passants se seraient-ils sauvés ou aplatis comme moi et comme le monsieur avec qui je me trouve jumelé en un exact vis-à-vis ? — goûter pourtant le bonheur d'une détente. Plus de trouble ni de questions, plus d'efforts pour faire illusion. Amusé par la perspective inhabi-

44

tuelle et retranché derrière un horizon tout proche (mon regard, qui prend source à peine à hauteur de soupirail, partant d'un trop faible niveau pour prétendre embrasser beaucoup), vivre sans appréhension ni remords, sans espérance ni regret, sans futur ni passé.

A ma femme et à moi, il fallut ce jour-là bien des détours et des ruses pour éviter toute embûche en regagnant, avec nos bicyclettes point toujours chevauchées, notre terrier du quai des Grands-Augustins.

*

Qu'est-ce que
— les dés qui, secoués par une main vivante, ne prendront figure
que posthume;
— la galerie dans laquelle on s'enfonce comme dans une taupinière,
quittant le monde normal pour un monde sans dimensions, qui
n'est ni vie ni mort et n'a d'autres couleurs que le blanc et le
noir;
— le costume sur mesures qu'on doit tailler soi-même, sans tenir
compte des modes et sans jamais pouvoir l'essayer devant une glace;
— le vaisseau pavoisé sur lequel vous vous embarquez pour une
destination approximativement connue, mais qui vous mène ailleurs
que là où vous souhaitiez aller, s'il ne vous dépose pas sur une île
déserte;
— la chose que vous faites, moins parce qu'elle vous plaît, que
pour échapper aux autres encore moins plaisantes que vous avez à
faire;
— la pesée opérée tout à la fois en tenant la balance et en montant
sur l'un des plateaux;
— le combat livré avec une arme à double tranchant qui blesse son
porteur autant qu'elle le défend;
— le pur pari pour lequel, tel Bernard Palissy brûlant ses meubles,
on use son existence, bien qu'on sache qu'à tout prendre gagner ou
perdre n'a aucune importance;
— un rat qui se voudrait chauve-souris, ou mieux encore hirondelle,

46

et qui s'agite, se frotte, se gratte dans son trou de cuisine, espérant qu'un jour viendra;

— l'homme dont la vie n'aura été ni une tragédie, ni un grand opéra, ni un drame vériste, mais qui — tel le père dans la Louise de Gustave Charpentier, dont Saint-Pol Roux a écrit anonymement le livret — aura seulement cherché l'aiguille perdue dans le champ de blé;

— le fou qui aura dépensé la plus grande part de son temps à un bégaiement encore plus insistant que celui d'un Anglais bien élevé qui bute contre le pronom de la première personne du singulier?

... Énigmes si transparentes que c'est pur artifice que les mettre en énigmes.

Jeanne d'Arc a écouté les voix célestes et les voix infernales, les unes en grandes plages suaves, les autres en acide criaillement d'orphéon.

Partant en guerre, elle s'est entendue maudire par son père qui, goûtant peu l'insubordination, ne doute pas d'avoir engendré une sorcière et, bientôt collabo avant la lettre, prendra le parti des Anglais.

Devant la cathédrale de Reims reproduite apparemment grandeur nature et montant jusqu'aux cintres, on l'a retrouvée faisant face à l'important concours de peuple qu'avait attiré le couronnement.

Point en armure, mais en longue robe à longues manches et dague au flanc (moins sexy que les amazones modernes dont un étui à revolver bat la cuisse nue), elle s'est fait embrasser voluptueusement par Charles VII de Valois, dans un jardin bien peigné tel qu'en montrent les vieilles miniatures. *Brava!*

On l'a vue en prison, puis morte, non dans les flammes mais sur un lit de camp, veillée par sa ganache de père et son godelureau de roi, tous deux debout et se lamentant au centre du plateau qu'envahira une cohorte d'anges, choristes choisies parmi les plus aimables, et jeunes figurantes vêtues de blanc.

Maintenant, les jambes moulées dans son collant de

damoiseau sous l'unique chapiteau en éteignoir de la courte tunique, Giovanna d'Arco — celle de Verdi, façon Schiller, plus que celle des patronages et de l'histoire de France — salue et resalue, prodiguant les sourires en bonne fille contente de son succès, robuste et fraîche comme une cantinière.

＊

Dans l'ancien palais du Trocadéro, dont le milieu (aujourd'hui rasé) ressemblait à une plaza de toros faussement hispano-mauresque, telle la Monumental de Barcelone, un couloir reliait les bureaux du Musée d'Ethnographie à ce qui fut d'abord la Grande Salle des Fêtes, puis le Théâtre Populaire. Ce couloir, j'en ai eu connaissance et je m'en suis servi, par curiosité pure, au moment où le vieil édifice — mon lieu de travail depuis que j'étais rentré d'un long voyage en Afrique — fut démoli de fond en comble pour faire place au palais de Chaillot. Un peu plus « fonctionnel » si l'on veut, l'actuel palais est malheureusement si nul au point de vue architectural qu'un Parisien d'autrefois ne peut guère accepter sans regret cette transformation. Certes, on y dispose maintenant de plus d'espace et l'équipement s'est beaucoup amélioré, mais un solennel ennui s'est substitué au pittoresque certain de ce Trocadéro que l'on pouvait dire proprement biscornu, puisque deux espèces de tours ou de minarets pointaient de part et d'autre de son énorme rotonde centrale, évoquant eux aussi un Orient de pacotille.

Qu'un passage plus ou moins dérobé mène d'un lieu privé à une salle de spectacles, comme si ce vaste endroit, peuplé périodiquement de gens écoutant et regardant ce qui se déroule sur une scène où les dimensions s'abolissent, n'était qu'une annexe à un local nettement délimité que quelqu'un a pu imprégner de ses habitudes personnelles, cela me semble tenir du rêve ou du prodige. Parmi les contes que j'ai lus, l'un de ceux qui me touchent le plus est assurément le *Don Juan* d'Hoffmann : cette histoire n'a-t-elle pas pour fil conducteur le corridor qui, dans une auberge provinciale, permet à l'occupant de la chambre réservée aux hôtes de marque d'accéder à l'une des loges du théâtre, théâtre où c'est, en l'occurrence, le *Don Juan* de Mozart qui s'offre au voyageur, théoriquement Hoffmann lui-même, le récit étant écrit à la première personne.

De ce conte dont l'action, autant qu'il m'en souvienne, se situe dans une petite ville allemande j'ai vécu, non l'équivalent (car aucune créature spectrale et d'une beauté propre à tirer les larmes n'a emprunté, dans le sens inverse du mien, le passage dérobé pour venir à son tour me voir) mais un peu l'approchant, alors qu'avec ma femme, un ami musicien et la compagne de celui-ci je me trouvais à Milan. C'est à nous quatre que nous bénéficiâmes – contre rémunération, bien sûr, et pas pour nos beaux yeux – de la faveur que nous accorda, à l'instar du garçon d'auberge dont parle Hoffmann, un Bourguignon qui travaillait comme guide de langue française au musée de la Scala.

Visitant, à deux pas de notre hôtel que la largeur d'une petite rue séparait seule de la Scala, ce charmant musée où abondent les documents relatifs à la *commedia dell'arte* et à des maîtres de l'opéra italien tels que Verdi, nous n'avions pu refuser les services du guide qui parlait français, bien que ce genre de services soient pires que superflus là où le dépaysement linguistique n'est pas tel que l'on ne puisse se débrouiller par soi-même. Le fait est, cependant, que nous avions eu tort d'imaginer que cet importun ne nous apprendrait rien, en dehors de ce que nous savions déjà ou de ce que nous pouvions sans peine déchiffrer sur les étiquettes : dans l'une des pièces assez coquettes – sortes de petits salons – dont se compose le musée, il nous fit voir un couloir, qu'un gros cordon barrait, et nous dit qu'il s'agissait d'un passage conduisant à la salle de la Scala. Plus confiante que moi, toujours trop prompt à penser que la démarche que je pourrais faire serait sans utilité, ma femme demanda d'emblée à notre guide s'il n'était pas possible d'aller jusqu'à la salle et de la visiter. Comme je le prévoyais, la réponse fut négative : on répétait en ce moment, et l'accès était rigoureusement consigné. Ma femme eut beau insister, rien n'y fit et, quittant à regret la pièce où s'amorçait le couloir, pour nous d'autant plus fascinant que nous savions que le lieu auquel il menait n'était pas en sommeil comme nous l'avions d'abord cru, mais en proie à la fièvre de la préparation d'un spectacle, nous continuâmes notre examen soigneux des curiosités rassemblées dans le petit musée. La visite achevée, nous étions pour nous en aller, et déjà nous avions pris congé de notre guide, ne songeant même plus à essayer de le convaincre tant son refus nous avait semblé catégorique, quand, d'un seul coup, la chance tourna : cet homme corpulent, moustachu, au regard atone et au teint coloré de gros buveur, qui nous dirait un peu plus tard qu'il était français et bourguignon, nous invita à revenir le lendemain et à demander « M. Gaston » au cas où nous ne le rencontrerions pas. Il va de soi que, dès le lendemain, nous nous rendîmes à son invitation. Et c'est ainsi que, de fil en aiguille, nous assistâmes à une partie des répétitions de *Boris Godounov,* notre cicerone nous introduisant subrepticement dans l'immense vaisseau vide et ombreux deux ou trois matins de suite et nous installant dans une loge, non sans nous avoir priés *mezza voce* de rester sagement tapis au fond car, à l'en croire, il aurait eu de sérieux ennuis si l'on avait découvert des indiscrets nichés dans cet alvéole.

Ce dont je me souviens surtout, moment par excellence où je sentis que le fait théâtral est plus riche en poésie que la pure illusion scénique, c'est d'avoir entendu le ténor Gino Penno — à présent Faux Dimitri, naguère Charles VII qui dans la *Jeanne d'Arc* de Verdi au San Carlo de Naples unissait passionnément ses lèvres à celles de notre sainte, alias Renata Tebaldi, à la fin d'un long duo d'amour — chanter de la même voix d'airain son air héroïque de l'acte de la révolte, vêtu d'un complet gris, portant des lunettes et monté sur un cheval.

Comme on sait, l'acte de la révolte est en vérité le dernier de *Boris Godounov,* et non l'avant-dernier selon l'usage qui persiste — notamment en France — de le placer avant celui de la mort du tzar, cet assassin que le remords rend fou ainsi qu'il en fut de Caïn, Oreste et lady Macbeth. Sous les espèces des paysans et paysannes, de l'innocent, des trois ecclésiastiques prêcheurs et du pseudo-Dimitri entouré de ses partisans en armes, on voit dans ce dernier acte, en un extraordinaire raccourci, le peuple russe profondément inquiet, morfondu et divisé après la disparition de son souverain.

Nulle représentation de l'œuvre de Moussorgski ne m'a fait autant impression que ces fragments attrapés à la sauvette, exécutants tous en vêtements de ville et metteur en scène, elle-même en banale robe noire, s'ingéniant à diversifier les mouvements des choristes, à éveiller ces anonymes comme aurait pu le faire un agitateur politique incitant des moujiks à secouer leur torpeur. Ainsi le spectateur futur se trouverait — miracle du théâtre, quand il arrive qu'il se fasse miroir où s'éclaircissent les traits enfumés de l'existence — en face d'un rassemblement d'hommes et de femmes bien vivants, chacun doté de sa nature, de ses désirs, de ses griefs, de ses réduits, de ses couloirs, et non devant une foule aussi neutre qu'un tas de pierres dans un chantier de démolition.

Quelques années plus tard, sur le pont d'un *vaporetto* vénitien, nous revîmes notre M. Gaston. Assis, il tenait sur ses genoux un transistor diffusant des informations italiennes que, dans sa somnolence bovine, il semblait ne même pas écouter. A peine six mois après, retournant au musée de la Scala, je l'aperçus encore une fois. Adossé au chambranle de la porte extérieure et tirant sur sa cigarette, la face congestionnée et l'œil atone, il ne nous reconnut pas plus ma femme et moi que sur le bateau de Venise. Pour nous, il restait bien « M. Gaston », mais qu'aurions-nous pu être pour lui, si ce n'est des touristes sans nom et presque sans visage comme il en voyait tant?

« E poi... La Morte è Nulla », chante Iago vers la fin de son fameux *Credo* annoncé, puis relancé, par de rauques et fulminants éclats orchestraux. Deux mots en demi-teinte, la voix comme dans l'expectative, avant l'explosion sarcastique des quatre mots fortement scandés, émis quasi *parlando*.

La Mort et Rien. Tout est nul. Était-ce cela que pensaient les nihilistes dans la Russie du siècle dernier, celle du knout, des cosaques à toque d'astrakan, des exilés en Sibérie et de *Résurrection?*

Nietzsche. Son nom évoque un bruit de tisons qui s'affaissent entre des chenêts, de fagots qu'on entasse pour dresser un bûcher ou de torche qu'on éteint dans l'eau; peut-être aussi de feuilles sèches sur lesquelles on marche, d'allumette qu'on frotte et qui s'enflamme pour une brève illumination ou encore de jet de vapeur lancé par une locomotive au repos.

Comme *nitchevo*, le nom de Nietzsche fait songer à une table rase d'un ordre assez particulier : celle, crépusculaire, dont Sardanapale devait rêver en mourant dans son palais incendié, rempli de nourritures éparses et de femmes dont les nudités splendides se convulsaient, tachées, suantes, échevelées, quelques-unes déchaînées, la plupart abruties par le vin; celle, inverse, à quoi tendait le geste austère des jeteurs de bombes, pour qui (on peut le supputer) faire table rase n'était ni s'engloutir dans la catastrophe avec tout ce qu'on possède, ni faire le vide en soi-même pour que la raison mène librement son jeu, mais procéder à une totale mise à ras, afin qu'il ne reste pas pierre sur pierre et que la place soit nette pour tout recommencer.

Nietzsche. Son nom de feu et d'eau — fléaux conjugués pour la chute de Ninive comme pour celle du Walhalla — semble marquer son rang à part, dans cette fin de siècle où s'ébrouaient tant de représentants fins ou grossiers de l'homme sans dieu : les décadents, qu'on est enclin à supposer fragiles, se tenant de guingois, peut-être les yeux mi-clos et la tête légèrement penchée ou renversée; les blasés, que la norme voulait neurasthéniques ou poitrinaires; les viveurs, menacés par la syphilis, la congestion cérébrale et le gâtisme.

Nietzsche, et cette nietzschéenne dont j'ignore où, quand, comment, pourquoi je l'ai pêchée, mais qui prend corps dès que j'ai prononcé le mot dont « nietzschéen » — de même coupe que « manichéen » — n'est que le pendant masculin, inapte, lui, à s'épaissir en une figure, même aussi peu définie que celle-ci, insuffisamment remémorée, si ce n'est chaque fois inventée et modelée à l'aveuglette, sur l'injonction du mot.

Jeune femme onduleuse, à l'air lointain de névrosée — terme euphonique mais vaguement réprobateur, dont seul le besoin de la situer hors des cadres peut justifier ici l'emploi — ou à l'expression fermée de toxicomane et à qui l'épithète « cosmopolite » conviendrait, moins à cause de son imprécision commode que parce qu'il existe des cosmopolites qui le sont de nature (son cas à elle, bien que franchement tournée vers l'Europe et habituée des grands express desservant stations de montagne, bains de mer et villes d'eaux, plutôt que du Transsibérien ou des paquebots conduisant vers d'autres parties du monde), elle apparaît dans ma rêverie avec de longs cheveux châtains ou blond vénitien, enveloppée jusqu'aux chevilles dans une étroite robe soyeuse, au milieu d'un décor impossible à décrire mais que je sais de haut luxe, voilé par les fumées des cigarettes (assurément d'Orient) et par les exhalaisons des aromates. Cette image, si difficile à accrocher à un point repérable de ma vie, je la présume néanmoins d'antiquité assez haute, et il se peut qu'elle m'ait été inspirée par quelque illustration de magazine ou couverture de livre à bon marché, dont la légende ou le titre consistait en ces deux mots sinueux comme la flamme ennuagée d'un bûcher : *Une nietzschéenne...* Bien distincte de l'étudiante nourrie de thé noir et de sa foi terroriste, cette affranchie serait-elle aujourd'hui une mince fille à ample chevelure, aux jambes et aux hanches engainées dans des jeans de cuir, avec une grosse ceinture placée très bas, sous le ventre plat dont on voit le nombril, parèdre d'une cavité plus profonde?

Nietzsche, le casseur de morales et le ratiboiseur d'idoles, l'homme au credo anti-credo, dont les formules en éclairs ne sont ni des règles à graver dans la pierre comme les préceptes d'un fondateur de religion, ni les foudres ferraillantes d'un Jupiter tonnant, mais rappelleraient plutôt les étincelles semées par les lucioles dans un beau soir pareil au pelage d'un chat que l'ambiance orageuse charge d'électricité.

Nietzsche, que j'aurai lu bien tard et n'aurai lu que fort peu, d'abord prévenu par mes séquelles d'éducation chrétienne contre ce philosophe à qui l'idée d'une mort sans rémission n'enlevait rien de son orgueil. Nietzsche, qui enseigne à marcher comme on danse, sans l'aide ni d'un bâton ni d'une main secourable, mais que je n'ai jamais réussi à laver tout à fait de l'image que très tôt je me suis faite de lui : une sorte de Bouddha, ou plutôt de mage nordique bizarrement transplanté, autour de qui brûlent des cassolettes d'où montent des fumigations au parfum moins commun mais guère plus étoffé que celui du papier d'Arménie.

Arabesques, torsions, volutes, que je retrouve dans le nouveau modern style qu'illustrent certaines compositions et typographies de notre époque, cette époque où, avec les hippies et autres ennemis de la sévérité géométrique sous quelque forme et de quelque côté qu'elle se manifeste, un esthétisme floral a été réintroduit. Je me garderai, toutefois, de tabler sur cette constatation — d'ailleurs approximative — pour établir un autre rapprochement : celui qui amènerait à confondre le *superman* des bandes dessinées et le surhomme prophétisé par Nietzsche, lequel ne relève pas du même bestiaire qu'un champion de judo ou qu'un as du tir à la mitraillette.

Rien, dans tout cela, qui dépasse l'impression, le remugle, la fumée de cassolette... Il est pourtant vrai que la nietzschéenne — comme d'autres images issues de romans ou de pièces de théâtre dont je ne connaissais autant dire que le titre (*Résurrection, Le Phalène* ou *Les Rois en exil,* citerai-je pour m'expliquer, quitte à faire avec les temps où ils vinrent à moi un drôle de pot-pourri) — m'ouvrait une échappée vers quelque chose qui m'alarmait un peu mais dont j'acceptais le pouvoir, sans même avoir l'idée de chercher de quoi il s'agissait. Aujourd'hui, j'admettrai que cette figure marginale — ou son noyau ancien — avait pour vertu principale d'appartenir à une zone où cessaient d'avoir cours les beaux principes qu'on m'avait inculqués. Zone hybride, et plus difficile à cerner en esprit qu'il ne serait d'en tracer la carte, où elle aurait pour expression matérielle une constellation de lieux fort dissemblables mais chacun à peu près étiquetable, depuis les brillantes stations que hantaient des richards spleenétiques et des déc(ou)ronnés menant une vie hors de ses gonds plus encore que dévergondée, jusqu'aux Sibéries réservées à ceux qui ne se conduisent pas comme le voudraient les gens en place, — chose que, trop naïf, je ne pouvais alors saisir mais étais cependant à même de tortueusement pressentir.

Bien après seulement ferait son entrée — pic solitaire et gelé tout miroitant de cassures de mica — ce nom de lieu à la blancheur aussi de perce-neige : Sils-Maria.

*

Si, boucle bouclée, nous devons retourner au néant d'où nous étions partis, n'est-ce pas un zéro — serpent se mordant la queue ou chemin de fer circulaire — qui résume toute la vie? Seul problème : gribouiller à l'intérieur du cercle quelque chose qui noircisse son blanc, change son vide en plein et fasse de son lac sans fond une île... Mais que gribouiller, alors que ce zéro veut dire qu'il n'existe rien qu'on puisse prendre pour point d'appui?

*

Au commencement était l'action. C'est ainsi que Faust, vers le
début du drame gœthéen, paraphrase la sentence initiale
de l'évangile de saint Jean : *Au commencement était le Verbe.*
Jadis, j'attachais grande importance à ce morceau (qu'à le
relire j'ai découvert singulièrement plus succinct que je ne
m'en souvenais) : le débat intérieur du légendaire docteur
quand, méditant dans son cabinet, il avance — pour le substituer à « Verbe », trop sibyllin pour que son contenu ne doive
pas être explicité — le pion « esprit » puis le pion « force »
avant de poser le pion « action », seule traduction qui lui
paraisse convenir. Introduit par Gœthe dans l'intimité du
savant et convié à sonder la profondeur de sa réflexion par
les commentaires que le plus âgé de mes deux frères émettait doctement à l'intention de ses cadets, il me semblait être
initié à des arcanes et j'en étais fier doublement : d'une part,
saisir sans trop de difficulté, ce qui prouvait (croyais-je) mon
intelligence; d'autre part, m'adonner à une lecture qui
m'égalait à un adulte, puisque c'est aux adultes que ces
choses-là s'adressent et qu'un adolescent n'est pas encore
capable de les pénétrer. Mais ce qui par-dessus tout me
séduisait, c'était la procédure même de la démarche du
docteur Faust, la progression en trois temps, la mise au
point par degrés : qu'il essaye « esprit » et constate que cela
ne va pas, qu'il essaye alors « force » et rejette de même;

60

qu'il s'arrête enfin à « action » comme si, avec ce mot, la vérité était capturée. Encore que les gloses fraternelles m'eussent persuadé de sa justesse, ce n'était pas tant au résultat que je m'intéressais; plus attrayant était pour moi d'être témoin de la recherche, d'observer l'échelonnement de ses stades, et de voir comment raisonne un philosophe, de même qu'au moyen de séries d'instantanés photographiques un Marey ou un Muybridge — je l'apprendrais ultérieurement — ont pu savoir comment galope un cheval ou comment court un homme. Suivant l'opération étape par étape, en connaître les engrènements, être dans le secret des dieux, à la façon de quelqu'un qui assiste à un spectacle, non de la salle mais des coulisses, là où s'ourdit ce dont les autres ne verront que des effets tout extérieurs.

Pour cette raison sans doute j'aimais aussi, du *Faust* de Gœthe, son prologue dans le bureau du directeur de théâtre et son prologue dans le ciel : que la confection de la pièce, de l'œuvre qui en principe va être représentée, soit mise en cause dans un prologue qui est déjà la pièce elle-même et que le drame en tant que tel soit, préjudiciellement, doté de cet arrière-plan surhumain, l'antagonisme entre Dieu et la puissance mauvaise, que soient annexés au scénario les préparatifs censément effectués dans deux sortes de coulisses, celles du théâtre et celles du monde ainsi montrés l'un comme l'autre à double fond, voilà qui m'intriguait par sa nouveauté et me satisfaisait autant que si l'on avait démonté devant moi une gigantesque machinerie. Que le drame proprement dit — cadeau précieux recouvert de plusieurs enveloppes — n'apparaisse qu'une fois arrachés les deux voiles du prologue théâtral d'abord (exposant les conditions pratiques auxquelles doit répondre le spectacle) puis du prologue théologique (indiquant que les événements qui fictivement se dérouleront ne seront que la face terrestre d'une partie jouée entre Dieu et son éternel ennemi, pariant l'un sur le salut et l'autre sur la perte d'un être d'exception), prologues eux-mêmes précédés d'un poème où cette fois c'est l'auteur qui lyriquement s'exprime en son nom personnel, voilà, d'ailleurs, qui faisait de l'ensemble une grave et somptueuse cérémonie, à laquelle, lecteur, j'avais loisir de participer, ce qui me flattait et me contentait fort.

Satan revêtant l'apparence d'un chien barbet, une souris rouge sortant de la bouche d'une sorcière jeune et jolie en plein milieu de sa chanson, Faust éperdu croyant reconnaître Marguerite dans une Méduse spectrale dont le cou cerné d'un fil de sang atteste qu'elle eut la tête coupée, ces diableries me ravissaient. Il me déplaisait en revanche que, dans certains couplets des sorcières de la Nuit de Walpurgis, quelques mots — obscènes ou triviaux — fussent remplacés par des points (pratique aujourd'hui périmée quoique la censure, comme d'autres formes de l'imposition d'œillères et de la mise au pas, soit malheureusement loin d'avoir rendu les armes). Quels étaient ces mots? J'aurais voulu le savoir, et ne pouvoir le deviner m'irritait, tout comme m'irritait mon incapacité d'accéder aux dessous que, d'après la rumeur, comportaient maints passages chargés de symboles ou d'allusions que, plus vieux de quelques années et en âge d'aborder notamment les lectures scabreuses dont pour lors m'écartait cet avis sans réplique : « Ça n'est pas pour toi! », j'aurais sûrement compris. C'est en enfant à la fois captivé par l'histoire d'amour, charmé par les aspects fantastiques ou féeriques, attiré par ce qu'il entrevoyait du mystère philosophique et passant du plaisir à l'agacement selon ses succès ou insuccès dans le déchiffrement, que j'ai lu par tranches et plutôt regardé ou compulsé que lu — dans la grande édition illustrée et reliée, me semble-t-il, de percale rouge que possédait mon père — ce premier *Faust* dont j'ignorais qu'un second *Faust* lui fait suite, celui-là franchement hors de ma portée à l'époque dont je parle et que, mûri, je n'ai guère que survolé, le trouvant si plein de fleurs de culture, de paraboles morales et de modulations mystiques qu'il en est fastidieux. Qui oserait refuser au poète des deux *Faust* son passeport d'homme de génie? Faut-il, pourtant, être un esprit chagrin pour juger que, loin d'être un génie alerte façon Mozart ou (plus strident) Picasso, il serait plutôt de ceux qui, tel Wagner, sont doués d'un génie si installé, si étalé dans sa génialité, que cela peut servir d'antidote contre la vaine envie d'en avoir?

Ce visionnaire sans fièvre, qui dans sa théorie des couleurs expliquait la formation de leur gamme par des conjugaisons de lumière et d'obscurité, que pouvait-il penser de ce qui plus tard apparaîtrait comme son éblouissant destin? Quand, par le truchement de Faust traduisant la phrase liminaire de l'un des évangiles, il posait le primat de l'action, n'y voyait-il que l'universelle palpitation qui fait que les choses existent ou, déduisant de l'axiome physique une loi morale, donnait-il à entendre que l'action est la valeur suprême et qu'il faut (parti qu'échappant au démon négateur Faust prendra *in extremis*) s'employer activement à la bonne marche du monde? Grand bourgeois de Weimar, Gœthe songea-t-il à jauger sa vie d'après un critère pragmatique ou crut-il que, génial et promis à laisser un sillage prestigieux, il avait gagné son salut?

A sa dernière heure, Faust rêve d'une action utile, menée sur un sol libre, au milieu d'un peuple libre. Mais, dupe d'une illusion dont son compagnon diabolique se gausse, c'est en esprit seulement qu'il dirige de grands travaux et, si son âme est sauvée, c'est grâce à une pensée (sa foi en le pouvoir de l'effort humain) et non grâce à des actes. Quant à Gœthe, qui dans *Faust* paraît faire de l'action un alpha et un oméga, n'est-ce pas par l'esprit plutôt que par celle-ci qu'il vaut, lui qui — manieur d'idées plus que bâtisseur ou tribun — eut bien une vie passionnelle que les Gretchen et les Hélène de Sparte animèrent de péripéties, mais pas d'autre activité publique que l'honorable exercice de ses fonctions de conseiller, puis haut commis, d'un protecteur princier? Si Gœthe, comme Faust après tous ses errements, a rêvé d'action utile, il se sera contenté d'y rêver, attentif (sans plus) à ne rien manquer du prodigieux spectacle que l'univers en perpétuel mouvement lui offrait. Donner forme à sa rêverie étayée par un savoir encyclopédique, se fier aux clartés spirituelles et à leur rayonnement, cela – probablement – lui a suffi pour parvenir à la sérénité qu'il semble avoir atteinte, matelassé de gloire et mieux assis que ce fou, Nerval, premier traducteur de *Faust* dans sa langue et, de tous les romantiques français, le plus tragiquement subjugué par la voix mélodieuse et funeste de la Lorelei.

*

Après le défi que don Juan lance à la société et à ses règles touchant l'honneur des femmes il y a celui qu'il lance au Commandeur, dont il met la statue au défi de venir souper chez lui.

Niant d'abord les lois morales puis l'existence des puissances qui — telle l'ombre du Commandeur — en sont les garantes surnaturelles, don Juan, finalement au pied du mur et forcé de reconnaître l'existence de ces puissances, nie, à tout le moins, leur pouvoir de le faire s'incliner. Il lance ainsi un dernier défi, victorieux puisqu'il aura tenu jusqu'au bout et que seules les brûlures de l'enfer pourront quelque chose contre lui.

Torero qui provoque la charge, et vainqueur dans sa chute même, don Juan l'impie diffère autant de ce questionneur, Hamlet, que diffèrent entre elles — marbre et fumée — ces deux apparitions sidérantes : la statue vengeresse et le spectre qui demande vengeance. Alors que le Sévillan s'obstine à dire non et fait front aux conséquences de sa négation, le Danois pèse, ratiocine, élude et — trop irrésolu pour n'être pas vaincu d'avance — se laisse écraser par le rôle que lui confie ce Commandeur sans feux du ciel, son père monté des abîmes jusqu'à lui, qui ne l'a pas convié et, à l'inverse du *burlador* prenant à pleins bras son destin, assume le sien sans y croire beaucoup plus qu'à un rêve et atermoie faute d'oser se laver les mains.

*

Le sang en larges plaques, fines éclaboussures et traînées
sans géométrie qui souille la robe de Lucia di Lamermoor,
n'est pas celui de sa virginité perdue. S'il y eut défloration,
ce n'est pas elle qui l'a subie, mais la poitrine du mari qu'on
voulait lui imposer, trouée, fouillée, ravagée par le poignard
que Lucia tient encore, en sortant de la chambre des noces.
Descendus quelques degrés de l'escalier, ses doigts mal
contrôlés de rebelle qu'une telle boucherie a rendue folle
se desserreront et l'arme, avec fracas, dégringolera de marche
en marche.

Dans peu d'instants, la meurtrière désemparée ne sera plus
qu'un oiseau qui, mélodieusement, émet des cris aigus et
se heurte aux barreaux de sa cage, côté cour et côté jardin.
Morte, la somnambule deviendra âme errante et l'on ne
saura pas si c'est sa robe, revenue à sa blancheur, ou bien
un suaire qui l'enveloppe.

Ce qui m'a toujours fait peur : la tache de sang intellectuelle dénoncée par Isidore Ducasse. Or ce n'est pas le sang
qu'on a versé soi-même ou par intermédiaire qui nous
marque de cette tache-là. L'horreur du sang et la crainte
de la violence peuvent conduire à des inerties, justifiées
par des arguments si faux qu'ils seront de vraies souillures!
D'ailleurs, est-il possible de rester sans tache? Et l'une des
pires, n'est-ce pas de faire en sorte qu'on n'ait jamais à

expressément se tacher? Pourquoi, dès lors, jouer les premières communiantes devant certaines salissures nécessaires?

L'ennui, toutefois, est qu'une tache sera toujours une tache et que ne pas s'en soucier montre qu'on est sale au point de n'être pas gêné par les taches.

*

Le 17 avril 1945 en Côte-d'Ivoire...

Dans le courant de l'après-midi nous sommes arrivés, mon compagnon et moi, chez un forestier de la région d'Adzopé, pour notre étape de nuit. Contact pris, nous avons visité avec lui l'exploitation, où travaillent des Mossi et des Korhogo, dont certains nous ont fait part de leurs doléances (ainsi, on leur avait promis des couvertures, qui ne leur ont pas été données).

A peine sommes-nous rentrés que notre chauffeur — un Mandingue très gentil de trente et quelques années peut-être, que je vis une fois rire aux éclats devant une vieille villageoise et qui, comme je voulais savoir pourquoi, me répondit : « Je ris parce qu'elle est vieille » —, ce Lassena Fofana marié et père de famille qui nous conduit depuis le début de notre tournée se présente, correct et souriant comme à son ordinaire, dans la pièce où je me trouve avec mon compagnon et dit à celui-ci : « Patron, il y a déjà un serpent qui est entré dans la cuisine... » Il demande donc à coucher ailleurs que dans le bâtiment-cuisine où il devait dormir avec les autres domestiques, ce qui lui est naturellement accordé. « Déjà » : si toutefois Lassena Fofana avait employé ce mot en connaissance de cause, cela montrait combien il se sentait peu à l'aise dans cette région qui n'était pas la sienne.

Avant le dîner, nous bavardons avec notre hôte; jeune moustachu assez court et vulgaire qui a combattu dans les Forces françaises libres; au cours de cette conversation, nous ne faisons guère que reprendre des sujets déjà abordés : marche de l'exploitation, recrutement des travailleurs (fournis par des intermédiaires blancs qui sont des manières de négriers), leurs conditions de vie, bref tout ce qui concerne les problèmes de main-d'œuvre étudiés par la mission dont nous faisons partie.

Vers huit heures ou huit heures et demie, comme nous sommes sur le point de passer à table, grand fracas sourd, très proche. Inquiets, nous allons voir. C'est un arbre énorme qui, miné par la pluie, vient de s'abattre, comme il arrive souvent en cette région, à pareille saison. Cet arbre a écrasé dans sa chute plusieurs cases du campement des travailleurs Korhogo et le feu a pris dans ces cases (ou plutôt ces compartiments, car le campement ne se compose pas de cases isolées mais de constructions rectangulaires divisées en cellules logeant chacune huit travailleurs). Bilan de l'accident : six morts (écrasés ou carbonisés) et quatre blessés, que notre hôte emmènera dans notre camionnette à Adzopé, pour les faire soigner. L'un d'eux mourra en route, à moins qu'il n'ait été déjà mort quand on l'a embarqué.

L'incendie éteint et les corps dégagés, notre hôte fait dire aux manœuvres Korhogo qu'il indemnisera les familles éprouvées (mille francs C.F.A. pour chacune), que le lendemain ils auront congé pour enterrer les victimes et qu'ils pourront — le surlendemain et le jour suivant — se construire de nouveaux logements.

Quand l'arbre est tombé, les feux de cuisine étaient allumés et ce sont eux qui ont enflammé les cases de bois et de chaume. Je ne vois là, quant à moi, qu'un horrible accident. Mais mon compagnon — un communiste militant plus attentif que moi à certaines réalités pratiques — ne laissera pas de me faire remarquer que la responsabilité du forestier est des plus lourdes : les règles de sécurité lui imposaient, précaution qu'il n'a pas prise, de faire aménager une vaste clairière autour du campement, pour éviter que la chute, toujours possible, d'un arbre ait ces sinistres effets. Ma gêne est grande d'avoir méconnu tout ce que l'accident mettait en cause et qui en faisait plus que la tragique conséquence d'un hasard malheureux.

Je retiens — plus gêné encore d'être resté si monstrueusement distant sur le plan de l'humanité toute simple — que ces cadavres à peau noire, dont certains avaient la bouche étrangement blanche parce que pleine de riz (la chose étant arrivée pendant que les travailleurs mangeaient), m'apparurent si étrangers — dans cette jungle dont à cause de leur physique et de leur peu de vêture ces hommes, bien qu'originaires de tout autres parages, semblaient partager la sauvagerie — que la vision que j'en eus ne fut pas celle, lancinante, de cadavres. Quand j'y pense aujourd'hui, c'est bien moins à des morts qu'ils me font songer qu'à des mannequins, jetés en vrac, tels qu'on pouvait en voir dans des recoins, lors de la réfection du vieux Musée d'Ethnographie du Trocadéro, que ses directeurs avaient tenu à purger de ces simulacres de représentants des diverses races, figures si désuètement conventionnelles qu'elles en étaient presque comiques.

Terriblement voisine de l'ignoble souillure raciste m'apparaît — quand j'y réfléchis — la tache dont je me suis sali, au niveau des réactions primaires, en étant si peu horrifié par la vue de ces travailleurs morts, dont la couleur masquait en quelque sorte la réalité...

*

A Villeneuve-Loubet, en ce mois d'août au cours duquel une fois encore de nombreux incendies s'allumèrent dans les Alpes-Maritimes et le Var, le spectacle — vers les quatre heures de l'après-midi — était celui d'une *vision infernale* telle qu'en a décrit Max Jacob dans le recueil de poèmes en prose qui porte au pluriel ce titre : dans un décor petit-bourgeois, où la lumière seule évoque une apocalypse, on fait la queue aux portes de l'Enfer, et c'est comme une foire.

Touristes de tous âges, habitants du pays sur le pas de leur porte, jeunes gens qui sont probablement des campeurs demeurent dans l'attente de ce qui va se passer, tandis que gendarmes et hommes de police tentent de canaliser voitures et camions pour éviter le complet embouteillage. Beaucoup de vapeurs à odeur de brûlé, et même des flammes à quelque distance. L'espèce de château à tour quadrangulaire, que tout à l'heure — à l'aller — nous distinguions clairement, est maintenant presque masqué par des traînées de fumée. L'éclairage est celui qui règne parfois quand le beau temps revient après un orage ou celui qui, aux Antilles, indique qu'il y a menace de cyclone ou annonce la proche arrivée de ce fléau. Mais il me fait surtout penser à l'immense lueur, ni diurne ni nocturne, que des fusées éclairantes projettent sur un lieu qui dans peu de minutes sera bombardé.

Ainsi un soir de la dernière guerre, j'ai vu Boulogne-

Billancourt illuminé comme par un étrange feu d'artifice, juste avant la chute des bombes alliées qui, en principe, auraient dû détruire les usines Renault mais, en fait, rasèrent ou endommagèrent un certain nombre de maisons dans les décombres desquelles, le lendemain matin, on remarquait çà et là des enfants qui, jouant aux déblayeurs et sauveteurs, semblaient s'amuser plus grandement que, sans doute, ils ne l'avaient jamais fait.

Quand Dresde, en une seule nuit de la fin de la dernière guerre, fut presque anéantie par les avions alliés, le zoo — situé dans un parc un peu bois de Boulogne — fut gravement touché. Abandonnant leurs cages aux grilles détruites, maints animaux (dont certains redoutables) se réfugièrent dans ce bois, et là ils rencontrèrent des habitants et habitantes de la ville, également réfugiés. Aucun mal n'en résulta, affirme-t-on, car la terreur qui écrasait bêtes et hommes avait établi entre eux une paix de paradis terrestre. Et — romantisme ou façon de parler — on raconte même qu'ils se tinrent blottis les uns contre les autres.

Passant il y a quelques années à Dresde — où nous furent donnés ces détails sur l'attaque aérienne, militairement inutile d'après ce que tout le monde disait — nous dormîmes dans un hôtel mentionné comme sis dans le quartier du centre. Mais où était ce centre? Autour de l'hôtel, on voyait seulement des étendues herbeuses et des arbres... Il fallut un peu de temps pour comprendre que la mention n'était ni erronée ni mensongère : c'était bien là le centre — un centre simplement volatilisé.

Au zoo, que nous allâmes visiter, un grand singe anthropoïde sema presque la panique : hurlant, et frappant de ses poings la porte de fer derrière laquelle il était enfermé (coups de poing guère moins bruyants que des coups de canon et qui portaient à croire que la porte allait être défoncée), il provoqua — en réclamant ainsi son repas — le départ immédiat des promeneurs qui emplissaient la galerie où sa cage se trouvait. Explosion, peut-être, d'une sourde crainte humaine que — fin du monde — les bêtes se révoltent un beau jour?

*

Philippus Aureolus Bombastus von Hohenheim ou, pour la postérité, PARACELSE : effervescence bruissante de sels qui se dissolvent, giclée d'eau de Seltz qu'en le serrant au col on fait jaillir d'un siphon, allumette qu'on frotte et qui fulmine, départ en fusée de ce qui était sous pression.

Paracelse, ton nom — boiteusement romanisé — s'élance... Excelsior! Au plus haut, mais aussi à ras de terre. Toi, l'introducteur du règne minéral dans la pharmacopée, le décrypteur de signes ouverts à ceux-là seuls qu'une divine intuition éclaire, le liseur de traités d'indatable sapience, le porteur d'épée à pommeau habité par un démon familier, n'as-tu pas — précurseur — poussé à tout recueillir (connaissances hors doctrines des gens du menu peuple, secrets des artisans, pratiques de ceux qui s'affairent comme des gnomes pour exploiter les mines, savoir des barbiers, des bourreaux, des bergers, des esprits simples et des bohémiens et pourquoi pas, autres produits de la science infuse, *peintures idiotes, livres érotiques sans orthographe, opéras vieux*), tout observer (jusqu'aux graphismes les plus infimes que la nature propose à un œil sagace, les sillons de la chair, les rides des arbres et des pierres ou n'importe quoi qui s'organise en figure), bref, rassembler toutes les notions et indices qui donnent prise et les soumettre à l'ardeur d'un invisible foyer, dans cette portion exiguë du microcosme que nous sommes, notre tête,

d'abord besace où tout s'enfournera au gré des vagabon-
dages, puis alambic d'où perleront des élixirs.

Penseur par images plus que peseur d'idées! Philosophe et
médecin pérégrinant, magister rebelle au cérémonial des
leçons en latin, ô erratique et pharamineux Paracelse, péri-
patéticien et pataphysicien par excellence!

Partisan passionné, ajouterai-je, et si peu doué pour jouer
les Ponce Pilate qu'à Bâle — où tu enseignas — tu jetas publiquement au feu (façon de faire table rase) plusieurs ouvrages
illustres dont tu dénonçais l'injuste autorité.

*

Percheron à l'arrêt, le charretier — si décrié que l'on s'attend toujours à le voir martyriser sa bête en jurant — fait basculer le tombereau, dont il a rabattu la lourde planche arrière pour libérer le chargement. Figé sur le bord du trottoir et distrait de la contemplation des murs qu'animent des affiches, comme celle peut-être de l'ouate Thermogène où une espèce de diable vert crache le feu qu'engendre en lui le gros paquet nuageux qu'il presse sur sa poitrine, l'enfant, regardant le sable se déverser, songe aux diverses joies qu'on peut tirer du matériau fin et doré :

faire des pâtés de toute sorte (les uns, pots de fleurs à l'envers, plairont par leur allure compacte, les autres, plus délicats, seront petits gâteaux, astéries ou coquilles);

s'affaler dans un tas de sable qui s'offre comme un matelas;

édifier un tel monticule, à mains nues ou en s'aidant d'une pelle;

planter sur les pentes friables des soldats de plomb ou des brindilles qui, debout à différentes hauteurs, mimeront une équipée alpestre ou l'assaut d'une forteresse;

laisser filtrer entre ses doigts les poignées qu'on aura prises;

agencer une construction, bientôt nivelée par la marée ou éboulée en une avalanche sans fracas;

se hasarder à creuser un tunnel;

simuler l'enterré dont seul le visage émerge;

façonner des îles comme si l'on voulait se fabriquer des continents en modèles réduits;

par-dessus tout, sentir adhérer à ses deux paumes unies en coupe bien étanche la plénitude et la fraîcheur — pas encore féminines, mais déjà douces au toucher — d'une masse de sable humide.

*

Bière de la Meuse ou bière Karcher, mais sûrement pas bière de Vézelise, les deux chopes débordantes que portait, rieuse et cheveux blonds défaits, la jeune Hébé dont le corselet lacé par-dessus la chemisette blanche faisait écrin au bombement de sa poitrine coupée, comme au rasoir, par le sillon médian. Affiche aux vives couleurs, peu atteintes — depuis mon enfance — par l'usure de la mémoire.

*

Gyptis,
ô ma chaste déesse,
mon eau vraie,
ma Guinness si bonne pour moi,
ma toastée,
ma pétillante,
ma taille de roi,
ma plus que nue,
ma décalamineuse,
ma Vénus tout entière,
ma maison de jeunesse!

(Le marin grec a pris la coupe que lui tendait la Gauloise, dont
la chemise de nuit en grosse étoffe blanche bourrue masquait le corps
du haut en bas, hormis la face, le cou, les bras et les pieds, laissés
libres sous le léger hâle. Choisir ainsi devant tous l'homme qui la
féconderait, ce n'était pas agir en vierge folle, mais en Cordelia aussi
respectueuse de la coutume que de chacun des rudes poils neigeux qui
encadraient le visage du roi son père.)

*

« D'un *Petibon,* je lui *Fischoff* mon *Bistour* dans le *Cuttoli.* »
Cette phrase entre autres, nous l'avions forgée, deux ou trois camarades et moi, en tirant ses principaux éléments d'un palmarès de citations à l'ordre des armées que le magazine *L'Illustration* commença de publier alors que la guerre de 1914-1918 sévissait depuis déjà un certain temps. Chaque intéressé avait droit à son portrait format photo d'identité ou légèrement plus petit, ainsi qu'à une notice de quelques lignes, documents fournis, je suppose, par chacune des familles.

Sorte d'horrible scène de cirque : un spectacle vu au début de cette même guerre, alors que mon frère, ma sœur, la fille de celle-ci (encore toute petite) et moi-même (garçonnet en culotte courte) nous allions par chemin de fer à Biarritz, mon père ayant décidé de nous éloigner de Paris, lors de la grande avance allemande consécutive au désastre de Charleroi. Dans une gare importante, peut-être Bordeaux ou Bayonne, notre train croisa un train de blessés. Sur des litières de paille, dans des wagons à bestiaux dont étaient grandes ouvertes les portes coulissantes, des hommes étaient installés, sans veste, en pantalon rouge et chacun portant, ici ou là, un ou plusieurs pansements plus ou moins sanguinolents. Sordide aspect de ces hommes, le tout participant du crime crapuleux ou de l'accident de voirie, et du Mardi gras à relents graillonneux.

Quelques jours à peine après la mobilisation, j'avais assisté, fort amusé et totalement approbateur, à une scène qui maintenant me paraît avoir été à peu près aussi sordide : rue Leconte-de-Lisle, je crois bien, vers la fin de l'après-midi, le saccage d'une laiterie Maggi, assaillie par une foule qui pensait que la société laitière Maggi était allemande et non suisse. En souvenir de cette opération dont, enfant très bien pensant, je méconnaissais tout à fait la nature bassement chauviniste, je ramassai parmi les débris qui jonchaient la rue un morceau de métal, fragment de bidon, peut-être, ou d'appareil à débiter le lait. Durant des années, je conservai ce morceau presque informe dans la petite armoire étagère où je serrais quelques objets précieux : menue masse métallique très dense, qui n'était autre qu'un aérolithe que je ne sais qui m'avait donné; minuscule lorgnette contenant, il me semble, une vue photographique de l'Exposition de 1900; puis d'autres souvenirs de la guerre qui s'accumulèrent peu à peu et parmi lesquels figuraient un rectangle de toile bise provenant d'un avion allemand abattu (avec mention manuscrite de la date et du lieu du combat, ainsi que du numéro de l'avion), une fléchette aérienne (arme aujourd'hui préhistorique presque à l'égal d'une hache de pierre taillée ou polie) et une cartouche de fusil Mauser.

A distance, la période 1914-1918 m'apparaît comme un carnaval où d'étranges déguisés — poilus bleu horizon comprenant dans leurs rangs maints parents ou amis de la famille que l'on avait connus civils, Allemands tout gris que le mot « Boches » dénonçait comme congénitalement grotesques et odieux — se seraient livré, sous les yeux de dames en falbalas de la Croix-Rouge et d'un grand nombre de masques sans autres accessoires que leurs moustaches, leurs barbes et leurs décorations, une bataille à mort au lieu de se borner à échanger des confettis.

Autre volet de ce carnaval : à *La Sirène,* petit bouibouis proche des boulevards où, âgé de quinze ans et copiant de mon mieux le chic des adultes, j'étais allé comme dans un lieu de débauche, un groupe de figurantes court-vêtues chantant, en guise de prologue aux dehors moralisants à une maigre revue :

Du haut de notre sphère
Nous observons la terre
Nous sommes dans l'anxiété
Pour cette pauvre humanité...

(Les deux derniers vers de ce chœur de divinités païennes chantés en précipitant le rythme, comme dans un défilé où les retardataires se mettent à courir pour rattraper les autres.)
L'étoile de cette revue, qui n'était guère qu'un prétexte à une exhibition de femmes aux parures aguichantes et aux voix incertaines, s'appelait (je m'en souviens) Doretta et, l'ami qui m'accompagnait et moi, nous la trouvâmes bien jolie, bien élégante aussi lorsque ensuite nous la vîmes, hors de scène, escortée d'un protecteur en titre ou d'un postulant à ses faveurs habillé bourgeoisement et dont la face aux joues pleines était strictement rasée. Assez longtemps, nous parlâmes de cette fille, devenue l'une des succubes qui, de nuit et même de jour, se prêtaient à nos plaisirs d'anachorètes sans opposer la moindre résistance.

Quand, sans rien qui tînt d'une étreinte (dont nous n'avions nul désir) et sans même un enlacement cordial de la taille ou des épaules, nos mains coopéraient (simple service rendu) dans la tâche de mener à l'orgasme le sexe de l'autre, j'admirais la rigidité du sien, moins gros mais plus dur que le mien. Ce n'est pas qu'à faire à deux ce qu'à l'accoutumée nous faisions seuls était plus voluptueux, mais nous aimions cette mise en commun, et d'être deux nous permettait, en parlant d'elles pour évoquer leurs charmes à travers leurs noms et convenir qu'à l'un de nous reviendrait celle-ci et à l'autre celle-là, de rendre plus présentes nos maîtresses imaginaires, presque toujours reflets de théâtreuses ou de femmes vues sur des écrans de cinéma.

Que chacun de nous deux, garçons, empruntât la main de l'autre pour se procurer du plaisir, cela n'excédait pas la camaraderie. Mais si, notre fièvre se portant sur les figures dont nos souvenirs nous fournissaient les traits, nous n'échangions aucune caresse sauf cette manipulation précise assouvissant ce qui n'était ni mon envie de lui ni son envie de moi, c'est plutôt le contraire qui m'arriva durant le temps non évaluable à l'horloge que je passai, une nuit du même été, dans la chambre de la sœur nubile de ce garçon. A croire que, deux tabous inverses réglant ces deux sortes de seul à seul, j'étais autorisé, dans un cas, à m'occuper d'un sexe parallèle au mien en ignorant le corps et, dans l'autre, à ne m'occuper que d'un corps ou tout au moins d'un buste, moitié noble du corps, sans que nulle main ne s'aventurât jusqu'au sexe du complice.

Longuement, étendus côte à côte mais elle seule dans le lit et son linge rabattu juste autant qu'il le fallait, je palpai les seins nus et amplement formés de la grande sœur de mon ami qui, elle, répondait lèvres à lèvres aux baisers que je lui donnais, comme elle l'avait fait au cours de la journée, recluse avec moi dans un grenier à foin, au milieu de cette campagne où parfois l'on entendait gronder, à peine plus remarqué que des éclairs de chaleur, le canon de la guerre. Manège, non de camarades mais qui était — du moins pour moi — manège d'amants, encore que bien innocent puisque, respectant la frontière du drap, nous ne laissâmes ni mes mains explorer la totalité de son corps non défloré, ni sa vulve ou ma verge se prêter à une caresse qu'aurait couronnée la transe ultime.

Quand, à une heure bourgeoise encore, je regagnai ma chambre après être allé (sur les traces de ma compagne, maintenant bonne camarade que sa chemise de nuit enveloppait de la tête aux pieds) faire pipi dans un coin du jardin, mon ardeur timide n'avait conduit qu'à un abandon très partiel cette jeune brute bigote, qui se reprochait d'être « sensuelle » et que bridait au surplus une parole donnée. Sans autre terrain que le haut doublement exubérant d'un torse, notre bacchanale n'eut pas plus de lendemain qu'elle n'avait eu d'apothéose. Mais, une chair cette fois non illusoire s'étant offerte à ma faim de féminité, cette débauche naïve — achevée trivialement, sans que le délire ait eu le dernier mot — m'enivra plus que ce qu'à deux garçons nous pratiquions, escortés par les dames de nos pensées, jusqu'au point final de l'émission de semence.

Peu s'en faut qu'obsédé je ne sois revenu à ces pratiques d'adolescence, tandis que je pétrissais les phrases qui ne feront jamais resurgir dans sa blancheur vivante ce buste dévêtu, le premier que j'aie pu amoureusement pétrir.

*

Ses grandes mains pâles qu'elle appelait en riant « mains de branleuse » (jugeant sans doute que les minables piétonnes qui travaillaient à la sauvette au bois de Boulogne ou dans les bosquets des Champs-Élysées avaient, comme elle, de ces mains que l'on compare à des battoirs de blanchisseuse), ses fortes mains aussi exsangues que son visage de grande fille un peu osseuse vêtue plus sévèrement que ne l'eût fait attendre son métier, je me rappelle combien elles étaient douces et fraîches dans les miennes de seize ou dix-sept ans et combien capiteusement nues elles me semblaient, sous la petite table où nous buvions, au New York Bar, 5, rue Daunou, Paris.

*

C'est la poule blanche
Qui est dans la grange
Qui va faire un petit coco
Pour bébé qui va faire dodo.
Dormez bien le petit, le petit,
Dormez bien le peti-it ami!

Du temps de *Malikoko roi nègre,* attaché à la joie d'aimer et de me laisser aimer, je ne songeais guère à l'Afrique et ce n'est sûrement pas, l'aurais-je vu jouer, cette pièce à grand spectacle pour laquelle le Châtelet faisait beaucoup de publicité, qui m'eût porté à rêver au continent noir. Manifestement, ce *Malikoko* n'était qu'une transposition de la classique figure du bon cannibale à dents blanches associant haut-de-forme et manchettes empesées à son pagne ou à sa petite jupe. Rien là — sauf le hochet de ce nom que, dans les moments de détente puérile qui alternaient avec nos déchaînements, nous donnions parfois à mon sexe comme s'il avait été un petit personnage vivant de sa vie propre — rien, hormis ce nom à la tournure bébé, qui fût de nature à nous séduire mon amie et moi, pour hétéroclites que fussent les matériaux de l'édifice imaginaire dans lequel nous aimions à nous retrancher, comme dans celui que les draps nous construisaient quand notre fantaisie était de nous en faire une sorte de coquille bien close ou de cocon.

Plus lointaines que le jazz (qui n'évoquait l'Afrique qu'à travers ces Noirs américains intégrés au décor parisien depuis la fin de cette guerre qu'on prétendait la dernière), plus mystérieuses (tant, du moins, que je ne les connus que par disques), plus caressantes et plus propres à éveiller un désir de cocotiers, les guitares hawaïennes — avec leurs notes pleurardes dont je ne voyais pas, comme je l'ai vu depuis, qu'elles composent un écœurant sirop pour touristes — avaient suffi quelque temps à mon goût, d'ailleurs très vague, de l'exotisme. Était venu ensuite — plus dilettante — l'engouement pour la musique russe, cela quand, s'ajoutant à ceux que plus jeune j'avais entendus au hasard de concerts où l'on m'avait mené, quelques échantillons m'en eurent été offerts tant par les groupes d'émigrés qui se produisaient alors à Paris que par un disque de Chaliapine, la *Mort de Boris Godounov,* que possédait celle qui avait fait de moi, en principe, un adulte. Cette musique me plaisait. Elle me semblait traduire en sons tantôt l'esseulement d'un berger sans autre abri que son manteau dans un immense et maigre pâturage, tantôt une sombre rutilance d'icône, tantôt les riches couleurs d'un marché oriental; et j'y trouvais toute la « sensualité » dont un ami — un aîné à qui je dois de m'avoir un peu plus tard ouvert quelques fenêtres — me parlait à son propos. Mais, fût-ce sur le plan de la songerie la plus gratuite, elle ne me donnait aucune idée de voyage. Que serais-je allé faire en pays slave, et très précisément dans cette Russie détzarisée à laquelle je n'avais pas encore appris à m'intéresser? Pareille question, à dire vrai, je ne me la posais même pas. L'intrigue passionnelle dans laquelle j'étais, pour la première fois, engagé ne constituait-elle pas le plus fabuleux des voyages? Nulle envie d'être ailleurs que là où présentement j'étais, cherchant dans les fêtes que proposait le dehors les occasions de complicités nouvelles avec ma proche complice plutôt que celles d'une évasion.

Certes, le charme finit par se rompre. Mais pendant un temps — je crois pouvoir le dire sans que ce soit prêter impudemment à l'autre mon propre sentiment — la complicité dans laquelle nous tendions à nous enfermer fut l'égale d'une île où, la peuplant à nous seuls et ne prenant pas d'autre peine que de ramasser et de cueillir, nous aurions trouvé tout ce qu'exigeait notre subsistance charnelle et sentimentale. Sans doute est-ce quand l'illusion commença à se dissiper qu'il fallut, pour garder à cette île la verdeur qu'elle avait lorsque nous l'habitions sans y penser, nous forger un mythe de l'île, moyen d'infuser une sève neuve à ce qu'obscurément nous sentions menacé de dépérissement. Ce mythe auquel nous souscrivîmes longtemps et dont nous n'aurions certes pas admis qu'il était un éperon pour notre amour plutôt qu'il n'illustrait sa force, c'est un album pour enfants qui nous en fournit le support, grand livre de format presque carré que j'avais acquis peu après, peut-être, que nous l'eussions aperçu dans une exposition de livres illustrés modernes, répondant — comme d'autres choses que nous allions voir ou écouter ensemble — à mes curiosités artistiques naissantes, encore bien tâtonnantes et souvent dictées par un snobisme naïf. Signé d'un artiste dont ultérieurement le nom de loin en loin me tomberait à nouveau sous les yeux, Edy Legrand, il avait pour titre les noms jumelés de ses protagonistes, *Macao et Cosmage,* augmentés d'un sous-titre pastichant ceux de maints romans à l'ancienne mode : *ou l'expérience du bonheur.*

Un Blanc — sorte de Robinson — et une sauvagesse vivant une vie édénique dans une île, sinon déserte du moins étrangère à tout circuit, tels étaient les héros de cette histoire ornée de quantité d'images coloriées les montrant tantôt occupés à se pourvoir en nourriture (tâche facile, vu la générosité proverbiale de la nature tropicale), tantôt dans leurs jeux, tantôt (me semble-t-il) se tirant sans dommage d'une de ces aventures auxquelles les coureurs de jungle sont presque inéluctablement promis. Bonheur sans tache sous un ciel sans tache, jusqu'au jour où un steamer apparaît, dont le capitaine décidera Macao — sans autre argument, peut-être, que la splendeur industrielle du bateau qu'il commande — à s'embarquer avec lui pour revenir au monde civilisé. L'une des dernières images représente la délaissée pleurant à chaudes larmes sur le rivage, tandis que son compagnon s'en va, subjugué, mais navré comme un Titus sacrifiant sa Bérénice aux devoirs de l'empire.

Trouver un paradis dans l'amour d'une femme avec qui, physiquement, l'on s'ébat en pleine nudité sauvage et qui, idéalement, nous mène en un lieu si exotique et retiré qu'il semblerait que la mort ne puisse venir vous y chercher, c'est à ce désir au double aspect — le plus direct et le plus fantasmatique — qu'en moi ce mythe répondait : que cette passion, oasis ou île aussi isolée que celle dont l'hôtesse était Cosmage (au nom parlant comme Céleste, Stella, Sylvaine ou Flore) soit le monde complet où je m'enfermerais, aussi invulnérable qu'un dieu régnant sur son *cosmos!* Utopie, certes, mais à quoi j'ai cru ou fait semblant de croire, m'enfonçant complaisamment dans ce qu'au fond je savais n'être qu'enfantine rêverie dont la teneur idyllique me rassurait. Une rêverie qui, plutôt que l'amour parfait déjà sur la mauvaise pente, en exprimait la nostalgie. Une construction innocemment partisane, qui négligeait le triste dénouement, alors que ma complice — plus conséquente — s'y référait parfois, me reprochant d'être trop sensible à des attraits qui n'étaient pas ceux de Cosmage mais ceux de la « civilisation », cet art et cette poésie modernes auxquels je fus plus avide d'accéder à mesure que notre lien se desserrait et dont elle comprit vite (je présume) qu'ils auraient un jour barre sur elle.

« Macao était un sage, mais le capitaine avait raison » : ainsi, dans l'équivoque, s'achevait le récit. Pourtant, que Macao le sage se rende aux raisons du capitaine, cela — au bout du compte — ne signifiait-il pas que, si la sagesse est louable, il est de dures et solides raisons devant lesquelles elle n'a qu'à s'incliner, de sorte que tout en faisant l'éloge de la vie sans contraintes — celle que ne bride pas le besoin d'être utile ou considéré – c'était à la raison que le conte donnait raison? Souvent, j'ai pensé à cette moralité hypocritement bourgeoise, sans toutefois l'appliquer à mon propre cas : mes raisons à moi n'étaient pas aussi raisonnablement conformistes que celles-là et n'avaient eu, au demeurant, nulle sagesse – seulement un amour en train de se lasser – à contrebattre.

Honolulu, Waikiki, Tananarive : noms roucouleurs, incitant à des paresses imaginaires sous le soleil des îles; noms sirènes; noms babils plus aguicheurs que le nom déclic de chapeau claque du roi Malikoko; formulettes ou refrains qui, malgré leur teneur d'invitations au voyage, ne sont que des berceuses qu'on ressasse en appréciant mieux encore le *farniente* qu'elles éventent de leurs palmes. Raison de plus de ne pas bouger, si l'on savoure ici – avec la dose voulue de douce mélancolie – le plaisir de rêver que l'on est là-bas! Toute ma vie peut-être, sous quelque angle que je la regarde, se sera passée à rêver à des là-bas dont les couleurs m'attiraient, sans pourtant me conduire à brûler mes ici : pays méditerranéens ou tropicaux, où je trouvai mes joies les plus anciennes de passant étranger et dont l'éclat m'a pour ainsi dire hanté, mais non au point de me décider à tout lâcher pour m'y établir; autres pays qu'assez longtemps j'ai tenus politiquement pour des modèles (la Chine, Cuba) mais que, jusqu'à l'heure du désenchantement, je me suis borné à encenser de loin, après avoir voracement goûté sur place leur beauté; pays de mon climat, que je ne connais guère qu'en vacancier mais qui, depuis quelques années, sont mes refuges mentaux, l'idée que j'aimerais mieux y être enterré que l'être partout ailleurs prenant, tambours voilés, la relève de l'autre vaine idée que c'est là que je devrais vivre (exactement l'Irlande et les régions celtiques de la Grande-Bretagne, riches en sites romantiques dont la tristesse tantôt perlée tantôt d'une tessiture plus sombre fait que je m'y sens chez moi en même temps que porté au-dessus de moi); cause révolutionnaire, que j'ai crue capable de donner à mes actes un poids qu'ils n'avaient pas, mais qui ne m'a guère mené qu'à des gestes plus ou moins platoniques n'entraînant nul rejet de mes façons anciennes; amours sans lisières, dont mon âge adulte fut si souvent assoiffé, mais qu'au lieu de m'y engloutir je n'ai jamais vécues que le temps d'un rêve, faute d'une vraie conviction.

Contrées qui m'ont ensorcelé sans me déraciner; prises de parti qui ont laissé intact mon matelassage d'habitudes; amours qui, plutôt qu'amours, étaient élans vers la beauté de l'amour, — en mes moments chagrins — encore mauvais moments mais qui, proliférant, finiront par être ma norme — je me demande jusqu'à quel point cela pesa plus lourd que chansons qu'on se chantonne ou vers qu'on se récite pour incanter l'ennui et si le rôle de ces appels à sortir de l'ornière a beaucoup dépassé celui d'arrangements que, sans reconstruire ma vie, je lui aurais apportés, à l'instar de telle ou tel qui — docile aux conseils ménagers d'un magazine fait pour les bourses moyennes — décore son intérieur à peu de frais, mais assez astucieusement pour qu'il ait l'air plus spacieux. Honolulu, Waikiki, Tananarive : la poésie où s'exprime mon appétit d'autre chose serait-elle un avatar plus savant, plus complexe, mais pas plus efficient de balbutiements de cette espèce et se réduirait-elle, somme toute, à des comptines que je répète sans jamais lever plus que le petit doigt? Et si, laissant dormir ces mots qui résumaient un exotisme de carte postale, je me tourne vers des charmes plus subtils et encore plus anciens, je vois que tout un pan de ce que j'ai recherché (m'ouvrir à un monde inconnu, grâce à des télescopages de vocabulaire) peut, positivement, se rattacher à la musique qu'était pour moi un titre qu'achève une sorte de marche à cloche-pied ou de trébuchement et qui désigne — avec une préciosité due moins au jeu de mots qu'à la matière évoquée — l'œuvre d'un auteur peut-être estimé naguère mais aujourd'hui très oublié : *Princesses de jade et de jadis,* recueil (il me semble) de contes inspirés à un homme de lettres français de la fin du siècle dernier par l'Extrême-Orient d'il y a quelques centaines d'années et dont je me rappelle l'édition, trop brillamment reliée, qu'en détenait mon père, dans sa bibliothèque rien moins que « moderniste » mais susceptible de satisfaire parfois mes fringales d'adolescent en quête de livres à dire vrai plus pimentés que ne l'était, je crois bien, celui-là.

Nullement princesse, et moins encore de jade ou de jadis, était Cosmage, tant dans sa forme réelle que dans sa forme mythologique, cette forme tropicale dont quelques années plus tard une version volcanique autant que conventionnelle serait offerte au public parisien par Joséphine Baker, dansant aux Folies-Bergère vêtue seulement d'une ceinture de bananes. Entre ces deux formes, certes, la distance était grande! Mais quand la petite bourgeoise à carnation rosée, qui se disait « païenne » à la lumière des *Chansons de Bilitis* plutôt que des philosophies antiques, s'abîmait avec moi dans la blancheur des draps, cette distance était abolie et — du moins les premiers temps, alors qu'il me semblait que nos amours me faisaient aborder un continent neuf — c'était une vie d'avant le péché originel, sans souillure et sans mort, que je vivais pour quelques heures, plus souvent nocturnes que diurnes. N'était que ces heures apparemment d'innocente liberté se déroulaient dans l'artificialité ouatée d'un appartement de Passy et selon un protocole de semi-clandestinité, n'était surtout la restriction ultime qu'obéissant de bon gré au vœu de ma compagne je m'imposais afin que nos étreintes n'eussent pas de fruit, c'est en parlant de communion passionnée avec la nature que — dans un langage qui alors m'eût été étranger — je définirais volontiers ce qu'elles signifiaient pour moi, par-delà le plaisir immédiat. Parler ainsi, toutefois, serait cécité ou abus, car si le corps qui s'unissait au mien pouvait, à mes yeux, égaler la nature entière, cette union non seulement s'accomplissait en vase clos, rite appelant la discrétion d'un éclairage électrique tamisé ou une obscurité muant en espace sans limites la pièce où nous étions calfeutrés, et la vidant de tout ce qui n'était pas nous, mais — artifice pire —

se trouvait, à la dernière seconde, sinon amputée de sa conclusion voluptueusement lancinante, du moins détournée de ce qui aurait dû en être l'aboutissement naturel. Sans doute parce que son livre s'adressait à des enfants, l'auteur de *Macao et Cosmage* ne touchait pas un mot de la nature exacte du commerce établi entre ses deux héros, et nulle part il ne laissait entendre que le Blanc et la sauvagesse auraient pu, si le steamer n'était pas survenu en trouble-fête, avoir comme dans les épilogues de contes de fées l'heureuse chance d'abondamment procréer. Quant à l'autre Cosmage et à l'autre Macao, ils mettaient eux aussi cette question entre parenthèses : que leur conjonction fût stérile allait pour eux de soi et leur cérémonial était si bien rodé qu'ils pouvaient croire atteindre à l'extrême du débridement sans que fût jamais franchie la limite à ne pas franchir.

Cette union dissoute, et même après que ma vie se fut donné une assise en s'appariant à une vie qui à travers flux et reflux, consonances et dissonances, s'enchevêtrerait avec la mienne au point de faire partie de moi autant qu'Ève d'Adam si elle était demeurée pièce de son ossature, le mythe de Cosmage — encore qu'autrement orienté qu'à l'origine — ne me laissa pas entièrement échapper à son emprise.

Peut-on rester chez soi et s'enfermer dans le quant-à-soi, dans l'entre-soi, comme dans une île? C'est par l'affirmative que, pratiquement, j'en avais d'abord tranché, les yeux fermés et sans m'interroger sur un problème qu'à cette époque je n'aurais même pas songé à énoncer, à tout le moins dans ces termes. N'étais-je pas ébloui par ce qui, après des approches trop timides pour aboutir, venait de m'être concrètement révélé : l'amour, dont je n'avais connu que de pauvres ersatz, sans commune mesure avec la fusion apparente de deux êtres qui se grisent l'un de l'autre jusqu'à l'instant où la courbe ascendante de cette griserie se brise en un unique transport? Mais si je puis, pour cette période, parler d'*expérience du bonheur,* il est certain que je fis du même coup l'expérience de la courte durée de ce genre de bonheur. Avant même de comprendre que le bonheur avait fondu entre mes doigts et que ceux-ci ne serraient plus que son image, fantôme de moins en moins apte à me faire illusion, j'avais appris (ou vaguement soupçonné) que les ivresses qui en étaient l'aliment ne peuvent pas, à elles seules, combler une existence et j'avais eu, au surplus, quelques occasions humiliantes de mesurer mon peu de dispositions pour le rôle d'amant prêt à braver allégrement traverses et dangers. Le bonheur qui m'était échu n'avait pas le pouvoir transfigurant que j'avais cru, je le sentais sans que cela fût formulable, et loin de chercher dans d'autres aventures un renouvellement de ces joies que la routine émoussait peu à peu et dont mon caractère inquiet me rendait d'ailleurs la précarité plus sensible peut-être qu'à quiconque, je m'attachai de plus en plus — sans penser que je m'écartais ainsi de l'île où j'avais voulu oublier le temps mais où plus que jamais j'éprouvais sa hantise, sachant mon initiatrice en âge de se faner avant moi — à cette « civilisation », cette modernité de serre chaude opposée d'autant plus nettement à l'état de nature figuré par Cosmage que c'était à la création idéale d'un monde inédit, moins misérablement humain que celui-ci, et non à l'exaltation des choses telles qu'elles sont, que me semblaient travailler artistes et poètes situés dans ce qu'on appelait l'avant-garde.

Je n'avais certes pas l'ingénuité de penser que l'art et la poésie m'offriraient un équivalent de l'éden — enclave inviolable de plaisance et de paix — dans lequel, avant que Macao et Cosmage entrassent en scène pour rafraîchir la dorure qui commençait à s'écailler, j'avais cru pouvoir m'enfermer, mais je sais bien que c'est dans ce monde imaginaire qui, illusoire, offre une moindre prise à la désillusion et où sévissent des dangers moins immédiats que ceux du monde réel, que j'ai cherché un autre asile contre l'idée de la mort et de la fragilité des choses et je sais également que l'activité d'écrivain — activité distincte des manœuvres d'alcôve, mais elle aussi *en chambre* et qui a pour île la table, voire la feuille de papier — est demeurée mon grand recours, celui dont toujours j'ai recommencé à user, tout en dénigrant l'esprit esthète ou bureaucrate qu'un tel recours ne laisse jamais d'un tant soit peu impliquer et en m'ingéniant à, du moins, manier l'écriture dans un esprit qui dépassât celui-là.

Perdant l'identité que je lui prêtais au départ (quand notre *lit* était une *île* plus que par simple jeu de mots) Cosmage devint peu à peu une figure presque abstraite, que ni son exotisme d'insulaire ni la couleur de sa peau n'apparentent à la belle aux seins d'ébène et au rire éclatant que, pour racoler les jeunes hommes en les appâtant par l'espoir d'amours faciles, peu coûteuses et n'engageant à rien, montrait naguère, avec un confondant cynisme de la part des responsables, l'affiche visible sur tant de murs (dans les gares et ailleurs) *Engagez-vous dans les troupes coloniales.* Si j'examine aujourd'hui pourquoi l'image de la gentille et robuste fille des bois garde pour moi quelque valeur bien qu'elle soit liée à des circonstances périmées, je ne crois pas que la raison en soit seulement une certaine fidélité à ma vie sentimentale passée, car il me semble que cette image a longtemps répondu d'une double manière à mes façons ambiguës de sentir. N'était-elle pas, d'une part, appel à une existence libre et sauvage et, d'autre part, symbole de ce que, fût-ce sous le couvert de tentatives intellectuelles ou passionnelles de libération, je n'ai sans doute jamais cessé de rechercher comme une île où je serais protégé : le giron maternel que peuvent représenter une femme, un pays qu'on aime ou une idéologie, voire le trou noir où vous plonge — vrai retour au sommeil fœtal — un semi-suicide par les barbituriques? Je me demande pourtant si, en avançant cela et en voyant dans les traits de Cosmage le masque d'une classique figure de *mamma* ou de *mammy,* je ne déforme pas son personnage. Ce qui me frappait à l'époque dans l'aventure du Blanc auquel je m'identifiais et de sa vendredite, c'était l'amitié parfaite qui régnait entre eux et comment, dans leur île, le civilisé égaré et l'authentique « païenne » menaient tout simplement à deux, sur un pied d'amoureuse fraternité, une vie conforme à la santé première ou (dirai-je plutôt) à la *sanité primale,* ainsi qu'autrefois j'avais été tenté de traduire, en un charabia visant aussi bien à serrer l'original au plus près qu'à suggérer par un barbarisme réitéré un report à des temps encore plus archaïques que ceux des druides et druidesses, l'expression « primeval sanity » — ou quelque chose de ce genre — que Walt Whitman emploie, si je n'obéis pas là à quelque obscure dictée qui trompe ma mémoire, dans l'un des poèmes des *Feuilles d'herbe.*

Trop alerte et franche camarade pour être déesse Mère (dignité qui cadrerait mal avec le caractère que je lui attribue de jeune éclaireuse rustique capable de faire face à tous les hasards de la forêt), Cosmage — la Cosmage du conte telle que je la réinvente — serait plutôt une monitrice sans plus de diplômes que de fanfreluches, qui connaît quantité de petits arts élémentaires que j'ignore, possède ses secrets et ses jeux et, nantie d'une science infuse supérieure à mon savoir sophistiqué, me guide à travers ce qui, sans elle que n'embarrassent pas de faux problèmes, ne serait qu'un dédale dans lequel je me perdrais. Sa couleur moins anémiée (dirait-on) que la nôtre à quelque bronzage que nous puissions nous soumettre l'indique (semble-t-il) plus intime avec la touffeur de la nature et c'est à un meilleur accord avec celle-ci et avec ses agissements — croc-en-jambe final compris — que m'engage cette fraîche figure, qu'aucune addition caricaturale à la Malikoko ne déshonore.

Mais si, dans la ligne du mythe qui, expurgé de sa fin malheureuse, avait constitué notre charte à mon amie et à moi, je regarde Cosmage comme une créature qui, ressortissante d'un monde si naturel en comparaison du mien qu'y aborder me dépayserait autant qu'un retour à l'âge d'or, vient me dire que ce monde moins étouffant est non seulement réel mais à portée de ma main, si je regarde ainsi Cosmage en l'opposant à une figure plus trouble qui m'a longtemps fasciné, la Circé nègre qui a pour attraits, outre ses abandons de bête ou de démone (ainsi que veut le préjugé), l'exotisme de son physique et sa capacité de m'imprégner du merveilleux auquel elle croit (un merveilleux non chrétien, merveilleux à mes yeux parce qu'éloigné de celui dans lequel j'ai été élevé et que je ne puis séparer de la morale qu'on m'inculquait), je dois prendre garde à ne pas *dénaturer* la gracieuse monitrice qu'est devenue Cosmage au cours d'un lent et intermittent rêve éveillé, en l'idéalisant jusqu'à en faire l'image de marque d'une mystique de la nature, mystique non moins mensongère que les autres. Les îles se sont dérobées sous mes pieds (lors de la guerre civile espagnole quand Ibiza, la Baléare encore à peine touristifiée où je m'apprêtais à séjourner une bonne partie de l'été, fut menacée de bombardement aérien juste comme allait commencer la cueillette des abricots) et c'est sur des lieux conçus non plus comme des refuges possibles, mais comme des objets de pure contemplation, qu'a dû se replier la mythologie géographique que je me plais encore à faire parfois miroiter dans ma tête. Précaire survie, car la guerre de 1939-1945, dont le début m'avait révélé la beauté du désert (où, isolé, l'on s'imagine infime îlot qu'entoure un océan minéral), a porté un nouveau coup à la confiance que je persistais à faire à la nature : peu avant la complète débâcle, convoyant un train de munitions du département de l'Allier jusqu'à celui des Landes et brinqueballé dans un wagon de marchandises, je regardais le paysage, admirant les arbres dans leur tenue de belle saison et me disant que rien de ce que pourrait entraîner la défaite ne saurait avoir grande importance, étant donné qu'il resterait toujours cela; mais plus tard, avec l'occupation et ses sordides conséquences policières dont il était impossible de se laver les mains, j'ai compris peu à peu qu'il pouvait s'instaurer un état de choses tel que même *cela* − notre regard sur *cela* − s'en trouve corrompu (terni, privé d'accent et comme coupé à la racine par les arrière-pensées qui s'immiscent). C'est pourquoi, quelque réconfort que puisse m'apporter la vue de certains sites, je ne crois plus que la nature soit l'ultime branche à laquelle on puisse s'accrocher quand toutes les autres se sont cassées. De notre vivant même, cette branche autant que le reste est sujette à un pourrissement, et cela suffit à discréditer toute espèce de culte qu'on serait tenté de lui vouer. La Nature, d'ailleurs, est-elle autre chose qu'une conception de désœuvrés, flânant dans leurs parcs à l'anglaise, goûtant dans leurs Trianons un peu du lait de la vie pastorale ou rêvant au *bon sauvage* à l'heure même où se pratique la traite négrière? Et s'il est une vraie Nature (celle de la forêt vierge par exemple) avec laquelle certains trouvent un plaisir à se colleter, son contact n'est-il pas pour ceux-là une occasion de se prouver leur puissance plutôt que de conclure avec elle un traité d'amitié?

Que puis-je donc retenir du mythe de Macao et Cosmage, ou plus exactement de ce que son ressassement m'a suggéré, car le récit qui en fut la base n'est que l'histoire trop banale d'une idylle entre deux êtres dont la dissemblance de leurs origines finit par briser l'union? Probablement, si pareilles choses pouvaient s'enseigner, une leçon de goût sans restriction de la vie et d'absolue simplicité, santé première qu'il n'est nul besoin d'aller chercher sous d'autres climats (comme je l'ai appris en Afrique, constatant qu'un changement d'horizon n'entraîne pas forcément un changement intérieur) et qui est sans doute ce qui me manque le plus.

Si, cherchant à lui redonner vigueur et actualité, je ne parviens — tant il s'est défraîchi — qu'à en faire un apologue à moralité creuse, je dois tenir ce mythe bâti sur un livre destiné à de tout jeunes lecteurs pour rien de plus que l'un des produits du penchant qui, plus que la ferveur musicale, nous fit ma complice et moi — nullement férus d'enfants mais enclins à de tendres enfantillages — tomber dans le ravissement quand nous entendîmes, comme une chose faite pour nous, *Children's corner* de Debussy où figure un « Golliwog cakewalk » dont le titre souligne le côté nursery de cette œuvre, qui par son anglicisme à tout le moins de façade flattait également mon snobisme d'alors. Aussi, quoique je répugne à m'en détacher, me faut-il ranger ce mythe devenu coquille vide dans le même dossier « pour mémoire » que ces motifs avec lesquels, m'expatriant sans bouger, je me suis bercé en des temps où j'avais cependant dépassé l'âge du balbutiement : Honolulu, Waikiki ou autres Tananarive, Monomotapa des fables de La Fontaine et (rapide air titubant dont, en 1929 au Moulin-Rouge, les Black Birds diffusèrent le parfum poivré de Harlem) *Digadigadoo*.

*

Officines — genre tireuses de cartes ou faiseurs d'horoscopes — dont le but serait de révéler à chacun son *vice individuel,* ce vice qu'il a sûrement mais que, dans la plupart des cas, il ignore et devrait s'efforcer de découvrir : conduites érotiques, mises en scène, voire scénarios entiers, capables de porter désir et jouissance à leur plus haut degré. Esquissée dès l'âge où l'on est matière à pédagogie, sorte d'orientation professionnelle telle que chacun, chacune aussi, serait guidé par des méthodes psychologiques vers une certaine vie amoureuse : à tel d'être homosexuel plutôt qu'hétérosexuel, à tel autre (ou le même) d'être sadique plutôt que masochiste, etc. Non une république d'Utopie, mais une société intégralement communiste, où le second membre de l'adage *chacun pour tous tous pour chacun* aurait sa pleine application et où l'homme nouveau — réparti, sans hiérarchie, en d'innombrables variétés — fleurirait sans contrainte, devrait réaliser cela.

Quant à ce que je puis aujourd'hui — sans le secours d'aucun test — entrevoir de mon propre vice, le scénario serait précisément celui-ci, où le protocole divinatoire même représenterait un élément important au lieu de n'être qu'un prélude à mettre entre parenthèses.

Dans un petit salon meublé très bourgeoisement et en un style vieillot, consultation de la devineresse (je ne conçois pas que ce puisse être un devin), personne d'âge mûr, non sans prestance, et vêtue avec une élégance sévère. Quand les cartes auraient parlé, elle me conduirait jusqu'au seuil d'une chambre où je trouverais ma « Dame », de l'un ou l'autre de ces types :

beau corps charnu d'une blancheur laiteuse (comme certains des nus qu'a peints Hans Baldung Grien) et à cheveux auburn ou blond vénitien, assez opulents pour envelopper les épaules;

corps insolemment blanc, contrastant avec le noir d'encre de la chevelure relevée en chignon et le noir non moins noir de l'abondante toison d'une fille très grande et très svelte, mais aux hanches et aux cuisses exagérément bombées par rapport à la finesse de la taille (telles ces quelques « artistes » vues un soir, presque nues et coiffées de sombreros noirs, au Molino, le café-concert bien connu du Parallelo à Barcelone);

corps d'une blonde assez robuste quoique sans lourdeur, plutôt petite et aux mains courtes, presque masculines, saupoudrée de farine de la tête aux pieds.

Ce serait une lente manipulation de cartes qui désignerait laquelle des trois je dois trouver cette fois, mais la devineresse ne me l'annoncerait pas autrement que par symboles (la lune, l'étoile, la terre), par sobriquets (la magicienne, la chasseresse, la vanneuse), par prénoms (Aurélia, Adrienne, Sylvie) ou par noms de fleurs (jonquille, dahlia, coquelicot). Pour éviter qu'une routine s'établisse, elle emploierait chaque fois des termes inédits, de plus en plus subtils, et je prendrais plaisir à déchiffrer l'énigme, puis à reconnaître, sous la désignation qui n'aurait pas réussi à me tromper, la fille que lors d'une séance précédente j'aurais déjà rencontrée. Ce serait là, d'ailleurs, trois types de base que ne séparerait aucune cloison étanche, et leurs combinaisons pourraient engendrer de nombreuses variantes, incarnées par des créatures que je n'aurais pas encore vues, mais que j'assimilerais à l'une ou à l'autre de celles qui ne cesseraient pas d'être, en quelque sorte, des chefs d'emploi.

Supports de ces trois femmes : un grand fauteuil Louis XIII pour la première (qui rêverait ou dormirait assise, et non couchée, au moment de mon arrivée), un divan recouvert de velours noir pour la deuxième, une couche quelconque mais très basse pour la troisième.

J'en imagine encore une, sur peau d'ours ou bouclier de métal au creux duquel elle repose comme dans une conque : longs cheveux très pâles, yeux et peau très clairs, sandales à lanières de cuir s'entrecroisant jusqu'aux jarrets. Noms de cette quatrième : moraine, la colporteuse, Gertrude, pivoine. En raison de la même pointe de sauvagerie qui lui défend d'attenter par un rasoir ou un onguent à ses aisselles velues, une poussière de couleur gris cendré — ou une carapace de boue séchée — la couvre jusqu'à mi-cuisses et, çà et là, elle est marquée de fines balafres comme si, nue dans sa vie de tous les jours, elle avait circulé à travers des broussailles.

Cela se passerait l'après-midi, strictement à huis clos (rideaux soigneusement tirés et lumière artificielle, tamisée pour la première, très crue pour la seconde, aussi proche que possible de la lumière du jour pour les deux dernières), sans rien qui, venant du dehors, puisse indiquer ni l'heure exacte ni le temps qu'il fait, ce que la manipulation de cartes m'aurait amené à oublier en fixant assez mon attention pour qu'en moi toute trace des détails extérieurs soit effacée par la gomme de l'indifférence. Chance imprévue : que la première ou la troisième (sinon l'une de leurs doublures) décide de mourir avec moi, en me faisant absorber et en absorbant elle-même un somnifère — après l'étreinte ou sans même qu'il y ait étreinte complète — de manière à ce que nous glissions ensemble au néant, dans une douceur avivée par l'angoisse comme par un léger piment, sans plus.

Chacune de ces femmes posséderait également son langage (sophistiqué, simple, voire paysan ou franchement vulgaire), langue française ou langue étrangère, ma préférence allant dans ce cas à l'anglais. Peut-être encore : mutisme et non langage recherché quant à la première; « voix de mêlé-cass » quant à la deuxième, la grande brune que je vois volontiers m'attendre en promenant un ventilateur électrique tout le long de son corps ou en l'éventant avec un sombrero, pour en volatiliser jusqu'à la plus infime perle de sueur. De celle-ci, un parfum un peu écœurant — qui emplirait toute la chambre assez chaude et confinée — ne parviendrait pas à masquer l'odeur fauve, inexistante chez la première et confondue, chez les deux autres, avec une odeur d'herbe ou de forêt.

Pendant l'acte d'amour, pas de mots, il me semble, mais râles profonds de la première; propos orduriers ou simplement salaces de la seconde; babil naïf, gentil ou tendre de la troisième, que mes caresses ont peu à peu débarrassée de sa mince gangue de farine; exclamations passionnées, hachées, de la quatrième, dans une langue que je ne connais pas, ce qui contribue à créer entre nous une distance, comme si le plaisir éprouvé par chacun de nous restait indépendant de la personne de l'autre.

Bout de dialogue :

La troisième. — Mon chien...
Moi. — Mon hirondelle...
La troisième. — Mon écorché...
Moi. — Ma forgeronne, ma forgerette, forge-moi bien!
La troisième. — Engraine ta douce!

(Et, sans plus parler, je l'engraine.)

Si la scène comportait un accompagnement musical, il faudrait — dans l'ordre des quatre — un grand air de Bellini ou de Verdi pour soprano, un vieux ragtime pour piano mécanique, une sonatine, la valse du *Rosenkavalier*.

Pratiquement, après un certain nombre d'expériences, l'une des quatre — ou l'une de leurs variantes — serait devenue ma favorite, celle qui par-delà le protocole divinatoire répondrait aux exigences directes de mon *vice individuel* et que je serais heureux de rencontrer même si les circonlocutions de la devineresse m'avaient amené à un autre pronostic — voire plus heureux encore, car ce serait la bonne surprise! Mais peut-être la recherche aurait-elle été interrompue en cours de route, si j'avais cédé à la tentation du somnifère proposé par la première ou par la troisième, et plutôt par celle-ci, laquelle en vérité — mieux faite, me semble-t-il, que toute autre pour jouer avec moi ce petit drame — représenterait *ipso facto* la favorite, celle après quoi il n'y a plus à chercher, de sorte que la possibilité d'avoir affaire à l'une des autres ne serait guère intervenue que comme facteur de *suspense* (à moins qu'à l'inverse l'idée, ancrée déjà, qu'une fois ou l'autre cette favorite pourrait me présenter le poison ne crée un autre et plus énervant *suspense*).

Sauf s'il était ainsi coupé court au déroulement complet de la séance, elle s'achèverait par la prise de congé. Seule la deuxième des quatre devrait être payée — fût-ce fictivement — puisqu'à la différence des trois autres elle figurerait la prostituée se prêtant comme telle et, d'ailleurs, acariâtrement. De la première, sans mot dire, je baiserais les pieds, dernière partie de son corps allongé que je pourrais toucher en gagnant la porte. De la quatrième je presserais fortement la bouche avec ma propre bouche. A la troisième je sourirais, en lui disant : « A bientôt! » Ces deux-ci, bien qu'adultes, seraient assurément les plus jeunes, alors que la deuxième, sans être vieille, serait la plus âgée, ou du moins paraîtrait porter une plus grosse charge de passé, en tant que professionnelle rompue dès longtemps à son métier.

D'une manière ou d'une autre, c'est une sorte de roman en raccourci que, par gestes et paroles, j'écrirais chaque fois avec l'une de ces femmes, tant que ne surviendrait pas l'interruption que j'ai dite, si tant est que jamais elle survienne. Or, n'est-ce pas ainsi que se font les romans? Autour de personnages qui nous apparaissent et qui, d'eux-mêmes, se prennent à agir, nous dictant leurs conditions et nous mettant en condition. En vérité, quand je rêve à tout cela, sans vrai désir de réaliser et sans même que, par ces images, soit éveillée en moi une concupiscence déterminant une passagère modification du centre de ma personne (ce qui tient sans doute à mon âge, maintenant trop pesant pour que d'emblée je puisse m'ériger), c'est peut-être un embryon de roman que j'écris déjà, un roman qui – si je m'y attelais – aurait finalement pour héroïne la terre, la vanneuse, Sylvie ou coquelicot, soit de toutes la moins esthétisée.

Ce qui ne m'est jamais arrivé et qui, sans doute, ne m'arrivera jamais, est-il inadmissible que je prenne plaisir à le faire arriver, du moins, sur le papier?

*

Pitance d'aigle,
cette peau
de tessiture ignorée
mais devinée sans gravats ni opacité
alors que tant d'autres
ne sont que d'obtuses carapaces!

*

Sous la tiare papale (tour de Babel en modèle réduit) les deux clefs se croisent comme, sous le crâne, les deux tibias en X des Frères-de-la-Côte ou ceux des Hussards de la Mort. A Dublin, le même signe m'est apparu, un après-midi, sur le dos du blouson de cuir sombre d'un jeune motocycliste casqué de rouge et blanc; allusion (eût-on dit) à la philosophie *zen* et à son moderne propagandiste, le mot SUZUKI était écrit au-dessous. Le même jour, j'avais vu dans le hall de la poste générale — théâtre de l'un des premiers combats pour l'indépendance — la statue en bronze du héros celte Cuchulainn qui, sans cheval et mortellement blessé, se fit (à ce que contaient les *fili*) attacher debout contre un rocher, de sorte qu'il put effrayer ses ennemis jusqu'au moment où un corbeau se percha sur son épaule et le révéla cadavre en commençant à le lacérer.

Motocyclistes affidés de la firme SUZUKI ou de la firme HONDA, Hussards de la Mort et, plus anciennement, Frères-de-la-Côte déployant le pavillon noir ressemblent peut-être, chacun à leur façon, aux samuraïs du Japon de jadis et il n'y a rien là qui doive surprendre : s'affirmer dans le mépris de la mort, qu'on l'affronte pour soi ou qu'on l'inflige aux autres, tel est leur commun partage.

Quant au très vieux, très propre, très disert et très saint Père, prendrai-je pour argent comptant le jeu d'armes parlantes qui, héraldiquement, le rapproche de cette féodalité païenne au sang diversement bouillonnant? Tour de Babel ou non, énonciatrice de morale ou monument d'hypocrisie, instrument de paix ou machine de guerre, son Église – bien plus âgée que les Croisades – participe non des humeurs trop chaudes mais des ossements blanchis que même les oiseaux les plus funèbres auront cessé de survoler quand sera dépassé cet an 2000 qui, naguère encore, semblait relever presque de l'astronomie...

＊

Des Augustins aux Augustines. Ainsi — mettant un hasard à profit — pourrais-je nommer, en langue d'annonces pour tours en groupe, le déplacement qui chaque samedi (grandes vacances exclues) m'amène à Saint-Hilaire, commune encore assez rurale grâce à ses blés, à ses cressonnières et à ses chasses gardées, mais qu'un nombre croissant de signes montre promise à n'être bientôt plus qu'une quelconque banlieue. N'est-ce pas à un prieuré de dames augustines qu'a succédé la « maison bourgeoise » dont je n'ose plus dire qu'elle est notre maison de campagne ?

Cette maison, il y a maintenant quelque vingt ans que ma femme et moi nous en disposons, mais il a fallu plusieurs années pour qu'elle m'adopte et d'autres années encore pour qu'elle devienne ce qu'elle est aujourd'hui : ma complice dans une manœuvre presque nécessité hygiénique. Changer périodiquement de décor, même si l'autre décor demeure toujours le même et n'est pas plus exotique que le décor de base, cela me semble aussi indispensable que — la nuit, dans le bercail des draps — se tourner d'un côté puis de l'autre pour dormir ou se rendormir (quoique, à l'inverse, l'alternance domiciliaire ait pour effet de me tenir à peu près éveillé et d'empêcher que je m'encroûte dans une mauvaise torpeur).

Aux Augustins, le bruit ; aux Augustines, le silence. Cette

différence compte beaucoup, bien que je ne sois pas spécialement amateur de calme plat et qu'un silence trop proche du
zéro aille même jusqu'à m'effrayer. Ce qui me convient le
mieux, c'est sans doute un léger bruit : juste ce qu'il faut
pour qu'on puisse s'accrocher à quelque chose, au lieu de
se croire immergé dans le néant. Aux Augustines, que ne
trouble pas le vacarme des Augustins, j'ai du moins le
recours de ces menus bruits qui fêlent plutôt qu'ils ne
rompent le silence et grâce auxquels on peut rester à l'écoute
de soi-même sans sombrer dans le vertige que l'absence de
toute liaison par le canal de l'oreille entraînerait infailliblement.

Horizon plus éloigné pour mon regard qu'aucune barrière
de constructions n'intercepte, faible rôle que la géométrie
joue dans ce que j'ai sous les yeux, couleurs qui paraissent
plus vivantes étant celles de choses la plupart naturelles, air
évidemment moins souillé par les excrétions des divers orga-
nismes dont se compose le règne industriel, intérieur même
de la maison plus ancienne que l'appartement de Paris puisqu'elle date du premier Napoléon, malgré ces avantages
— aussi positifs que la tranquillité plus grande — je ne puis
pas dire que je préfère mon logement beauceron à mon logement parisien. Trop de souvenirs, au reste, m'attachent à
Paris et j'y ai à portée de la main (il me suffit de le savoir)
trop de moyens d'échapper à mes ruminations quand elles
tournent au pire pour que je songe, si ce n'est par bouffées,
à m'établir ailleurs. L'unique vérité sûre, c'est que j'aime
passer de l'un à l'autre de ces gîtes et que dans n'importe
lequel des deux — l'urbain comme le rural, le trépidant
comme l'inerte — l'inquiétude aurait vite fait de m'étouffer,
si je devais n'en pas bouger.

*

Du temps de la chienne Dine, nous promenant une fois elle et moi à la tombée du jour, nous vîmes le spectacle suivant.

Dans le silence d'un pré environné de bosquets, une bonne douzaine de lièvres ou de lapins de garenne (membres, en tout cas, du groupe des léporidés) presque tous assis et quelques-uns circulant, mais sans hâte et sans beaucoup s'écarter de leurs congénères. En rond — ou peu s'en faut — ils semblaient tenir un colloque ou un conseil de famille et s'y intéresser si fort que, ne paraissant pas outre mesure inquiets de mon approche et de celle de la chienne au gros mufle noir peu rassurant (si c'est du moins un œil humain qui juge de ce faciès), ils ne se décidèrent que très tard à décamper. Quel pouvait être l'objet d'un tel rassemblement dont nous n'avions jamais vu, Dine et moi, l'équivalent au cours de nos marches à travers bois et champs, fertiles pourtant en rencontres de lièvres ou de lapins (que, ni chasseur ni campagnard, je distingue mal les uns des autres, sachant seulement que les lièvres sont plus grands, avec des oreilles plus longues), rencontres aussi d'oiseaux tels que perdrix et parfois même faisans?

Sauf que je ne comprenais goutte à ce que les gracieux rongeurs se racontaient dans leur langue peut-être exclusivement mimique, j'étais, moi, une Alice abordant le Pays des Merveilles. Quant à la bête aux babines roses et belles dents blanches qui, tirant sur sa laisse, contemplait avec moi le tableau, cette bête fort douce mais dont j'avais toujours peine à contenir les élans carnassiers, littéralement elle en bavait.

*

Sur la paume de ma main droite, au bout de mon avant-bras tendu à l'horizontale autant que j'en ai la force, je supporte une colonne de marbre veiné, qui ressemble aux colonnes peintes des décorations Renaissance – ou plus tardives encore – inspirées par les fresques romaines. Angoissé par le poids majestueux de ce haut fût et par la difficulté de le maintenir en équilibre, je suis prêt à crier mais, sensible à mon agitation, ma compagne me réveille. Au cours de cette nuit d'il y a bientôt vingt ans, était-ce toute la lourdeur du dilemme, pour moi, éternellement posé que me donnait à mesurer cette main, pareille à un plateau de balance trop sévèrement grevé?

Un peu plus tôt dans la même nuit, parcourant une île qui devait être la Guadeloupe dans une auto conduite par quelqu'un de ma connaissance, je me trouvais – après bien des détours – devant la porte d'une maison dont le maître était un blanc créole : une opulente « habitation » à la porte fermée, porte en bois très massive et chargée de ferronneries certainement très pesantes. Cette immense villa, par laquelle il nous avait fallu passer car c'était la seule voie commode, nous en avions traversé les pièces et les jardins – déserts comme ceux du monstre dans le conte *La Belle et la Bête* – avant de nous retrouver au-dehors, devant la porte, comme si nous n'y étions jamais entrés. Nous apprenions alors qu'elle était celle d'un forgeron (cet homme du fer et du feu auquel la croyance populaire attribue tant de pouvoirs) qui s'était retiré fortune faite.

Un beau château fort du temps de la flibuste, rappelant celui d'Elmina en Gold Coast, m'apparut dans un rêve de la même époque. Le voyant, peut-être, mentionné ou reproduit dans un guide ou sur un dépliant publicitaire, je constatais avec un intense regret qu'en passant dans l'île anglaise d'Antigua — dont le côté perdu, pauvre mais étrangement doux m'avait touché si fort pendant le tour antillais dont je rentrais à peine — j'avais oublié de visiter ce monument, que par la suite je reconnus apparenté à un autre merveilleux château de bord de mer surgi nuitamment lui aussi, une autre tranche de quelque vingt années auparavant.

Superbe colonne trop lourde à supporter (fragment probable d'un décor intérieur de palais), ferronneries gardant l'entrée d'une riche demeure de même âge que tels hôtels jadis aristocratiques de l'île Saint-Louis et du Marais, château fort que ma négligence m'a empêché de visiter, il ne m'importe guère de savoir si c'était ma faiblesse, une barrière indépendante de moi ou mon étourderie qu'incriminaient ces images : ce qu'illustre leur commune négativité, n'est-ce pas l'inassouvissement d'un fabuleux désir toujours resté à mi-route?

Beaucoup plus tard, nous aperçûmes un jour, ma compagne et moi, roulant en voiture sur une route campagnarde, un château (ou une vaste maison) que nous ne pûmes regarder qu'au passage — sans loisir de nous arrêter, car nous n'étions pas seuls dans la voiture — et à une distance assez grande, mais dont le charme nous frappa. Ce château attirant par sa discrétion même, nous ne l'avons jamais revu, bien que la route en question soit l'une ou l'autre de celles qui nous sont familières et que, depuis, à nos allers ou retours de week-end nous avons prises souvent et en toutes saisons, de sorte qu'il est exclu de penser que, démasqué une fois par les arbres dépouillés, le château aurait été, ensuite, caché par des feuillages. Pourtant, nous sommes certains de n'avoir pas rêvé, et cette apparition indubitable quoique jamais renouvelée est pour nous un petit mystère.

*

L'Objet sera-t-il un paquet enveloppé de papier blanc,
d'une multitude de papiers blancs,
comme un cadeau de Noël?

Ou bien un silex à goût de chocolat,
malgré sa couleur café au lait?

Ou bien un disque de cire,
écrin d'une musique qui m'émerveille
bien que, sans savoir où, je l'aie déjà entendue?

L'Objet sera-t-il un monceau
compact, mais poreux
comme la peau du sommeil?

L'Objet sera-t-il un morceau
— un brin, un lambeau, une paillette —
de ce que jamais je ne me suis mis sous la dent?

Dans ma bouche
la foudre,
pour peu qu'elle soit apprivoisée,
ne serait pas meilleure!

*

N'EST-CE PAS?
mots qui, moins souvent cassants que pressants et presque
caressants, insinuent un doute en même temps que la conviction que ce doute sera dissipé.
N'EST-CE PAS?
bref chuchotement complice
appelant l'autre à reconnaître, fût-ce sans même murmurer
un « oui », que justement cela est.
POUR AINSI DIRE...
qui veut dire que la chose ainsi dite ne l'est pas tout à
fait, qu'il y a une certaine marge entre ce qui est dit et ce
qu'on voudrait dire, et que l'autre — pour entendre juste —
doit tenir compte de cette marge. On brûle, on est tout près,
c'est comme si ça y était, mais ça n'y est tout de même pas,
et il faut que ce léger manque soit marqué pour que, soi-
même et l'autre, on y soit à peu près.
Cela, je l'ai ruminé en partie dans le bain généralement
trop chaud où chaque matin j'ai coutume de faire le sybarite, laissant mon esprit flotter et s'en aller à la pêche aux
idées, ou pêche aux mots aptes à formuler une idée qui
n'est, pour ainsi dire, qu'une ombre mais tout compte fait
valait bien, n'est-ce pas? la peine prise pour *grosso modo* lui
donner corps.

118

*

Comme un condamné dépaysé parce que sorti de prison ayant
purgé sa peine,
  comme un retraité trop rompu au travail pour n'être pas embarrassé de son loisir,
  comme un soldat cafardeux pendant sa permission car il ne
connaît que la guerre,
  comme un moine qui, délié du vœu de chasteté, se découvre
impuissant,
  comme un marin perdu dès qu'en escale il tire sa bordée,
  comme une femme qui retourne à celui qu'elle a lâché parce qu'il
la battait,
  comme un adulte aspirant à retrouver le temps où il n'était qu'un
enfant impatient de grandir,
  comme un parvenu en mal de savoir à quoi il va bien pouvoir
dépenser ses millions,
  comme un voyageur apprenant que faire le tour du monde c'est
revenir à son point de départ,
  comme un émigré constatant qu'ici ou là il sera toujours mis au
ban,
  comme Lazare pleurant — à en croire Oscar Wilde — d'avoir
été ressuscité,
  comme un qui crie « Au secours! » après s'être jeté à l'eau,
  comme le chef d'État qui regrette l'époque où il luttait pour
prendre le pouvoir,

119

comme un artiste écœuré d'être arrivé à faire strictement ce qu'il voulait faire,

comme un métaphysicien effaré d'avoir, enfin, percé le voile de la vérité,

comme celui qui, heureux au jeu, se voit malheureux en amour,

comme quelqu'un qui s'afflige de regarder d'un œil sec l'être ou le lieu qu'il pensait ne pas pouvoir retrouver sans larmes,

comme l'un ou l'autre de ceux-là, autant dire comme n'importe qui.

*

Ce rêve, je l'ai fait une nuit de juin à Baden-Baden, station thermale si ancienne qu'outre son casino néo-classique et son théâtre où *Béatrice et Benedict* de Berlioz fut créé peu avant la guerre de 1870 — bâtiments sis en bordure du parc, qu'arrose une rivière torrentueuse mais dûment domestiquée, et dont les belles pelouses sont dominées par des arbres déployant très haut leur lourd feuillage — elle possède des restes de bains romains, à l'air presque de catacombes, situés, eux, dans un coin banal de sa partie proprement urbaine où abondent les hôtels de tous acabits (du palace à la pension), les églises (dont un grand gâteau voué au culte orthodoxe russe), les boutiques, les villas, les édifices publics, sans compter les rangées d'immeubles pas même standard mais si quelconques qu'on les remarque à peine.

Je suis coupable d'un vol. J'en discute dans la rue avec deux ou trois camarades et ils pensent comme moi qu'au point où les choses en sont, le mieux que je puisse faire, c'est de me constituer prisonnier. La police est d'ailleurs prévenue de cette démarche. Sans doute serai-je condamné à trois mois de prison.

Sur la place où nous sommes, vers le centre d'une grande ville (grosse cité provinciale ou capitale d'un petit pays de l'Europe du Nord ou de l'Est), il est difficile, bien que je sache que c'est là qu'ils se trouvent, de découvrir l'entrée des services de police. Autour de cette place à peu près ronde, dénuée de caractère monumental et dont le charme tient à son allure anachronique ou hors circuit, nombreuses sont les maisons hébergeant un commerce de détail ou un autre négoce, nombreux aussi les étalages et les échoppes; mais je ne vois rien qui annonce un commissariat. Après maints tâtonnements, j'aperçois une petite porte serrée entre deux modestes magasins, je la franchis, et je descends un escalier assez étroit et long. Cela me mène à une salle très vaste (rappelant une centrale postale) avec beaucoup de comptoirs, tenus surtout par des femmes, d'âge moyen et de physique sans attrait. Je me renseigne et, après quelques ricochets d'employé à employé, me voici en présence d'un policier de haute stature, rasé, coiffé d'un feutre gris rejeté vers l'arrière, et vêtu d'un pardessus flottant. Il fait songer au policier rigoureux mais sympathique qui est l'un des personnages classiques du cinéma américain. Notre entretien sera, somme toute, des plus cordiaux.

Cet homme m'emmène vers le bureau où doit avoir lieu mon interrogatoire. Pour ce faire, il me transporte (je crois) dans un petit chariot à moteur tel qu'il y en a dans les gares pour le transport des bagages. Nous traversons ainsi une cour de forme mal déterminée, sorte d'entrepôt ou de chantier aux dimensions et au mouvement de halle, dont il est le responsable. Dur travail pour lui, à qui revient la tâche d'organisation, de sorte qu'il lui faut s'occuper — presque comme un architecte — de l'aménagement matériel : distribution des parkings, hangars, ateliers et autres lieux, les uns à ciel ouvert, les autres sous de larges toits ou marquises de verre et de métal. C'est compliqué mais intéressant, me dit-il. Comme dans Marcel Proust les « feuilles d'automne », ajoute-t-il, comparaison qui montre qu'il me sait écrivain (j'en suis, bien sûr, flatté) et dont, revenu à l'état de veille, je penserai — au retour d'une promenade dans le parc aux grands arbres très feuillus — qu'elle n'était peut-être nullement saugrenue : Proust ayant écrit (dans une lettre, il me semble) qu'*A la recherche du temps perdu* est construit à la façon d'une cathédrale (nef, transept, abside, etc.), le travail, tant soit peu architectural, de compartimentage effectué par quelqu'un qui est à la fois investigateur patenté et vivant classeur méthodique ne se prête-t-il pas à ce rapprochement absurde à première vue?

Avant que ce policier me pose des questions, c'est à moi de parler : il faut que, reprenant les choses par le commencement, je confesse ce que j'ai fait. Mais ça n'est pas si simple, et j'en arrive même à ne plus savoir — bien que ma culpabilité ne soit pas douteuse — quel méfait j'ai commis. C'est pourquoi je demande à mon policier comment il définit le vol. Question qui se perd dans les sables, tant et si bien que cet espoir me vient peu à peu : je n'ai aucun vol à confesser et il est donc probable qu'on me relâchera, sans même que je doive passer une seule nuit dans les locaux de la police. C'est ainsi encouragé que je m'achemine vers le réveil, qui s'opérera sans à-coups.

Cela s'était passé dans le premier sommeil et je n'avais eu nulle peine à me rendormir. Mais, au matin, je me sentis en proie à un certain malaise.

Pour moi, la chose était, en effet, intéressante mais compliquée, autant que le problème d'agencement qu'avait dû résoudre le policier, et elle restait dans ma tête comme une toile d'araignée que la clarté un peu plus tard jetée par la cathédrale ne réduirait pas à néant...

(Maintenant, grâce au recul, je vois une explication plus nette, encore qu'elle-même trop architecturée pour être vraiment satisfaisante : activités diverses à pourvoir de locaux appropriés, gens à transférer de service à service en un minimum de temps, répartition d'agissements et enchevêtrements de trajectoires qu'il fallait, malgré la complexité et la rigueur des impératifs de temps et d'espace, prévoir et rendre possibles sans carambolages, le réseau ainsi formé dans l'esprit de l'homme de police par les actions, les heures et les emplacements ne répondrait-il pas à la tournure passionnément *topologique* de la pensée proustienne que le tableau mouvant des trois clochers, beaux parce que leurs relations semblent se modifier quand le spectateur se déplace le long d'une certaine route et le long d'un certain temps, illustre à peine plus visiblement que les moments revécus en d'autres lieux et d'autres circonstances comme si le temps n'avait été qu'un chariot transportant d'un point à un autre les sensations : même plaisir du goût éprouvé à Combray et à Paris, même trébuchement sur une inégalité de pavage à Venise et dans la cour d'un hôtel du faubourg Saint-Germain, même son produit par le coup de marteau qui vérifie l'attelage d'un train à l'arrêt et par la fourchette ou la cuiller qui dans une salle à manger heurte le fond d'une assiette, — tournure qu'à un niveau historique illustre aussi l'interpénétration finale, par le jeu d'alliances prouvant que les temps ont changé et que des cloisons se sont abattues, des deux sphères sociales que définissaient cartographiquement les deux « côtés », Swann et Guermantes, vers lesquels s'orientaient les promenades d'un adolescent?)

Rêve dont, certes, le souvenir d'*A la recherche du temps perdu* (amené peut-être par le caractère suranné de la ville d'eaux) était l'une des bases, puisque Proust y est d'ailleurs nommé expressément et crédité, non de sa haie printanière d'aubépines, mais des « feuilles d'automne » qui pour Hugo — autre réflexion d'après coup — symbolisaient l'âge mûr et étaient donc une allusion sans voile à la fuite du temps. Mais rêve pourtant moins proche de l'odyssée de Jean Santeuil (au nom, vite au rancart, de bourgade pour artistes impressionnistes) que des récits de Kafka, avec tous ces bureaux dont l'entrée extérieure semblait malignement se dérober, ces fonctionnaires embarrassés de mon cas, ces renvois d'un guichet à un autre guichet, et ce sentiment d'être coupable de quelque chose, de l'être assurément, mais sans que je parvienne à déceler de quoi — sinon d'un vol, dans l'acception la plus vague — ni de quelle tache exactement je suis souillé, avec aussi le côté louche du rapport presque affectueux qui m'unit à ce policier, plus jeune en fait que je ne le suis, mais au comportement de frère aîné.

Feuilles d'automne : plutôt que regrets ou réminiscences, fatras de remords liés à de sales poussières, dérobades ou attitudes zist et zest, paroles non prononcées alors qu'il aurait fallu les prononcer, gestes que j'aurais dû accomplir mais dont je me suis abstenu, contentement quand des alibis ou des portes de sortie m'étaient fournis, élans tardifs sinon du genre esprit de l'escalier et (menus actes représentant le *trop* en face du *pas assez*) souhaits vite réprimés parce qu'ignobles, phrases dites pour être bien vu de ceux qui m'écoutaient ou me mettre à leur diapason, coups d'épingle aux minces conséquences mais d'intention mesquine ou, non moins dégradantes, horribles bontés veules ou hypocrites — toutes choses non délictueuses mais peut-être plus puantes que de grands crimes et dont j'ai laissé dormir en moi les résidus sans jamais oser jeter sur eux plus qu'un regard furtif; surcroît aussi de craintes, puisque j'en suis à mon hiver, et dégoût de ces craintes qui à elles seules voûteraient mon dos comme si, d'un instant à l'autre, le ciel allait me tomber sur la tête.

Pourriture jaune comme, éclairant de leur sourde lumière la fin de *Cyrano de Bergerac* (que j'ai aimé, gamin, jusqu'à le lire à qui voulait m'entendre, en l'espèce une vieille couturière à la journée employée chaque semaine chez mes parents), les feuilles mortes qui jonchent les allées du couvent où l'héroïne ⸱ s'est retirée et — matière à songerie — seront identifiées, par l'un de ses anciens prétendants devenu duc et maréchal, aux actions petites et viles dont celui à qui les années ont permis de réaliser ses ambitions sent que chacun de ses pas reste encombré (légers obstacles que le pied hésite à repousser, aussi bien qu'à fouler, et qui sont cause de honte autant que de mélancolie).

Pire pestilence : l'odeur de bénitier ou de confessionnal dont m'imprègne ce remuement de dégoûts, craintes, remords, qu'aucun vent ne vient balayer, et qui peuplaient de leurs miasmes ce rêve en clair-obscur, mieux accordé à l'atmosphère feutrée de la station de Baden-Baden qu'à ses entours salubres de Forêt-Noire...

Non moins accordé, en ce qu'il a de patibulaire — mais ce point-là, trop irritant, je ne l'aborde qu'après beaucoup d'atermoiements —, à une silhouette sinistre dont je savais qu'elle hantait ces parages : le gros-bras qui, à coups de quadrillage et de tortures, avait tenté de gagner la « bataille d'Alger » et qui, nanti d'une haute charge en Rhénanie, eût dû assister — ce que par chance il ne fit pas — à l'ouverture de l'exposition (un peintre français contemporain) pour laquelle, de Paris, nous étions venus dans l'ex-grand-duché de Bade. Commandeur guignolesque, le reître dont je m'étais juré de ne serrer à aucun prix la main — non de pierre, mais de viande coriace, et qui tira de répugnantes ficelles — ne m'aurait-il pas rejoint, dans le confort excessif de ma chambre d'hôtel, par le truchement du songe dont le remugle de geôle ou de salle d'interrogatoire et l'exégèse ardue me troublèrent au matin, puis ne laissèrent pas de me troubler, longtemps après ce matin-là, en ondes jamais résorbées une fois pour toutes?

Cette faute non définie, et seulement devinée inexpiable comme un vol qui engagerait l'être en totalité : trou par lequel, si j'y plongeais des yeux assez droits et patients, je verrais — sans pour autant atteindre le fond — ma vie entière (dans la mesure où je puis me la rappeler) se convulser, strate après strate, jusqu'à nausée.

Cette faute, ou plutôt cette tare, dont chaque fois que je prends parti ou que je blâme les autres la conscience imprécise me gêne, il m'est pourtant possible — pose de repère et rien de plus — d'indiquer ici sa nature, le *grilling* auquel je me soumets m'arrachant encore ce bout de vérité : sous un vain masque de rectitude morale (voir, cas typique, mon refus digne mais sans portée de me commettre avec un tortionnaire) une terrible mollesse, celle dont procèdent — comme le penchant nostalgiquement contemplatif attesté

par les « feuilles d'automne » que n'appelaient ni la grande
place marchande, ni l'espèce d'entrepôt ou de gare de triage
placée au centre du rêve telle une plaque tournante l'orientant vers l'apaisement — la décision (pas même prise à moi
seul) de me livrer aux pouvoirs publics pour faire montre
de bonne volonté, ma course inquiète de comptoir à comptoir, puis mon attitude de petit garçon envers le flic trans-
formé en mentor si ce n'est en nourrice, et l'huile soudain
mise dans les rouages par la littérature, pour moi pignon sur
rue, pour lui rameau d'olivier et, en panoramique, salon
élégamment meublé où des gens de tous bords échangent
des risettes...

Indication juste, mais trop floue pour qu'on puisse éva-
luer jusqu'où va cette mollesse — dont, si paradoxalement
que cela touche à la fraude, je voudrais faire du marbre — et
quelle tenaille est en moi l'idée d'une escroquerie fondamentale!

*

A quinze kilomètres de Milan, ce n'est pas une représentation d'*Aïda* ou autre fresque historique exportée par la Scala, mais un vrai spectacle d'arène, où des chrétiens seront dévorés, qu'annoncent apparemment les rugissements des moteurs qu'on fait tourner au plus aigu avant la définitive mise en marche. Clameur exacerbée de ménagerie, aussi virulente que parfois, sous les Tropiques, le déclenchement — soleil tombé — d'un soudain hourvari auquel concourent des bêtes de toutes espèces : oiseaux, mammifères, batraciens, insectes... Ensuite, dans un bruit de tonnerre, le départ rangs serrés pour disputer le Grand Prix automobile de Monza. Mais peu après ce moment qui abasourdit en même temps qu'il engage à un délire épique, le vacarme s'émiettera, le peloton s'étant vite étiré; puis l'intérêt s'émoussera car on ne saura plus — à cause des tours d'avance pris par certains — lesquels sont les premiers et lesquels sont les derniers parmi tous ces mobiles, beaux cigares métalliques crûment colorés mais sans bagues et timbrés seulement de numéros en noir sur blanc, petits ballons dirigeables propulsés ventre à terre par le vent qu'ils engendrent, baignoires tubulaires d'où émergent à peine des bustes moins casqués que mitrés, enviables pénis horizontaux à la façon dont les Boschimans, qui ne sont pas seulement stéatopyges, portent (paraît-il) le leur même au repos, torpilles dont la double paire de roues fait songer à l'unique couple d'ailes ornant les phallus sur maints graffiti et monuments figurés de l'antiquité gréco-romaine.

Au bord de la piste de ciment, que l'on jurerait parfaitement lisse mais dont les joints invisibles font tressauter visiblement les bolides, une voiture de pompiers, une ambulance marquée de la croix rouge et un prêtre en soutane manifestent de gauche à droite, face aux tribunes, l'ordre très rationnel dans lequel sont prévus les secours : techniques, médicaux et, *in extremis,* spirituels.

Suivant presque jusqu'à la fin cette épreuve qui ne fit nulle victime humaine si, quoique sans brasiers, elle en fit de mécaniques, nous nous attachâmes spécialement au célèbre coureur Jim Clark, un peu comme on achète un produit sans autre motif de choix que d'avoir souvent lu son nom sur des annonces publicitaires (ainsi ai-je fait une fois, manquant de dentifrice au cours de je ne sais quel voyage et achetant du Colgate avec une passivité de robot, simplement parce que ce nom m'était connu de longue date).

Depuis lors, un jeune Italien qui nous accompagnait est mort à son volant, dompteur un beau jour trahi par la Porsche que lui avaient donnée ses parents, restaurateurs à Côme où, près du lac, un musée — presque temple — abrite la pile et quelques autres reliques du physicien Volta. Fils comblé, l'imprudent, fier de sa Porsche, l'était aussi de sa vêture conforme, non à la mode anglaise alors en perte de vitesse, mais à celle (que rien n'autorise à juger moins défendable) de son propre pays. Cet attirail vestimentaire était, à l'en croire, d'une absolue orthodoxie jusque dans ses moindres détails, et il nous faisait admirer chacun de ceux-ci, en l'affirmant dernier cri, tel un vendeur vantant sa marchandise en tant que fruit des progrès les plus récents de l'industrie, ou tel un maître de cours du soir éclairant des analphabètes.

Quant à l'Écossais Jim Clark, qui à Monza avait dû abandonner après avoir longtemps mené, il s'est tué, lui, en course et la presse de notre moitié du monde a fait unanimement son éloge : conducteur hors de pair, nullement m'as-tu-vu mais homme d'un commerce agréable et d'une correction exemplaire à tous égards, comme il sied à un sportif qui, étranger à l'électronique, est doué pourtant d'un rayonnement guère moindre que celui d'un cosmonaute prêt à laisser dans les déserts de la Lune sa carte de visite, sous la forme d'un pavillon national.

*

En mai 1966...

Sur une autoroute du Lancashire, par un très beau temps, une Taunus qui vient de nous doubler et, dans la longue ligne droite, précède de peu notre voiture semble tout à coup perdre sa direction. Après quelques zigzags, elle se place perpendiculairement à nous, puis exécute une série de tonneaux. Il faut freiner à bloc pour ne pas nous jeter dessus.

De la voiture renversée émergent les passagers, apparemment indemnes. Mais d'autres voyageurs, qui se sont arrêtés comme nous, aident l'un des accidentés — une jeune femme — à traverser la chaussée et l'étendent sur la bordure herbeuse, où elle reste immobile. Près de la Taunus, une petite gamine s'agite, crie et pleure à gros sanglots devant sa poupée cassée qui, privée désormais de son semblant de vie, n'est plus qu'un objet de rebut gisant au milieu de la route.

Des secours sont demandés par une toute jeune fille à grands cheveux bruns tombants — la fraîcheur même — qui est sortie d'un autre véhicule et, dans la matinée endimanchée par la lumière à peine voilée, court, éperdue, vers un poste téléphonique.

*

Homespun, handwoven : filé à la maison, tissé à la main.

— Jusqu'où peut mener ce qui, au rebours du courant déterminé par la mécanisation de la vie, fait apprécier ces deux qualités et, à plus forte raison, mépriser les nylon, dacron, tergal et autres genres d'étoffe que de vastes usines fabriquent de A à Z — ce goût de la chose artisanale, qui me fait écrire au stylo plus volontiers qu'à la pointe et à la pointe plus volontiers qu'à la machine?

— Peut-être au regret de l'époque où nous avions des rois, voire de l'âge où des hommes dont on ne sait que peu dressaient les pierres de Carnac, Stonehenge et autres ensembles mal déchiffrés, aujourd'hui attractions pour touristes...

Dans les Hautes Terres d'Écosse, dont les monts tout usés revêtent des tons bistres, plus foncés sur les étendues couvertes de bruyères pas encore fleuries, j'ai aimé le val très calme et très doucement incurvé où, il y a quelque trois cents ans, les hommes du clan Campbell (nul ne l'a oublié) massacrèrent leurs ennemis, attirés dans un guet-apens. Parcourant ces Terres où abondent les tourbières qui donnent, paraît-il, son arôme au dur mais succulent *malt whisky,* j'ai éprouvé aussi une joie chaque fois que j'ai rencontré des bovidés appartenant à cette race — antédiluvienne, croirait-on — dont les représentants, cornus presque autant que des buffles et plus velus que des aurochs, ont la tête et le corps couverts d'une fourrure aux poils si longs qu'on la dirait plutôt chevelure cascadant de partout et croissant depuis des siècles, pour être aussi fournie.

Écosse romantique et, à mes yeux, en accord si parfait avec la tristesse, que celle-ci n'y est plus qu'une langueur trop savoureuse pour qu'on souhaite s'en délivrer!

Mais cette terre ne vous offre qu'un beau passé, que l'on peut seulement contempler. Quel vrai appui trouver dans ce pays qui, au lieu de s'efforcer d'ouvrir des voies, paraît vouloir garder étanche son horizon de vieilles coutumes, vieilles lignées et vieilles géologies? Pays replié, non déployé, dont il semble que l'unique raison d'exister soit son charme équivoque de momie aux bandelettes sorties des mains de Parques en robes bariolées, filant laine, lin et chanvre à la morte-saison.

＊

Des trois villes au moins qui composent La Havane — l'une américaine avec des buildings plus ou moins élevés laissant d'assez larges espaces entre eux, d'où l'effet de crénelage irrégulier qu'elle produit quand on la regarde en suivant la voie qui court au bord de la mer, l'autre espagnole avec de vieilles maisons à balcons de ferronnerie comme il y en avait à La Nouvelle-Orléans vers la fin du siècle dernier (si c'est bien de maisons de ce genre qu'a parlé Lafcadio Hearn en décrivant la cité coloniale qui deviendrait le principal berceau du jazz), enfin cette autre Havane, Miramar, que seule la flore tropicale détourne de la banalité inhérente aux quartiers résidentiels —, de ces trois villes juxtaposées, la première offre à qui la voit déployée le long du front de mer ce profil dont les dentelures évoquent une moderne féodalité, tandis que la seconde présente de vrais châteaux forts, construits jadis pour la défense du port et encore gardés aujourd'hui, car la révolution cubaine, face à la menace impérialiste, est tenue de veiller sans relâche.

La forteresse d'Elmina sur le littoral de la Gold Coast et même le château dont, en rêve, j'avais doté l'île d'Antigua ne pèsent guère à côté de ces ensembles architecturaux de La Havane et, surtout, de cette crénelure dessinant un soir son étrange diagramme sur un fond de soleil couchant extraordinairement suave. A Elmina, la présence apparemment inaltérée de la forteresse — aventureux passé européen enraciné dans une contrée lointaine — m'avait captivé, et cela pour longtemps, encore qu'il me semblât qu'en l'espèce je gonflais un peu artificiellement une émotion à fleur de peau. Or, songeant à La Havane, si j'éprouve aussi une gêne, c'est à quelque chose de plus profond qu'elle se rapporte : non me savoir conquis par des dehors séduisants qui ne répondent à rien de valable, mais me sentir, moi si enclin au défaitisme et à la crainte, armé aussi piteusement pour l'héroïque entreprise de complet renouvellement humain dont cette capitale est le pivot.

Cela, j'ai commencé de le formuler par écrit deux semaines environ après mon retour, et dans un état encore assez bizarre : extrême fatigue et insatiable besoin de sommeil — les yeux, comme on dit, pas en face des trous —, impression presque physique d'œillères coupant toute attention à ce qui ne concerne pas l'idée fixe, elle-même chose matérielle pesant de l'intérieur sur mon front et sur mes deux tempes et empêchant mon cerveau de fonctionner comme il faut; mais en même temps vraie ardeur, sentiment de décapage, remontée après un long engloutissement, joie renflouée, jeunesse regagnée, bien que cette fatigue, motivée certes par quantité d'occupations diverses et de déplacements pas toujours confortables, m'apparaisse terriblement plus grande que celle dont, autrefois, j'aurais payé un tel voyage.

Comme nombre d'autres personnes, j'avais été invité à Cuba à l'occasion du 26 Juillet, anniversaire de l'assaut matériellement désastreux mais lourd de conséquences morales qui fut donné il y a quatorze ans à la caserne Moncada, dans le cœur même de Santiago, par Fidel Castro et une poignée de compagnons, parmi lesquels deux femmes. A aucun prix, il ne faut qu'un jour vienne où j'aurai si grand-honte de moi en pensant à la révolution cubaine, que je bifferai mentalement d'un trait de plume cette cause de mauvaise conscience ou m'en délivrerai en la faisant passer au rang d'objet anodin de rêverie. L'une des pires taches de sang : renoncer à une foi ou la dévitaliser, parce qu'il est trop dur d'avoir à se reprocher de ne pas être à sa hauteur.

*

Cuba, où l'on sait tout résumer en une vivante allégorie déchiffrable presque d'un seul coup d'œil !

A La Havane, le XXIIIe Salon de Mai, envoyé de Paris par ses organisateurs, avait place près d'un jardin d'apparence sauvage et fort accidenté, en bordure de l'une des artères les plus sillonnées de la ville. Sur la demande de Fidel Castro, quelques vaches et trois ou quatre taureaux (dont le mastodonte acheté au Canada pour innombrablement procréer par voie d'insémination artificielle) étaient parqués dans des étables, à quelques mètres du pavillon de bois — spacieuse mais légère arche de Noé prête, semblait-il, à l'appareillage — qui abritait les œuvres issues de mains humaines. Peu de jours avant l'ouverture, marquant l'entrée comme une vaste affiche, une toile de grand format avait été commencée, à laquelle il était prévu que chaque artiste ou écrivain présent à Cuba pour cette période de fête apporterait sa contribution. Cela s'était passé la nuit tombée, sous les feux des projecteurs, et, entre la toile en cours et la foule massée de l'autre côté de la Rampa, un spectacle s'était déroulé sur une large et longue estrade : morceaux de musique plus ou moins populaire et tours de chant, précédant l'exécution d'un brillant ballet, ainsi dansé en pleine rue par une troupe de jolies gambilleuses, les unes à peau blanche, les autres de couleur, et certaines à peu près sans vêture ou (quant aux plus pâles

137

et aux plus élancées) costumées en blonds marins nordiques au ventre dénudé. Le soir du vernissage, non loin du stand de livres que comportait aussi l'exposition, un canon de défense aérienne, entouré de ses authentiques servants, était braqué vers le ciel.

Art et culture, production campagnarde, divertissements urbains étaient donc rassemblés en un unique conglomérat, qui par ailleurs montrait qu'en nos temps difficiles il faut des armes pour protéger tout cela et, grâce à la toile due finalement à près de cent auteurs travaillant en public et non dans leur tour d'ivoire, évoquait la nécessité d'une gigantesque alliance entre gens qui possèdent en commun au moins un désir diffus de voir le monde changer. Ainsi, l'essentiel était dit dans cette leçon par l'image : les cloisons doivent être abolies entre les hommes comme entre leurs occupations; il ne faut pas qu'un supposé patriciat se tienne à l'écart d'une supposée plèbe de l'intelligence; en face des activités plus libres, les travaux — pacifiques ou guerriers — d'utilité immédiate ne sont pas des parents pauvres.

Amitié à Cuba, la rose des Tropiques et de la Révolution, avais-je écrit quant à moi, en noir et rouge, dans la case qu'on m'avait attribuée vers le haut de cette toile dont la composition se développait en spirale, à partir de la case centrale qu'avait peinte, s'installant le premier sur l'échafaudage avec ses tubes et ses pinceaux, mon vieil ami Wifredo Lam, à lui tout seul abrégé de cette immensité, le « tiers monde », puisque, Cubain, il est né d'une mère d'ascendance à demi africaine et d'un père chinois, un an après qu'eut débuté — dans une ambiance des plus ternes — ma propre carrière de bourgeois parisien.

＊

Bleue ou rouge, quelle était la couleur de cette maison?
Peinte avec un colorant trop visiblement chimique, sa façade
était d'un ton faux, je m'en souviens très bien. Mais
impossible d'en dire plus, ni même d'assurer que des
barreaux de fer ne garnissaient pas ses fenêtres de rez-
de-chaussée, note vaguement inquisitoriale qui aurait souli-
gné la sévérité déjà certaine d'un bâtiment de style colonial
espagnol vu en passant, dans une rue de Santiago de Cuba,
calme cet après-midi-là quoique la ville fût, pour lors, doublement agitée par la fête révolutionnaire du 26 Juillet et par
le Carnaval, célébré ici (je cherche encore au nom de quelle
tradition) beaucoup plus tôt qu'il n'est de règle.

Si, quant au décor, mon souvenir n'est pas plus net, cela
tient peut-être à ce qu'une créature animée, dont la maison
que j'évoque si mal n'était que l'encadrement, m'avait
détourné de tout le reste ou, du moins, avait réduit ce reste
à n'être rien de plus qu'un *faire-valoir*. Cette créature, toutefois, prête elle-même à hypothèse, bien que je l'aie regardée
assez longtemps pour me rappeler qu'elle se tenait immobile,
et sûrement assise, derrière la fenêtre s'ouvrant juste à droite
de la porte d'entrée, et me rappeler aussi, inscrit entre les
deux ailerons noirs de la chevelure strictement coiffée, son
beau visage de mulâtresse un peu fanée, visage aux traits fins
dont l'âge, en l'amaigrissant, avait sans doute accentué la

139

dureté de toujours, transformant en sécheresse à lèvres serrées ce qui, dans sa fraîcheur, avait dû être une fière et romanesque mélancolie.

Derrière sa fenêtre sans vitrage, qui la séparait à peine des passants, à quoi pouvait rêver cette mulâtresse ou ce fantôme appartenant, comme tous les spectres, au monde de la vie comme au monde de la mort et métis à un double titre, cette appartenance à deux mondes opposés s'ajoutant à son appartenance à deux races? Qu'elle fût vivante, je n'en doutai − à vrai dire − pas un instant, et si je parle de fantôme, c'est pure image, car la seule énigme qu'elle proposât touchait à sa condition sociale, qu'on peut supposer intermédiaire (sort de la plupart de ceux qui, dans ces îles que l'Afrique contribua bien malgré elle à peupler, se situent de naissance entre les Noirs et les Blancs), mais qui peut-être était littéralement médiane, puisque à en croire la rumeur ce serait dans cette catégorie en quelque sorte équidistante que le « demi-monde » recruterait une bonne part de ses effectifs.

Indécision analogue à celle où je me trouve quant à la peinture de la maison : cette femme, dont je me demandai si se tenir à la fenêtre n'était pas une exigence de sa profession plutôt qu'un effet de l'oisiveté ou du besoin d'échapper à une atmosphère trop chaude et confinée, portait-elle une robe vert d'eau, bleu ciel ou de quelque autre teinte de cette espèce? J'incline à le penser, et je le souhaite en tout cas : la peau bronzée que j'ai gardée en mémoire serait ainsi mise en valeur bien mieux que par du mauve, du rose, du saumon ou du jaune (la robe étant, j'en suis certain, faite d'un tissu clair et uni, ce qui exclut toutes autres hypothèses). S'il est exact que cette robe − vraisemblablement de soie ou de satin − était bleu pâle, vert tendre ou encore bleu turquoise, il est probable que la maison était rouge ou, plutôt, d'un rose assez poussé, ton auquel en vérité je songeais, de même qu'à un genre de bleu pastel, quand j'ai posé (sans trop y réfléchir) la question du coloris de la façade, de cette façade que je ne saurais déclarer bleue sans que, du même coup, la robe devienne jaune citron. C'est en effet, à défaut de tons absolus, un rapport de tons qui persiste non pas à me hanter, le mot serait trop fort, mais à me revenir avec insistance, comme si un ensemble de teintes légèrement contrastantes — sans plus — avait été en jeu dans le lumineux mais un peu hermétique tableau dont, avec le brun doré de sa carnation, la mulâtresse occupait le centre.

Que faisait-elle et à quoi rêvait-elle, derrière une fenêtre de rez-de-chaussée dont je ne crois tout de même pas qu'elle lui servait de vitrine, sa mine étant celle d'une personne plutôt aisée et non d'une malheureuse obligée de se mettre quotidiennement à l'étal pour tenter le passant d'user d'elle à sa guise, comme le maître pouvait jadis user de son esclave? Cette donnée, qui n'est pas négligeable, ne permet pourtant pas de rejeter l'hypothèse selon laquelle la courtisanerie aurait été sa condition. Question seulement de niveau : demi-mondaine pourvue d'un certain luxe et point réduite à se vendre à n'importe qui, pourquoi n'aurait-elle pas été cela ou, mieux encore, courtisane retirée des affaires — maquerelle, qui sait? — et maintenant songeuse, rêvant à sa belle époque, celle où elle tirait de son physique et de ses manières raffinées un grand prestige, celle aussi où les femmes de sa sorte pouvaient tenir le haut du pavé, époque finissante sinon tout à fait finie depuis ce cataclysme encore pire qu'un cyclone, la Révolution? Mais, dans son immobilité, pensait-elle véritablement à cela et n'est-ce pas, quand je veux ainsi interpréter, moi seulement qui m'abandonne à la rêverie, à la mélancolie aussi devant mon temps perdu à cette rêverie trop en accord avec mon inertie?

Bourgeoise ou demi-mondaine? Problème de nuance que, finalement, il n'importe guère de résoudre. Ce qui paraît indéniable et vaut seul d'être retenu, c'est que cette femme délicatement spectrale était un vivant anachronisme, au regret (peut-on présumer) de son existence de naguère et observant, de derrière sa fenêtre, le nouveau train du monde avec un air chagrin. Quel carnaval que celui-là! Qui aurait dit qu'un

jour chacun et chacune devrait, son tour venu, aller fatiguer
sa charpente dans les champs de canne à sucre ou s'échiner
à d'autres besognes paysannes, s'employer également à des
gardes comme milicien ou milicienne portant revolver ou
mitraillette et tout de vert olive vêtu? Belle femme, oh
combien! et dont l'allure de relique d'un âge révolu ne laissait pas d'attirer... Cependant la société d'aujourd'hui, où
teint trop noir et cheveux moutonnants ne sont plus des gages
de mauvais sort, n'en possède-t-elle pas de moins sottement
orgueilleuses et de tout aussi belles? Au demeurant, troublantes encore pour ceux qui les croisent sur leur route
citadine ou agreste, car on les sait — elles autant que l'autre —
humainement impossibles à tout à fait cerner, sur quelque
point de leur être sans mystère apparent que porte l'incer-
titude et pour franchement qu'elles soient mêlées à la vie
plus que jamais en marche.

*

Deux jeunes femmes noires, dont la plus gracieuse vous parlait en baissant les paupières (réserve de bon ton, coutumière à maints Africains d'Afrique), ce qui donnait à son sourire une expression un peu sournoise. Toutes deux vêtues de blouses légères, par-dessus leurs pantalons collants de forte étoffe, vert bouteille un peu pâli pour l'une et rougeâtre pour l'autre. De leurs courtes bottes à revers émergeaient les gants de travail qu'elles y avaient enfoncés, petit chic inventé par elles, simple moyen de n'être pas encombrées durant les moments de repos ou, plutôt, façon de faire d'une pierre deux coups, ce qu'un souci pratique appelait devenant, chez elles, une élégance. L'une comme l'autre, ces gentilles personnes étaient coiffées de minuscules chapeaux de paille, perchés haut sur leur tête et si désinvoltement inclinés que le bord de devant masquait leur front alors que, côté nuque, une grande partie de leurs cheveux demeuraient découverts. Ne gardant de ces couvre-chefs que le strict nécessaire pour s'abriter du soleil, agressif en cette saison, elles les avaient sans doute taillés dans deux de ces grands chapeaux qui sont, à Cuba, la coiffure habituelle des paysans, soit qu'ils travaillent dans les champs, soit qu'ils se déplacent à cheval avec, à leur selle, le lasso qui à l'occasion leur permettra de rattraper et maîtriser un bovidé rétif. La plus vive et la plus mince des deux porteuses de coiffures rustiques si astucieuse-

143

ment transformées en bibis à la mode avait piqué dans la paille de la sienne une courte plume qui, avec les bottes et les gants, lui donnait l'air d'une de ces héroïnes point perfides mais assez fines mouches que Shakespeare, dans ses comédies, montre volontiers travesties en jeunes cavaliers.

Avec une masse composite d'autres femmes et d'autres filles, certaines encore adolescentes, elles étaient là pour cultiver des fraises, des asperges et divers fruits ou légumes qu'il est bien difficile de faire pousser ailleurs qu'en climat tempéré. Fragile et rude entreprise à quoi — si j'en juge d'après leurs manières à elles et les quelques mots qu'avec plusieurs de leurs compagnes assises aux tables du réfectoire nous échangeâmes, en tâchant de sauter par-dessus la barrière des langues — cette armée variée par la couleur autant que par l'âge de ses recrues paraissait s'employer avec beaucoup d'allant et de bonne humeur.

Quoi que puissent en penser les magisters que Cuba, dans son actuelle effervescence, déconcerte par les libres allures qu'y adopte le socialisme, n'est-ce pas dans ce style sans lourdeur — le seul qui reflète ses buts — que la révolution devrait toujours être menée : comme on aime, comme on danse, comme on s'adonne sportivement à un dur exercice et comme s'il importait, pour le résultat futur aussi bien qu'en soi, d'accomplir en beauté ce qui doit être accompli de pénible ou de périlleux, quand on a jeté son gant à la face du Mauvais Ange?

*

Sans doute, il y avait déjà un certain nombre de caïmans, sur ce point très humide et très chaud de la côte méridionale de Cuba, où on les compte aujourd'hui par milliers. Ces vilaines bêtes, glauques, pustuleuses, traîtresses, capables à tout moment de substituer une vivacité d'éclair à leur sommeil de pierre et armées de mâchoires oblongues aussi puissantes que des machines agricoles happant et broyant tout ce qu'elles rencontrent, on croirait de prime abord qu'il eût été sage de les exiler dans un zoo, sinon de les exterminer. Mais ici on fait feu de tout bois et l'on s'ingénie à exploiter tous les moyens du bord : l'endroit naguère plus ou moins infesté est devenu un enclos mi-terrien mi-aquatique, où règne la puanteur des sauriens qui prolifèrent, fournissant aux éleveurs leurs peaux, matière première qu'on pourra transformer en souliers, sacs à main et quantité d'autres articles.

Tirer du mal le bien, tout essayer, accroître les pouvoirs de l'homme et aboutir à un état de choses tel qu'il pourra utiliser jusqu'aux plus minimes ressources et que ses forces intérieures se déploieront librement (fussent-elles des monstres dont la cruauté serait mise à profit comme l'est, en médecine, la nocivité de maints poisons), à quoi servirait la chirurgie de la révolution, si ce n'était à cela, qu'il faut d'abord faire en petit pour mieux savoir, ensuite, le faire en grand?

*

La vérité, une fois réveillée, ne se rendormira plus. Répartie en trois segments, la phrase espagnole de José Martí était gravée sur une plaque de pierre fixée, presque à ras de trottoir, au fond du frais retrait créé par le surplomb d'une maison moderne logeant je ne sais quel service ou organisation, à quelques pas de notre Hôtel National, palace imposant mais relativement désuet dans ce quartier de La Havane où les Américains ont laissé de fabuleux gratte-ciel.

Un portrait en ronde bosse de José Martí, le poète et pamphlétaire d'envergure prophétique que Fidel Castro nomme l' « Apôtre » et qui fut tué comme chef d'armée en luttant pour l'indépendance, était placé à droite de l'inscription et supporté par un curieux socle en oblique, espèce de long cou dont la sinuosité légère faisait songer à quelque serpent mythologique qui, sorti de terre, aurait eu pour couronnement une tête humaine. Manière de faire qui m'a frappé dans bien des villes cubaines, ce portrait pas même buste était disposé tout au plus à hauteur de regard, comme s'il était entendu, en ce pays, qu'il n'est pas de héros ou de grand homme qui ne doive se tenir de plain-pied, c'est-à-dire à hauteur de dialogue.

Très naturaliste, le portrait reproduisait l'Apôtre, avec les joues un peu creuses, le vaste front et la grande moustache que, sans doute inconsidérément, je regarde comme

146

faisant partie — de même que le profil aigu et les naseaux devinés frémissants — des traits sous lesquels se présentait, à cette époque qui est celle où Stéphane Mallarmé dotait la poésie d'un sens neuf, l'idéaliste de haut vol et prêt à tous les sacrifices, dont l'Occident offre divers exemples depuis le romantisme. Type d'homme, si l'on veut, périmé mais dont, en notre siècle à la fois trop et trop peu rationnel, il n'est pas vain de rappeler qu'il exista et dont José Martí, si peu connu chez nous, semble avoir été un beau représentant. Un représentant, faut-il ajouter, assez éloigné de se perdre dans les nues pour avoir ébauché la théorie de l'union nécessaire entre peuples de l'Amérique latine et pour avoir mené physiquement et pas seulement par les mots son combat qui tendait à une libération universelle. Assez humain, d'ailleurs, pour que certains n'hésitent pas à rapporter qu'il était fort amateur d'alcool et parlent de sa vie passionnelle comme d'une vie qui ne fut aucunement celle d'un ascète.

J'ignore quelle avait été la pensée du sculpteur à qui revenait la conception de ce monument si peu monumental. Montrer, peut-être, comment les grandes idées qui avaient fermenté dans la tête de l'écrivain n'étaient pas choses en l'air, mais choses qu'un lien solide rattachait au sol, soit à cette irrécusable réalité que symbolise notre propre socle, celui que journellement nous foulons quand nous allons à pied ?

Quelque signification, toutefois, qu'il faille donner à la façon dont était présentée l'effigie (et il se peut que, due au seul besoin de violenter les normes, cette façon ne recouvre aucune intention concertée), la sentence, une fois lue, ne s'est pas rendormie en moi, et elle me force à considérer qu'il y a, probablement, des vérités qui m'étaient apparues mais que, lassitude et scepticisme se conjuguant, j'ai laissées s'enfoncer dans le sommeil. Vérités dont cette sentence a réveillé du moins l'une, en jouant le rôle d'une mise en garde, comme si José Martí avait écrit, cédant au pessimisme et se défiant de lui-même au lieu de faire sonner aux oreilles des autres le mot « vérité » comme une menace : *La vérité, une fois rendormie, ne se réveillera plus.*

Atteindre le lieu où poésie et révolution pourraient se fondre, tel est le but qu'avec d'autres je me suis autrefois proposé, quand nous eûmes compris que refaire le monde en paroles ou en images n'est qu'une transmutation fictive et que c'est une révolution plus réelle qu'il faut lui imposer. Or, à Cuba, ce que je lisais (des phrases sobres mais illuminantes de José Martí, de Fidel Castro et de Che Guevara, imprimées la plupart sur de grands panneaux en plein vent, parfois aussi peintes sur des pierres en bordure d'un chemin) et ce que je voyais (tantôt telle sorte de haut pylône érigé dans un hall d'hôtel pour honorer les guérillas et composé d'un hérissement de fusils échafaudés, tantôt telle scène rurale aux motifs alimentaires, comme çà et là ces extravagantes pullulations de gallinacés blancs ou gris occupant l'étendue presque entière d'un paysage) me prouvait qu'au moins dans cette île révolution et poésie vont facilement de pair. Aussi, arraché à ma somnolence et ramené à une perception plus directe des problèmes primordiaux qui se posent − ou devraient se poser − à tout artiste ou écrivain, suis-je conduit à juger que, pour moi, la question cruciale a peut-être été longtemps brouillée ou estompée, mais resurgit, intacte.

Trahie par certains, illusoirement saisie par d'autres qui ont cru le problème résolu alors qu'il reste à résoudre, mise de côté par beaucoup dont, toujours présente, elle aurait troublé le repos ou entravé le désir d'être reconnu, contrebattue aussi par le tour décevant que le socialisme a pris en trop de pays, cette vérité pressentie qui était notre point de mire, est-il admissible de m'en détourner sous prétexte que de multiples déconvenues incitent à regarder son atteinte comme relevant de l'utopie? Quadrature du cercle ou non, ce but, une fois qu'on se l'est assigné, ne peut plus être écarté. Autant vaudrait arguer de l'impossibilité d'une fusion totale entre deux êtres pour se fermer à l'amour ou de celle de parvenir à la connaissance absolue pour se vouer à l'obscurantisme.

Certes, je me sais pauvre diable et nullement guérillero dès qu'il s'agit de passer du plan des idées au terrain bosselé des actes. Mais en quoi cette tare change-t-elle le fond du litige? M'avouer misérablement doué pour les combats mortels de la révolution, c'est me critiquer moi et non la révolution. Je ne puis donc m'en prévaloir pour tout mettre en sommeil, ne pas aider matériellement autant que j'en ai la force et ne pas m'attacher à verser ma quote-part logique, là où je suis touché du plus près, en tentant notamment de répondre à cette question : comment faire coïncider et s'affûter mutuellement pensée poétique et pensée révolutionnaire, celle qui vise à transfigurer immédiatement la vie et celle qui prépare les voies à la rupture de ce qui, socialement, ligote notre vie?

Ne pas éluder, ne pas biaiser, tâcher d'avoir une pensée droite et d'en suivre la ligne, c'est cela que je crois pouvoir — à des fins d'implacable mise en pratique — retenir des enseignements de José Martí. *Un journaliste honnête est plus qu'un roi,* affirmait-il encore. Et cet appel à une simple bien que rare propreté d'esprit, appel que je suis sûr de traduire ici en substance au cas même où ce ne serait pas tout à fait à la lettre, je l'ai lu, sur une plaque ou sur un panneau, dans le vestibule de l'immeuble où se trouvent les bureaux et l'imprimerie de *Granma,* le quotidien communiste placé, par son nom, sous le signe de l'infime bateau d'où débarquèrent les quatre-vingt-trois dont les quelques survivants deviendraient, avec l'appui du peuple, les maîtres de l'île en moins de trois ans.

Mais n'est-ce pas un peu comme le philosophe grec démontrant, en marchant, la réalité du mouvement que ceux-là traitaient la révolution? Ce qu'ils avaient dans la tête, le faire était leur façon de le dire. Sans doute, devrais-je traiter pareillement cette vérité fer de lance, dont, poète, je suis en quête depuis si longtemps : ne pas en discourir,

mais travailler, sur l'heure, à provoquer et capter son étin-
cellement.

  ...Sauf que me dire que, si je fais cela, je n'ai plus rien
d'autre à faire serait, une fois encore, laisser en moi la vérité
se rendormir.

*

« La Révolution va vite... »

C'est un Cubain de souche espagnole, plus jeune que moi de vingt ans, qui me disait cela. Sous Batista, il avait connu torture et prison; à l'époque des guérillas, il avait rejoint Fidel dans la sierra et dirigé la radio rebelle. Sa remarque répondait à une objection que j'avais faite au leader, échangeant avec lui quelques mots, sous les astres de deux heures du matin, au milieu d'un groupe compact de soldats, et d'étrangers tels que moi que les jeunes interprètes avaient tirés presque tous de leur premier sommeil en leur disant que Fidel, selon leur souhait, aimerait converser avec eux. Il avait inauguré, en fin d'après-midi, un ensemble de constructions : maisons, école, dispensaire et autres locaux destinés aux planteurs de caféiers qui peupleraient ces confins, la pointe extrême-orientale de l'île, jusqu'alors guère habitée et accessible seulement par un chemin muletier auquel avaient succédé route et piste.

Allusion ayant été faite au congrès culturel qui, dans six mois à peine, rassemblerait à La Havane des gens de toutes branches et toutes nations, j'avais dit que le laps prévu pour l'organisation de ce colloque, auquel des écrivains, des artistes et nombre de savants seraient conviés, me paraissait bien court. Sans hésiter, j'avais exprimé ma crainte, par loyauté envers la révolution cubaine et envers son leader, homme, d'ailleurs, si parfaitement gentil (c'est le terme qui convient), si étonnamment doux quand on l'a vu et entendu tribun, et si dénué de morgue malgré son physique imposant — un très haut et fort ours aux yeux mobiles et curieux, qui se dandine légèrement, l'air presque timide ou encombré de sa personne, et qui vous parle d'une voix égale en un espagnol très mélodieux et nettement articulé — qu'avec lui la confiance est immédiate et qu'on peut, sans avoir à prendre sur soi, dire tout de go ce que l'on pense.

Sur-le-champ, la remarque de Carlos Franqui me sembla péremptoire, et je n'insistai pas. Plus tard seulement — car j'ai l'esprit de l'escalier — il m'apparut que j'aurais pu rétorquer que si la Révolution va vite, parce qu'elle mobilise tous les efforts et ne s'embarrasse d'aucun formalisme, en la circonstance elle avait affaire à des hommes qui vivent sur une autre cadence, notamment des savants, astreints à n'avancer que pas à pas dans leurs tâches et pris dans un réseau d'obligations dont il leur est difficile de se dégager à l'improviste. Pourtant, plus tard encore, cette remarque laconique me sembla, non pas chargée d'arrière-pensées (trop honnête est celui qui l'avait énoncée), mais douée d'arrière-plans forçant à reconnaître sa justesse, sinon sur le point précis qui l'avait motivée, du moins dans une perspective plus large que celle des préparatifs d'un congrès de ce genre.

Oui, la Révolution doit aller vite! Question de vie ou de mort : au Vietnam l'impérialisme agit à plein, partout il dresse ses batteries et nul ne sait ce que le monde sera dans six mois, voire dans quelques semaines. Nous, qui n'avons au-dessus de la tête aucune visible épée de Damoclès, nous disposons de ce luxe, n'être pas pressés. Mais, pour la Révolution, pas une minute à perdre. Comment, d'ailleurs, tarder quand on travaille à supprimer iniquité, faim, misère et autres causes de désespoir ou de mort prématurée? Et, même dans le domaine moins brûlant de la culture, il ne peut pas être accordé de longs délais : moule où se forment les esprits, fleuron qui augmente la force en augmentant le prestige, terreau de l'opinion, barrière que doivent malgré tout s'appliquer à contourner, pour que leur sauvagerie fasse moins scandale, ceux qui pratiquent le massacre à l'échelle industrielle afin de mettre à la raison les peuples assez fous pour vouloir se débrouiller sans protecteurs indiscrets, la culture n'est pas seulement un but pour la Révolution (voie d'accès à une société où s'ouvrirait tout grand l'éventail des acquis humains) mais un moyen de lutte, qu'il faut traiter en stratèges obligés de *faire vite* sous peine d'être débordés.

Vitesse nécessaire de la Révolution, face à des événements qui n'attendent pas. Rythme auquel je devrais personnellement me plier, appliquant cette leçon dans les limites étroites de tout ce que je fais et de tout ce que j'écris, si je n'accepte plus d'être comme quelqu'un qui en est toujours à régler de vieilles dettes et si je ne veux plus dire seulement quand mes vues sont périmées, et différents mes rapports avec les choses, ce que j'ai pu à un moment déterminé estimer que j'avais à dire (aujourd'hui, par exemple, ce qui m'a lié à Cuba). Double rapidité que je crois indispensable : répondre sans retard à la sommation, être entendu en temps voulu, de sorte qu'on ne peut cent fois remettre sur le métier; battre le fer quand il est chaud, écrire, non d'une façon élaborée, polie, froide, autant dire académique, mais d'une façon cassée, brusque — hache ou foudre — faute de quoi l'émotion se dissout.

Brefs et facilement isolables, les textes que j'amasse ici peuvent être publiés avant qu'entre eux et l'événement externe ou interne qui m'avait requis l'écart se soit par trop creusé. Gain appréciable. Mais chaque élément de la mosaïque ainsi en train de se constituer est établi si lentement qu'il perd en chemin toute vigueur. A cette manière trop léchée substituer une manière plus incisive : explosion d'aphorismes, phrases ou petits groupes de phrases qui disent beaucoup en peu de mots et maintiennent à l'incandescence la matière mise en œuvre; peut-être, éclatement de la phrase elle-même (comme nombre d'autres l'ont fait)? Alchimie en chambre, vers quoi — si jamais j'y parviens — aura contribué à me pousser cette alchimie planétaire, la Révolution, qui fait flamber le feu où se métamorphosent les êtres et les choses.

*

Eppur, si muove! aurait crié Galilée, dans un sursaut de colère contre les inquisiteurs et sans doute contre lui-même, juste comme il venait de désavouer ses convictions coperniciennes relatives au tournoiement de la terre.

Sur ce globe il y a trop d'humiliés et d'offensés, à cet état de choses un bouleversement radical est l'unique remède, à ce bouleversement on ne peut procéder sans violence. Jugeant ainsi, je donne raison aux révolutionnaires. Mes opinions sont révolutionnaires. Mais cela ne prouve pas que je suis, moi, un révolutionnaire. Engoncé dans mes soucis et dans mes habitudes, facilement désarmé devant des adversaires et porté moins au coup de boutoir qu'au refus drapé de père noble, je ne saurais m'en targuer sans imposture. Prendre garde à cette tache de sang : conclure abusivement de ce que l'on pense à ce que l'on est.

Autre tache possible : souhaiter que la Révolution progresse et s'étende, alors que pratiquement on ne fait rien ou à peu près rien pour hâter, chez soi, son déclenchement. J'aurai beau alléguer qu'ici elle n'est pas près de se déclencher et qu'au cas où je la verrais se déclencher mon choix serait le bon, un abîme sépare mon attente plutôt peureuse et l'impatience dont je devrais brûler. Inutile d'argumenter, je suis marqué par cette tache, signe entre autres du grave hiatus ouvert en moi entre façon de se représenter le monde et façon de s'y comporter.

Pour distinguer les vrais de ceux qui ne le sont qu'à moitié ou ne le sont pas du tout, une pierre de touche est offerte par cette phrase de Fidel Castro, l'une de celles qu'à Cuba on lit le plus souvent, imprimées en gros caractères : *Le devoir de tout révolutionnaire c'est de faire la Révolution*. La faire, autrement dit faire l'impossible pour qu'elle vienne au plus tôt, qu'elle triomphe et qu'ensuite elle ne s'enlise pas.

Reste que, si je ne puis — en conscience — me compter parmi les révolutionnaires, je ne joue pas la comédie quand je leur donne raison. Puissé-je, à l'heure de vérité, faire mieux que le vieil astronome qui sauva, bien faiblement, la face en affirmant presque malgré lui la certitude sans faille que, l'instant d'avant, il avait solennellement reniée!

Vœu modeste, et pourtant d'une honnêteté douteuse, car l'une des fautes les plus sanglantes n'est-ce pas de se rassurer grâce aux limites qu'on assigne, une fois pour toutes, à ses possibilités?

*

Galilée : au masculin, le Toscan; au féminin, la terre à moitié mythique dont les Évangiles me parlaient.

Galilée, au nom de cruche ou de pot de terre cuite, à cause peut-être de Gallé — cet autre Palissy — et de ses vases si longtemps réputés : cadeaux pour mariages, anniversaires, Jours de l'An, etc.

Galilée, au bruit craquetant de jarre qui craquelle; Galilée plus proche — avec ce bégaiement dont il a l'air d'être affligé — des fêlures physiques et mentales entraînées par l'âge (vision dédoublée, déclics d'arthrose, engoncements et balbutiements cérébraux) que du trop appris par cœur *Vase brisé.*

*

Gondremark, baronnie d'un grotesque dont Offenbach manœuvrait les ficelles.

Gondal, île inventée dès l'enfance par Emily et Ann Brontë.

Gondar, où plusieurs mois j'ai fréquenté des Éthiopiennes qui se convulsaient et rugissaient quand les chevauchaient leurs esprits maîtres.

Venise, qui prête ses eaux mortes à l'entreprise Gondran et à ses pinasses de transport, moins acérées que des gondoles.

Quelque part en Bavière, l'église la Wiese, cette merveille rococo.

Grund : selon Schelling, le fond originel, distinct de l'essence ou *Wesen*.

Gondrevise? Grondevise? Gruendewiese? Petite cité hors géographie dont j'ai rêvé une nuit, peut-être à l'approche de l'aube et déjà presque hors sommeil...

Gisant dans mon underground depuis longtemps mais revenu à la surface il y a peu, ce modèle possible du nom de la petite ville : « Wiesengrund », vocable dont, en le réduisant à l'initiale, le philosophe et musicologue Theodor W. Adorno faisait précéder son patronyme et qui était le nom de sa mère, une cantatrice, je crois. Un souvenir d'en-

158

thousiasme partagé (effet d'une commune *aficion* chauffée à blanc par sa réverbération de l'un à l'autre de ceux qu'elle habite) m'attache à la figure replète de ce passionné d'opéra italien autant que de musique sérielle : chez l'ami, lui aussi disparu, avec qui je pris tant de plaisir à pénétrer clandestinement dans la salle presque déserte de la Scala un matin de répétition, je l'ai entendu un soir chanter le duo des emmurés du dernier acte d'*Aïda,* à lui seul soprano et ténor que — mi-fou d'extase — il accompagnait au piano en dodelinant de la tête un peu ridiculement.

*

Soignant sa ligne, dirait-on, comme un torero qui, parfaitement droit, se déplace de quelques très menus pas pour provoquer la charge, le chien exécute sa danse de guerre en face d'un autre chien. Si haut dressé sur ses pattes de derrière, qu'on peut craindre qu'à trop le retenir en tirant sur sa laisse on ne le renverse sur le dos. Agité de tels bonds, qu'il faut penser que les deux pattes vibrantes — vraies crosses de violon — pour ne pas se briser doivent être faites d'un bois bien solide. L'autre chien recule quand le premier avance et, quand il avance à son tour, c'est le premier qui recule. A grand renfort d'abois, les deux bêtes se donnent la comédie. Cependant, comme beaucoup de comédies, celle-ci peut vilainement dégénérer et, quitte à tomber au cas où un bond trop violent ruinerait votre équilibre, il vaut mieux emmener celui des deux combattants que l'on tient au bout d'une lanière. Tournant la tête vers le maître sottement buté, cet incompris lui jette un regard indigné. On sent alors qu'on n'est qu'un malheureux minable, qui certes connaît nombre de choses que ce chien ne connaît pas mais en ignore aussi que lui connaît fort bien, et qui, à en croire la mimique de l'animal, se conduira toujours en philistin quand ce compagnon au sang vif s'adonnera au bel art de s'amuser.

Celui aux yeux de qui j'espère malgré tout être un ami

un peu balourd, plutôt qu'un sinistre empêcheur de danser
en rond, est un boxer fauve, que nous appelons Puck mais
dont le nom officiel est Pyrex. Fils de Gitane et de Maki de
la Banane il a pour grands-parents paternels Junon de Bod
en Men et Elko des Bayonnelles, né lui-même de Cali la
Ravageuse et de Boom de Karlovac.

Y aurait-il, chez les chiens, des Armagnacs et des Bour-
guignons, des Montaigus et des Capulets?

Acteur, et doté par don ou par acquis des qualités voulues (prestance, air d'aristocrate assez fin pour n'y pas songer, flegme de dandy allié désinvoltement à une vivacité de baladin, voix pure de tous empâtements, trémolos ou autres intonations sentant trop leur homme de théâtre), j'aimerais jouer le rôle de Mercutio, non que de lui à moi je trouve la moindre ressemblance, mais pour la raison inverse qu'il illustre ce qui me manque. Mercutio : la frivolité incarnée, qui se soucie de sa vie à peu près comme d'une guigne.

Ni Montaigu ni Capulet mais Scaliger, et donc de la famille régnante, alors que par sa fantaisie il est du clan de Mab la reine des fées, Mercutio pourrait se laver les mains de la querelle de factions qui ensanglante Vérone. *La peste soit de vos deux maisons!* dira-t-il, renvoyant dos à dos le parti de son ami Roméo et le parti adverse. Mais s'il le dit, ce sera déjà *poivré,* blessé à mort par le Capulet bravache avec qui il s'est battu, moins par fidélité envers son compagnon provoqué par ce crack de l'épée, que pour le plaisir d'avoir le dernier mot et d'en faire rabattre à quelqu'un qui s'en croit trop.

Scandaleux Mercutio, conteur de balivernes, anti-héros que n'anime nul esprit de sacrifice non plus qu'aucune dévotion à quelque cause juste ou injuste, mais qui se risque par jeu!

Est-ce son université d'été que Puck fait chez ce forain séden-
tarisé, qui a ouvert un chenil dans la périphérie d'Étampes,
après avoir été chef de la ménagerie du cirque Pinder? Le
jardinier et sa femme prenant maintenant une première
tranche de leurs vacances, il a fallu donner notre chien à
garder. La fois dernière, nous l'avions confié à une « Insti-
tution d'éducation canine » établie à Livry-Gargan; mais,
cette fois, nous avons jugé plus commode de l'installer près
de chez nous, dans un endroit dénué de toute prétention mais
où les animaux — on nous l'a dit — sont traités avec beaucoup de gentillesse.

Avec Puck, il y a là deux chiens loups (en pension depuis
quelques jours et qui, eux non plus, ne sont pas des profes-
sionnels qu'on exhibe), une demi-douzaine de jolis chiens
sibériens couleur de neige (qui appartiennent au propriétaire du chenil et en sont encore à la période d'apprentissage), un poney, plus une ourse nommée Gaby et ses deux
petits, dont l'un s'appelle Michel. Selon leur maîtresse et
montreuse, une Anglaise fort plaisante dont la caravane
est garée sur une portion de l'enclos, à proximité de l'entrée,
la mère est déjà éduquée alors que les deux jeunes sont en cours
de dressage. Pour se défendre de caresser leurs museaux
lorsqu'ils pointent à travers les barreaux de la cage, il faut
vraiment savoir que sous leurs airs bonasses, et bien qu'elles

aient toujours l'air de vous faire les yeux doux, de telles bêtes ne sont pas de tout repos.

En short la première fois que nous l'avons vue, et très acteuse travestie pour pantomime de Noël, l'Anglaise se produit, dit-elle, dans des « galas ». Je l'imagine exécutant son numéro une légère badine à la main, toute souriante et fragile, dans une robe du soir pailletée d'argent sur fond peut-être vert électrique ou d'un autre ton accrochant bien la lumière et contrastant avec le pelage brun sombre de sa partenaire. A celle-ci, je veux croire qu'elle dit « vous », masquant beaucoup de fermeté sous une exquise politesse que ne désavouerait nul lord, baronet ou lady.

Notre robuste Puck au nom d'esprit turbulent a, paraît-il, été très sage et j'irais presque jusqu'à penser que c'est grâce au voisinage de cette aimable fée, si uniment fleur de roulotte et digne échantillon du peuple qui, pendant des siècles, eut la maîtrise de la mer. A peine rentré chez nous (où nous l'avions ramené pour la durée du week-end) il a fait irruption dans le poulailler, en profitant d'une porte ouverte et il en est résulté une manière de corrida qui pendant plus d'une heure s'est déroulée à travers la cour, la pelouse et la terrasse. Une grosse poule blanche, qu'il avait attrapée, a miraculeusement survécu au féroce traitement qu'il lui avait fait subir sans qu'on pût l'en empêcher, tant il était déchaîné. Cela, finalement, s'est soldé par deux chutes, heureusement sans mal, de mon beau-frère (mais pourquoi diable vouloir frapper de sa canne à bout caoutchouté l'innocent ravisseur?) et par la mort d'un malheureux poulet moins résistant que la première victime.

Renonçant, pour n'être pas mordu, à soustraire les deux volatiles aux crocs et aux pattes qui les malmenaient, n'aurais-je pas — malgré quelques honnêtes efforts — commis le crime que le moderne droit français qualifie de *non-assistance à une personne en danger?* Et n'est-ce pas, d'autre part, une espèce d'homicide par imprudence qu'il faudrait imputer à ma femme et à l'amie qui était avec elle, pour avoir ouvert la porte du poulailler en négligeant de s'assurer que le chien n'était pas en mesure de s'y engouffrer?

Une chose est claire, et l'on ne peut s'en étonner : c'est qu'avec Puck retour de chez les saltimbanques, un peu de cirque était entré dans notre vieille maison bâtie sur l'emplacement d'un prieuré où des dames augustines avaient régné jusqu'à ce qu'elles fussent chassées par la Révolution française, coupable aussi d'avoir décapité maintes statues aux portails des églises d'Étampes.

En l'absence des banquistes, les uns et les autres en tournée, c'est le vétérinaire qui a hébergé notre dogue la toute dernière fois que nous l'avons mis en pension. Sans doute, l'ancien chef de ménagerie reviendra-t-il dans la région pour y installer définitivement un chenil, sur un autre terrain que le précédent. Mais nul on-dit ne concerne la frêle Anglaise devant qui — m'en eût-elle prié — j'aurais peut-être dansé comme un ours.

＊

Ne rien pétrifier. Ne rien glacer. Contester sans relâche. N'était cela, je composerais volontiers mes Vers dorés, ma Table d'émeraude ou mes dits de Monelle avec un certain nombre de phrases que les étudiants rebelles de 1968 écrivirent sur les murs de la Sorbonne ou autres locaux qu'ils occupaient, et jusque dans les rues, sur les murailles propices.

Fusées, relevant de cette spontanéité opposée par les plus radicaux d'entre eux à l'esprit bureaucratique dans lequel la pensée révolutionnaire s'est presque partout noyée. Adages, dont quelques-uns dépassent la saillie graffitesque, le trait piquant ou le mot à l'emporte-pièce, et me comblent, car c'est à des sentences pareillement lapidaires que, depuis longtemps, je voudrais parvenir.

INTELLECTUELS APPRENEZ A NE PLUS L'ÊTRE. Nul besoin de commenter ce mot d'ordre, écrit en grosse cursive sur l'un des murs de la salle 343, où se réunissait le Comité d'action Étudiants-Écrivains, au troisième étage de l'annexe Censier.

SOYEZ RÉALISTES DEMANDEZ L'IMPOSSIBLE. Pas besoin non plus de gloser sur celui-là, élaboré dans la même salle, en une espèce de jeu de société consistant à jeter un thème sur le tapis et à le mettre en forme, grâce à une suite de touches et de retouches apportées par chacun.

LA VIE VITE. Deux lignes d'un rouge légèrement vio-

166

lacé — pourpre ou quelque chose d'approchant — juste en face du restaurant universitaire de la rue Mazet, à quelques pas de chez moi. Le passage à la ligne tient lieu de ponctuation et l'on comprend sans peine que « vite », interjection, marque un désir violent de voir enfin s'ouvrir devant soi la *vraie vie*. Plus tard, j'ai retrouvé ailleurs la même revendication réduite à ce mot unique : VITE, comme si, pour se faire comprendre, il suffisait d'exprimer la hâte, sans qu'il y ait lieu de préciser ce dont on est avide et d'alourdir la flèche en indiquant vers quoi elle pointe.

PLUS JAMAIS CLAUDEL. Autrement dit : foin de ce gymnaste mammouthéen du verbe, ferme appui du *statu quo* bourgeois, sous le masque tantôt d'une ferveur de pastourelle illuminée, tantôt d'un exotisme très mandarin colonial, tantôt d'une mystique de fort-en-thème. (C'est, du moins, comme cela que je vois la chose et je n'ai aucune raison de penser que ce rejet, si catégoriquement exprimé à Nanterre, n'était pas ainsi motivé.)

VOLEZ PLANEZ JOUISSEZ. Plus mystérieuse m'est apparue cette formule, lue à un détour de rue dans le quartier Saint-Germain, puis relue en divers endroits. Mais quelqu'un qu'elle avait également intrigué m'a dit qu'il devait s'agir d'une simple et provocante invite à prendre du L.S.D., « planer » étant l'un des termes qu'emploient les adeptes à propos des états dus à l'usage de ce composé chimique.

SOYEZ CRUELS, inscrit sur le revers — côté quai — du parapet de pierre qui domine la berge, peu avant le Pont des Arts quand d'amont en aval on suit la rive gauche du fleuve, — comment nier le bien-fondé de ce conseil, puisqu'un monde où l'homme est un loup pour l'homme ne peut pas être changé sans que soi-même on use de ses dents!

Quelquefois l'inscription, dans sa teneur, n'est rien, mais vaut par sa mise en page. Ainsi, PRISE DE CONCIENCE, en énormes lettres blanches peintes sur toute la longueur de l'une des banquettes marron d'un classique double banc à dossier vertical, tel que les trottoirs de maintes voies parisiennes en offrent aux passants. Négligence, manque d'espace, défaut d'orthographe ou volonté d'enfreindre la règle, la lettre S qui normalement précède le deuxième C du mot « conscience » avait été omise, dans cette inscription que j'ai lue, regardant à ma droite, sur la banquette côté chaussée de l'un des bancs du boulevard Saint-Germain, alors que l'autobus qui me ramenait du Musée de l'Homme lui aussi en ébullition se trouvait, il me semble, à peu de distance de la station Solférino-Bellechasse. Quelques jours auparavant mon autobus avait croisé, dans ces parages, un petit cortège masculin et féminin qui défilait en silence, d'un pas assez rapide, comme de gens affairés, et dont l'un des membres de tête — un jeune homme, je crois, vêtu avec la même terne banalité que ses compagnons et compagnes — portait un modeste et improvisé drapeau rouge qu'on eût pu croire arraché à quelque chef de gare.

UN COUP DE DÉS JAMAIS N'ABOLIRA LE HASARD. Combien j'aimerais entendre le fulgurant axiome de Mallarmé débité en chœur sur le rythme 4-2 5-2, avec claquements de mains, comme un slogan de manifestation populaire! Mais comment honorer l'ABSENTE DE TOUT BOUQUET si LA SOCIÉTÉ EST UNE FLEUR CARNIVORE?

Du 24 au 25 mai 1968...

A la cuisine plusieurs fois cette nuit-là, j'ai ouvert le robinet
de l'évier, non pour me laver les mains, mais pour remplir
l'un ou l'autre de trois récipients : bassine en plastique,
que je transportai précautionneusement depuis notre
quatrième étage jusqu'à la porte d'entrée de l'immeuble
pour la remettre à une jeune fille qui, la face masquée à
la chinoise par un mouchoir mouillé (protection contre les
gaz lacrymogènes), m'avait demandé de l'eau afin d'en pourvoir, dans un but identique, ses compagnons de la frêle
barricade dressée en travers du quai juste avant la rue
Dauphine et le pont Neuf; autre bassine en plastique et
seau de même matière, puis encore la première bassine
quand je l'eus récupérée, son emprunteuse ayant eu la déli-
catesse de la rapporter là où je la lui avais remise, ce que je
n'attendais nullement, jugeant normale – vu le grand
tumulte – la non-restitution de ce pauvre objet, la bassine.
Tous ces récipients, du haut de l'une de nos fenêtres (celle de
la bibliothèque, où nous étions rassemblés), furent vidés à
diverses reprises sur le trottoir pour faire obstacle à la dif-
fusion de ces gaz plus éprouvants qu'on ne peut croire et
protéger contre leurs effets les manifestants qui, dans la rue,
étaient en butte aux attaques des C.R.S.

Cela avait commencé par un appel adressé d'en bas — « Michel ! » — alors qu'attiré par la rumeur d'émeute et les grosses détonations des grenades offensives je regardais par la fenêtre, avec ma femme et ma belle-sœur. Une amie américaine et un copain à elle, ainsi qu'une autre Américaine de notre connaissance, plus un étudiant en pantalon serré et souliers plats, montèrent jusqu'à notre appartement. Non sans parlementer, j'obtins du fils de la concierge qu'il laisse ouverte la porte d'entrée, pour le cas où d'autres gens auraient besoin d'un asile, et bientôt, en effet, trois inconnus totaux (ceux-là tout à fait innocents) s'adjoignirent à nos premiers hôtes : pourvu d'un appareil photographique et du casque blanc qui en principe l'immunisait contre la hargne de la police, un journaliste du *Figaro* qui téléphona de chez nous ses messages ; puis un jeune couple de touristes italiens qui s'étaient fait matraquer — par chance sans dommage visible — en regagnant leur hôtel.

Nous eûmes, quant à notre destin propre, quelques minutes d'inquiétude, à cause d'un énorme camion-citerne qu'on pouvait présumer plein d'essence et qui, arrêté par la barricade partiellement enflammée, s'était immobilisé juste sous nos fenêtres. Mais un jeune homme et une jeune fille qui, porteurs de drapeaux rouges, s'étaient improvisés agents de la circulation s'occupèrent de lui faire faire demi-tour, comme ils le faisaient de toutes les voitures pareillement arrêtées.

Thème à exploiter par un vaudevilliste : que, parmi ceux qui se trouvent réunis momentanément dans une même demeure bourgeoise par des sortes de hasards de guerre, il y en ait quelques-uns — émeutiers ou non — dont la rencontre soit, au plus haut chef, indésirable.

*

Pavés lancés, voitures culbutées, palissades brisées, gros tuyaux exhumés, arbres coupés, flammes, gaz à faire pleurer ou suffoquer, grenades tonnantes, matraquages policiers : phrase à grand spectacle qui au printemps dernier bafouait, à Paris, les syntaxes. Plus fauve et plus rude que celles étalées sur les murs, elle a réduit à rien la mienne, trop volubile et fuyante comme une eau.

＊

Art-mûr-rerie.
Bise-cul-tuerie.
Boue-chairrie.
Boule-angerie.
Co-ordonnerie.
Cou-taillerie.
Haie-pisserie.
Hors-logiserie.
Joue-ailleurs-rie.
Libre-brairie.
Mé(na)gère-rie.
Mhétaïrie.
Papeeterie.
Pare-fumées-rie.
Patricerie.
Porsherie.
Quart-toucherie.
Requinquaillerie.
Zoizailerie.

*

J'EXIGE :

un chant de beau navire pour calmer la mer où je me
meurs, fumée;
un vin qui, sans peser, se rie de ma tristesse et me fasse
rêver;
une fleur que jamais nul ne m'aura jetée;
une heure exquise qui me grise;
un rien, un souffle, un rien;
un saule poussant ses pleurs et sa romance;
dans la citerne de ma tête, une Salomé prêchant sans voiles
mieux que 7 Yokanaan;
dansant debout, un veau du bout du monde toujours doré;
des oiseaux dans ma charmille;
un printemps d'espérance qui amoureux commence sa
chanson sans son au cœur d'une Dalila aux 4 005 sens;
un graal pur de tout récit;
un anneau qu'aucun fils des brumes ne saurait forger;
une flûte enchantée;
un élixir d'amour;
une Ys sans roi;
un pays où fleurisse à jamais l'oranger.

Friandise phosphorescente pour faire revenir, même par temps de brouillard, un chien désobéissant.

Bouton déclencheur permettant de simultanément se tuer, convoquer les pompes funèbres et alerter la presse.

Régulateur de hauteur de feuillets pour signer d'un seul coup, au carbone, une douzaine de protestations différentes.

Porte blindée que ni la maladie ni le chagrin ne sauraient forcer.

Miroir flanquant une paire de gifles à celui qui s'y regarde trop longtemps.

Lit dont les draps vous blanchissent corps et âme.

Désir surcongelé consommable à toute heure (garanti inusable).

Chasse d'eau qui, à volonté, noie tout l'étage ou fait sauter l'immeuble.

Insecticide changeant l'araignée du matin en araignée du soir.

Pendule (à remonter une fois) ne marquant que le temps que l'on n'a pas perdu.

Pompe à se regonfler quand on est dégonflé.

Hostie contenant, crucifié et nimbé, un petit baigneur de galette des rois.

Costume amaigrissant, si ajusté qu'il faut perdre du poids pour lui aller.

*

Derrière l'infime brouillard de la double vitre,
les rinceaux de l'appui.
Derrière les volutes durs et noirs sous la barre qui n'est pas ligne
    d'horizon,
la ferronnerie sans symétrie des branches.
Derrière l'arbre aux membres fous,
le fleuve qu'on ne voit pas marcher.
Derrière la coulée discrète
qu'on ne peut deviner orientée vers la mer,
un rang de maisons hasardeusement crêtées.

En mouvement ou à l'arrêt sur l'autre rive,
des gens et des voitures animant à peine le décor
que plan par plan je décompose et recompose
pour le fixer
et pétrifier en même temps le temps.

*

Comme le corps, un logis a ses parties nobles et ses parties basses : au zénith, le salon (du moins à l'époque où tout appartement bourgeois avait le sien); au nadir, la cuisine, avec son pendant les W.C. où s'engloutit — sous une forme dégradée et par voie diluviale — ce qui est préparé dans cet endroit ancillaire, indigne même d'être compté parmi les « pièces » et que mettent très en dessous de cette autre non-pièce, la « salle d'eau », son fourneau et ses ustensiles (plus plébéiens, si modernes soient-ils, que la baignoire et les installations diverses de toilette, relevées, elles, par une légère touche de coquetterie, voire par une nuance d'érotisme alors qu'ils ne sont, eux, qu'un outillage domestique au sens le plus humiliant du terme).

Cuisine Peau d'Ane, d'où émanent souvent des parfums qui, même alléchants, ne sont pas de bonne compagnie, quoiqu'à tout bien peser les graisses, sauces et autres adjuvants alimentaires concourent à des buts moins répugnants que savon, crème à raser, eau de Cologne, pâtes, lotions dont le rôle essentiel est de nous débarrasser de nos crasses et de masquer — grâce à l'ablation de nos poils et à l'élimination de nos odeurs, que beaucoup croient devoir remplacer par de moins naturelles — notre appartenance au règne animal.

Cuisine qui, de nos jours, arbore aisément des airs de laboratoire ou de centrale électrique mais ne sera jamais, à notre logement, ce qu'à la cité est l'usine : trop profondément rustique pour cela, liée qu'elle est, par vocation, aux viandes et aux légumes, entre autres produits de ces activités rurales, l'élevage et l'agriculture. Cuisine plus proche, bien que confinée, de la vie paysanne que de celle des banlieues industrielles et qui est de ma part l'objet de la même réaction ambiguë que la campagne, où je ne voudrais pas habiter mais où — comme bien des citadins — j'aime aller me détendre, de même qu'à la cuisine, quand elle est déserte, j'ai plaisir à me trouver un moment, recourant fréquemment avant de me coucher à l'armoire frigorifique comme à une source plus fraîche qu'une source de montagne, heureux aussi — chaque fois que les circonstances me le permettent — de m'attabler pour un repas sans façons dans ce local que nul vacarme n'assiège sinon, aux jours et heures ouvrables, la vague rumeur des bureaux de la R.A.T.P. situés de l'autre côté de la cour et dominés par une haute antenne qu'à chaque belle saison un merle fort gentil chanteur, vient prendre pour axe de ses évolutions et parfois pour perchoir. Mieux que dans tout autre refuge que la maison pourrait m'offrir, je me sens pacifié dans cette cuisine, sans doute parce qu'il y rôde moins de spectres que là où les murs, plus imprégnés de ma présence, le sont également de mes soucis.

Cuisine dont le carrelage rouge et la hotte ne sont plus que souvenirs et qui — chez moi — n'héberge pas que le fourneau, son contraire le générateur de froid et la machine à laver, mais (dans un cagibi attenant où chemises et serviettes encore humides pendent comme des décors aux cintres d'un théâtre) la chaudière, le régulateur de la chaufferie et le séchoir à linge faisant songer, les uns à de la grosse artillerie, l'autre — par la minceur tubulaire de son cadre haut placé, ses tringles et ses cordes de manœuvre — à l'aérienne légèreté d'un gréement de navire.

Cuisine aux pouvoirs multiples et aux feux discrets qui — injustement reléguée — figure le peu qu'il reste du *foyer,* pulvérisé dans nos demeures où il n'est pas d'usage de se ras-

177

sembler autour de la cheminée (s'il en est encore une) et où la « salle de séjour » malgré le pôle qu'est l'écran fascinateur de la télévision, insidieuse machine à décerveler, est plus un lieu où se tenir – comme le veut son nom – qu'un point autour duquel le commerce quotidiennement se renoue, de l'un à l'autre des membres de la maisonnée.

Cuisine sans âge, artisanale en dépit de son équipement et qui, moins pudique qu'elle ne l'est quant à ses récipients, balais, torchons, serpillières, attirail de cirage, boîte à outils, etc., aurait le charme jamais épuisé de ces greniers ou remises qui, telles des mères-grands, racontent tant d'histoires aux enfants!

*

A la campagne, notre jeune gardienne veut se défaire de la chatte, parce que celle-ci tue des lapins dans le petit bois qui monte derrière la maison. Pas plus tard qu'hier, l'un des chatons que cette bête a eus il y a bientôt un mois a été tué, lui, par le chien qui, l'ayant vu s'approcher d'un paquet d'os qu'il s'apprêtait à ronger, craignait, de la part de l'intrus, une attaque contre sa pitance. Chien et chatons — il y en avait deux, que la gardienne avait trouvés l'un dans un grenier où la chatte était allée se réfugier pour mettre bas, l'autre juste au pied de ce grenier — chien et chatons s'entendaient pourtant si bien qu'ils dormaient volontiers ensemble et que, parfois, il arrivait que l'un des petits chats, ou les deux, fissent mine de sucer les mamelles du gros chien, lequel se laissait faire avec indifférence. Enfin, il y a un certain temps déjà que nous-mêmes nous avons mangé les pintades, non parce qu'on les avait élevées expressément pour cela mais parce que, très agressives, elles avaient tué un faisan et constituaient un danger pour les autres oiseaux de la volière. Massacre en chaîne, comme si un nuage aux reflets sanglants était passé au-dessus de notre maison...

Bien sûr, je m'en voudrais de céder à la sensiblerie, mais je dois confesser que cette suite de menues tragédies ne me plaît aucunement. Que l'on bannisse une chatte pour l'empêcher de s'en prendre à un gibier de plus grande taille que les souris (qu'il est de son métier d'exterminer), qu'un chien bon bougre mais brutal mette à mort un gracieux compagnon pour protéger sa mangeaille, que des volatiles de basse-cour aient sous leurs plumes assez de cruauté pour se conduire en rapaces, voilà qui me paraît de nature à faire approuver ces mystiques — brahmanistes ou autres — non seulement végétariens et toujours prêts à tendre la joue gauche, mais respectueux de la vie au point de se refuser à écraser entre leurs ongles la puce qui les mord!

Moi qui ai longtemps aimé les courses de taureaux et qui, passant l'éponge sur les horreurs de la Révolution, la tiens pour juste et rejette la théorie de la *non-violence,* je supporte plus mal que beaucoup l'idée d'appartenir à un monde où la norme — pour les membres de chaque espèce — est d'essayer de s'imposer jusques et y compris par meurtre ou manducation éventuelle de celui qu'on domine. S'il y a là une contradiction vexante, il me semble cependant qu'elle n'excède pas le paradoxe, non moins risible, de mon existence entière : prendre parti pour les opprimés alors que je me range dans la classe des oppresseurs, écrire pour me libérer bien qu'écrire me soit une servitude que je ne veux pas voir se relâcher, avoir peur de la tache de sang mais accepter que mon confort repose sur la sueur voire sur le sang des autres, juger la vie mauvaise alors que je n'ai fait qu'un bien timide essai de m'en débarrasser, parler amour et poésie en menant le train le plus bourgeois, rêver action positive quand je me sais intellectuel jusqu'au bout des ongles, ne croire à aucune instance surnaturelle mais avoir des superstitions (si l'on annonce le bien, par exemple, on attire le mal) et, comme si un tribunal invisible devait me demander des comptes, me garder autant que je le puis de la faute inexpiable.

*

Dans mes lignes,
comme un rat dans son trou,
un chevalier dans son armure,
un couteau dans sa gaine,
une coquette dans sa robe,
un vin dans son verre,
un prisonnier derrière sa grille,
ou un grincheux dans son retrait?

*

Il m'a tellement pris pour un ami, tellement traité en égal (ce dont naïvement je me réjouissais) qu'il est devenu intenable. Pas question de me faire obéir lorsqu'il se déchaîne et qu'il faudrait, précisément, que je sois obéi. Maintenant, c'est à peine si je puis éviter qu'il se jette sur les gens que nous croisons sur la route, et bientôt toutes mes forces n'y suffiront pas.

Si cela s'accentue, cet ami trop ami, cet excessif *alter ego,* il sera nécessaire de l'empêcher de nuire et — à moins de l'isoler comme un pestiféré, ce qui serait encore plus cruel — je n'aurai pas d'autre recours que de le condamner à mort (la mort dans l'âme, tel un juge envoyant à la guillotine, par respect de la justice, le fils envers qui il s'est montré si faible que celui-ci a mal tourné). Quoi qu'il m'en coûte, j'espère avoir la chance de trouver à me défaire de cet inquiétant compagnon pendant qu'il est encore temps : une main nouvelle et plus ferme — plus disponible aussi que la mienne, à moi qui ne suis auprès de lui qu'une partie de la semaine — réussira peut-être à obtenir ce qu'il faut obtenir d'un être doué de puissants moyens d'attaque pour n'avoir pas à l'enfermer ou à le tuer, faute d'avoir pu le persuader d'amender sa conduite.

Faire piquer ce chien comme je crains d'y être forcé si,

trop âgé pour être ré-éduqué, il devient décidément dangereux, voilà qui serait pour moi une vraie blessure et m'apparaîtrait comme une tache dont ne pourrait être nettoyée ma main, menée au pire par son trop de mollesse...

*

> *Qui n'est ni dans la tête,*
> *ni dans le cœur,*
> *ni dans le sexe,*
> *ni dans les membres,*
> *et pas plus à la cave qu'au grenier,*
> *mais qui,*
> *à l'entresol plutôt qu'au rez-de-chaussée,*
> *logerait en* squatter
> *que je ne puis chasser sans que lui-même*
> *— ou son semblable —*
> *revienne s'installer.*

Tout s'arrangerait peut-être, si je pouvais prendre langue avec cet indésirable... Mais, bien qu'il niche au plus intime de moi, sa présence m'est si étrangère — celle d'une bête qu'on saurait seulement masse lovée ou pelotonnée — que ce n'est pas même un dialogue de sourds que je pourrais engager avec lui.

Pendant de longues périodes, cette chose — absente ou inerte jusqu'à l'absence — se fait presque oublier. Mais affronter le vide ainsi créé n'est pas moins écœurant que de la sentir là, souhaitant qu'enfin elle quitte son repaire, me monte à la gorge et, franchi ce goulet, prenne forme de parole, mutation qui serait plus qu'une simple délivrance.

184

*

S'il a perdu la tête au point qu'il faille le faire admettre dans une maison de campagne encore plus calme que la nôtre (cela pour lui épargner le passage à l'état de hongre qui, selon trois vétérinaires, remédierait probablement à son agitation), c'est peut-être à force d'avoir dû — au lieu d'être tout uniment mon Pylade ou mon Horatio — jouer une autre version d'*Arlequin serviteur de deux maîtres* : celui des jours ouvrables, le jardinier; celui des dimanches et fêtes, moi.

A ce jeu, ne semblait-il pourtant pas prédisposé, sinon par sa robe fauve presque entièrement unie, du moins par ses pattes de devant, épaisses et rudes comme des battes, et surtout par son museau maintenant poivre et sel, mais longtemps noir comme le masque de cuir du pitre à l'habit de plusieurs couleurs fait de pièces et de morceaux?

*

Bestiaire campagnard :

Mord - fesses,
Croque menu,
Dos à pattes,
Diarrhée blanche,
Fourrure filante,
Chauffe - Pâques,
Chie - dans - l'œil.

Bestiaire parisien :

Grouillard,
Fleur errante,
Branle - bâton,
Court - sans - jambes,
Tire - peuple,
Presse - pavé,
Porte - vaches,
Rouille - flamme,
Gobe - sanies,
Fourgue - morts.

186

*

L'histoire de Puck s'achèvera-t-elle de manière à prouver que ce nom reçu de nous, et dont la vivacité de flamme paraît l'avoir fâcheusement marqué, le destinait, finalement, à vivre un conte de fées?

Trop nerveux, et plus agité encore du fait d'une continence à laquelle il était hors de question de remédier (car même la présence d'une compagne à demeure n'eût fait, nous avait-on dit, que le rendre plus agressif), donné à des amis des bêtes mais repris après les méfaits qu'il avait commis (infligé deux morsures à une personne, failli en mordre une autre, souillé d'urine un meuble de salon, volé un camembert et une quiche lorraine), il était presque à la veille de subir la castration qui eût écarté, du moins, ma crainte d'avoir un jour à en user avec lui comme un gouvernement autoritaire éliminant physiquement un hétérodoxe. Or voilà qu'une Providence le fait adopter par un ancien forain, que connaissent ceux dont notre iroquois a été le pensionnaire docile et qui, se proposant d'ouvrir du côté d'Arpajon un établissement moitié zoo moité chenil, veut l'employer comme étalon.

Cas exemplaire d'orientation professionnelle plus réussie chez un animal que trop souvent elle ne l'est quand il s'agit de métiers humains...

*

J'avais dit que je conduirais l'orchestre, au pied levé, et
en tant qu'amateur distingué capable de cette performance.
C'était – sauf erreur – le *Requiem* de Verdi qu'on devait
jouer. J'entre, non dans une salle de concert, mais dans une
pièce assez vaste, un peu plus longue que large et au plancher
disposé en un plan incliné dont les spectateurs occupent le
haut alors que les musiciens sont installés sur les degrés les
plus bas. M'apprêtant à monter sur le podium, je constate
que des rideaux de toile (une toile grise et grossière), dont
il est entouré, empêcheront le déploiement de mes gestes.
Je les fais enlever. Mais je m'aperçois alors que le podium est
orienté au rebours de la façon dont il devrait l'être : au lieu
de faire face à l'orchestre, je lui tournerai le dos. Je décide
donc de renoncer à diriger; l'un des musiciens s'en chargera
et cela ira très bien comme cela. Toutefois, je suis un peu
confus d'en arriver à cette carence.

Rêve aussi clair qu'une eau de roche et qui peut être interprété sans le secours d'aucune clef des songes ni d'aucun
psychologue. Peu importe la nature de l'échec dont je rêve;
ce qui creuse des trous de taupe dans mon sous-sol, c'est
l'idée inassimilable d'être voué désormais à toutes sortes de
fiascos, et singulièrement à celui qu'il est permis de dire
crucial, puisqu'il n'est besoin de nul verdict intérieur, d'ordre
intellectuel ou moral, pour qu'y penser vous mette en croix.

188

‧

Les sept d'Éphèse, la Belle au Bois dormant, Rip Van Winkle. Dans la vie non légendaire, ce n'est pas au bout d'un siècle ou deux qu'on se réveille, mais parfois après vingt, vingt-cinq ans ou plus encore... La libération de Paris, c'était hier, et je ne parviens pas à imaginer qu'un fils ou qu'une fille qu'alors nous aurions mis au monde ma femme et moi serait aujourd'hui adulte et peut-être même père ou mère. Ayant parlé de quelque chose, comme si cela faisait partie de notre bagage commun d'expériences historiques, à tel ou telle que je sais beaucoup plus jeune que moi, je dis — pour montrer qu'à la réflexion je ne laisse pas de mesurer notre différence d'âge — qu'en vérité il devait être alors si petit qu'il ne peut pas s'en souvenir; mais cette mise au point voulue sagace est encore naïve, car l'événement a eu lieu, mettons, dix ans avant que mon interlocuteur commençât d'exister.

Maints objets qu'on a chez soi et qu'un jour on retrouve s'avèrent incroyablement vieillis, désormais inutiles, alors qu'on les avait gardés dans un but immédiatement pratique : tel annuaire, par exemple, indicateur ou catalogue, qui maintenant ne renvoie à rien qu'on puisse avoir une sérieuse chance d'atteindre et est devenu un résidu aussi macabre que, dans un fichier ou sur un agenda mal révisé, l'adresse d'une personne décédée.

Sans doute en va-t-il de même pour bon nombre d'idées : ni balayées ni ajustées, elles resteront en nous intactes, sinon à jamais, du moins jusqu'à ce qu'un affreux grincement, qu'en se frottant à la réalité présente la vieille idée produira, fasse sentir son anachronisme et déchire impitoyablement le voile.

Dessillements brutaux, réveils à perdre pied, vu le déséquilibre créé par l'énorme poids mort dont soudain l'on se découvre encombré sans même l'avoir soupçonné.

*

Comme à l'Hébreu sa Terre promise, comme à l'Indien son pays sans mal... Qu'il existe (ou s'ébauche) quelque part un pays sans taches ni trous, la vie m'apparaît définitivement dégradée si je perds cette croyance.

Ce pays ne serait-il parmi les autres qu'un îlot, je me contenterais de ceci : le savoir pilote capable de frayer la route à travers dieu sait quels maux — guerres, blocus, entreprises de police, mises en condition, chantages, trahisons, coupures internes — et pouvoir reconnaître en lui, sinon le porteur, du moins l'annonciateur d'une civilisation plus savante et plus sage que toutes celles qui, jusqu'à présent, ont pris place dans l'histoire et dans la géographie.

Vouloir cela, c'est peut-être compter sur le messie. Et, d'ailleurs, parler d'un pays qui posséderait ce privilège, est-ce autre chose que parler République d'Utopie? Qu'il y ait dans le monde quelques poignées d'êtres humains — hommes ou femmes, et peu importe de quel climat — travaillant à cette révolution, ne serait-ce pas déjà un gage de chance, voire (moyennant un léger coup de pouce optimiste que j'ai grand-peine à ne pas donner) une promesse?

Souhait sans ambages, j'aimerais pourtant savoir qu'après n'avoir été que des trouble-fête de tels gens, ici ou là, sont parvenus à prendre le pouvoir et qu'ils déjouent les dangers du pouvoir, qui risque de perdre sa raison d'être si l'on ruse trop pour le maintenir. Cette certitude aiderait! Mais gare à l'ignominie dans laquelle on tomberait si, désormais rassuré quant à l'avenir qui doit nous justifier, on avait la faiblesse de s'en tenir là et de se reposer sur le culte de quelques saints (Patrice Lumumba, Malcolm X, Che Guevara, Ho Chi Minh). Il n'est pas admissible que pareils gens se battent tout seuls, et se borner à proclamer que l'on est avec eux serait s'enfermer dans une sale espèce de quiétisme.

Paradis, Jérusalem céleste, El Dorado, Cocagne ou cette île autrefois lue et regardée dans un beau livre d'images sur lequel, à deux, fut bâtie une mythologie, cette île où, avant qu'un steamer y aborde comme un rappel à l'ordre de la civilisation marchande, le blanc Macao filait le parfait amour avec sa vendredite Cosmage, elle au corps sombre et presque nu de bonne, gaie et solide sauvagesse, lui coiffé d'un grand chapeau de planteur ou de bagnard et vêtu amplement de toile blanche : rêves auxquels mon rêve de société future ressemblerait assez pour être jeté au même panier, si je devais ne plus penser que ce rêve-là, en m'y attaquant bec et ongles, je puis — qui sait? — contribuer à le faire passer un jour à la réalité.

... Mais, étant admis que ce rêve peut devenir réalité, lesquels sont exactement les éclaireurs parmi ceux qui semblent s'y employer et si — autre question vénéneuse — j'entends me dévouer vraiment à tout cela, ces éclaireurs que je devrais prendre pour modèles sont-ils bien tels que je les crois, faisant le travail que je crois (et qu'est alors au juste ce travail insuffisamment qualifié si je le dis « révolutionnaire »?) et qui, défini, s'affirmerait peut-être incompatible avec celui auquel je ne veux pas renoncer, voire avili par des procédés contre lesquels je jugerais impossible de ne pas s'insurger. Ce monologue, dont la sincérité me paraissait hors de doute à première vue, est-il une déclaration de pure forme — profession de foi qui, n'engageant à rien, serait un morceau de prudence tout comme il est des morceaux de bravoure — ou bien a-t-il un sens utilisable ? En somme : en a-t-il un tout court, et non un simple rôle de « morceau », de clause de style mise là parce qu'il fallait qu'elle y soit ? Assertion vague et généralité prudhommesque, pas concret pour un sou, académique comme, sur un portemanteau ou valet, un patron pour habit du soir non encore exécuté. Ainsi ruminant, et pressant le papier de la pointe de mon stylo, je n'ai pu — forme trompeuse, car ce terne discours n'est derrière moi qu'en principe, ses relectures m'ayant conduit à des rapetassages qu'il n'a pas fini de subir, alors qu'au moment où sur sa critique je greffe cette parenthèse ma course à dos de mots, qui sur cette page n'en est encore qu'à ses premières foulées, s'est achevée il y a plus de deux tours d'aiguille au cadran des saisons (mais l'écrivain qui se raconte et, se voulant cent pour cent véridique, ajoute à son témoignage l'histoire de ce témoignage doit-il, s'il utilise comme base d'un nouveau départ la chose qu'il était tenté de mettre à la corbeille puis, y revenant quand il est plus avancé dans son parcours, donne quelques coups de lime à ce texte intouchable puisque, le citant, il l'a traité en pièce d'archives, doit-il, scrupuleux jusqu'à la manie, s'astreindre à repérer et repenser, pour un rejet, une refonte ou un quitus, toute phrase qui pouvait supposer enclos dans le passé ce bloc dont, sans rien y changer d'essentiel, des retours de plume, que d'autres suivront peut-être, ont modifié quelques détails d'écriture, de sorte qu'on ne saurait parler de ce bloc inaltéré en substance mais pas encore cristallisé comme d'une donnée acquise et désormais sans futur, difficulté qui logiquement exige que l'allusion soit augmentée d'une mise au point et qui, moins circonstancielle, justifierait l'invention simplificatrice d'un temps particulier du verbe, *passé non absolu* ou *futur anticipé,* n'exprimant ni l'accompli ni l'inaccompli, mais l'inaccompli virtuellement ou censément accompli ?) — je n'ai pu — ou, plus adéquatement peut-être : je ne puis, ne pourrai ou n'aurai pu — faire surgir quoi que ce soit de vrai ou de perceptible, pas même, sur le vêtement sans autre corps qu'un portemanteau lui-même fantôme, des parements, revers ou autres décors brodés ou bien, sur un mur aussi neutre qu'un mur de cuisine, le luisant de casseroles astiquées... Mur ou page, ou (en volume) devanture, cage (c'est dans ma tête qu'elle est plantée) ou mieux encore vitrine-cloche (objet qui m'est plus familier puisque meuble de musée), ni cloche sous-marine ni volière, mais translucide armoire pédante et frigorifique à hautes et larges surfaces de verre se coupant à angle droit, quand il la faudrait personnelle, ouvertement mémoriale et intime comme un grenier : dans un coin, telle gentille fleur poussée au bord de la route d'enfance; puis la grande éclosion passionnelle, le champignon-lumière (en belle photo Loïe Fuller, explosion atomique ou jupon déchaîné de ballerine hispanique); enfin, tout près, le repo- soir de mélancolie — peut-être un haut porte-vase ou fausse colonne de photographe 1900 — auquel je m'accoude pour faire ces réflexions, moi qui, sur la lancée de quelques jours fiévreux, me suis pris — vertige nocturne ultérieurement ressassé — à ce jeu auquel les circonstances me conviaient (en n'étant, je le crains, rien que champ libre donné à une envie bouffonne de savoir si, et si oui avec quel prix ou accessit, j'apparaîtrai dans le palmarès que dressera la postérité, jury en vérité sans figure ni couleur et donc sans existence autre qu'allégorique) : imaginer et combiner ma propre vitrine commémorative, comme je le pourrais d'une crèche ou d'un diorama.

En cet espace où chronique et théorie devraient mythique- ment se fondre et où la série d'objets ou autres illustrations qui résumerait ma vie aurait un sens démonstratif à défaut d'une valeur exemplaire, qui donc est JE, ce mien person- nage autour de quoi tout s'articule? Petit bonhomme pour pièce montée (genre premier communiant avec cierge et brassard si doit être écarté le marié tout en noir flanqué de son féminin en grands voiles), c'est lui, peut-être, cette figu- rine de convention qu'on voit debout sur un fond de carte postale passée montrant, au plus calme du vieil Auteuil, une rue aux bas pavillons délavés (de ces pavillons où aisément l'on devient fou).

Tout cela s'érige, se développe, s'éploie, s'incruste dans la nuit insomnieuse et se moire, par endroits, d'une couleur prodigieusement chatoyante (j'ai souvenir ainsi d'une écharpe verte à faire ciller portée en sautoir par un masque ou par un acteur à fine casaque de satin blanc). Serpentement d'une longue histoire, un pointillé crayeux — piste de Petit Poucet — court à travers l'entière vitrine, depuis l'humble recoin où le petit bonhomme est planté, jusqu'à l'angle où je ne sais trop quel document en noir et blanc, onduleux et frangé, se chiffonne en d'indescriptibles affres de beauté...

A l'un des angles, en bas, les principaux accessoires de mon premier voyage en Afrique (sacoche soudanaise, chasse-mouches, classique casque de liège) et, non loin, la casquette bleue de révolutionnaire que j'avais achetée à Pékin pour la fête nationale, puis — sorte d'arlequin aux morceaux violemment et diversement bariolés — ma blouse de carnaval de Santiago-de-Cuba (où sur les places et dans les rues turbulence traditionnelle et révolution semblaient marcher joyeusement du même pas); çà et là, faisant de la vitrine un vivarium sans insectes ou un aquarium sans poissons, des touffes de cette herbe sèche et jaune où, quand je le promène, mon acolyte campagnard le chien Puck — dont, répugnant à mettre cette scène à distance et à l'oblitérer en la faisant virer au passé, je maintiens au présent l'évocation bien que, depuis son apparition dans cette rêverie écrite, ce chien trop impétueux ait été remplacé par un autre, guère plus maniable en vérité — Puck aime à fourrer longuement son museau, tout de son long couché, soudé de tout son corps au sol et aspirant à grand bruit cet opium rustique dont, insatiable, il se gave et ne se laisse arracher que (dirait-on) fin soûl.

Ailleurs, quelque pieux objet de jadis — époque Notre-Dame d'Auteuil — mais lequel? Mieux, cet objet laïc que ma femme m'a donné pour un anniversaire ou un Jour de l'An et à quoi, j'ignore pourquoi, je tiens plus qu'à tout autre cadeau qui me fut fait, bien que je ne m'en serve plus depuis fort longtemps, après en avoir usé chaque jour pour épingler mon col sous le nœud de ma cravate, puis pour fixer le foulard qu'en tenue vacancière on noue parfois sous la chemise : une broche en or — très quelconque mais anglaise et donc conforme à l'un de mes préjugés — un certain temps imaginée futur bijou tombal et mentalement caressée comme moderne (extra-archéologique) f i b u l e , significative moins de jonction, rapprochement de deux bords opposés ou fermeture sans hiatus, que de précieuse et pure précision. Ou encore ce gage d'amitié auquel m'attache aussi une vanité de collectionneur et qui est comme une pierre marquant un point critique que ma vie a dépassé il y a déjà quelques années : le briquet orné d'une scène priapique gravée par l'homme qui, plus que tout autre artiste, fit œuvre révolutionnaire en bouleversant de fond en comble notre vision du monde, plaisante amulette qu'il me donna lors d'une opération chirurgicale m'attaquant en cette région du corps qui est, à nos yeux, bien plus que notre centre seulement physique.

Hormis des livres, instruments de bureau, paperasses diverses (fiches, manuscrits retouchés jusqu'à l'écœurement, feuilles d'hôpital rappelant l'essai très feu de paille que j'ai fait de me supprimer) et sauf recours sophistiqué à des objets du genre de ceux que j'ai nommés sans songer que plus d'un est hors de portée, ou comme (dernières raclures d'un coffre où nul trésor n'étincelle) quelques babioles, ni œuvres d'art ni fétiches auxquels j'assignerais un pouvoir mais choses qu'il me faut avoir là, en juste place, pour me sentir mieux assuré — grosse rose des sables attestant le séjour saharien dont la « drôle de guerre » m'a fourni l'occasion, mâchoire inférieure du toro La Corte 2641 tué à Nîmes le 20 mars 1934 (cinquième d'une *corrida* qu'avait dû voir le donateur de ce trophée), étoile de mer que je tiens d'un ami surréaliste que sa passion de la liberté conduirait à mourir en martyr de la Résistance, pierre volcanique que je ne cite que pour mémoire car elle s'est volatilisée au cours de travaux effectués chez moi (envoyée sans doute à la poubelle comme un débris quelconque), hippocampe séché tel ceux que des gamins vendent aux touristes à Torcello près Venise, plus (concession aux superstitions classiques) les fers à cheval posés, à la campagne comme à Paris, quelque part dans la chambre où je dors et travaille, — hormis ces pièces auxquelles j'ajoute aujourd'hui deux images, l'une oubliée bien que j'en aie parlé naguère, l'autre postérieure au premier jet de ce texte revu, corrigé, augmenté à tant de reprises que je ressens comme une gêne presque organique la discordance qui sépare le déroulement de ses lignes et la marche cahotante de la pensée qu'elles sont censées reproduire : maigre dessin au crayon de 1928, *Ma vie par moi-même* (à gauche mon profil regardant, vers la droite, une pyramide tandis que monte vers lui le regard issu de l'unique œil visible de ce qu'on devine être un profil féminin à demi renversé, tourné en sens contraire du mien et dont, explicitement indiquée, la longue chevelure en ondes contraste avec la dureté de la pyramide); photo (que je ne possède pas) d'actualités télévisées où l'on me voit à Ivry près d'un car de police, alors qu'en compagnie d'une vingtaine de personnes de beaucoup mes cadettes et dont plusieurs auraient pu m'avoir pour grand-père je venais d'être arrêté, ayant réclamé avec elles, sans nul respect des formes, que l'eau et l'électricité, coupées par suite d'une grève des loyers, fussent rétablies dans un foyer-taudis habité par des travailleurs maliens, — hormis ces pièces (non écrites ou écrites, fragments de nature, documents iconographiques ou objets fabriqués) qui la plupart n'auraient de sens que pour moi ou pour de mornes buveurs d'encre et types variés d'amateurs de bric-à-brac intellectuel, hormis ce terriblement peu (rien que d'éparpillé), j'ai beau chercher, je ne vois pas ce que pourrait proposer une telle vitrine, dont la structure — plutôt que l'idée — me visita après une grippe née d'un virus qu'on disait asiatique et d'une période de bouillonnant travail pour une exposition où, quelques-uns du Musée de l'Homme et quelques autres plus jeunes, nous voulions faire écho à l'action contestataire éclose sur les chaussées du tout dernier printemps.

Passages à l'âge d'homme, dans notre civilisation comme dans les autres, était le sujet de cette exposition pour laquelle l'une de mes tâches avait été de composer (aidé de deux ou trois compagnons et compagnes dont l'un s'était chargé d'organiser poétiquement l'espace où prendrait corps l'idée) une vitrine qui dans sa langue à rhétorique non discursive – où les choses parlent plus haut que les mots, mais ont besoin de leur appui discret et doivent s'articuler avec eux aussi clairement qu'entre elles – montrerait que les façons de dresser les jeunes et de les engrener dans la vie de la société, initiation rituelle ou enseignement d'ordre scolaire, peuvent aboutir à des échecs ou se heurter à des refus. En témoigne chez nous – et c'est cela que j'avais pris pour axe – l'existence de réfractaires qui se sont écartés des normes avec éclat : Sade, Lacenaire, Rimbaud, par exemple, ou tels autres que j'ai connus (Artaud, le fou plus que lucide, Rigaut, le suicidé par vocation, figurés, l'un par une reproduction d'autoportrait au regard aussi impavidement fixé qu'avait dû l'être celui du dessinateur s'observant dans un miroir, l'autre par le beau profil photographique placé en tête de ses *Papiers posthumes* et par une glace rectangulaire sans pourtour, plan incliné qui ne réfléchissait rien de vivant, puisque seul aurait pu s'y mirer quelqu'un qui, au risque de se blesser, eût penché son buste au-dessus de la surface polie après avoir brisé du front ou du poing le mur transparent de la vitrine). Ces cas divers mais tous extrêmes – trop particuliers peut-être pour qui les considère sous l'angle de la révolution, mais frappants à proportion de leur singularité (que soulignait, en créant pour chacun une sorte d'isoloir, le rigide cloisonnement conçu par mon camarade) – c'est sur eux, spectaculaires exceptions à la règle, qu'avait porté mon choix. Or, à supposer que moi-même je sois mis sur la sellette en tant qu'échantillon d'humanité, que pourrait bien signifier mon *curriculum vitae?* Rien que d'assez banal, malgré la mixture poésie, ethnographie et souci de progrès social; rien qui, au fond, dépasse une certaine ouverture d'esprit, jointe au refus autant de m'endormir sur un acquis que de nourrir des illusions sur moi (qualités louables mais dont je mesure l'insuffisance, sachant que pour aller très loin il faut se laisser emporter, corps et âme, par une idée fixe); rien qui — multiplierait-on les tentatives de repêchage — puisse me valoir d'être, sinon canonisé, du moins inscrit sur la liste des « cas » faisant image. Ces destins qui, ceux-là, illustrent, plutôt qu'ils n'ont besoin d'être illustrés...

De la vitrine réelle, intérieurement divisée en une suite de casiers verticaux par de grands panneaux en contre-plaqué, de cette vitrine sans fantaisie, que nous avions voulue d'une sèche éloquence et d'une austérité qui fît contrepoids à l'hétérodoxie de son thème, était sortie — boîte enfantée par une autre boîte et qu'auraient animée les emblèmes de maintes choses que j'avais en tête — la vitrine phantasme, une parmi d'autres dont nuitamment je posais, échelonnement nombreux de raides montants de guillotine encadrant des vides à meubler, les parois découpées — l'on eût dit au diamant — à même la fièvre qui venait de m'abandonner comme la mer, où poussent les îles, abandonne une plage...

A perte de vue cette plage qui — pluvieuse ou ensoleillée — est le lieu de mes soifs, angoisses, conjectures, litanies et pâles déploiements d'étendards. Plage désertique, sans autres bâtis que — paillotes — mes robinsonnades.

                                          ... Mais
— coquetterie, pharisaïsme? — j'étale une rigueur sourcilleuse quant à un juste emploi des temps du verbe, j'érige en cas de conscience d'infimes problèmes d'expression, jouant au pur qui ne veut se souiller d'aucune inexactitude je passe des heures à les résoudre, et je m'abstiens d'aborder

la vraie question. Comme s'il était une fin en soi, dont je ne pourrais me déprendre, je dépense jour sur jour à étoffer et fignoler ce récit déjà trop ornementé, le fourbissant, le redressant, le truffant de considérations qui souvent brouillent l'horizon plus qu'elles ne l'élargissent! Or ce qui compte, est-ce mon récit comme tel ou n'est-ce pas, plutôt, le soubassement de ce récit, ce qu'il ne dit pas ou ne dit qu'à moitié, ce qui parfois (non détecté ou encore trop embryonnaire) ne pouvait pas même être dit? Un goût dévot des figures hors série, comparable à l'adoration bêtifiante que tant de gens vouent aux vedettes. Le désir de ne pas abandonner la partie, bien que je me sente à deux doigts de lâcher prise. Mes hésitations tant charnelles qu'intellectuelles. Tout ce qui — motifs pas toujours des plus nobles — m'empêche de dépasser, politiquement, l'accord donné à telle déclaration, les soutiens qu'on aurait mauvaise grâce à refuser et les gestes occasionnels : de deux tactiques laquelle est la bonne, dilemme d'autant plus difficile à honnêtement trancher qu'une fâcheuse pusillanimité me prévient intimement contre la plus dure; m'astreindre à réunir l'information voulue pour prendre, sur chacune des questions autour desquelles on s'agite, une position raisonnée plutôt que sentimentale, quel ennui ce serait pour moi et que de temps gâché! Et j'ose à peine parler de cette faiblesse qui est aussi une cause de temps perdu : que j'accepte de courir un risque même bénin, et toute ma tête en est dès lors anxieusement occupée. En revanche, c'est sans vergogne que je m'irrite (ou m'irritais, car à l'heure où je revise ce texte maintenant dactylographié je me vanterais en me rangeant encore parmi ceux qu'on harcèle) des multiples petits arrachements à moi-même qui — serait-ce par le seul canal du téléphone — cisaillent mon existence d'homme que l'on sait doué d'une certaine bonne volonté et facilement serviable en d'autres domaines. Arrachements contre lesquels, à Paris, je n'ai guère de défense, d'où mon soin de protéger — chien qui ne veut pas lâcher son os — les trois jours presque pleins que, moins tiraillé, je passe chaque semaine à la campagne (système il est vrai peu sûr, un devoir éludé pouvant devenir source d'une gêne tenace qui s'oppose à la mise à profit de mon loisir théoriquement préservé). Or ce n'est plus d'empiétements mais d'invasion qu'il s'agirait, si j'étais le militant même le moins disposé à faire don de sa vie...

Manège hypocrite : afficher ma croyance en la révolution et me réclamer de la poésie (cette part de ma vie que je prétends trop précieuse pour la laisser entamer) alors que, si j'écris, je me perds — sauf chance rare — en des réflexions piétinantes voire en de stériles triturations du langage et que, si j'agis, je ne fais pratiquement rien pour cette révolution à laquelle — aussi désabusé qu'on soit — on ne peut pourtant pas dénier la vertu qu'elle aura d'abolir la vilenie de ce qui est, déboucherait-elle (mais qui oserait en jurer?) sur un autre type de vilenie. Cette révolution dont je suis le tenant timide, mais qui m'obsède et, pesant sur ma pensée au lieu de l'éperonner, rend plus problématiques encore ses montées en flèche...

Quelques photos d'identité me représentant à des âges différents, punaisées au-dessus d'un amas hétéroclite, ou (façon plus radicale, plus esthétique aussi, de traduire l'idée d'existence qui se délite sans jamais avoir trouvé sa forme) accolées en une série chronologique de petites cases rompant — courte bande où seule s'affirme la marche du vieillissement — l'inanité d'un grand vide, c'est peut-être cela qui devrait être le canevas de ma vitrine personnelle, si je rêvais encore à ce projet funambulesque.

... Mais

comme on fait son lit on se couche, et pourquoi tant d'histoires à propos de ce qui est de ma faute au premier chef, puisqu'en quelque domaine que ce soit je n'ai jamais (ou autant dire) payé le prix qui permet de dépasser la misère de la condition d'homme!

*

Quand la parole est étranglée par le mal qu'elle pourrait transformer.

Quand l'homme en moi jugule la femme dont la voix devrait se déployer.

Quand l'alezan court aussi lourdement qu'un cheval de labour.

Quand l'essai de défaire le nœud l'embrouille davantage.

Quand la nausée n'attend pas que l'ivresse la précède.

Quand la rose se fane à se vouloir trop belle.

Quand le ciel s'affine jusqu'à sembler prêt à craquer.

Quand la peau — débaptisée — jamais plus ne se sentira nue.

Quand la torche est un oriflamme dont la hampe a pourri.

Quand « Faites vos jeux » se confond avec « Rien ne va plus ».

Quand l'arbre renversé n'a pas plus de branches que de racines.

Quand le tonnerre se change en parapluie retourné.

Quand le chagrin se fait soleil torride au lieu de se résoudre en pluie.

Quand la pensée à peine en route devient une paire de vieux souliers.

Quand les veines du marbre s'enlisent dans le papier mâché.

Quand, à force de chercher comment, l'on ne sait plus pourquoi.

Quand la tête, seule vivante, est trahie par le sexe trop sage.

Quand la luxure abdique en faveur de la gourmandise.

Quand, pour briser la chaîne, on ne fait plus que compter ses maillons.

Quand la feuille racornie prend la relève du fer de lance.

Quand l'angoisse qui mènerait à se tuer ne porte plus à faire l'amour.

Quand le ventre est un sac alors qu'il fut tabernacle.

Quand les mots disent midi et les gestes minuit.

Quand le dedans du crâne est à son tour atteint de calvitie.

Quand à la main griffue succède la manucurée.

Quand le chien n'aboie plus que pour avoir sa pâtée.

Quand le mariage des contraires engendre le juste milieu.

Quand le piment éventé perd jusqu'à sa couleur.

Quand l'arme à feu se mue en instrument de musique.

Quand la tache de sang a fait tellement tache d'huile qu'on cesse de la voir.

Quand, pour éclairer ma face déjà presque absente, il n'y a plus guère que mes lignes aveugles.

Quand est fini le temps où l'on quittait sa fatigue comme un serpent son fourreau d'écailles.

Quand la paresse devient une crasse dont nulle eau ne peut vous laver.

Quand il faut faire effort même pour avoir envie de faire effort.

Quand on en est à se moquer de la trace qu'on laissera autant que du nom du cheval de Jeanne d'Arc.

Quand on souffle sur ce qui nous reste comme d'autres soufflent sur leurs doigts.

Quand on se demande lequel des deux engendre l'autre : le vide du dedans ou celui du dehors?

Quand la vie s'avère si ridicule qu'on ne devrait plus que rire de l'approche de la mort (de bon cœur, et non comme on dirait : « Je vous emmerde tous, je chie partout! »).

Quand le conte se termine sans qu'on ait pu briser le mauvais enchantement.

Quand le temps m'aura pris de court et que la voix me manquera pour crier : « I loved Ophelia! ».

Quand dire n'est plus qu'un vain mot, comme dans on dirait que... et c'est-à-dire...

Quand le projet, infléchi jusqu'à boucler la boucle, n'est plus que projet de projet.

Quand l'abîme entre écrire et faire s'avère tel que tout le dictionnaire s'y engloutit.

Quand le stomatologiste vous a mis le mors aux dents, la mort en bouche.

Quand ce n'est plus un plaisir enfantin qui nous est promis pour tantôt.

Quand l'ennui devient ennui plutôt que coup de fouet.

Quand, parce qu'il lui manque l'aiguille, la boussole ne peut plus s'affoler.

Quand la bouche se coud sans que jamais en soit sortie la parole après quoi l'on pourrait mourir.

Quand l'idée que rien ne vaut qu'on se plaigne devient une autre raison de se plaindre.

Quand le soleil ne frappe plus qu'à petits coups sur son tambour.

Quand vos témoins, tués les premiers, vous laissent poursuivre votre duel tout seul.

Quand, faute de carburant, on n'a plus qu'à tenter de descendre en vol plané (pour l'amour de l'art car, quoi qu'on fasse, la catastrophe est au bout).

Quand on regarde autour de soi sans plus trouver les mots qui vous faisaient escorte.

Quand je prends de la hauteur sans parvenir à dépasser celle du quatrième étage que j'habite à Paris.

Quand la mort m'aura lavé les mains en les dénudant jusqu'à l'os.

Quand on ne voit plus quel cela pourrait vous délivrer du dégoût de ceci.

Quand, naguère historiée, l'imaginaire poutre faîtière n'est même plus un fil d'araignée.

Quand, toute flamme étouffée, la terre n'est rien qu'un plancher, l'eau ce qui mouille ou qu'on boit, l'air cet invisible qu'on respire sans y penser.

Quand, presque seul et voyant le monde engagé au rebours du sens espéré, l'on est pris de vertige comme sur un haut balcon dont la barre d'appui se serait volatilisée.

Quand on se sait à la veille de passer la ligne après laquelle on ne pourrait se retrouver que bagages perdus, argent volé et passeport le diable sait où.

Quand la route commune a ainsi bifurqué qu'on s'aperçoit qu'on n'était pas un pionnier mais l'un des quelques d'un dernier carré.

Quand on se demande quelle petite musique pourrait encore chanter dans votre tête.

Quand j'aurai fini de vider mon sac sans pour autant connaître le fond du sac.

Quand la vie est déjà si éteinte qu'il faut être vraiment buté pour déplorer d'avoir un jour à tout à fait la quitter.

*

Écrivant, je cherche abri dans la page blanche, comme une autruche cachant sa tête dans un buisson, ou plutôt comme si cette feuille était le monde sans épaisseur où la mort ne peut pas entrer. Mais ce monde privé d'une des trois dimensions réglementaires n'est-il pas un équivalent du monde de la mort? Ainsi — déjà posthume — j'agirais, non en autruche, mais en Gribouille.

Écrivant, et ne prêtant attention à rien d'extérieur, pas même au décor coutumier de cette pièce où je vis et travaille, je me lave les mains de toutes les saletés qui pourrissent le monde. Mais, ce faisant, je ne laisse pas de tacher mes doigts d'encre. Quel subterfuge pourrait me permettre d'éviter également ces taches-là?

Gribouille ou Pilate, ou les deux à la fois, c'est cela que je suis quand je crois tirer mon épingle du jeu en écrivant et quand, à l'instar du chien Puck dressé sur ses pattes de derrière, j'exécute ma danse sacrale avec un sérieux qui devrait me faire rire.

＊

Bouteille à la mer,
dive bouteille,
bouteille à l'encre
ou bouteille de Leyde?

*

Si peu d'autorité, si peu de consistance que, sur le terrain le plus banal, je ne suis même pas de taille à remporter cette modeste victoire : parvenir à me faire tant soit peu écouter de ce chien, aimable avec tous et qui ne regimbe guère que contre moi (le plus exposé, il est vrai, à ses humeurs puisqu'en principe c'est moi qui suis son maître).

D'absurdes fantasias, moi lui courant sus en brandissant la laisse de cuir et lui — avec des fuites circulaires, des avances et des replis, des bonds et des aplatissements menaçants — se mettant hors d'atteinte (mais pas trop, car il tient sans doute à ce que l'exercice sportif se prolonge), c'est à cela qu'aboutissent mes tentatives de répression quand je dois me gendarmer contre Typhon, boxer à robe tigrée assez foncée, ganté et plastronné de blanc, outre une longue zébrure coupant le front verticalement puis lézardant tout le pan droit du museau.

Près de cette bête qui lèche, mordille, remue le peu qui lui fut laissé de sa queue, dresse ou rabat ses oreilles coupées en pointe, regarde pensivement, virevolte, gambade et projette contre ma poitrine ses grosses pattes de devant (dont quelquefois aussi les ongles me griffent les bras), près de ce quadrupède pour qui l'heure de la pâtée est l'un des temps forts de la journée et à qui son odorat fournit peut-être autant de jouissances délicates qu'à moi l'œil ou l'oreille, près de ce discoureur qui braille tantôt pour réclamer une sortie ou un jeu, tantôt (si je veux le corriger) pour me dire *vas-y toujours,* ou *tu ne me feras pas ça,* ce mammifère qui gronde quand couve son mécontentement, gémit si quelque chose lui manque et soupire d'aise quand il est près de s'endormir dans une position confortable, je me sens en compagnie d'un être qui me ressemble et qui, avec ses réactions plus sommaires et son langage plus simple, avec sa vie aussi, plus rapide même s'il y a gros à parier que je le précéderai au poteau d'arrivée, représente — quoique le rire, monopole humain, soit absent de son répertoire — un condensé de ce que je suis, un abrégé que je ne puis considérer sans être ému, car cet être à courte biographie et qui, adulte, gardera une sorte d'innocence comparable à celle que, non sans légèreté, on attribue aux enfants me semble montrer, débarrassé des fioritures et lisible presque d'un coup d'œil, tout ce que c'est que d'exister. De même, c'est comme un abrégé de toutes mes difficultés que m'apparaissent nos démêlés. Et sur mon inaptitude à lui en imposer — chose bénigne, mais que je crois symptomatique — je brode à n'en plus finir...

M'agiter dans le vide. Faire semblant. Mettre autant de retranchements qu'il se peut entre le réel et moi, mieux fait pour parler que pour agir et préférant encore l'expression littéraire — plus distante — à la parole directe. Arborer parfois de grands airs tout en sachant, grotesque situation, qu'il n'y a rien (ou pas grand-chose) derrière. Comme ceux que la colère dote d'une inhabituelle voix de fausset, prendre le ton une octave trop haut, uniquement parce qu'il serait trop bas si je ne me forçais pas. Serai-je un jour démasqué? M'effondrerai-je sous les yeux de tous ceux qui me connaissent? Mes efforts écrits pour m'en sortir n'auront-ils été que façon de donner le change et de retarder, le plus possible, le moment où une faillite prévisible dès l'origine deviendrait évidente?

Depuis quelque temps, c'est chaque matin qu'avant d'avoir absorbé — philtre que son passage à l'état solide aurait réduit presque à l'impondérable — la gélule qui permet de tant bien que mal tenir et, dans les cas où vous ravage un indicible qu'aucune tentative de mise en mots ne saurait provisoirement désarmer, m'apparaît comme la ressource unique pour qui se voit privé du plus efficace des dissolvants de la tristesse à se casser la tête contre les murs, celui grâce à quoi au sanglot se substitue l'orgasme, c'est chaque matin ou peu s'en faut qu'intérieurement je fonds en larmes, regrettant les effusions d'antan et souffrant d'autant plus que, perdant cela, j'ai perdu ce qui serait le vrai recours contre la souffrance que me cause leur perte.

Sans doute, des larmes réelles vaudraient-elles mieux que cette débâcle intime, espèce de mal de mer dénoncé seulement par l'air maussade ou revêche que prend alors mon visage. Jaillissantes, ces larmes auraient du moins une réalité et elles seraient ce qu'elles sont : un signe de misère et non pas ce poison, les miasmes que diffuse l'inarpentable marécage créé en moi par l'humidité fictive de larmes immatérielles.

Quasi organiquement (le découpé que je me suis toujours connu et que nulle discipline corporelle n'est venue rectifier l'indique peut-être, puisqu'il tendrait, si j'étais silhouette de tir, à s'inscrire peu virilement dans un losange plutôt que dans un trapèze s'amincissant, à l'égyptienne, depuis la forte barre des épaules) je suis un non-violent, quelqu'un qui jamais ne saura parler haut et ferme, moins encore donner du fouet et qui devrait reconnaître, s'il ne veut pas fonder sa vie sur un mensonge, que c'est bien dans ce sens que va sa vocation.

Mais comment, sans que ce soit une démission, épouser la cause de la non-violence, dans un monde où de plus en plus la parole est aux ogres, aux robots, aux étrangleurs papelards et aux décerveleurs ?

＊

Pas même des images, mais — pendant plusieurs nuits — toutes sortes de pensées obscures gravitant autour de l'idée de *joindre les deux bouts*.

« Joindre les deux bouts », non en langage figuré de ménagère soucieuse de son budget, mais à la lettre : contraindre deux choses séparées à se rejoindre, à la façon dont un mobile reparti de la lune — où ses occupants, gros scaphandriers d'une surprenante légèreté, ont effectué observations et prélèvements — doit venir s'encastrer en plein vol dans l'autre mobile qui, lui, n'a pas quitté son orbite.

Joindre quels bouts? Sans doute, dans l'immédiat, concilier l'idée directrice d'un texte que j'écris sur Picasso et une constatation qui semble bien jeter à bas cette idée, de sorte qu'il me faut ou parvenir à accorder, ajuster, faire coller, ou tout recommencer, et alors sur quelle base? Plus généralement — dans ma vie et dans le présent travail, bien qu'il ait perdu son urgence, n'ayant plus chance de devenir le guide dont dépendrait l'orientation de ma vie, mais étant plutôt le *Guide Bleu* (panorama, reflet, autant que cette *Description de la Grèce* par Pausanias qu'on a pu regarder comme un spécimen antique de Baedeker) grâce auquel d'autres, s'ils en sont curieux, pourront s'orienter dans ce qu'aura été ma vie — fondre ces deux irréductibles : l'engagement social et la poésie, étrangère à tout calcul comme à toute morale.

Dans mon demi-sommeil, l'idée — bien moins idée qu'action imaginée — de joindre les deux bouts revêtait des aspects multiples : quantité de paires différentes à manipuler et quantité d'opérations toutes concevables, au réveil, comme jonctions. Cela, si compliqué et (je l'ai dit) si obscur que je ne veux même pas essayer de reconstituer. Je me rappelle pourtant que l'un de ces dilemmes était le problème — dont j'ignore la nature exacte — qui se posait au chanteur de rock Johnny Hallyday, partagé entre deux options artistiquement possibles quant à la poursuite de sa carrière, possibilités opposées qu'il aurait mieux valu combiner, ce à quoi les longues et pénibles réflexions que je faisais en ses lieu et place n'aboutissaient pas, malgré ma constante impression de toucher au but, d'amener enfin l'un des deux bouts à pénétrer dans l'autre.

Joindre les deux bouts? essentiellement : vaincre des difficultés d'échelle plus qu'astronautique et réussir — de justesse — à ne plus avoir ces deux têtes sous le même bonnet qui me font, à tout moment, m'asseoir entre deux chaises.

*

Un jeu mobile de
    poire en deux,
    chèvre et chou,
    un peu mais pas trop,
    pas en avant, pas en arrière,
    parts du feu et rachats,
    docilités et colères,
    élans et retombées,
    coups de grisou puis d'éteignoir,
    ouvertures et retraits,
    aveux et rétractations,
    douche écossaise,
    déraison et raison,
    espoirs et désespoirs,
    maison du peuple et donjon hanté,
    affirmations et négations...
Un jeu serré, sans doute. Mais qu'est-ce, en fait, que ce
jeu-là sinon un double jeu?

*

« Arrigo Boito » : rude comme roc un fier nom, celui du
librettiste de deux des œuvres verdiennes dérivées de Shakespeare, *Otello* et *Falstaff*, — celui surtout du compositeur de
Mefistofele, opéra dont, sans bien savoir ce qu'il était, je
connaissais l'existence dès mon enfance lorsqu'un dimanche
après-midi je l'ai vu représenter — à des prix « popularis-
simes » annonçaient les affiches — dans la salle bondée du
San Carlo de Naples.

Animé d'une ambition égale à celle de Gœthe mariant le
classicisme au romantisme et l'Antiquité hellénique à la fin
de notre Moyen Age, Boito, impavide, semble avoir voulu
tout mettre dans cet opéra que son titre dédie, d'entrée de
jeu, à l'acolyte divin perdu par son trop d'orgueil : non seulement la manière de Verdi et celle de Wagner, l'opéra italien
et l'opéra allemand, mais l'un et l'autre des deux *Faust*, sans
omettre le « Prologue dans le ciel » où, après qu'un pâle
écran de nuages s'est dissipé, la basse chargée du rôle de l'Esprit du Mal entame de sa voix noire un air qui se combinera à
des chœurs séraphiques. Doublée sans doute d'une voracité
irrépressible, sa conscience forcenée d'adaptateur avait
conduit l'auteur à une première version comprenant jusqu'au
prologue gœthéen « sur le théâtre » et dans laquelle il lui fallut sabrer pour aboutir à une seconde version qui, luxuriante
encore, exige un coûteux déploiement de mise en scène. Entre-

prise démesurée, qui témoigne de tant de frénésie créatrice qu'elle laisse confondu et qu'on ne saurait dire si son résultat est beau ou s'il n'est qu'insolite. Entreprise qui, après le scandale premier, força les portes du succès, le monstre *Mefistofele* ne s'étant certes pas beaucoup joué en dehors de l'Italie, mais rencontrant encore une large audience dans son pays d'origine.

Est-ce Boito ne reculant devant rien ou le metteur en scène de cette représentation du San Carlo qui voulut que, dans le tableau consacré à la Nuit de Walpurgis, Mefistofele soit un moment porteur d'une énorme boule translucide en laquelle l'amateur de symboles n'a pas de peine à reconnaître la sphère du monde, une danse de squelettes à faux os bien blancs constituant — macabre contrepartie à l'allusion métaphysique — l'une des entrées de ballet? Est-ce le seul respect du texte de départ ou l'emprise conjointe de quelque démon pataphysique qui poussa Boito à montrer — sous une chaude lumière méditerranéenne, la scène éclairée pleins feux — Mefistofele et Faust en justaucorps médiévaux au coude à coude avec des ballerines à tunique grecque et avec une Hélène de Sparte (ce jour-là une opulente et brune créature mi-Circé mi-tzigane) en grande robe à plis marmoréens? Mais c'est sans ironie — et plutôt comme je raconterais, pas encore dépris, un épisode érotique inséré dans un rêve baroque — que j'évoquerai l'apothéose : l'ultime tentation de Faust devant qui, le fond du décor s'évanouissant, Mefistofele fait apparaître (en des poses prometteuses) des femmes à demi nues, auxquelles se substituera — quand Faust aura triomphé — un groupe (non moins voluptueux) de femmes travesties en anges et munies de longues trompettes, vivant échafaudage rappelant les affolantes sculptures dont maintes églises italiennes ont été décorées par Bernin et d'autres artistes de la même époque.

Bien que par nature et par méthode je craigne de voir trop grand et plus encore de tendre exagérément mes cordes, je me dis parfois que j'aimerais, aussi bouillant et épris de gageure que le compositeur et librettiste de *Mefistofele,* savoir ordonner pareille fête. Incoercible Boito, dont la dernière œuvre — achevée par d'autres et exécutée alors qu'il n'avait plus faculté de l'entendre — fut un *Nerone* au cours duquel, tel l'empereur comédien, l'on pouvait (j'imagine) s'exalter à la vue de ce grandissime spectacle populaire : Rome devenue proie des flammes!

*

« Mon innocence enfin commence à me peser... »

C'est Oreste qui dit cela, dans *Andromaque* quand, l'amour
le décidant à faire litière de ses devoirs d'envoyé des Grecs,
il entre dans la voie qui le mènera jusqu'au meurtre et lui
vaudra la défaveur divine, dont il avait longtemps souffert
sans l'avoir méritée. Sottise d'être innocent, s'il n'est besoin
d'aucun crime pour subir le châtiment!

Mais l'innocence n'est pas chose dont on puisse aisément
se débarrasser. En se tachant de sang, Oreste demeure innocent doublement : son geste est une bévue, qui dresse contre
lui celle qu'il pensait satisfaire par la mise à mort d'un roi,
et — trop béjaune encore pour être un tueur sans remords —
il devient la proie des Furies.

Innocent de toujours ou coupable de toujours, rien ne me
défera de cette naïveté à cause de quoi, suivi par l'idée du
péché même si je crois m'être délié, je ne suis presque jamais
parvenu à ce triomphe sur quelque front que ce soit, amour,
action pure, littérature : en faire à ma guise sans être assailli
par des Furies m'ôtant à elles seules toute chance de victoire.

Amant (thème dont je ne peux me résigner à ne parler
qu'au passé), l'idée de l'adultère — manquement à la foi
jurée — me bride comme me bride la perspective d'infailliblement trébucher sur les gros et petits mensonges qu'il me

faudra forger. Révolutionnaire (si ce mot, bien galvaudé! n'implique pas que notre première raison de vivre est la Révolution), je veux agir, mais — crainte d'erreur ou crainte tout court — ce que je fais, je ne le fais qu'à moitié, sans pouvoir ni me dévouer à fond, ni faire une part du feu avec assez d'aisance pour ne pas m'enfoncer dans la mauvaise conscience. Écrivain, j'aspire à ne plus confondre page blanche et confessionnal, mais j'ai beau me reporter à cette phrase, notée un jour afin de me désentraver : *Pourquoi ne dire que la vérité, quand tant de choses se passent rien que de tête ou par cœur?* cela ne suffit pas pour écarter cette manie de véracité, cette rage austère d'exactitude et de sincérité sans faille, qui m'est devenue un poids : si forte est son emprise et si ancrée ma peur de futures Érynnies que, quand je voudrais laisser ma plume vagabonder, mon imagination reste coite, car le cœur n'y est pas.

Harcelé d'avance par des spectres qui me tiraillent et me freinent, suis-je autre chose qu'un Oreste de tréteaux, que ferait malignement s'agiter Molière et non Racine?

(Songeant à des heures troubles, je me suis plu parfois à me concevoir Oreste racinien que déchirent ses fureurs. Trop tragique pour convenir au Pierrot effaré que je serais plutôt, fantoche à la souquenille couleur de lune et non héros aux muscles durs, la comparaison ne tient pas. Je devrais donc y renoncer. Mais chasser d'ici Oreste et Racine, ce serait chasser la *pesante innocence* à quoi je n'aurais pas songé sans eux et qui, idée-force propre à m'aider à rompre mon licol, supporte en outre ce frêle édifice de lignes qu'en travailleur qui ne se résigne pas à détruire ce qu'il a produit je tiens à laisser debout. Voulant donc rectifier mais répugnant à sacrifier Racine et son Oreste, je me suis borné à changer l'éclairage — cette lueur pourpre qu'irradiait l'évocation des Atrides — et j'ai fait glisser mon projecteur du noble Racine à notre comique patenté Molière, autre étoile du siècle du Roi-Soleil et autre grand classique étudié à l'école. Conformisme

de bon élève de classe de français, appliqué à garder l'unité
et la dignité du ton. Attachement aux vieilles gloires, qui va
de pair avec cet enfantillage : m'être espéré moins critiquable
et senti fortifié parce qu'il me semblait qu'en la personne
d'Oreste, poursuivi par une troupe de beaux monstres
comme par un essaim d'abeilles, je m'étais découvert dans
l'empyrée de la culture un répondant. Me réclamer d'Oreste,
ce ne sera toutefois qu'emphatiser burlesquement tant que,
tête moins brûlée que déboussolée, je ne saurai pas de qui —
ou de quoi — je pourrais dire, m'abandonnant sans mar-
chander :

« Et je lui porte enfin mon cœur à dévorer. »)

*

Ce qu'il faudrait se garder à tout jamais de nommer, ce
dont c'est à peine si l'on devrait parler par périphrase...

Heaume d'invisibilité, ne cachant que les larmes.
Anneau magique, changeant l'âme en peine en homme de
peine.
Lampe perpétuelle, n'éclairant que son propre tombeau.
Bâton de pèlerin, plus noueux qu'un bâton de maréchal.
Baguette de sourcier, ne décelant que l'insondable.
Boule de cristal, si transparente qu'on n'y voit rien, sauf
ce qu'on imagine.
Tapis volant, entre temps et espaces, comme une navette
de tisserand.
Couteau qui vous coupe au ventre en même temps que ce
qu'il attaque.
Flèche qui perce vos propres reins sans avoir à faire le tour
de la terre.
Épée qui tranche un nœud gordien indéfiniment reformé.
Écriteau devant le terrain vague qu'il serait plus prudent
de ne pas même regarder.
Bougie dont la flamme vacille dès qu'on la plante dans un
bougeoir.
Sphinx à qui toute réponse jette dans la gueule du loup.
Église sans croix ni coq, sans bénitier ni tabernacle.

Terrier que l'on creuse dans le vide pour fuir le vide de l'autre terrier, creusé de toujours.

Pierre qui mue en or potable l'imbuvable.

*

Sorte de grosse cheville — cylindre ou parallélépipède biseauté à l'un de ses bouts — en un métal (ou autre matière) tirant sur le noir et que je sais extraordinairement dense. En position ascendante de la gauche vers la droite, et le biseau tourné la face en haut, elle est placée — inclinée à quelque quarante-cinq degrés — dans un milieu solide, assez ferme, mais moins compact et moins foncé que le corps qui l'habite (et c'est tout ce que je puis en dire, car la question de la nature exacte de ce milieu ne se posait pas quand l'objet m'est apparu).

De par sa *densité* certainement inégalable, cette cheville était plus que significative — plus que chargée, receleuse ou n'importe quoi impliquant encore l'infime mise à distance qui rendrait impropres même des épithètes comme « équivalente » ou « synonyme » — de beauté. Ni allusion, ni symbole, ni substitut, elle était — substantiellement — *beauté*. Aucun événement racontable. Rien que l'image obsédante de la cheville ainsi valorisée par le poids insolite que je lui supposais et jouant comme une espèce de noyau de pensées confuses et divergentes.

Non la source profonde, mais l'occasion de ce rêve : une conversation que j'avais eue avec la jeune amie antillaise qui, ses études finies à l'École des langues orientales, travaille à un mémoire sur le sentiment esthétique chez les pasteurs Wodabé, parents des Peuls du Niger. Elle n'avait, à mon sens, pas su articuler – de manière assez probante – les faits et les propos qu'elle avait rassemblés et qui montrent combien ces nomades, aux manifestations artistiques très pauvres, sont en vérité sensibles à la beauté, pas su non plus caractériser avec toute la netteté voulue ce qu'est pour eux la beauté. Ce matin-là, j'avais pour la seconde fois critiqué son mémoire, et durant la journée le thème de nos deux entretiens avait continué de me préoccuper.

Sans doute, malgré le coup de chiffon du sommeil, ai-je de nouveau songé – quant aux Wodabé – à l'idée qu'ils peuvent avoir du beau et qu'il faudrait cerner, songé aussi – quant à ma jeune amie – à la solidité ou densité manquant à ce qui, argumentation capable de convaincre, aurait dû être la pierre angulaire de sa thèse. Pédanterie bannie et sous un jour moins gris que celui de l'ethnologie, je crois pourtant qu'à la racine l'image qui, à elle seule, était le rêve concrétisait ce dont le désir viscéralement me tourmente et, tout à la fois, donnait corps à l'écharde que plante en moi – problème non résolu – la règle d'or à quoi je n'espère plus aboutir, voire – inquiétude immédiate – la qualité dont je voudrais que mes écrits soient pétris, cette *froide ardeur* que me conduit à désigner ainsi l'objet beau et dense dont la matière, relevant ou non de la métallurgie, appelait l'idée de chose à texture serrée que le feu a travaillée. Image, en somme, dont je pourrais (si au risque d'en faire trop j'imposais un semblant de logique à ce qu'elle m'a suggéré) dire que, figure où négatif et positif s'entrelacent, elle illustre un manque sous la forme, non d'un trou, mais d'un solide profondément enkysté, lequel est cela même qu'il faudrait acquérir et qui, faisant défaut, devient un mal irréductible.

Hors de toute raison, ce que par-dessus tout je recherche en écrivant, n'est-ce pas – sans lien avec mon souhait d'apporter quelques pierres à une nouvelle idéologie – une sorte de saisie transfigurante du mal? Qu'en des moments hors série cette écriture, qui pour moi est fondamentalement une réponse à un manque, atteigne le point où exprimer ce manque vaut autant que la possession de ce qui manque...

Moments incandescents (mais sporadiques et combien douteux!) qui me procurent le même plaisir que ce rêve si beau – à mes yeux – dans sa concision, sa densité, qui ferait croire que, d'un coup, était livré en bloc, sans commentaire, *quelque chose comme la noire idole – bien sûr! imaginaire – qui comblerait le vide creusé par l'absence du dieu – bien sûr! en poussière – qui fut fétiche avant d'être fantoche.*

*

Que viendrait faire le nickel — métal entre autres — dans
le mot « nickelé » ?

Tout petit, j'adorais ce mot : éclat, netteté, préciosité. Ce
qui manque aux pièces de nickel mais que m'offrait, par
exemple, un joli sifflet argentin pour l'ouïe autant que pour
la vue ou bien les casques, cuirasses et trompettes de cavalerie
(dont le son aigrelet participait à la fête miroitante). Ce que,
jeune homme, j'ai retrouvé un peu dans les bars (bouteilles
et verres intensément brillants, seaux à glace et shakers que
n'enchemise nulle buée, meubles aux lignes précises, boi-
series vidées de leur bois à force d'être cirées) et dans le
luisant comme dans l'acidité des instruments du jazz (sec
piano de laque noire, banjo, cuivres, batterie au bruit de
grêle). Ce à quoi, maintenant, je voudrais — de plus en plus,
après m'être promené très ailleurs — parvenir en écrivant...

Peut-être aborderais-je l'œil plus limpide la mort si, au
lieu de s'encombrer de saletés, elle avait — strict couperet
— l'aspect de cette chose dure et lisse à défier toute entame,
mais pure, que me faisait jadis entrevoir le mot « nickelé »,
dont la giration de phare ou de porte à tambour jette les
mêmes froids éclairs que le stellaire huit-reflets qu'au vrai il
m'est égal de n'avoir jamais possédé.

*

En frac, souliers vernis et cravate blanche, le noctambule
dont l'image — à quoi seul manque un loup noir pour être
celle de Fantomas — me porte encore quelquefois à rêver,
trace de l'époque où, enfant d'Auteuil, j'attribuais des prestiges de Mille et Une Nuits à ce que je pensais être la grande
vie boulevardière. Version xxe siècle du libertin à talons
rouges, du débauché byronien buvant du punch dans un
crâne et de Mylord l'Arsouille ou Dorian Gray courant les
bouges. Incarnation des plaisirs que, brûlant la chandelle
par les deux bouts, l'on s'octroie quand dorment les honnêtes
gens. J'imagine un sabbat où cet insecte à carapace noire et
blanche, parure à la fois fête et deuil, voisinerait avec les
joueurs qui tentent leur chance jusqu'à l'aube et quittent le
cercle fortune faite (bientôt défaite) ou décavés, les artistes
de théâtre que le soir voit se métamorphoser et qui rentrent
dans leur peau pour souper au lieu de dîner, les prostituées
qui changent la nuit en jour et la journée en nuit, les drogués
indifférents à ce qu'éclaire soleil ou lune.
    Si j'attache une valeur poétique à ces figures, n'est-ce pas
parce que, situées au revers de la vie diurne, elles apparaissent
contraires aussi à la morale, laquelle — rectitude et juste gouvernement des actes au nom de quelque idéal — s'accommode
mal d'un temps mort où l'éventail des illusions et tentations
a tout loisir de s'ouvrir, laquelle d'ailleurs suppose toujours

une planification, à l'inverse des joies éphémères par quoi l'on se laisse happer et, aussi bien, de la saisie poétique qui, immédiate comme un gain au jeu, opère à l'instant et non en fonction d'un but à atteindre à échéance plus ou moins longue? Et si la silhouette du noctambule en habit est douée d'un tel pouvoir sur mon esprit, n'est-ce pas parce que j'y vois, plutôt qu'une effigie de la richesse souverainement assise, un symbole du luxe véritable, celui qui consiste à gaspiller l'argent qu'on a ou celui qu'on n'a pas, perdre son temps, gâcher ses forces en vouant à des futilités ces heures que d'autres occupent bourgeoisement à se refaire par le sommeil?

Apaches contre les attaques de qui son revolver à barillet, sa canne-épée ou sa seule connaissance de la savate et du jiu-jitsu le protègent efficacement; chiffonniers qu'aimant à s'encanailler il emmène au comptoir du coin boire un litre de gros rouge; filles en cheveux dont parfois il ramasse l'une, avec qui — pieusement ou retranché derrière un masque indéchiffrable — il fera l'amour dans la chambre d'hôtel borgne sur la commode de laquelle il aura posé son haut-de-forme à moins que, pressé, il ne l'ait jeté sur un fauteuil; — tels sont les faire-valoir de cette figure, qui n'a de sens que dans son coudoiement paradoxal avec eux.

Personnage pas même de roman, car il n'est qu'une silhouette sans épaisseur, à laquelle c'est à peine si je puis donner un semblant d'existence en évoquant à son propos les errances du héros wildien. Sadique, il éclabousse de son luxe les moins chanceux que lui; masochiste, il s'expose aux injures et aux mauvais coups que l'étalage de ce luxe peut lui attirer, ce luxe qu'au reste il n'hésite pas — scandale! — à promener dans la boue; élégance et perdition, il oscille entre le viveur princier et le dandy désabusé, Hamlet que dote d'une touche légèrement macabre sa tenue de grand style qui aurait pour reflet caricatural le sombre endimanchement du baron Samedi, esprit patron des cimetières dans le vaudou haïtien.

Figure anachronique, qui ne vit peut-être en moi que par son anachronisme de toujours, son caractère intempestif d'oiseau nocturne en vêture de gala, et ne vaut finalement qu'à la façon d'une image d'Épinal illustrant ce que le poète a de décalé ou de *gauchi*, inséparable d'un cortège de démons s'il est vrai que, sa vocation étant de procéder à un dépassement, une accointance avec les puissances sinistres lui est nécessaire, faute de quoi il resterait, en bon serviteur du Bien, sous la férule de l'utilité et du sens commun, étant probable aussi qu'artiste il est putain, histrion, fou exploitant sa folie, magicien à demi charlatan plutôt que prêtre ou leader et, à la fois grand seigneur et hors-caste, se pare du merveilleux qu'il tire de ses poches, trésor inestimable en même temps qu'immense dérision. Mes idéaux s'étant relativisés à mesure que se faisait plus lucide mon désir de voir *changer la vie,* l'idée de participer à la réforme des mœurs a succédé à celle de gauchir délibérément la morale, voire de lui échapper en se compromettant systématiquement avec le Mal (ou, du moins, avec ce qu'à l'époque du catéchisme on me donnait pour tel).

Le mot d'infini ne peut être proféré dignement que par un jeune gentilhomme, au type Louis XIII, en fourrures et cheveux blonds. Je pense à cette déclaration de Mallarmé, quand j'essaie de m'expliquer le prestige que conserve à mes yeux le jeune gentleman, au visage glabre, en frac, souliers vernis et cravate blanche, à qui les boîtes de nuit du Montmartre de naguère tiennent lieu de châteaux Louis XIII comme lui tient lieu d'infini l'ennui qu'il n'arrive pas à conjurer.

＊

Pleurer bleu,
rire jaune,
rager rouge.

Aimer violet, indigo, vert, orangé.

Rêver blanc,
crier noir.

*

Si mes écrits, suppléant ma mémoire, peuvent m'empêcher de me dissoudre, leur rôle à cet égard est nul dès l'instant qu'eux-mêmes ils s'estompent dans ma mémoire, comme il arrive aujourd'hui.

Merle blanc, la brève phrase inoubliable qui du moins contiendrait — distillé — tout l'essentiel...

＊

Cela annonçait-il, chargé d'un sens que j'ignorais, ce que serait, point tant une phase, que tout un aspect de ma vie?

Très jeune, quand ma sœur me racontait la scène de la « danse des œufs », dans l'opéra-comique *Mignon* dont le livret s'inspire (bien lointainement) d'un épisode de *Wilhelm Meister,* je compatissais, et mon angoisse n'était guère moindre que si cet exercice difficile m'avait été imposé. Pauvre fillette, obligée par les Bohémiens ses maîtres, avides des quelques sous que leur rapporterait cette exhibition, à danser sur un étroit espace semé d'œufs parmi lesquels elle devait évoluer sans en casser un seul, sous peine d'être battue dès que plus personne ne serait là pour s'indigner d'un traitement si cruel!

Ce n'est assurément nulle sanction physique que j'encours, et nul autre que moi qui moralement me fouette ou me bat, quand je rate le tour que je voudrais exécuter. Mais, jusque dans mon sommeil, je n'en suis pas moins harcelé par la crainte de ne pas venir à bout de mon numéro d'acrobatie interne.

*

Côte à côte, dans le quartier d'Amsterdam où les marins viennent tirer leurs bordées, pas très loin du vieux quartier juif et de la maison de Rembrandt, deux bars à filles : le *Butterfly Concert* et le *Café Traviata,* discrets, mais aux façades brillamment éclairées. A Copenhague, tout près d'un jardin public, sur un rocher où elle semble se reposer au sortir de la mer, la Petite Sirène du conte d'Andersen, ici grandeur nature et devenue presque objet de pèlerinage : des voitures stoppent, des piétons s'approchent et l'on voit des Japonais et d'autres Asiatiques photographier gravement ce nu, corps de jeune fille présenté dans sa toute simple fraîcheur et dont la moitié inhumaine est elle-même si fidèlement reproduite que c'est tout juste si l'on ne peut en compter les écailles. Coulé en bronze, à Longjumeau sur une petite place, le fringant Postillon portant chapeau en tronc de cône (style *Courrier de Lyon)* et bottes à revers, personnage assez oublié mais qui, là, reste campé sur son socle comme une célébrité locale. Dans maintes plazas de toros du Midi français, l'Ouverture de *Carmen* exécutée, non comme un morceau symphonique, mais comme un air authentiquement espagnol et authentiquement taurin, pour accompagner le défilé des hommes en costume de lumières. Beaux effets de la gloire! Et quel artiste ou écrivain n'aimerait que l'un au moins de ses travaux, serait-ce dans le cadre exigu d'une ville de province, atteigne au légendaire comme telles des œuvres d'Andersen, de Bizet, de Verdi, de Puccini ou de cet autre moins illustre dont le nom m'échappe : l'auteur du *Postillon de Longjumeau,* opéra-comique qui eut certes son heure mais n'est pour moi qu'un titre (je ne l'ai jamais vu jouer et, s'il m'est arrivé d'en entendre des fragments, c'est probablement sans savoir à quoi ils appartenaient).

Qu'une œuvre quelle qu'elle soit quitte le terrain de l'art pour se mêler à la vie, c'est bien. Mais il y a mieux encore. Parfois, ce qui est issu du cerveau d'un romancier, d'un dramaturge ou d'un faiseur d'opéras rencontre un tel crédit qu'on finit par oublier à peu près la nature largement sinon tout à fait fictive du thème de départ. L'endroit qui était le théâtre supposé d'une action plus ou moins imaginaire (inventée de toutes pièces ou empruntée à la tradition) se mue en lieu hautement historique, comme si cette action, devenue vraie, plongeait maintenant de solides racines dans la réalité topographique et la transfigurait.

C'est ainsi qu'à Marseille on visite, perle du château d'If, le cachot de Monte-Cristo et, à Nagasaki, la maison de Mme Butterfly. A Rome, sur une terrasse du château Saint-Ange — celle-là même d'où la Tosca, poursuivie par les sbires, se précipite dans le vide — on vous fait voir le mur contre lequel Mario Cavaradossi a été fusillé. En Sicile, à Vizzini, des cartes postales sont en vente, représentant la place où se dressent face à face l'église et la maison paysanne qui constituent l'essentiel du décor de *Cavalleria rusticana.* Dans la forêt de Fontainebleau, un passage entre une double file de rochers évoquant des mégalithes tels qu'on en voit dans les pays celtiques est appelé « passage de Norma ». A Venise, les gondoliers signalent aux gens qu'ils promènent sur le Grand Canal la maison de Desdémone, minuscule palais Renaissance où la direction du Grand Hôtel, dont il est une dépendance depuis quelques années, a fait installer deux chambres à l'ameublement de genre ancien. A Mantoue, il existe, non seulement une maison dite de Rigoletto proche du palais ducal, mais, autre implantation de l'opéra que le très français *Roi s'amuse* a inspiré à Verdi, une auberge de Sparafucile située sur la rive opposée du fleuve ; des moutons paissent autour de ce bâtiment délabré dont rien, sauf son isolement et sa romantique allure de ruine, ne ferait songer au sinistre coupe-gorge que tenait avec sa sœur le spadassin que Hugo nommait, lui, Saltabadil et domiciliait à Paris. A Vérone, le drame shakespearien s'est ancré en plusieurs points de la ville : cloître du frère Laurent, détruit par les bombes pendant la Seconde Guerre mondiale mais reconstruit, et où l'on entretient des colombes sur la blancheur desquelles se posent les regards attendris de couples d'amoureux, apparemment point gênés par le flagrant état de neuf du monument ; chapelle (baroque, soit dit en passant) où le vieux moine maria en secret les deux amants ; tombeau de Juliette et, dans un autre district, son balcon (au premier étage d'un édifice où le syndicat d'initiative a installé ses bureaux) ; ailleurs encore, une maison de Roméo, dernière trouvaille publicitaire, m'a confié à mi-mot un citadin sceptique quand je suis allé à Vérone. Au Danemark, à Helsingör (l'Elseneur hamlétique), le château fort possède sa « batterie », âgée de deux ou trois siècles, et il est convenu que c'est sur cette portion des remparts, qui ne remontent pas même à l'époque élisabéthaine, qu'errait pour demander vengeance le fantôme du roi assassiné ; une sentinelle est postée là et, quand apparaît un visiteur, elle lui présente les armes avec tant de rectitude et de gravité que cet étranger pensera volontiers qu'on le salue comme si, rejeté en un temps déjà lointain pour Shakespeare, il était l'un des deux officiers Marcellus et Bernardo, voire le héros princier, son ami Horatio ou le spectre lui-même. Enfin, à Leipzig, la taverne d'Auerbach, qui doit sa renommée d'aujourd'hui au *Faust* de Gœthe, aura été le cadre d'un jeu curieusement circulaire dont voici quelles furent les principales donnes : peinture, légende fortement enracinée dans un lieu précis, littérature, puis de nouveau peinture. Ses murs intérieurs sont ornés de grandes compositions assez récentes, illustrant divers épisodes des deux parties du drame gœthéen, bâti (comme nul n'ignore) sur la légende du docteur Faust et où l'on voit, vers le début, le philosophe avide de tout connaître se mêler, dans cette taverne même, aux buveurs que son compagnon démoniaque régale, par magie, de tous les vins qu'ils désirent; or si Gœthe, sur qui maints artistes et musiciens bâtiraient à leur tour, a pris ici pour tremplin un détail truculent que lui fournissait le folklore, cet élément de la légende avait sa source — fortuite, en quelque sorte — dans une œuvre d'art, car le touriste moderne qui déjeune ou dîne à la taverne d'Auerbach apprend, lisant le bref historique que contient le menu, comment s'était établie la tradition exploitée par le poète dans la scène de la beuverie : décorant la taverne à des fins de réclame, un peintre avait jugé bon de montrer le héros déjà quasi mythologique qu'était le docteur Faust en train d'y festoyer comme un Bacchus, à cheval sur un tonneau. En l'espèce, la légende s'est donc greffée sur l'art, et non l'art sur la légende : parce qu'un peintre ingénieux avait eu l'idée de l'installer en effigie dans cette cave, la voix populaire a parlé de Faust allant à la taverne d'Auerbach. Puis, avec Gœthe, un retour à l'invention d'homme de métier s'est opéré, qui a eu pour dernière étape les médiocres peintures académiques que j'ai regardées, non sans quelque plaisir un peu fourbe, l'unique fois que j'ai pris un repas dans l'établissement fameux.

Art, légende, réalité... C'est dans l'ordre alphabétique que j'écris ces trois mots, faute de savoir quelle loi de préséance devrait régler ici leur énumération. Si la réalité, tout au plus pittoresque, d'une taverne de Leipzig est parée d'un halo de légende, cette promotion, elle la doit primordialement à un tableau exécuté dans un but commercial, telle une enseigne ou une affiche; mais il faut ajouter que ce halo n'aurait pas manqué de s'éteindre si l'art de Gœthe, ensuite, n'était passé par là. Reprise par Shakespeare, l'histoire de Juliette s'est faite réalité au point de déboucher sur un tombeau, en vérité celui, présumé, d'une jeune fille de la Vérone de jadis, dont le nom demeure inconnu. Sans la figure théâtrale qui a maintenu présent le souvenir de Macbeth, roi autrement perdu dans la poussière des chroniques où son règne bien réel est mentionné, le voyageur qui visite Inverness songerait-il à se rendre jusqu'à une éminence proche de la gare, et devenue quartier résidentiel, pour y trouver l'emplacement où s'élevait l'un des châteaux de l'usurpateur, construction dont pas une pierre ne reste, mais qui semble continuer de marquer cet endroit aussi tenacement que la tache de sang souillant la main de lady Macbeth? Toutefois Shakespeare, de même qu'on vend son âme au diable en échange de la fortune ou du pouvoir, a peut-être troqué sa vie contre celle qui paraît animer miraculeusement ses personnages. La force de son génie profus rendant son identité problématique pour certains, qui s'étonnent qu'un pareil lot soit échu à un modeste acteur, n'en est-il pas arrivé, en étant cet incroyable Shakespeare, créateur de tant de figures fantastiquement vivantes, à faire douter de sa propre existence?

Mais cette réalité à quoi une œuvre d'art peut aboutir, invention désormais inscrite dans les faits, sans respect nécessaire des temps ni même des lieux, et douée de contours plus fermes que la figure de l'inventeur, n'est qu'une réalité de clinquant : matériau quelconque, parfois élu comme simple miroir à alouettes, et auquel notre rêverie, en se posant dessus, donne un éclat de diamant.

Joyau plus vrai, parce que porter à rêver semble tenir à sa nature même : au zoo de Dakar, dans un bassin que l'on dirait creusé juste à sa taille, le lamantin aux formes indécises de bête pas encore entièrement dégagée de son milieu originel, espèce de gros têtard en cours de mue, géant maladroit et tout moussu plutôt que squameux ou velu, en vérité mammifère cousin du phoque et père ou mère, peut-être, des ondine, sirène, roussalka et « maman d'l'eau », puisque l'Afrique en fait un génie des eaux capable de se changer en séduisante jeune fille à longs cheveux, fatale à ceux — pêcheurs ou autres — qui troublent la tranquillité des marigots.

Chef-d'œuvre sans bavure, qui ne doit rien à l'invention non plus qu'au rêve et n'est que l'image réelle de sa propre réalité défunte mais fascinante : embaumé comme un saint et conservé à basse température dans le mausolée de la place Rouge à Moscou, Lénine en complet civil noir, titan sans plus d'appareil légendaire qu'un petit chef de bureau.

*

Cet écrit, trop ciré, trop briqué pour qu'y crépite mon cri!
Ce mémoire, qui recoud si mal les loques de ma mémoire!
Cet essai pluriel, où j'essaie et réessaie, m'armant de multiples clés et secouant de multiples portes!
Trier, caresser, marier les mots; parfois les dépiauter, les
tordre, les casser. Ni coquetterie ni dérision, mais façon — il
va sans dire, illusoire — d'amadouer, tourner ou briser une
fatalité. Façon quoi qu'il en soit — malgré faiblesses, taches
et trous — de donner à entendre que, quelque part en nous,
une mainmise reste possible...
Si cela ne revenait à demander la lune (car il est des maux
que rien ne saurait abolir et auxquels la poésie seule peut
aider à faire face), je souhaiterais — espoir pour un futur
que je ne connaîtrai pas — l'instauration d'une société où les
oiseaux de mon espèce, s'il y en avait encore, n'auraient plus
besoin de pareils subterfuges.

*

A l'Hôtel Idéal, les femmes de chambre ne connaissent pas votre langue mais ne vous en cajolent que mieux de leurs paroles. Et si la standardiste, plus capable, n'a pas le temps de vous faire même un bout de causette, sa voix est si douce que les quelques mots qu'elle vous dit valent de longs et tendres propos.

Au restaurant de l'hôtel, où les célibataires qui craignent la solitude disposent d'une table d'hôte (plus ou moins grande suivant leur nombre mais invariablement ronde pour qu'on y puisse mieux converser), pas besoin d'éplucher la carte : le soir comme à midi, aux petites tables comme à la grande, la « surprise du chef » vous arrive — conforme s'il le faut à vos tabous — et vous en êtes toujours content.

A l'Hôtel Idéal, vous croiriez que le personnel est, autant que vous, en vacances. Sourires sur toutes les faces, service exécuté avec tant de bonne grâce et d'invisible empressement que ne pas réclamer quelque chose, ce serait montrer — peu gentiment — que l'on n'a pas confiance.

A quelque étage que vous logiez et de quelque côté que vos fenêtres soient tournées, à l'Hôtel Idéal — dans sa partie moderne et fonctionnelle à souhait aussi bien que dans celle historiquement classée, la plus recherchée à cause de son délabrement du meilleur aloi et parce que l'espace y est gas-pillé comme à plaisir en vastes pièces sans destination précise et en recoins absurdes, le tout coupé de dénivellations imprévues et formant un ensemble aux dehors si étranges, avec ses hautes croisées derrière lesquelles des silhouettes indécises passent de temps à autre, que les petites gens du cru l'imaginent hanté par toutes sortes de Dames Blanches, Moines Bourrus et Nonnes Sanglantes — vous avez, jour et nuit, vue sur le ciel. Pour qu'en parfaite tranquillité vous puissiez jouir du spectacle de ce pan d'univers que ne troublent ni les séismes, ni les inondations, ni les cyclones, ni les incendies, le concierge prend soin de ne vous délivrer votre courrier que si vous l'avez expressément demandé, lui signant une décharge; et encore le fait-il au compte-gouttes, tant il craint d'être le messager porteur de mauvaises nouvelles!

Dans cet établissement dont guerres, révolutions et autres remous risqueraient d'entamer le calme si leurs échos y étaient trop nets, c'est à peine si les journaux pénètrent. Un salon écarté contient bien une télévision, mais il est entendu que seuls vont dans ce lieu presque ignoré quelques indécrottables désœuvrés — de ceux qui errent partout sans jamais savoir où se nicher — et quelques amateurs d'information filtrée et aseptisée jusqu'à l'insipidité.

A l'Hôtel Idéal, si vous prenez la peine d'ouvrir le tiroir de votre table de chevet, vous y trouverez, en guise de Bible, un ouvrage inconnu ou fort peu connu, qu'assurément vous n'avez jamais lu et dont la découverte vous enchante. S'il en était autrement, vous pourriez — même à l'heure la plus tardive — recourir à la bibliothèque, dont le tenancier ou la tenancière, assez psychologue pour vous juger rien qu'en vous entendant au téléphone, se ferait un plaisir de vous conseiller.

Dans cet hôtel, le salon de lecture vous offre, outre une profusion de magazines agréables à feuilleter, plus qu'il n'en faut pour écrire : stylos ordinaires, stylos à bille, machines aux claviers les plus divers, papiers de tous formats, tous poids et toutes couleurs (avec ou sans en-tête) et même papier de boucherie pour les grands snobs, plus un jeu très varié de cartes postales si belles qu'elles vous donnent envie de tout voir et, pour ce faire, de prolonger votre séjour. Une importante série de dictionnaires et de grammaires vous permet, d'autre part, d'éviter les fautes d'orthographe, en quelque langue que vous écriviez.

A l'Hôtel Idéal, toutes les distractions sont prévues, individuelles ou collectives selon le goût du client (présumé cependant assez grand garçon ou grande fille pour vaquer de lui-même à ses occupations charnelles). Sans que vous ayez eu à formuler le moindre désir, le valet qui vous apporte votre petit déjeuner vous annonce quel sera le programme de votre journée, un programme approprié à tout ce que l'on sait de vous, d'après votre écriture dont un échantillon (la fiche que vous avez remplie) a été soumis dès votre arrivée à la sagacité d'un graphologue. Et ce programme, aussi judicieux que programme préétabli peut l'être, on vous l'annonce avec tant d'amabilité que, pas une seconde, vous ne songez à user de la liberté qui, bien sûr! vous est laissée de le récuser.

Sur place ou dans les proches parages, les clients de l'Hôtel Idéal ont toute latitude de s'adonner à leurs jeux et sports favoris. La piscine, toutefois, pose un problème qui n'a pas encore été résolu : pour ses usagers et usagères, il vaut mieux, certes, qu'elle soit attenante à l'hôtel; mais alors, comment éliminer ceux dont la vue en tenue nautique ne peut être ressentie par le reste de la clientèle que comme une atteinte au niveau esthétique de la maison et, par certains, comme un obscène rappel de ce que, méchamment, leur miroir leur révèle quand ils s'y regardent nus?

A l'étude également, l'organisation de salles réservées aux exercices corporels proprement dits, aussi bien, spirituels : gymnastique suédoise et yoga, par exemple, ainsi qu'art des derviches tourneurs et types les plus divers de transe et de méditation.

A l'Hôtel Idéal, le bar-discothèque est ouvert toute la

nuit et l'on tient pour parfaitement normal qu'un insomniaque en pyjama et robe de chambre vienne s'y soûler à mort, plusieurs grooms étant même préposés à le transporter sur une civière à la salle de réanimation, d'où on le reconduira jusqu'à sa chambre au cas même où il réclamerait d'être ramené au bar (mesure prise dans un esprit indubitablement paternaliste, mais appliquée avec tant de doigté que nul des intéressés ne saurait s'en offusquer).

A l'Hôtel Idéal, si vous faites un cauchemar et poussez des cris affreux, rien n'en transpire au-dehors, votre chambre étant si bien conditionnée que vos voisins n'ont même pas à se laver les mains de ce qui se passe entre ses quatre murs. Le lendemain, à votre gré, vous pourrez en faire le récit au concierge quand, avant de sortir, vous lui remettrez votre clé. Bénéficiaire dès son jeune âge d'une Pentecôte corporative qui l'a rendu apte à pratiquer tous les idiomes de la tour de Babel dont il est le gardien et l'a doté d'une capacité insurpassable de se mettre au diapason de chacun, il vous écoutera, vous gratifiera peut-être d'une réflexion apitoyée ou amusée, ou bien il vous citera quelque dicton de son pays qui vous aidera à discerner le sens de votre rêve. Ce guide d'un troupeau moins hétéroclite au fond qu'il ne l'est en surface n'a pas davantage son pareil pour réconforter — sans égard aux nationalités non plus qu'aux confessions — celui qui a perdu exagérément au jeu et le sauver d'un suicide possible, accident qui nuirait au bon renom de l'hôtel, tout comme un simple décès, d'ailleurs, d'où les efforts alors faits pour jeter le voile, et la diplomatie déployée pour s'assurer que les proches, s'il y en a, se comporteront aussi discrètement qu'en pareil cas on peut l'attendre de gens hautement civilisés.

A l'Hôtel Idéal, les pourboires sont interdits, quelle qu'en puisse être la justification, et c'est à la seule aménité dont vous saurez faire preuve — avec tact, car il en faut ni trop ni pas assez, le strict nécessaire en somme pour n'avoir l'air ni distant ni avide de popularité — qu'il incombera de récompenser le menu service que vous aurez reçu en extra.

Quant à la note, vous la payez quand vous voulez, si vous êtes un habitué ou un ami d'habitué, et la payer vous vaut autant de remerciements qu'un don, seriez-vous l'hôte le plus quelconque.

A l'Hôtel Idéal, vous aimeriez passer toute votre vie, soustrait au remords comme au souci. Mais si, rien ne vous rappelant, vous vous attardez plus de quelques semaines, la direction vous donne délicatement à entendre — vous parlant, par exemple, du plaisir qu'elle aura bientôt d'accueillir de nouveaux arrivants ou, procédure plus subtile, faisant placer chez vous un bouquet identique à celui qui a fêté votre venue — qu'à moins d'être un monstre d'égoïsme il faut bien que vous vous en alliez pour laisser place à d'autres. Celui qui, manquant d'antennes, ne saisirait pas les allusions ou, mauvaise tête, ferait la sourde oreille alors même qu'on lui présenterait le livre d'or sur lequel tous (bien ou mal doués) sont démocratiquement invités à inscrire une pensée au moment des adieux, s'exposerait à trouver, un beau soir, ses armoires vidées et ses valises bouclées en rentrant dans sa chambre. A celui qui, obstiné, déferait ses bagages et remettrait ses affaires là où elles étaient, une piqûre narcotisante serait infligée par une infirmière si astucieusement déguisée, si charmante et si experte qu'il ne s'apercevrait même pas de ce qu'elle lui fait subir et ne reprendrait ses esprits — mais les reprendrait-il ? — que dans l'avion qui le reconduirait chez lui, à moins que, transmigration accordée parfois à un privilégié (simple sursis, il est vrai, dont le bénéficiaire ne fait que reculer pour mieux sauter), il ne se réveille dans un hôtel de la même chaîne situé à mille lieues du premier, là où jamais l'idée ne lui serait venue d'aller.

Sur arrangement conclu d'avance, semblable piqûre pourrait être octroyée à qui voudrait esquiver, grâce à un sommeil de plomb, les affres de l'inéluctable fermeture de parenthèse.

Relativement simple s'il s'agit de la récalcitrance d'un

voyageur solitaire, la question se complique dans le cas d'un couple, et plus encore dans celui d'un couple avec enfants (car il faut alors piquer plusieurs patients sans éveiller les soupçons d'aucun). La méthode à employer pour traiter ces cas-là et les traiter, eux aussi, en douceur est actuellement à l'étude : recours, peut-être, à une escouade d'infirmières opérant simultanément?

Quand les Blancs, à leur tour, passeront pour de grands enfants.

Quand les patrons appartiendront à l'histoire comme pour nous les pharaons.

Quand la femme — sur quel dessus de cheminée? — ne sera plus que le pendant de l'homme.

Quand les flics exerceront le métier le plus noble.

Quand les soldats seront devenus des figurants pour pièces à grand spectacle.

Quand les curés devront se contenter de n'être que des croquemorts.

Quand les fous seront des bouffons adulés par des peuples entiers de rois.

Quand les bandits feront figure d'incorrigibles espiègles.

Quand ouvriers et paysans ne s'échineront que pour le sport.

Quand les putains seront des saintes, consolatrices des solitaires.

Quand la mort ne sera pas un drame pire que la naissance.

Quand ceux que, jusqu'à présent, l'on appelait « poètes » seront dits « euthanasistes à long terme ».

Quand chacun parlera selon son propre dictionnaire, en étant sûr d'être entendu.

Quand s'accoupler pour procréer sera le comble du vice.

Quand l'amour se fera n'importe où excepté dans un lit.

Quand les réclames ne feront plus qu'attiser les désirs sans proposer la moindre marchandise.

Quand la rose des vents remplacera l'étoile rouge comme la faucille et le marteau ont remplacé la croix.

＊

Je ne sais plus comment l'auteur de ce texte lu dans *Le Monde* il y a un ou deux ans, et dont une phrase m'avait singulièrement frappé, décrivait (si même il la décrivait) la pièce où l'avait reçu le torero, vieille connaissance à lui, qui venait de donner sa corrida d'adieux et, seul matador de cette journée, avait estoqué les six toros. Je vois, au plein cœur de Madrid, une pièce très vaste, haute de plafond et assez sombre, décor propice à la méditation d'un Philippe II sans recours contre les mauvais effluves de la solitude nocturne — tel que Verdi le montre dans *Don Carlos,* rêvant entre les murs lambrissés de sa chambre de l'Escurial —, voire à celle d'un Igitur droit comme un *i* à peine modulé sous le collant noir, et qui semble articuler les mots fameux « to be or not to be » rien que par sa présence hors siècles d'ombre unique résumant le minuit qui l'entoure.

A son hôte le chroniqueur taurin, lui demandant ce qu'il allait maintenant faire, le retraité avait répondu par ce propos qui rendait difficile toute réplique : « J'apprendrai à n'être plus rien. » Moindre figure que son frère aîné Manolo — qu'un mal pernicieux terrassa bien avant l'âge de la retraite — Antonio Bienvenida laissait, après de nombreux succès, le souvenir d'un torero très fin et très savant, comme il n'en est plus guère, et le fait est que l'image de ce qu'il avait été à son meilleur pourrait demeurer presque intacte, car il avait su se retirer en beauté. Non seulement il avait tenu à se charger ce jour-là de toutes les mises à mort, mais — à en juger d'après la partie critique du texte — c'est avec beaucoup de grâce et de pertinence qu'il avait travaillé ses six adversaires, au terme d'une carrière close en toute bonne foi et dont il n'y avait nulle raison de se demander si, au bout de peu d'années, elle ne serait pas abusivement reprise, soit par besoin d'argent, soit par nostalgie de l'épreuve face au fauve et à l'exigence du public.

Désormais, il ne serait plus rien, et il lui faudrait apprendre à s'en accommoder. Pensée crépusculaire, toute proche (peut-il sembler) du « Je ne suis que poussière » probablement familier à cet Espagnol imbu de catholicité, bien pensant comme la plupart des gens de sa profession et qu'on imagine se signant, pour conjurer le mauvais sort, chaque fois qu'il pénétrait dans la *plaza.* Se dire, pourtant, qu'on devra s'habituer à n'être rien, n'est-ce pas se dire que naguère on était quelque chose et n'y a-t-il pas là, plutôt qu'humble soumission au destin de tous les êtres, orgueil de celui qui se sait renvoyé dans le rang mais n'oubliera jamais qu'il fut un temps où il se situait au-dessus du commun?

Sans doute Antonio Bienvenida croyait-il, en prononçant de telles paroles, faire preuve de modestie, sinon d'esprit chrétien. Mais n'est-ce pas dans une autre direction qu'allait sa pensée profonde? La roue de fortune, dont les caprices vous font roi détrôné ou criminel absous, leader limogé ou traître réhabilité. Le monde comme champ clos où le jouteur même le plus fort verra, un jour, son étoile décliner. Lieu dont inconstance et fantaisie sont les insaisissables dominantes. Théâtre, aussi, de marionnettes où chacun — grave ou burlesque — parle d'une voix d'emprunt et, en attendant son retour aux ténèbres, s'agite selon le caractère que la chance lui a imposé. Malgré la confusion qui, de prime abord, peut s'opérer, il y a loin du glas sonné par la sentence biblique à cette vue ironique de la façon dont va le train des choses pour quelqu'un qui, à quelque titre, se trouve hissé sur le pavois.

De bonne grâce, comme il sied à un homme que son métier fit princier, le personnage applaudi acceptait de n'être plus qu'un quidam. Rangé dans un placard, un jeu de costumes de lumières et, trophées à ses murs, les têtes de quelques-unes des bêtes grâce auxquelles, plus jeune, il avait brillé — outre (on peut aussi le présumer) un lot de journaux et de photographies — témoigneraient seuls de l'artiste qu'il avait été. Mais ils n'en témoigneraient que chez lui, à huis clos, pour lui et pour les siens. Relégué dans les brumes par ceux qui l'avaient fêté, il ne serait bientôt plus qu'un aïeul, au mieux respecté et aimé de son entourage, dénimbé toutefois, et dont dorénavant l'on n'attendra plus rien, ni triomphe ni sanglante concrétisation de la menace qui pesait sur lui. Le pire, peut-être : être celui à qui rien ne peut plus arriver, que la mort dans son lit ou par pur accident, sauf écrasement impersonnel dans on ne sait quel cataclysme.

Mais être cet homme hors de course, pour qui la roue de fortune a tourné et qui n'a plus qu'à descendre les plus bas degrés de l'escalier des âges, — n'être plus rien au sens où Antonio Bienvenida l'entendait, c'est être encore beaucoup. La décadence ultime — dont les artistes de toutes espèces doivent admettre, en faisant face, l'idée — est proprement celle-ci :

ne même plus vivre de mémoire ;

ne plus être derrière ses yeux ni dans le creux de ses oreilles ;

être encore moins que seul ;

n'avoir plus de demain, d'aujourd'hui, ni d'hier ;

être quitte de tout ce qui vous fut prêté, intégralement rendu ;

prise la tangente au cadran de l'horloge, retrouver par défaut — dans la blancheur où toutes les couleurs mutuellement se nient — l'innocence sans tache, celle où, incommensurable même à l'idiot de village, l'on n'est (si par procuration l'on existe encore dans l'esprit de quelques autres) que sans rien savoir, sans rien faire ou subir ;

hypothétique, ne parler qu'à la cantonade, ou plutôt par traces, au passé — tant qu'il en est encore un — quelles que soient les formes qu'elles revêtent ;

ne plus se manifester que par archives (qui, cendre à leur tour, en viendront à n'être même plus, de quiconque, oubliées) ;

très vite, être vu sous des angles que, vif, on aurait récusés (comme si, carpe, des lapins avaient dû vous juger) puis, faute de tout regard, n'être plus vu ;

se dégrader par étapes, dont la dernière sera l'absence de reliquat intelligible, doublée du manque de quelque être que ce soit appréhendant quoi que ce soit.

Donc, ne plus exister, ni par soi, ni par intermédiaire. Être en dehors du verbe *être* comme de la locution *en dehors* et de tous les rouages du discours, discours aboli — et pas même cris, miettes de mots concassés, vrombissements, miaulements captés dans la jungle électronique — quand nulle part il n'y aura quelqu'un pour exprimer quelque chose. Avoir atteint le point rebelle à toute toponymie (compris cet essai de le décrire pour du moins exercer sur lui une maîtrise abstraite), point que seul désignerait — armes fantômes d'une cité fantôme — un zéro privé de ses deux syllabes comme du cercle qui dessine son image. Au bout d'une longue filière amorcée par cet acheminement, l'adieu trop lucide à la virilité, et par ces autres *en deçà* qui font que le seuil de la mort, moins tranchant, devrait sembler moins terrible

— perte, unité par unité, de ceux qui vous comprenaient à mi-mot,

essoufflement dans l'effort pour se faire entendre,

passage de ce qu'on aima (ou pratiqua) tout neuf à la vieillerie de folklore,

ruine du désir, empêtré comme une momie dans ses bandelettes ou amputé (sur quoi qu'il porte) de ses ressorts profonds,

détérioration physique,

effritement voulant qu'à chaque instant l'on se découvre

dans la tête un accroc dont anxieusement l'on attend qu'il se répare (trou creusé par tel nom oublié, fuite d'un mot qui reviendra trop tard pour dire ce qu'il y avait à dire), les yeux aussi comme en veilleuse et incapables d'une saisie directe (s'emparant moins qu'ils ne mettent à distance en interposant une buée), les paupières alourdies par un sommeil suspect, la pensée rouillée et n'allant plus que par à-coups, de sorte qu'on la sent, déjà, au bord de l'absolu blocage —

être parvenu, de palier en palier, à cette limite extrême de l'*au-delà*, l'inanité totale où, dépositaire infidèle de nos restes, ce monde lui-même déchu nous aura finalement emportés : vide sans témoins, silence troublé par le vol d'aucune mouche, et tel que n'avoir rien été ou avoir été quelque chose n'importera pas plus que, pour un observateur supposé, les différences entre équations exclues d'un tableau noir par le coup d'éponge ou que celles qui lui permettraient de louer ou de blâmer passes de cape et autres *suertes* d'après leurs vestiges dans l'air — pour l'heure, rasséréné — d'une arène désertée...

Mais il paraît douteux que le propos d'Antonio Bienvenida, lâché au cours d'un entretien de pure sociabilité, ait été une amère invite à méditer hamlétiquement sur le désert à qui même le sable manquera pour être vraiment un désert. Si ce propos, *j'apprendrai à n'être plus rien,* peut nous apprendre quelque chose sans qu'il y ait en rien à le forcer, n'est-ce pas à faire comme si de rien n'était au lieu de s'effondrer, aussi dur qu'il soit — pour qui fut ou se crut une étoile — de retomber dans l'ombre d'une vie sans éclat ou — pour qui tient à voir clair — de se savoir promis à n'être pas même souvenir ou détritus fossilisé, quand ce monde (ou l'inconcevable qui le remplacera) ne contiendra rigoureusement plus rien qui puisse identifier ou soit identifiable ?

Parlait-il d'apprendre à n'être plus rien parce que, justement, l'apprentissage lui serait difficile ? Des tracas financiers, voire le simple appât du gain agirent-ils sur sa décision ?

Céda-t-il à une nostalgie ou bien, par courtoisie, accepta-t-il de quitter sa retraite le temps de consacrer, selon le rite, un matador plus jeune? Je lis dans *Le Figaro* qu'après-demain 5 août 1973, à Malaga, Antonio Bienvenida prendra part à une corrida formelle avec ses deux cadets dans la profession Miguelín et Campuzano.

8 octobre 1975 : j'apprends par la radio qu'Antonio Bienvenida est mort, blessé à l'entraînement par un coup de corne de vache.

« A l'entraînement » : j'en fus surpris. Mais je sus peu après qu'il s'agissait d'un accident survenu — malchance presque pure — au torero en retraite, lors d'une *tienta*, épreuve (aux fins de sélection) de la combativité des bêtes dont on attend que leurs produits seront bons pour les arènes.

＊

Si nous étions plantes grimpantes ou bougies d'arbre de Noël!
Si notre langue était une lance et notre cœur aussi rouge qu'un cœur de carte à jouer!
Si l'âme, tout entière parole, était une fleur à notre bouche!
Si notre vie et notre mort se chantaient comme un opéra!
Si la peine était à la joie ce que le poivre est au sel!
Si, au seuil de la journée, les plis du lit défait étaient aussi riants que la mousse du Champagne quand on le verse dans le verre!
Si, contagion, les mots que pour en faire mon bien je prends dans le trésor commun m'imprégnaient de leur pérennité!
Si nos chairs, jusqu'au bout, se prêtaient aux enluminures de l'érotisme, au lieu de s'embuer peu à peu d'obscénité cadavérique!

*

Avec le casque de Clorinde qu'il a blessée à mort, après un long combat dont même les corps à corps les plus étroits ne lui ont pas révélé le sexe de son adversaire, Tancrède puise l'eau dont il baptisera la vaincue qu'il vient de découvrir femme, près de la tour incendiée, et qui — presque sans voix — l'a prié de faire d'elle une chrétienne.

Pour ce Croisé affronté à une Infidèle, les seins dénudés par la rupture de la cuirasse auront été ce que furent, pour Siegfried éveillant Brunehilde, ceux qui lui apparurent quand il souleva le bouclier qui couvrait le guerrier endormi au centre d'un cercle de feu. Mais ils l'auront été trop tard et ce n'est pas seulement l'amour, mais la tristesse et la honte qui déchirèrent le cœur du preux.

Pour le Tasse, qui écrivit le poème, et pour Monteverdi, qui le mit en musique, l'amour n'était-il qu'une tuerie aveugle traduisant, mot pour mot, l'allégorie cruelle de l'arc et de la flèche et celle, ironique, du bandeau?

*

Quoique du même acier que les Amazones, celle de qui j'ai reçu seul à seule l'estocade ou le *descabello*.(et ceci est à peine une figure, car depuis je ne vis plus guère qu'à l'état de fantôme) ne fait ni femme fatale ni virago. Plutôt que d'une *señorita torera* ou autre cavalière, elle a l'air d'une institutrice anglo-saxonne, gracieuse mais trop mignarde, d'autant plus minaudière qu'un peu fripée et tendue non moins par sa volonté d'exercer son intelligence que par son désir de séduire. Voulant accrocher cette mince image à quelque chose de mon passé, je lui découvre (non sans arbitraire, mais j'y tiens, comme si je ne pouvais l'élever à la dignité du mythe qu'en lui trouvant une répondante ancienne) une vague ressemblance avec une assez charmante maîtresse d'anglais que j'eus autrefois à l'École Berlitz et qui, je crois, alternait avec une autre, beaucoup plus grande, brune et — à ce qu'il semblait — vieille fille un tantinet ridicule.

Blessé, j'en veux à celle dont le contact m'a blessé. Mais ce coup, est-ce bien elle qui me l'a porté? Ou n'étais-je pas, quand l'amitié s'exalta, un taureau à demi mort que même le matador le plus expert n'arriverait pas à entraîner dans sa *faena?* Embourbé dans la fatigue organique, prisonnier des obligations réelles ou illusoires que la succession des jours avait multipliées, et sans force devant le réseau de faux prétextes qu'à moins de changer radicalement ma vie j'aurais dû tresser à longueur de semaine pour jouer mon jeu — un pauvre jeu — dans cette intrigue... Sans y voir, loin de là! l'unique cause de carence, j'incriminerai ces descentes en moi, considérations, pronostics, comptes d'horaire ou de calendrier, qui toujours à quelque degré distraient de ce qu'il a sous les yeux et détournent du lieu même et de l'instant l'amant à rien d'autre attentif qu'il conviendrait que je sois. Mais si, laissant là l'obliquité, j'ose regarder la chose en face, une double et grave fêlure m'apparaît. Le corps de l'autre, perçu moins comme présence intense d'un sujet à qui l'on brûle de s'imposer, que comme machinerie délicate, génératrice de joies réciproques au prix d'une série de manœuvres (égrènement de caresses qu'en principe l'étreinte conclura, et non étreinte aveugle incluant une masse indivisible de caresses); mon propre corps, jamais mis entre parenthèses mais senti — déprimant constat — comme nourri plus qu'il ne faudrait, abdomen bombé et poitrine trop charnue, corps sans muscles et sans nerfs qu'une fragile pelure émotive ganterait sur presque toute son étendue, aux dépens de ce qui — plus profond — devrait s'affirmer avec raideur en un seul point et dans l'effacement du reste. Perspective viciée, qu'illustre ma façon spécieuse de m'attacher au détail, au lieu de me laisser emporter par le tout en une ardeur qui, peut-être, annulerait l'obstacle. (Cet obstacle, j'aimerais qu'il soit surtout mental, pensant qu'alors il ne tiendrait qu'à moi de l'abolir et jugeant qu'explicable à hauteur de la tête, et non de ce sexe qui — sauf chance — reste désincarné, spectral, abstrait lors même qu'il s'anime sourdement, il serait moins humiliant. Cependant — si telle était la raison — qu'est-ce qui serait dénoncé? Un manque de fougue, une incapacité d'abandon, une mesquinerie, plus honteuse qu'un embarras physique accru par les atteintes de l'âge. *Si je voulais...* Me disant cela, je crois échapper, oubliant toutefois que la tare la plus lourde peut fort bien être de ne pas vouloir et que, d'ailleurs, c'est à créer ce vouloir — à éveiller mon désir plutôt qu'à le combler — que visent, finalement, mes manières d'homme pourchassé par un mauvais sommeil.)

Pas une seule nuit et même du temps que son image m'obsédait, elle n'est venue me voir en rêve. Et pourtant n'est-ce pas de rêves qui l'avaient visitée — ou de cette femme d'une autre ère qu'elle avait connue dans une contrée lointaine et dont l'ombre hantait maternellement sa mémoire — que nous parlâmes, la première fois qu'assis côte à côte nous avons conversé (dans l'autobus 63, à l'ordinaire ma salle de lecture, sauf rencontre que je ne peux ou ne veux éviter, dérive paresseuse au gré d'un mol enchaînement d'idées ou errance irrépressible du regard sur tels des occupants du véhicule et sur le défilé des rues). Rêves ou hantise qui la révélaient, elle aussi, blessée, inquiète, malgré cette énergie dont ses mains plutôt petites mais solidement découpées et aux veines largement dessinées auraient pu être l'indice, et que plus tard j'ai admirée, encore que ses dures facettes aient déchiré de leurs arêtes le gibier aux abois que j'étais avant même d'être forcé dans mon repaire.

Si, avide de faire son portrait mais sachant qu'à trop en dire je prêterais aux ragots (à fuir comme les taches grasses et les relents de cuisine), je cherche le mot qui discrètement restituerait sa présence, cette dureté — plus encore que la sienne, celle du mur contre quoi je me suis brisé — suggère le nom de pierre « agate » ou de personne « Agathe », assorti à sa préciosité, la pire et la meilleure : ses grimes, ses mines, ses mises souvent de goût médiocre et sophistiqué, mais aussi sa netteté poncée, sa précision de mouvement d'horlogerie, et sa rareté d'intangible salamandre captive ni de l'un ni de l'autre hémisphère et passant au travers de tout. « Agathe », qui me rappelle ses yeux et me semble exprimer — phonétiquement — une incursion d'Agavé ou de Judith dans le blanc d'une chambre de vierge sage.

Propos imaginaires, à elle tenus alors que mon sort était déjà réglé :

(Talon rouge)

— Non, chère... Je vous regarde comme je regarderais un très joli caillou.

(Amoureux transi)

— A quelle heure voulez-vous que je sois votre agneau bêlant, à défaut d'être votre loup?

Dernier propos, inventé quand la chose m'apparut comme au télescope :

(Ange du Bon Dieu)

— Toi qui m'as une seconde fois déniaisé, en me montrant qu'un monde jadis merveilleusement ouvert me serait désormais fermé!

*

Ni seul ni pas seul,
ni avec tous ni avec certains,
ni ici ni là,
ni dedans ni dehors,
ni mort ni vivant,
ni quelqu'un ni personne,
ni moi ni lui,
ni chaud ni froid.

*

Sans le vouloir, je touche du bord gauche de mon pied gauche, chaussé, le bord droit de son pied droit, également chaussé. Elle me fait observer qu'avoir le pied ainsi touché, fût-ce semelle effleurée par l'autre semelle, est pour elle une phobie. Tenant compte de cette remarque je romps le contact, et je me sens alors physiquement gêné, car nous sommes assis l'un près de l'autre assez serrés, et je crains fort qu'à son grand déplaisir mon pied touche à nouveau le sien. Pourtant, elle accepte sans protester que ma paume droite, nue, reste longuement plaquée sur le dessus d'une de ses mains à elle, pas plus gantée que la mienne et reposant sur la plus proche de moi de ses deux cuisses.

Cela se passe sur le pont d'un bateau ou dans un endroit de plein air (peut-être éclairé comme, au crépuscule, une ter-rasse de café à lampions, girandoles ou autres luminaires luisant au travers du feuillage) au cours d'un voyage orga-nisé sur le point de s'achever. Sans doute s'agit-il — entre elle et moi qui nous connaissons depuis de nombreuses années mais qui ne nous sommes jamais vus que de loin en loin — d'une amitié devenue plus tendre, mais nullement d'un flirt dont je pourrais penser que, le voyage terminé, il en résultera quelque lien plus étroit : ce n'est pas maintenant que se fera ce qui ne s'est pas fait dans le passé. Je songe à lui demander, pour les adieux, de dîner — laissant les autres de côté — avec le petit groupe dont, ma femme et moi, nous faisons partie.

Mais j'en suis empêché, car elle me dit qu'elle est de ceux qui doivent prendre le bateau de retour en cette fin de journée. Procédé bien désinvolte si ce n'est discourtois, on l'en a très brusquement avertie et j'en conclus que, moi, je ne dois m'en aller que plus tard, n'ayant reçu aucun avis de ce genre. Malgré l'ennui que me cause son proche départ, je suis content de savoir que j'ai encore un peu de temps devant moi — probablement jusqu'à demain — pour me retourner, m'habituer à l'idée de la fête finie et, cette idée admise, régler quelques menues affaires auxquelles j'attache plus d'importance qu'elles n'en méritent : rentrer en possession du linge qu'inconsidérément j'ai donné à blanchir, préparer les bagages, faire le tour de la chambre pour voir si rien n'a été oublié, etc.

Partir c'est mourir un peu, nous enseigne le dicton. Et je crois que c'est en regardant à cette lumière ce rêve frivole de voyage, et de douce amitié s'affirmant pendant un voyage, que je puis comprendre pourquoi — bien que nul de ses détails n'excède les bornes aimables d'un petit roman pour jeunes filles d'autrefois — je ne parviens pas à laver mon esprit de la sinistre couleur dont il l'a teint (superfétatoirement, à dire vrai).

*

Quand – paresse? fatigue? – ma tête, comme au point mort, m'apparaît vide d'idées, souvent je range des livres de maintes espèces et maints formats, des revues, des catalogues ou d'autres publications (inclus ce qu'en un autre siècle on eût appelé libelles, factums, etc.). Malgré la dépense de temps ce n'est, du reste, pas un mal : soit acquises, soit provenant d'envois ou reçues en cadeaux, Dieu sait combien de choses imprimées il y a chez nous tant à Paris qu'à la campagne, mon beau-frère délibérément, moi faute du courage de sauter le pas et de procéder aux coupes sombres maintes fois souhaitées, les ayant laissé à tel point s'accumuler que nous ne sommes pas loin de nous y perdre...

Façon mécanique de m'occuper, substituant un bricolage matériel à l'autre genre de bricolage que je nomme *mon travail* et espérant d'ailleurs que, grâce à une action par sympathie, le premier ne tardera pas à entraîner le second? Peut-être aussi, obscur besoin de manipuler des produits de culture quand, intellectuellement, je suis hors d'état d'en fabriquer, voire de faire l'effort d'attention qu'exigerait la lecture de tel de ceux que je possède? A longue échéance, être en droit de me dire que j'aurai manié, feuilleté, placé aussi justement qu'il se pouvait (modifiant selon les nécessités l'ordonnance des rayonnages et opérant des transferts de l'une à l'autre maison) ce que je n'aurai pas lu mais dont ces manèges m'imprégnaient quelque peu? Ou bien encore, le vide interne que je constate étant une manière de mort, imiter par une gesticulation tout extérieure celui qui « met ses affaires en ordre » parce qu'il se sent près de sa fin?

*

La tache de sang. Non celle dont on est souillé, mais celle qui gicle au visage des autres : Van Gogh faisant don de son oreille coupée à une femme de bordel. (Ce n'est pas sur cette femme qu'a rejailli le sang du fou qui d'on ne sait quoi voulait peut-être se laver, c'est nous qu'il éclabousse, nous cuisiniers et mangeurs d'œuvres d'art, même si nous affirmons être autre chose que des esthètes.)

Soleils jaunes, soleil noir et le rouge sans chimie de cette tache...

*

Dans le jeu qu'est l'art de quelque façon qu'on veuille en justifier l'exercice, il faut attraper, clouer, mais avec des détours, des bonds, des suspens, un peu comme le chat joue avec la souris. A côté du chien — un bourgeois, si l'on veut, ou un rustaud qui fonce comme un bull-dozer — le chat est (on l'a souvent dit) un aristocrate et un artiste.

Beauté des corridas, beauté des combats de coqs. En sens inverse, j'y suis sensible autant qu'à l'atrocité des manèges du chat avec une souris, jeu de grand style lui aussi, mais dont la vue m'est intolérable à cause, peut-être, de la trop évidente innocuité de la victime.

Inconsidérée — car en l'avançant j'ai songé seulement aux gestes prestes, mais retenus et délicats du chat, et oublié que cette musique de chambre élégante et discrète se broche sur le supplice d'un être qu'on pourrait tenir dans le creux de la main, tuerie au compte-gouttes dont son format de poche permet de mieux mesurer l'horreur — ma comparaison n'est que parole en l'air.

D'ailleurs, s'imaginer qu'écrivant ou peignant l'on est aussi cruellement seigneurial que le chat, ne serait-ce pas se pous-ser ridiculement du col en traitant — à peu de frais — l'art comme un domaine où le sang coule?

Qui plus est, ma stratégie visant à me soustraire à de mauvaises griffes plutôt qu'elle ne tend à une mise à mort, c'est moins au chat qu'à la souris que je devrais me comparer si je m'obstinais à regarder la chose sous un angle tragique.

*

Grain que l'on pulvérise ou bête prise au piège, être le jouet de deux mouvements rigoureusement contraires : vouloir freiner le temps qui vous ronge, mais presque sans relâche — un vœu de ce genre suivant l'autre — souhaiter qu'il coule vite pour que vienne bientôt et passe le jour où l'on doit faire quelque chose qu'on appréhende ou qui ennuie.

*

Qu'au naufrage dû à l'âge s'ajoutent celui, d'envergure historique, de la civilisation dont bon gré mal gré l'on participe et, suprême naufrage! la perte des illusions sur la nature moins opaque de la civilisation qui pourrait prendre la relève, — qu'on éprouve ainsi la vieillesse à un double ou triple titre, c'est plus — suis-je tenté de dire — que je n'en puis supporter. Mais le fait est là : je supporte, puisque je ne suis ni fou (il me semble du moins) ni suicidé.

*

C'est autant dire dans un sous-sol qu'une bonne part de
mes heures se seront écoulées, car mon bureau du Musée de
l'Homme — cette petite pièce dont quoique retraité je garde
la jouissance au titre, tout arrive! de doyen d'ancienneté et
d'honorable fleuron de la maison — est situé un peu en
contrebas des jardins du Trocadéro.

Installé à ma table et tournant la tête vers la gauche, je puis
apercevoir — par-delà les barreaux de fer qui garnissent ma
fenêtre à des fins de sécurité — la moitié supérieure de la tour
Eiffel, à demi masquée par une pincée d'arbres disparates
dont, malgré notre longue intimité, j'ignore les noms comme
(trop citadin sans doute) j'ignore ceux de presque tous les
arbres. Si la tâche qu'avec des pleins et des creux j'accomplis
là était — comme je l'ai cru longtemps, pensant que l'ethnologie, en rendant leur dû à toutes les cultures, priverait de ses
bases notre arrogance d'Occidentaux — une sorte de travail
de sape, quel endroit plus rêvé pour y procéder que cette
tanière qui, de même qu'une pièce jumelle, ouvre sur une salle
plus vaste mais fort encombrée : le « département d'Afrique
noire » desservi, comme les locaux voisins, par un couloir
légèrement incurvé, soustrait au jour et artificiellement
éclairé que domine, à un bout, l'octogone couleur de chandelle d'une horloge placée à droite des deux ascenseurs
(facilement détraqués) et dont l'autre bout se perd dans la

pénombre où niche un monte-charge assez puissant pour voiturer de gros fardeaux ou un nombre important de personnes dans sa cellule souvent grinçante!

Quelquefois, on m'a plaint de ne pas disposer d'un bureau meilleur. Pourtant, le fait est là : presque toujours, je me suis plu dans cet endroit, très tranquille et dont j'apprécie qu'il alterne avec mon domicile, non point tant comme espace différent que comme lieu où s'agitent d'autres idées, car il est rare aussi bien que je sois ethnologue chez moi qu'écrivain entre ces quatre murs dont deux, en vis-à-vis, sont occupés l'un par la porte l'autre par la fenêtre commençant à mi-hauteur, au-dessus des tubulures du calorifère, et dont seuls ceux de droite et de gauche sont animés par autre chose que des éléments fonctionnels. Sur l'un, celui en face duquel je suis généralement assis, est fixé un masque malien pourvu de trois cornes d'antilope et d'ornements collés (coquillages, jetons de jeu, miroirs de poche européens) alors que le bas en forme d'ogive renversée n'est rien que bois. Sur l'autre, un tableau du siècle dernier qui reproduit une peinture pompéienne du musée de Naples figurant une scène relative aux mystères d'Isis, copie assurément fidèle dans l'esprit de son auteur (qui ne visait probablement qu'à établir un document) mais traitée en un style rondouillard et pompier aussi désuet par rapport à nous qu'aberrant par rapport à l'original, ce qui dote cette œuvre doublement anachronique, et naïve en même temps que savante, d'un charme singulier.

Ce n'est pas par suite d'un choix mûrement pesé que ces deux objets sont venus s'accrocher à mes murs. Pour l'un, je lui étais sentimentalement attaché : masque acquis vers le début de mon premier voyage sur le terrain et dont j'avais moi-même rédigé la fiche. Pour l'autre, je l'ai sauvé d'un autodafé, au moment où l'on voulait purger de vieilleries jugées ridicules l'ex-musée d'Ethnographie du Trocadéro devenu Musée de l'Homme. Il n'empêche que ce couple d'objets peut jouer un rôle d'indice pour quiconque voudrait me caractériser en tant que spécialiste de l'une des disciplines

269

auxquelles est voué l'établissement où je me rends encore plusieurs fois chaque semaine. Si, en dehors de sa valeur de souvenir, le masque m'enchante, l'une des raisons en est que ses emprunts à l'Europe (miroirs de pacotille, jetons) y introduisent la note baroque d'une espèce d'exotisme à rebours, mais laissent inentamée son allure africaine et semblent témoigner d'un usage désinvolte que le sculpteur aurait fait des produits de notre industrie, plutôt que d'une influence qu'il aurait subie, le point étant ainsi marqué, non par l'Europe mais par l'Afrique, capable d'anoblir de vulgaires articles de traite en les associant à un bois taillé d'une imposante simplicité et en les faisant entrer dans l'orbe de ses rites par le canal de cet objet. Par contre, ce n'est pas une promotion inattendue mais un passage au dérisoire (celui des « peintures idiotes » et « opéras vieux ») qui me séduit dans la copie tristement patinée dont les détails pour moi les plus frappants sont, entre autres personnages, un nègre à peu près nu dansant couronné de feuillage sur une sorte de petit théâtre (sans doute l'entrée d'un temple) et, agenouillée au pied des marches qui y mènent, une officiante aux riches formes voilées brandissant un sistre en direction du danseur, près d'un autel autour duquel deux grands oiseaux picorent et où paraît brûler un holocauste. Dérision picturale et, ce qui va plus loin, pied de nez à la science des cultures puisque, si un copiste de bonne foi a pu transformer un beau vestige romain en maquette pour mauvaise mise en scène de *La Flûte enchantée,* cela induit à penser qu'il peut en être de même de tous nos travaux d'observateurs de sociétés éloignées des nôtres et que, quand il nous semble avoir tracé de l'une d'elles un portrait ressemblant, nous n'avons peut-être fait qu'interpréter selon nos modes et fournir une image qui paraîtra risible lorsque ces modes auront changé.

Dans le plaisir non sans trouble que me procurent le masque à trois cornes et la peinture soustraite au feu, il est certain que l'ironie a sa part. Pour celui-là, c'est grâce à ce que d'aucuns pourraient regarder comme un avilissement (l'intrusion d'une criante camelote européenne) qu'il m'émeut plus subtilement que s'il avait la pureté d'un antique auquel rien d'intempestif n'accrocherait son grelot de folie. Pour la scène isiaque, son pouvoir tient non seulement au doute qu'elle éveille par analogie, mais au mélange bizarre de comique et de sérieux qu'elle met tout de suite en jeu, son air innocemment parodique m'amusant comme un carnaval, en même temps qu'elle me fait sentir un peu de la grandeur des mystères d'Isis, sous un travesti qui me permet d'en être touché sans que me bride la crainte de verser ainsi dans un vain mysticisme. Sachant cela, quelqu'un qui analyserait mes états de service côté Musée de l'Homme aurait-il à se demander pourquoi, à l'époque où je voyageais encore professionnellement, les Antilles, confluent de l'Afrique et de l'Europe et lieu où culturellement il s'est produit bien des hybridations curieuses, étaient devenues mon terrain d'élection, — pourquoi aussi je me suis intéressé à des cultes où, dans leurs transes, les adeptes singent les dieux, espèce de théâtre vécu qui se joue sans barrière, même idéale, entre acteurs et spectateurs, chacun pouvant en principe être soudain visité par un dieu, de sorte qu'un ethnographe, porté par son goût de l'*ailleurs* mais rationaliste comme il sied, peut en être un participant plénier qui, sans se départir de son rôle de regard ni endosser une autre peau, se trouve intégré à la comédie au même titre que n'importe quel comparse.

Pour autant que j'aie eu liberté de choisir mes champs et mes thèmes de recherche ethnographique, je me suis orienté vers des objets d'étude dont me convenait la manière d'ironie intrinsèque qu'ils paraissent receler. Que deux cultures aient l'air de ne s'être entremêlées en une louche et fascinante embrassade que pour chacune infliger à l'autre un démenti plus visible, qu'on fasse venir les dieux en des épiphanies qui prennent figure de mascarades, voilà qui satisfaisait mon besoin (rarement désarmé) de fondre le *oui* et le *non,* de n'admettre qu'à travers une incessante remise en question, de m'attacher plus qu'à la beauté sublime à celle dont on dirait qu'elle se dénigre elle-même ou, apparemment légère, n'en est que plus déchirante à moins qu'inversement son outrance tragique ne brave le goût avec tant de cynisme ou de candeur qu'on en est presque égayé, — besoin qui tantôt me semble dénoter — s'il va plus loin qu'une coquetterie m'interdisant l'enthousiasme sans détour — une inclination perverse à ne me plaire que dans l'ambiguïté ou dans le paradoxe et tantôt m'apparaît sanctifié par l'idée que le mariage des contraires est le plus haut sommet jusqu'auquel on puisse métaphysiquement s'élever.

Oui et *non*. Des deux lieux aux affectations distinctes de l'un à l'autre desquels je suis généralement transporté (récréation plutôt qu'ennui) par l'autobus 63, l'un serait-il le « oui » dont l'autre serait le « non »? Si j'apprécie l'alternance travail chez moi et travail au Musée de l'Homme, peut-être est-ce, pour une part, comme quelqu'un qui espère rattraper en jouant la rouge ce qu'il a perdu sur la noire mais, pour une part aussi, à cause de l'ironie constante qu'implique ce va-et-vient : prendre en chaque cas mes distances, soit avec l'ethnologie quand je pratique la littérature, soit avec celle-ci quand je me tourne vers celle-là, et (selon ce schéma trop théorique pour mériter, après examen plus serré de mes emplois du temps, un *oui* monolithique) changer de cap suivant l'horaire mais diriger toujours une pointe contre l'une ou l'autre de ces activités dont même celle qui m'appela plusieurs fois à m'en aller ailleurs n'est plus maintenant pour moi que froide exploitation de documents ou de fragile savoir?

＊

Naguère, un concile de lapins ou de lièvres auquel la chienne Dine supportait mal de ne pas se mêler à sa manière. Cette fois, c'est Typhon qui force sur sa laisse, se dresse et pousse un long gémissement à la vue d'un charmant ballet exécuté dans le sous-bois, à quelques pas de nous.

Disparaissant puis reparaissant, jusqu'à la fuite finale, un lièvre et (je suppose) une hase se poursuivaient, couraient en rond, s'arrêtaient face à face comme pour un combat (les deux paires de pattes antérieures affrontées en une sorte de boxe). Éclipses derrière les buissons, retours en flèche, brèves stations pour de nouveaux matches, ce manège — qui dura bien plusieurs minutes — représentait, pour moi, un gentil marivaudage mais devait être, pour le chien, l'affolante agitation de deux proies sur lesquelles, libre, il se fût précipité dans l'espoir de les rejoindre et de les égorger.

Esthète cruel, j'attendis sans bouger la fin du spectacle, me souciant peu du supplice de Tantale qu'à rester là, et le retenant, j'infligeais à mon compagnon qui, lui, n'était pas un dilettante capable d'apprécier la grâce du pas de deux.

*

Même quand cette courte scène n'est pas supprimée (ce qu'on fait trop souvent, sous le prétexte inepte qu'elle n'ajoute rien à l'action), on ne les voit pas et, si on les entend, c'est si peu ou j'en ai un si faible souvenir que je n'affirmerai pas qu'un tel geignement vient effectivement de la coulisse pour se mêler, un instant, aux sons qu'exhale la fosse de l'orchestre.

Rochers en toc (légers, sans doute, à donner le vertige si l'on avait à les soulever), arbres plats ou creux sans avoir eu besoin du moindre taraudage, feuillages déteints, fine poussière qu'on imagine montée des planches chaque fois qu'un pas les frappe quelle que soit sa souplesse, — peu importe le détail, voire l'exactitude : tout cela, vieillerie de Salon d'Automne encadrant le petit personnage travesti qui va et vient dans le faux demi-jour et dont l'âge, pas plus que le sexe, ne pourrait être défini précisément.

Alors qu'il cherchait, au crépuscule, un jouet qu'il avait perdu, combien lui plaisent les animaux — cachés pour nous — qu'il regarde se presser, nombreux, les uns contre les autres et qu'il écoute de toutes ses oreilles! Mais combien l'inquiète, tout à coup, leur silence!

Je suis à la fois cet enfant angoissé, l'invisible berger qui répond à sa question par quelque chose qu'il ne peut dire qu'à mots couverts et ce troupeau de moutons déroutés qui – à l'acte IV de *Pelléas et Mélisande* – cessent de bêler et se tiennent cois, s'apercevant que le chemin qu'on leur fait prendre ce soir est un tout autre chemin que celui de l'étable.

*

De même que par le trou d'aiguille d'un infime souci (lettre à écrire ou coup de téléphone à donner, menue démarche qu'il me faut accomplir, court déplacement qu'il me faut effectuer) un monde d'angoisse peut pénétrer en moi — à croire que j'attache une importance vitale à cet acte dérisoire qui m'obsède autant que s'il mettait tout en cause — de même l'angoisse peut me paraître tout entière levée par une chose non moins infinitésimale : vue d'un lieu qui me touche sans que je sache trop pourquoi, rencontre fugitive, incident extérieur sans plus de portée réelle que n'importe quoi dont se repaît un flâneur... L'étonnant est la disproportion entre l'immensité de cette angoisse et la futilité de ce qui l'attire ou la repousse, comme si en pareil cas la valeur quantitative ne jouait pas, mais seulement une qualité maléfique ou bénéfique sans rapport avec quoi que ce soit qui puisse être comptabilisé.

Longtemps, j'ai été gratifié d'un instant de pur bonheur (tout ce qui me pèse chassé par un subtil et tendre train d'ondes m'envahissant poitrine et ventre) chaque fois que, sur la route de Paris à Étampes que je prends si souvent, je lisais ces deux mots : JEURRE et BRUNEHAUT (en sens inverse et sur le côté droit de la route au lieu du côté gauche, si j'étais sur le chemin du retour). En grosses capitales, ces noms sont inscrits sur la façade de deux pavillons de garde qui, près d'Étampes, s'élèvent à peut-être un ou deux kilomètres l'un de l'autre, le premier (quand on vient de Paris) d'allure vétuste, le second moins ancien d'apparence et tel une mauvaise réplique du premier, avec ses formes plus dures, sa matière plus sèche, et son nom écrit en caractères moins nobles et d'une teinte moins chaude que le petit groupe de lettres qu'égaré peut-être par ce qu'a d'à la fois fruste et radieux le vocable qu'il transcrit je vois couleur de foin ou de vieil or et qui, au-dessous d'une fenêtre presque carrée que je sais maintenant flanquée de deux autres plus petites et surmontée d'un vitrage en demi-lune, compose le mot JEURRE. Trapue, mais sans doute plus spacieuse qu'il n'y paraît de prime abord, cette première maison, qui comprend — détails précisés eux aussi par degrés et que je devrai peut-être encore revoir et corriger, tenant compte de ce que d'autres coups d'œil me révéleront — deux étages dont celui du haut a l'air d'être écrasé par le toit et qui sur son flanc gauche comporte deux espèces de terrasses-vérandas superposées à piliers très massifs, je ne puis la penser qu'inhabitée : humble vestige d'un passé moins lointain que les temps mérovingiens ou que ceux des Croisades, voire que la guerre de Cent Ans, mais qu'en raison de l'archaïsme de l'édifice et de son nom fleurant la paysannerie féodale industrieuse mais ignorante encore des pollutions industrielles mon imagination est induite à situer, dans ce qu'on appelle l' « Ancien Régime », beaucoup plus haut que le XVIIIe siècle dont ce bloc pierre et briques posté au seuil d'un vaste domaine boisé (où de larges allées mènent à ce qu'on entrevoit d'un château et d'un faux temple antique mieux visible quand on fait le trajet par le train) semble porter architecturalement la marque.

Contaminé peut-être par le mot BRUNEHAUT avec lequel il semble curieusement jumelé (chacun à une extrémité d'un grand espace d'abord meublé par des futaies, puis en partie dénudé au profit de pompes à essence et autres signes de la moderne inflation technique se détachant, étalage multicolore de jouets, sur un fond de décor demeuré forestier), le mot JEURRE m'est toujours apparu comme un nom de personne plutôt que de lieu-dit. Un bizarre nom de personne, puisque c'est la maison même — et point son maître et seigneur non plus que quelque chère créature à qui elle serait dédiée comme une villa petite-bourgeoise — qu'il me paraît désigner, individualisant cette maison sans âge et la posant en être qui posséderait sa vie à lui, tel un navire ou un esquif plus fragile pourvu d'une âme par le nom de baptême lisible sur sa coque, si ce n'est telle une bête familière capable de dresser l'oreille quand son nom est prononcé.

Si profond, malgré l'insignifiance de sa source, était le plaisir que me procuraient, en ce point de mon parcours dans l'un ou l'autre sens, la lecture du mot JEURRE et la vue du bâtiment solitaire titré par son unique syllabe, que j'ai beaucoup hésité avant de me décider à tenter de fixer ce plaisir par écrit : j'avais peur qu'au lieu de le faire passer de l'éphémère au durable un essai maladroit le détruise en lui donnant une forme qui ne serait pas la sienne, qui le distordrait et qui ruinerait jusqu'à son souvenir, irrémédiablement dénaturé. Mais quand je m'y suis mis — jugeant le risque à peu près écarté, la chose semblant avoir assez mûri — j'ai été vite gêné par l'idée d'une bévue que je pourrais commettre en parlant de ces deux pavillons, et j'ai trouvé bon de consulter le *Guide Bleu France 1972* pour voir si rien n'y est dit à leur propos. Or ce que j'ai lu dans ce guide à la section 22, « De Paris à Étampes et Orléans », m'a appris que les deux pavillons, nullement conjugués, dépendent de deux propriétés distinctes et, par surcroît, portent des noms qui, loin d'être les leurs et de faire d'eux des espèces de personnes dotées de leur état civil, ne sont que ceux des deux propriétés leurs suzeraines. Dans la description que les rédacteurs du guide ont faite de la route en question, l'on peut lire en effet qu'elle « remonte, sur la rive g., la charmante vallée de la Juine, en longeant à g. les parcs des *châteaux de Jeurre* et *de Brunehaut* ».

Depuis que je sais cela et depuis que, désireux d'en présenter des portraits ressemblants, je regarde plus attentivement les deux pavillons quand je passe devant (ce qui m'a fait plusieurs fois modifier la description du premier, absurde course à l'exactitude car, plus je retouche et complique le dessin, plus le sentiment s'exténue, de sorte que je m'éloigne à mesure que rationnellement je me rapproche), ils ont perdu pour moi — peu à peu démystifié — la singularité qui constituait le plus clair de leur attrait, cette façon qu'ils avaient d'exister presque au titre de personnes et de faire la paire comme, dirai-je, une manière de chien « Jeurre » et une manière de chienne « Brunehaut » satellites d'un même maître.

JEURRE : maison qui usurpait son nom et dont je viens de découvrir — coup de grâce — que sa jolie fenêtre est garnie de deux rideaux blancs à embrasses, preuve que cette construction assez vieillotte pour que j'y aie vu une relique est habitée, sans que rien l'annonce libérée de son rôle subalterne de gardienne du château dont elle signale complaisamment l'entrée.

JEURRE : plaisir que (respectant l'obscur tabou qui m'avait retenu pendant plusieurs années) j'aurais mieux fait de laisser mener tranquillement son intermittente petite vie car, à vouloir le formuler pour lui donner un second souffle, je l'ai gâché sans autre contrepartie que la maigre fierté d'en avoir — approximativement mais pauvrement — rendu compte.

Un coquelicot dans un champ de blé.
Un soleil œil de bœuf dans une masse de brume.
Un navire quand il quitte le port.
Un lièvre qui, sur un sentier, s'arrête entre deux bonds.
Une femme ôtant sa robe, d'un geste des deux mains qui la fait s'envoler au-dessus de sa tête.
Des chevaux au trot ou au galop, sans cavaliers ni harnais, crinières en vagues.
Blanche sur bleu, une longue queue de flocons accrochée à la flèche mal visible d'un avion.
Une flamme lorsqu'elle reprend et un jet d'eau lorsqu'il se fane.
Une lune grande à écraser les maisons.
L'étoile unique de la nuit commençante ou finissante.
Du gros bétail éparpillé, hors du temps, dans un pré.
Un vieux papier à fleurs resté au mur d'un immeuble détruit.
Un fanal clignotant au bout d'une jetée.
Sous les tropiques, le frémissement d'un colibri d'abord pris pour un insecte ailé.
Un paon qui fait la roue en oscillant comme un radar.
Un chien qui tournique, puis se couche en rond, avec un lourd soupir.
Un train éclairé défilant dans une plaine.

Le cricri du grillon et celui des cigales.

Un silence parsemé de pépiements d'oiseaux.

En tous lieux et toutes saisons, des bouffées de musique à la cantonade.

L'odeur du thé dans les docks de Londres et, aux îles, celle de la canne à sucre à l'époque des récoltes.

Un goût de pain chaud qui vous fait croire élève d'une école de village.

A l'instant dénudée, une peau d'un tel poli de marbre qu'on se demande comment elle peut être si douce.

Rue étroite. Tunnel d'arbres. Fraîche cavité d'un lit.

Un bois touffu, vu de loin, sombre îlot ou, du dedans, clair-obscur qui vous baigne.

La respiration discrète d'un ruisseau que l'on n'entend pas mais où des herbes bougent.

＊

Au petit matin me semble-t-il, quand enfoui dans les draps j'approche de l'éveil, des rêvasseries sournoises m'assaillent, qui n'atteignent pas le niveau de l'image ni même (dirai-je) celui de la pensée, mais s'élèvent à peine au-dessus de la sensation — une sensation très vague que je nommerai « angoisse » afin de marquer, du moins, sa nature lancinante, faute de pouvoir la décrire.

Cela revêt des formes diverses, dont la plus simple est, si je veux à tout prix la rendre en langage clair, une trituration ânonnante de ce qui — lorsque sorti du lit et assis devant une tasse de thé, j'aurai recouvré un peu de lucidité — se traduira en lugubres cogitations au goût suri de lieu commun : la fuite des jours; l'effarante raréfaction de nos amis l'un après l'autre emportés (au point que notre courrier quotidien s'est appauvri jusqu'à ne plus guère comprendre que des imprimés ou de ces lettres utilitaires qu'aucun battement de cœur n'anime); l'avenir de plus en plus mince dont ma compagne et moi nous continuons à disposer — avenir promis, sauf chance insigne de simultanéité, à déboucher sur l'esseulement de l'un de nous.

Parfois, le malaise — dénué de tout pathétique — semble uniquement fondé sur le flou du phantasme dont je suis le jouet et sur l'indécision même que ce phantasme tend à illustrer : gêne profonde, par exemple, que me cause la présence discrète mais toute proche de deux choses indéfinissables, que je sais différentes — sinon opposées — malgré leur apparente similitude et qui s'offrent en une espèce d'alternance ou d'alternative dont l'un des termes, plus concret et plus senti, vaudrait mieux que l'autre quoique également sans figure.

Souvent, relayant mon écœurement — transposé Dieu sait comme! — face aux occupations jugées presque toutes rebutantes des journées qui viennent, l'obsession écrivassière hante mon louche demi-sommeil : phrase à bâtir (encore que cette idée de phrase à mettre debout soit d'ordinaire travestie en quelque singulier et informulable problème qu'il s'agit de résoudre ou en quelque manigance obscure à quoi il faut procéder); groupe de mots — sorte de bouée — à ancrer solidement dans le corps d'une phrase pour que tout, et pas seulement la phrase ou le livre, soit sauvé; possibilité — utopie! constaterai-je une fois levé et les distances reprises par mon cerveau enfin décrassé — d'une mutation (subtil travail à effectuer) qui ferait passer mon angoisse à son contraire ou, plus précisément, serait telle qu'au terme de la manœuvre (comme, au judo, l'attaque de l'adversaire promue moyen de sa défaite) cette angoisse récupérée n'aurait plus d'autre sens que celui-ci : constituer grâce au traitement de son venin — opération qui, dans l'exact moment dont je parle, ne s'avouait pas littéraire — la source normale d'un bonheur.

*

Diversion, alibi, rite purificatoire : cet ouvrage dont j'attendais qu'une règle en émerge, mais qui ne m'aide ni à faire ni à me faire (puisque il n'en résulte à peu près rien sauf que, précisément, je persiste à le faire).

Laborieusement calligraphique, cet ouvrage qui, malignement, me consume au lieu de me fortifier (puisque le rédiger est devenu ma grande, presque ma seule occupation).

Récit, peinture ou glose, cet ouvrage que ma vie nourrit plutôt qu'il ne la nourrit (puisque c'est d'elle qu'il tire sa matière et qu'il n'en est qu'un sous-produit).

Mesure des hauts et des bas, machine tournant à vide, cet ouvrage qui ne m'apporte aucune maîtrise et dont je ne suis pas même le maître (puisque ce qui sans moi le fait en sous-main, c'est ce que sans lui je suis et fais).

*

Titres rien que titres :

Entretiens sur la pluralité des corps.
Les Carcasses de la faim.
Avoir été.
Sans avoir.
Depuis le temps.
A qui mieux mieux.
L'Ablatif absolu.
A pleins tubes.
Presque.
Le vain recours.
Le moins qu'on puisse dire.
Oh!
Malgré.
L'ultime prothèse.
Hold up.

*

La pomme de Newton, le lustre de Galilée : figures anecdotiques promues au rang d'emblèmes.

Au théâtre, ce sont deux flambeaux allumés et un crucifix honorant un cadavre qui veulent dire *Tosca,* une tête sur un plat qui signifie *Salomé,* une statue en marche qui raconte *Don Juan,* une cassette dont on entend seulement parler qui résume *L'Avare,* un crâne tenu entre deux mains qui récapitule *Hamlet.* Non symboles, mais images rendant immédiatement sensibles situations ou nature des personnages, et assez fortes pour créer presque une hypnose.

Fouillant ma vie, j'aimerais pouvoir y trouver quelques images de cette espèce, qui seraient par rapport à moi, sinon ce qu'est le dragon terrassé à saint Georges ou le Rubicon à César, du moins des repères auxquels je pourrais solidement m'accrocher.

*

Tristesse que n'atténuait pas l'idée que, toutes choses étant vaines, ce qu'il avait pu faire ou ne pas faire était sans importance, il se disait que pas grand-chose de sa vie ne vaudrait d'être retenu. Échec partout : comme écrivain, puisque presque incapable de dépasser le regard sur soi il n'avait que rarement atteint à la poésie et, au surplus, savait qu'il n'était pas du bois de ceux qui ont pour destin pendaison, folie ou départ pour toujours; comme réfractaire, puisque jamais il n'avait fui le confort bourgeois et qu'après de tenaces velléités révolutionnaires il avait dû reconnaître que, répugnant autant à la violence qu'au sacrifice, il n'avait en rien l'étoffe d'un militant; comme amant, puisque sa vie sentimentale avait été des plus banales et que sa fougue sensuelle s'était tôt ralentie; comme voyageur, puisque, pratiquement confiné dans une seule langue, sa langue maternelle, il avait peut-être été moins apte que quiconque à se sentir à l'aise face aux êtres et aux choses, même sous son propre climat. De sa profession d'ethnographe, il n'avait tiré concrètement que fort peu : travaux très particuliers sur une langue d'initiés soudanais et sur la possession rituelle en Éthiopie; travaux de seconde main sur l'« art nègre » et, sans grande portée malgré la pieuse intention, d'autres travaux orientés dans un sens antiraciste; enfin (et c'est cela, pensait-il dans ses heures les plus noires, qu'il avait fait de plus digne de mention) quelques articles marquant sa volonté de mettre l'ethnographie au service, non de la science occidentale, mais des peuples du tiers monde, volonté il est vrai naïve car ces peuples se soucient de bien autre chose...

Au plus creux de la vague, il lui arrivait pourtant de se dire qu'une bonne action en tout cas pouvait s'inscrire sur son bilan : la non-action qui consiste à ne pas avoir d'enfants. Abstention dont à ces moments-là il osait être fier, comme quelqu'un qui n'a pas été un résistant à part entière, mais est du moins en droit de se flatter de n'avoir pas collaboré.

*

Ne pas hausser ses actes jusqu'à ses idées, mais se fabriquer un système qui, les justifiant, apaise votre conscience; ne pas vivre selon ce que l'on pense, mais penser selon ce que l'on vit : voilà sans doute la pire des taches, celle qui salit tant de gens et qu'il me faut éviter à tout prix...

Si j'ai cru à certaines choses et si j'ai honte de n'avoir pas fait face aux dangers qu'elles impliquent, je dois me garder d'annuler en théorie ce à quoi j'ai répondu par une déficience pratique et, plus encore, de m'inscrire en faux contre ces idées pour pouvoir me laver les mains avec plus de sérénité.

Que, sans rien renier, j'ose du moins sonder le gouffre que ma faiblesse a laissé se creuser entre ma pensée et ma vie!

(*Un clou chasse l'autre. Il n'y a que le premier pas qui coûte. Reculer pour mieux sauter.* Autre tache dont je suis menacé : me reposer sur mon aveu, comme un chrétien qui se croit absous parce qu'il s'est humilié.)

*

Dernières paroles :

(style Rigaut)	« Ne me faites pas rire! »
(style bravache)	« A bon entendeur, salut! »
(style Harpagon)	« Ma cassette! »
(style courtois)	« Restez couverts... »
(style téléphone)	« Ne coupez pas! »
(style sans façons)	« A la bonne vôtre! »
(style éperdu)	« A l'assassin! »
(style philosophe)	« Mieux vaut tard que jamais. »
(style aérostier)	« Lâchez tout! »
(style casino)	« Rien ne va plus! »
(style homme d'État)	« La séance continue... »
(style bon enfant)	« C'est trop bête! »
(style complainte)	« Madame la mort, Madame la mort!
	Ne me serrez pas si fort! »

*

Thornproof, sharkskin, herring bones, chalk striped. A l'épreuve des épines, peau de requin, arêtes de hareng, rayé craie.

Que le métier de tailleur ait sa philosophie, la chose est naturelle, car il n'est pas de métier qui n'ait la sienne. Cela va de soi pour les professions libérales, dont le nom indique que, librement choisies, elles sont censées répondre à une certaine représentation du monde chez ceux qui les exercent. Et il n'existe, semble-t-il, guère de travail qui, par-delà son immédiateté, ne mette quelques idées en branle chez l'intéressé : tout fabricant, s'il n'est pas un escroc, croit plus ou moins à la valeur de ce qu'il fabrique, et se pense un tant soit peu d'utilité publique; tout vendeur s'efforce d'être un psychologue capable de discerner ce qui convient à son client; tout homme d'affaires se pose en tacticien ou en stratège tirant des leçons de l'état du marché, reflet de la marche du monde; tout chef nourrit, de façon discrète ou manifeste, une mystique du commandement; le bureaucrate, fût-il le plus inerte, ne laisse pas d'être un dévot des formes bureaucratiques; tel le personnage de théâtre qu'est le fossoyeur sentencieux, l'éboueur a probablement ses vues sur ce que les ordures révèlent de la vie des immeubles qui font partie de son district, et sans doute n'y a-t-il que le manœuvre non spécialisé pour voir sous le seul angle de leur encombrement ou de leur poids les matériaux qu'il manipule. Il semble, toutefois, indiscutable que le tailleur, affronté à l'apparence humaine comme l'est le médecin à ce qui se passe dans les corps et dont leur enveloppe porte souvent la marque — il semble évident que celui qui nous coupe des habits, appropriés à l'idée que nous nous faisons de nous (quant à ce que nous sommes et à ce que nous devrions être) ainsi qu'à sa propre idée de notre personne et des impératifs de la mode, se trouve branché directement sur la philosophie. Outre qu'il doit procéder à de subtils arbitrages entre la nécessité du comme-il-faut et la liberté du comme-il-vous-plaira, son champ d'action n'est-il pas essentiellement situé à la frontière de l'*être* et du *paraître*?

Frivolité, peut-être? Jamais une séance d'essayage chez le tailleur ne m'a ennuyé... Divers détails matériels me séduisent : le dessin des coutures provisoires se superposant à notre corps en une sorte d'idéal tracé géométrique; le bruit de la manche à peine fixée que, parfois, l'artisan arrache d'un coup sec (ce qui donne soudain l'impression d'être en guenilles); ses gestes de sculpteur, appliquant ici, relâchant là; les épingles qu'il enfonce prestement, à l'emplacement des futurs boutons par exemple. Plus encore, me séduisent les propos qu'il peut juger opportun d'émettre et qui, souvent, laissent entrevoir sa philosophie d'homme en bonne posture pour considérer gens et choses, la personnalité de chacun et les fluctuations du goût, ce qui appartient en propre à l'individu et ce qu'il doit emprunter au collectif, aussi soucieux qu'il soit de s'affirmer modèle unique.

Originaire, je crois, d'Europe centrale mais élevé en Angleterre, un tailleur de la rue Vivienne chez qui, autrefois, je me suis fourni tenait si fort à marquer la dignité et la quasi-spiritualité de son art que ses factures ou papiers à en-tête étaient porteurs de ce slogan : *A Bund's suit gives a moral satisfaction,* formule que cette autre concurrençait : *Patronized by the best gentlemen in the city,* comme s'il avait donné à entendre qu'en s'habillant chez lui l'on se sentirait en quelque manière purgé de ses péchés et très précisément l'égal de ces parfaits qui, irréprochable dessus du panier, voulaient bien lui accorder leur pratique. Aussi bourgeoisement conformistes que fussent ses appels au désir d'honorabilité, ce même Bund ne cachait pas son appartenance première aux couches populaires, pôle opposé à celui de la cour royale. Je me rappelle, en effet, qu'il me conta une fois comment, enfant, on l'envoya quêter dans les rues du quartier de l'est de Londres que ses parents habitaient, secouant sa tirelire sous le nez des passants et leur disant : *For the Russians!* glanage de subsides pour les émigrés de chez les derniers Romanov (des révolutionnaires, ai-je toujours pensé, mais plus probablement de ces juifs qui, fuyant les pogroms, ont largement contribué au peuplement de l'East End, comme je le sais depuis peu). En rapportant ce souvenir, qui semblait l'amuser, et dont j'ai oublié comment il vint dans une conversation qui certainement ne concernait en rien la lutte des classes, l'ancien gamin de Whitechapel montrait — avec un humour implicite — qu'il savait prendre mesure de ce qu'avait été sa vie et, dirai-je, contempler sa promotion sociale d'un œil détaché de philosophe ou, à tout le moins, de moraliste.

Romancier à la Dickens plutôt que strict observateur des mœurs, c'est cela qu'était l'Irlandais Archibald Leahy, qui eut d'abord une boutique quai de Tokyo puis, ayant fait de mauvaises affaires, se mit à travailler en chambre, décadence au cours de laquelle je recourus à ses offices. Puis-je prétendre qu'Archibald Leahy me livra beaucoup de son idéologie ? Assurément non, et il m'est permis tout au plus d'attribuer un vif sentiment de sa nationalité à ce super-insulaire pour qui les techniciens employés par le très parisien tailleur James Pile, l'un des plus anciens sur la place, n'étaient rien d'autre que des *damned Scotchmen*. Pas davantage il ne semblait grand psychologue, lui qui un jour — parlant à mon beau-frère, lui aussi son client — traça de moi ce croquis plutôt hasardeux : *A jolly fellow! Always smiling...* Mais il était en lui-même un personnage que tout esprit curieux de la diversité des types humains aurait pu se plaire à regarder vivre. Un drôle de corps, assurément, de par sa mobilité, sa sécheresse de clown ou de jockey entre deux âges, son allure d'homme avec qui, dans un pub de Dublin, si le sort en avait ainsi décidé, l'on aurait échangé des pronostics sur les courses prochaines, en buvant un Jameson ou une Guinness... Peut-être le jeu aux courses — conjoint à la boisson? — était-il cause de la fâcheuse situation qui l'avait obligé à liquider sa boutique et le gênait tellement, quant à l'immédiate trésorerie, que chaque commande qu'on lui passait devait être payée d'avance, à seule fin de lui permettre l'achat d'un matériau dont on n'avait jamais vu qu'un maigre échantillon. Une fois au moins, ce transfuge de chez les frères Hill, réduit à tirer le diable par la queue après s'être mis dans ses meubles, adressa à mon beau-frère une lettre émouvante, vrai conte de Noël aux relents populistes : la tristesse hivernale du logis, l'épouse éplorée, la fille chérie grelottant de froid, données qui conduisaient à l'imaginer dans sa pauvre chambre-atelier au poêle éteint et à peine éclairée par un mauvais bout de chandelle, se réchauffant avec une gorgée de whisky ou de brandy s'il en restait dans la maison, et s'attendant à être d'une heure à l'autre saisi par les huissiers, sinon emmené à la prison pour dettes où, nouveaux Pickwick, mon beau-frère ou moi-même nous lui aurions rendu visite. Calamiteux commercialement (et assez picaresque pour disparaître en fin de compte après avoir empoché l'argent d'une commande qu'il ne livra pas) Archibald Leahy était doté, professionnellement, d'une sorte de génie : les vêtements qu'il taillait étaient d'un si beau style (dans ce genre étriqué, comme misérabiliste, dont l'usure accentue la note romantique) qu'on oubliait les défauts — grossières fautes d'orthographe — dont ils étaient criblés; et il lui arriva de me confectionner — effet de je ne sais quelle distraction ou manigance financière — un costume dont ni la forme (croisée alors que je la souhaitais droite) ni peut-être même le tissu (choisi sur un bout infime) n'étaient ceux dont nous étions convenus, mais que j'acceptai de bon gré, vu l'indéniable talent dont il témoignait et le charme irrésistible de son baladin d'auteur.

Plus propice que l'exemple d'Archibald Leahy à illustrer ce que j'ai dit de ce métier et de la philosophie dont il s'enrobe, est celui d'un tailleur dont on m'a parlé, à clientèle surtout d'étudiants antillais, et qui se flattait de reconnaître du premier coup d'œil s'il avait affaire à un Martiniquais ou à un Guadeloupéen. Hormis cette perspicacité à faire pâlir d'envie un ethnologue, j'ignore à dire vrai quelles pouvaient être les aptitudes de ce praticien dans le domaine — toujours à prospecter — de la connaissance des hommes et des choses.

Encore plus illustratif, ce propos d'un nommé Barrett chez qui je pénétrai d'abord pour lui demander, retour de Gold Coast plus tard Ghana, de me tailler un complet dans une pièce d'étoffe acquise à Accra, passée en douane avec l'aimable acquiescement d'un fonctionnaire britannique, et qu'en cette période de pénurie consécutive à l'aventure hitlérienne j'étais presque aussi fier de rapporter qu'un émigrant mossi ou dogon de cette veille d'indépendance rentrant chez lui avec les superbes tissus en quoi l'argent gagné là-bas dans les mines ou sur les plantations s'était converti. *Ici, nous ne regardons pas ce qui se passe dans la rue,* me dit un après-midi ce tailleur, affirmant ainsi l'orgueil aristocratique qui le portait à un dédain souverain de cette chose horriblement vulgaire, la mode, dont un honnête homme n'a pas à se préoccuper s'il tient le moins du monde à se placer au-dessus du commun.

Peu enclins, eux aussi, à suivre le goût du jour étaient les tailleurs avec qui, grâce à ma longue pratique, j'ai été le plus familier, Johnson et Marié qui rappelaient volontiers qu'ils comptaient — ou avaient compté — parmi leurs clients le général de Gaulle, M. Marcel Boussac, le secrétaire du duc de Windsor, Ernest Hemingway, et le vicomte de La Panouille. L'ami qui m'avait envoyé chez eux était quelqu'un de beaucoup plus expérimenté que moi, vu son âge et la vie brillante qu'il avait connue naguère, quand avant la guerre de 1914 (qu'il avait faite bravement comme cadre d'une troupe de ces Africains promis à tous les coups durs et dits bien légèrement « tirailleurs sénégalais ») il était l'un des derniers boulevardiers, habitué de Maxim's et familier du vaudevilliste Georges Feydeau. De ce sybarite qui — lors d'une rencontre inopinée dans les jardins du Trocadéro, proches de son domicile et du Musée de l'Homme, peu après un tour que j'avais fait à Londres — me décrivit longuement l'étonnante sensation qu'on éprouve quand on prend livraison d'un chapeau sur mesures de chez Lock et que deux mains sacrent votre tête en y posant ce chapeau ni trop large ni trop étroit, mais parfaitement à votre taille et qui, sans serrer, presse juste autant qu'il le faut (déclarait-il à peu près, avec le même regard noyé que si une réminiscence voluptueuse l'avait plongé dans une espèce d'extase), les deux associés racontaient admirativement que depuis nombre de dizaines d'années ils lui exécutaient des costumes sans jamais les changer d'une ligne et sans jamais en élargir ou rétrécir les bas de pantalon. Une fois pour toutes, un standard avait été défini et ils s'y conformaient avec autant de rigueur que le faisait à la règle qu'il avait conçue cet autre tailleur, Fred Perry, chez qui j'allai quand j'avais un peu plus de vingt ans et qui m'assurait qu'il m'habillerait d'une façon qui *ferait impression sur mon patron* (annonçait-il en substance, comprenant que j'étais un jeune homme aux moyens sans rapports avec sa soif d'élégance), règle de même ordre qu'une section d'or ou un canon de Polyclète : même distance entre le cran des revers et la petite poche de côté, entre celle-ci et le bouton de milieu du veston (placé juste au niveau de la taille naturelle), entre ce bouton de milieu et la poche du bas, distance qui, inchangée, jouait le rôle d'un module. Sidney Johnson, pur Anglais qui avait un fils établi médecin à Bornéo, et son coupeur Alfred Marié, petit homme grassouillet et français à n'en pas douter, malgré sa formation professionnelle britannique et son mariage avec une

Américaine (qui, j'en pus juger parce qu'elle s'occupait de la comptabilité, avait dû être une assez belle et imposante personne), n'étaient ni l'un ni l'autre des théoriciens de l'art vestimentaire à la façon de Fred Perry. Marié, qui seul maniait les ciseaux, paraissait opérer de manière tout empirique; Johnson, qui conseillait dans le choix, et présidait aux essayages, avait toutefois une idée bien arrêtée : la haine de ce qu'il appelait les couleurs « sales », autrement dit les tons pas francs (indécis en eux-mêmes ou se conjuguant en un accord faux, s'il s'agissait d'un tissu aux teintes mélangées), couleurs dont — considérant l'échantillon ou la pièce incriminé — il parlait avec une moue de dégoût, comme si leur spectacle ou leur seule évocation avait été pour lui une souillure l'atteignant plus intimement qu'un simple déplaisir physique. Le classicisme le plus grand — aisance et sobriété — semblait avoir sa préférence, et si loin allait son souci de la correction, ainsi que son loyalisme envers son pays natal, que je me rappelle l'avoir vu dans son magasin, chemisé de blanc et tout de noir vêtu, peu après la mort du prédécesseur de la reine Elizabeth, à telle enseigne qu'il me semble bien m'être senti tenu de lui présenter mes condoléances. Selon son acolyte Marié, qui lui non plus n'était pas un ascète en matière de breuvages fermentés, Sidney Johnson, grand buveur, prisait particulièrement le mandarin à la menthe verte, mélange singulier pour un Anglo-Saxon et surtout pour quelqu'un qui à tel point détestait les couleurs « sales »... Sa retraite venue, il se retira dans une petite maison que — suivant le vœu de sa femme — il avait acquise près du cap Gris-Nez, point de la côte française le plus rapproché de la côte anglaise, et c'est là qu'il mourut. Assez longtemps, je continuai de me fournir chez Alfred Marié, dont la firme — maintenue « Johnson et Marié » soit en raison de l'anglicisme publicitaire du premier nom, soit par fidélité, soit pour éviter le coût d'une nouvelle inscription — a aujourd'hui disparu : à son regret son fils, qu'il avait envoyé à Glasgow faire son apprentissage et qu'il comptait avoir pour successeur, s'est mis dans le prêt-à-porter. Du reste, les jeunes gens disposés à embrasser la carrière de tailleur (pleine d'aléas, les prix des matériaux comme ceux de la main-d'œuvre ne cessant pas de croître et les clients, même les plus huppés, étant trop souvent de mauvais payeurs) se font de plus en plus rares et, d'autre part, il n'est pas besoin d'écouter un Alfred Marié pour savoir que, dans cette branche-là comme dans bien d'autres, l'industrie se substitue peu à peu à l'artisanat comme, d'ailleurs, les matériaux synthétiques aux matériaux nobles.

Je regrette parfois les conversations, en vérité des plus banales, que j'avais avec ce membre d'une corporation en déclin, entretiens à bâtons rompus dont les leitmotive étaient les anecdotes tant sur Ernest Hemingway que sur le général de Gaulle. Mon interlocuteur y joignait de fréquentes allusions à sa propre activité de peintre du dimanche car, s'il ne se prétendait pas (comme tel tailleur milanais le faisait, paraît-il, sur ses cartes commerciales) l'« architecte du corps humain », son violon d'Ingres l'aquarelle – qu'il pratiquait après avoir reçu en amateur les enseignements de Bernard Naudin – parait d'une fleur franchement artiste cet adepte d'un métier qu'on pourrait classer en tout cas parmi les arts mineurs que sont les arts décoratifs. Résolument traditionaliste, il me disait aussi que chez Davies and Sons – correspondants londoniens de sa maison et qu'au passage j'ai constaté installés au rez-de-chaussée d'un de ces immeubles georgiens qui sont l'une des beautés des villes de la Grande-Bretagne – je pourrais voir si je le demandais un livre de commandes remontant au XVIIIᵉ siècle. Quant au respect du passé, Alfred Marié, dont j'ignore quelle était sa vie conjugale, devait s'accorder très bien avec sa femme, car il advint à celle-ci de me confier – révélant à la faveur de notre tête-à-tête fortuit un insoupçonnable côté bas-bleu – qu'aimant lire elle appréciait, par-dessus tout, les mémoires.

L'affection fétichiste que j'ai pour mes vêtements, qui représentent comme mes écrits un constituant de ma personne telle qu'elle apparaît aux autres, — l'autorité presque d'oracle que j'attribuai il y a longtemps au dicton *Kleider machen Leute,* que me firent connaître quelques leçons d'allemand à l'École Berlitz et qui s'oppose à notre *l'habit ne fait pas le moine,* — l'idée un peu obsessionnelle qu'un jour viendra où je commanderai un costume que la mort m'interdira de porter ou ne me le permettra qu'à peine, — ma répugnance à être photographié (sûr que je suis d'être vilainement montré et, par ailleurs, envisageant avec malaise l'écart futur qui séparera mes traits réels de ceux ainsi saisis au vol et abstraitement fixés), — cet attachement jaloux à mon corps, qui m'a toujours empêché de le mettre en danger sans trop d'inquiétude et même retenu de lui donner totale licence de s'abandonner en aveugle à la distorsion de l'amour : voilà qui suffirait à expliquer pourquoi je tends si fortement à croire que le métier de tailleur — travail touchant directement à notre forme visible — ne peut manquer d'inciter à philosopher. Acte de foi, que nul C.Q.F.D. ne conclura ici, car si j'ai démontré quelque chose, ce n'est pas que les tailleurs sont des philosophes, mais plutôt qu'ils sont aisément des bavards...

Gris anthracite, gris fer, gris Marengo, bleu ardoise, bleu marine, *midnight blue.* Et, peut-être, pie si j'étais cheval ou bringé si j'étais chien?

*

V.I.P. nullement avide de faire valoir ses droits et — pure logique — moins encore porté à la resquille; toutefois assez important, juge-t-il sans se le dire expressément, pour qu'en toutes choses il trouve normal d'avoir un tour de faveur. Très simplement vêtu, mais avec le meilleur goût, c'est cela sa recherche : ni étoffes sombres et peignées trop administration ou profession libérale, ni couleurs trop criardes; rien qui cherche à en imposer dans le genre arrivé ou, au contraire, à faire jeune. Débonnaire sans condescendance et s'efforçant toujours d'être de plain-pied, quels que soient la classe, l'âge, le sexe (avec les deux homosexualités il y en a plusieurs), la nationalité. Assez gonflé de lui-même pour, à ce qu'il pense, ne pas en avoir l'air. Haïssant les deux pôles de la vulgarité : la compassée autant que la déboutonnée. D'humeur assez égale — un stoïcien — et rarement en colère. La mine (du moins le souhaite-t-il) ni dégagée, ni préoccupée; seulement la sérénité un peu triste de quelqu'un qui en sait assez long pour ne plus se faire ni souci ni illusion. Songeur comme il se doit, n'ignorant pas ce qu'est la condition de l'homme et quels malheurs affligent le monde. Volontiers philanthrope. Capable, bien qu'hostile à toute idée d'ascèse, de se contenter de peu, à condition qu'il sache qu'il ne tiendrait qu'à lui d'en avoir beaucoup. Heureux quand les circonstances veulent bien qu'on le reconnaisse même là où il n'a pas été annoncé. Pas snob, mais plutôt par dédain : celui qui n'a pas à courir après les relations non plus qu'à s'attacher aux signes de richesse; en somme, un ayant droit qui n'a pas à se pousser du col. « Je peux me le permettre », disait un autre V.I.P. à quelqu'un qui s'étonnait d'apprendre qu'à Venise ou ailleurs ce personnage cossu descendait dans un hôtel des plus modestes. Honnêteté en tout. Honneur sans tache. Mais qu'est-ce qu'il en resterait dans un Bazar de la Charité, au cœur d'un naufrage ou face à un peloton d'exécution? Monsieur — encore qu'il ne tînt pas à être appelé monsieur — très bien sous tous les rapports. Ce qu'il faut de culture, mais jamais au grand jamais n'en faisant étalage. Cosmopolite, bien sûr, quoique répugnant à s'exprimer en une langue étrangère (non qu'il aime tant la sienne mais par horreur d'en mal parler une autre). Bon époux, malgré quelques écarts. Pas forcément bon père puisque, par philosophie élégamment désabusée ou crainte des responsabilités, il peut fort bien ne pas être père du tout.

Juste milieu en matière de pompes funèbres : ne pas en faire trop ni, spectaculairement, trop peu; tombe discrète, fonctionnelle, mais tout de même pas la fosse commune; éviter l'incinération, protocole aussi long et pesant qu'une messe; s'abstenir également de tout vœu humoureux, comme prétendre au Cimetière des Chiens. Citoyen mitigé, oscillant entre le dégoût du forum et l'envie de « faire quelque chose ». Égocentriste en diable, bien qu'il déteste occuper trop de place et tende à s'effacer devant les autres. V.I.P. content que l'hôtesse lui parle et ajoute aux quelques mots qu'exige son service le bout de conversation montrant qu'elle ne le traite pas en quelconque membre du troupeau qu'elle convoie à travers les airs. Point décoré. Membre ni du Jockey (s'il briguait son entrée dans ce cercle aristocratique il serait infailliblement blackboulé), ni d'une académie, ni d'un nombre estimable de sociétés savantes, mais admis dans divers groupes, foyers d'idées, cénacles et coteries. Situé à gauche, cela va de soi, car il est par trop stupide d'être réactionnaire : comprendre son époque, aller de l'avant, ne pas s'accrocher à des choses périmées. Antiraciste, qui sait qu'attribuer le prix d'excellence aux Blancs c'est s'en laisser conter par l'orgueil de famille et qu'un homme peut encore moins qu'un animal être jugé d'après son pedigree. Démagogue à sa façon, par besoin d'être aimé et entouré, mais amateur de popularité dans la juste mesure où il ne se laissera entraîner à rien qui puisse amener à douter de son intégrité intellectuelle et de sa rigueur. Sentimental comme il se doit (ce n'est pas beau d'être un sans-cœur) mais rejetant la sensiblerie autant que la sécheresse. Incrédule, sur le plan religieux, un point c'est tout : il ne se croit évidemment pas habité par une âme immortelle mais, ne se résignant pas au désespoir complet et se fiant au progrès comme à une Providence, il pense que le monde sera un jour mieux organisé qu'à présent il ne l'est. Contestataire à la manière voltairienne, critiquant, mais sans pulsion profonde lui donnant une folle impatience de voir crouler la baraque. Sympathisant par nature, aux antipodes du metteur de feu ou enragé. Secrètement désireux que les choses se passent entre gens bien élevés... Vrai Impotent (ou inane ou imbécile ou innocent ou immonde) Privilégié. Exemplaire numéroté et signé d'un ouvrage à tirage restreint, sur Hollande, Arches ou Auvergne (Japon ferait pour lui trop précieux). Il n'en demande pas plus, mais il y tient : *Very Important Passenger* parmi les centaines de millions d'embarqués sur la nef de la terre.

V.I.P. : Vaniteux Immensément Puéril qui trace son portrait à peine déguisé, sous le masque d'un échantillon de catégorie humaine en vérité inexistante, car impossible à caractériser; Vomissable Invalide Pleurard qui — rubrique pompes funèbres — se préoccupe de ce qu'on fera de ses restes, oubliant que le sort normal de l'authentique V.I.P. devrait être de mourir dans une catastrophe d'avion, ce qui, l'incendie en étant généralement le résultat, coupe court à toute complication. Mais ce n'est là qu'une vue de l'esprit, et il est pire d'avoir oublié cette donnée fondamentale : ses restes ne seront qu'un encombrant résidu, ne représentant rien de ce par et pour quoi il existe.

*

Dans le même sac :

> *bas bleu,*
> *fine fleur,*
> *grande conscience,*
> *idole,*
> *magnat,*
> *mandarin,*
> *monstre sacré,*
> *nabab,*
> *pontife,*
> *sâr,*
> *satrape.*

*

Bien des choses qu'il avait dites, en étant certain de dire juste mais sûrement sans penser que c'était à la lettre qu'elles devaient être prises, il s'affligeait maintenant de ce qui lui montrait qu'elles avaient tout le poids de vérités d'expérience. Ainsi, n'avait-il pas noté il y a près de quarante ans : *Le poète est, essentiellement, quelqu'un qui sent, prend conscience et domine — qui domine, transmue son déchirement. La poésie doit être tout le contraire d'une évasion; il ne s'agit pas d'opium ni de monde chimérique, mais de s'affronter avec les choses, de les soupeser lucidement — choc dont on ne peut sortir qu'écrasé (ce qui est ma condition, actuellement) ou, si l'on a fait preuve d'une suffisante énergie, contempteur (= dompteur) par le chant, signe d'orgueil et de victoire sur les choses, qui ne nous ont pas broyé mais, au contraire, sont passées docilement sous notre laminoir.*

Or, lui qui s'était voulu poète et qui s'était fait du poète cette conception héroïque, voilà qu'il s'alarmait — comme d'un mauvais tour que le sort lui eût joué — de se sentir effectivement déchiré et voilà (pour comble) qu'il se fermait de plus en plus à la poésie, déçu de n'y pouvoir trouver un opium ou un moyen de se fuir...

*

« Poésie », « Révolution » : mots vagues comme tous les grands mots... Mais signes commodes pour figurer elliptiquement ce que visent,

d'une part, ma soif jamais saturée d'instants où la vie — sans cesser d'être ce qu'elle est — m'apparaît transfigurée, soit par l'effet d'un langage qui peut être le langage parlé ou l'instrument d'un art distinct de celui de la parole, soit en des conjonctures telles qu'un accord semble fugacement s'établir entre le dehors et moi;

d'autre part, mon désir d'un monde fraternel où ne sévirait plus la misère et que ne morcèleraient plus ni barrières de classe ou de race ni cloisons d'aucune sorte — métamorphose trop profonde pour pouvoir s'opérer en douceur.

Changer la vie. Transformer le monde.

Trop volontiers nous avons cru, quelques-uns dont j'étais, à la convergence de ces deux formules, l'une de Rimbaud, l'autre de Marx. Certes, la formule du poète et celle de l'économiste ne se contrarient pas, mais il serait absurde de les penser équivalentes. Si la religion a quelque droit, elle n'a ce droit que là où la science se tait, et il en est ainsi de la poésie qui — drogue, et palliatif de la mort comme de tout ce à quoi la révolution ne saurait porter remède — trouve son domaine par excellence au-delà de ce qu'un bouleversement social peut prendre en charge.

Aussi radicale qu'elle soit, nulle transformation du monde n'est capable de changer du tout au tout ma vie, conditionnée notamment par ma certitude d'être appelé à mourir. Il est une part de moi que la révolution, même totalement aboutie, laisserait intacte, et c'est à cette part rebelle que, rebelle elle-même, s'adresse la poésie, et dans ce terreau-là qu'elle plonge ses racines.

＊

Ce n'est pas qu'il se sentait gêné — comme par des fautes
dont il serait resté marqué — d'avoir autrefois jugé trop sévèrement certaines gens ou de s'être irrité sans raison solide à
leur propos. Ce qu'il supportait mal, ce n'était pas d'avoir à
se reprocher des injustices, des mouvements d'humeur
inconsidérés et telles conduites gratuitement grossières ou
lourdement mystificatrices, visant à s'affirmer à lui-même
sa supériorité. Ce qui l'affectait, c'était plutôt de constater
que, maintenant, le doute était à tel point son élément qu'il
ne pouvait plus se laisser ainsi entraîner, et — idée plus déprimante encore — d'en venir à penser que ces questions de poésie et d'art, objets de tant de débats qui l'avaient conduit à
tant de prises de position tranchantes, donnent par nature
trop de jeu au goût de chacun et sont objectivement trop
secondaires pour qu'il y ait lieu d'y trouver des motifs de
mépris, voire d'en disputer avec passion.

*

Parce qu'à ne pas mourir on s'ennuierait à mort.
Parce que ce monde trop absurde ne mérite pas qu'on s'y arrête.
Parce que la pluie tombée ne remontera qu'en vapeur.
Parce qu'aucun fleuve ne coulerait s'il ne se jetait dans la mer.

*

Tâcher d'arriver à la simplicité (à quelque chose, si possible, de bête comme chou) après tant de complications dont la principale — voire la seule — utilité aura peut-être été de me donner le désir de retrouver la source et la capacité de la regarder, cette fois, en face, sans brouillards ni écrans. C'est ce retour sur moi qu'expriment ces bouts de journal, datés de la fin août 1969 et reproduits ici à l'état presque brut, alors que mon dossier pas encore clos emplit déjà trois volumes et dépasse le millier de pages.

... La « règle du jeu », au sens où je l'entends, c'est le mien système de valeurs (voir Nietzsche) ou choix originel (voir Sartre) auquel doit répondre le jeu, conforme à mes goûts et à mes aptitudes, que je mènerai avec rigueur et cohérence.

... Qu'il y ait pour l'individu une mort sans au-delà, et pour le monde une fin par retour à l'équilibre, enlève aux choses tout « sérieux ». Et c'est pourquoi l'on ne peut parler que de « jeu ».

Que tout soit jeu, cela veut dire que tout est théâtre, simulacre, illusion, etc., et qu'en somme *tout n'est que vanité*. Sûr de cela comme je le suis, je pourrais être un pataphysicien conséquent, qui tiendrait pour allant de soi que toutes les solutions sont imaginaires, donc égales entre elles et finalement égales à zéro (car une solution, pour être quelque chose, doit être la solution juste, à l'exclusion des autres). Ainsi, l'idée que je ne fais que jouer mon propre jeu — solution imaginaire entre autres solutions imaginaires — selon mon propre système de valeurs ou choix originel ne me gênerait nullement. Mais le fait est — et là est ma contradiction — que j'éprouve un désir impérieux de justifier objectivement ce système subjectif, de lui trouver des fondements qui dépassent ma personne et soient pour mes actions des sortes de lettres de créance, ce qui revient à vouloir transformer le jeu en quelque chose de sérieux, de non gratuit, et donc à récuser le côté « bon plaisir » sans lequel il n'y a pas de jeu. Ce que je veux, somme toute, c'est jouer, pour moi et, aussi bien, pour les autres, à qui je donne mes performances en spectacle tel l'artiste, le sportsman ou le joueur d'échecs qu'on admire ; mais ce que je ne puis pas admettre, c'est que ce jeu ne soit qu'un jeu.

Vouloir que mon jeu soit justifié, ne pas oser le mener dans toute sa gratuité, essayer de le moraliser et de le rationaliser, c'est tendre à l'*académisme,* et cela d'autant plus manifestement que mon jeu est l'activité d'écrivain et que mon besoin d'établir son bien-fondé me porte à l'organiser et à en arrondir les angles, au lieu de lui garder sa liberté sauvage.

... Ce qui fait de mon cas un cas particulier encore qu'assez commun, c'est que mon jeu consiste à pratiquer, précisément, un jeu : le jeu littéraire, plus éloigné de la réalité que les jeux impliquant des risques directs (sport dangereux ou gros jeu d'argent, par exemple, qui ont ceci de réel qu'on peut y perdre la vie ou s'y ruiner). / Distinction, qu'il y a lieu de faire, entre le jeu *lato sensu* et le jeu *stricto sensu.* Dans mon cas, les deux se confondent, et c'est pourquoi mon « art poétique » doit être aussi « savoir vivre » (ou vice versa). En définitive, il semble qu'il n'y ait pour moi qu'une question : comment mener correctement le jeu d'écrivain ? Comment procéder pour qu'il soit, effectivement, ce sur quoi j'engage toute ma vie et ce qui vaut un pareil engagement ? / Peut-être aurais-je moins — voire pas du tout — de mauvaise conscience si mon jeu était de telle nature que je n'aie pas cette constante impression de jouer, en quelque sorte, à blanc?

... L'espoir de trouver ce que je cherche s'est, pour moi, réduit peu à peu à celui de trouver, non pas la chose que je cherche, mais quelle est exactement cette chose que je voudrais trouver. Bref, ce qu'aujourd'hui je cherche, c'est *ce qu'est* ce que je cherche. (A la limite, j'en viendrais presque à me demander si, ne cherchant même plus à savoir quel est l'objet de ma recherche, je ne chercherais pas tout bonnement à chercher, empruntant couloir après couloir, le cœur toujours battant, dans l'attente jamais détendue de la trouvaille...)

En vérité, tout était clair au début mais, à mesure que j'ai avancé, le but initial s'est éclipsé : mon propos premier n'était-il pas de rassembler des faits qui m'avaient frappé de façon singulière et dont l'examen devait me montrer ce à quoi j'attache — poétiquement du moins — la plus haute valeur? Dès le départ, je savais que mon choix est la poésie, mais il restait à déterminer en quoi consiste exactement, et comment s'articule avec le reste, cette clef de voûte de mon système. Tout s'est gâté, parce que je me suis mis en tête de définir ce qui — par définition pourrait-on dire — ne se définit pas. La valeur suprême n'est-elle pas analogue au *maître mot*, terme souverain par rapport auquel les autres prennent leur sens, de sorte qu'il est celui qui définit mais ne saurait être défini, si ce n'est par lui-même?

Ainsi résumée la chose, toutefois, n'est pas devenue plus claire. Est-il possible de miser sur ce maître mot, la poésie, en ignorant ce qu'il veut dire et en déclarant inutile tout effort pour en avoir connaissance, soit donc en se lavant pratiquement les mains de ce qu'on fera sous son couvert? Sans doute, faut-il que je trace mon chemin entre ces deux erreurs inverses : jouer en aveugle et vouloir rationnellement définir. Si jeu il y a, il y a évidemment pari, pari sur quelque chose qui échappe au moins en partie. Pari — ou suite de paris — à faire dans l'instant et de manière active, partant seulement de quelques indices (parfois rien que pressentiment) et, dans une mesure bien entendu variable, comptant toujours sur la chance — donc dans un esprit très différent de celui qui préside à la réflexion philosophique ou scientifique, si grand soit le rôle qu'on puisse attribuer à l'intuition dans ces deux modes de pensée.

Quelqu'un qui — pure hypothèse — saurait abolir le hasard lorsqu'il jette les dés n'aurait (sauf envie de faire, comme on dit, sa matérielle) pas plus de raison de les lancer sur la table que celui qui a perdu son ombre de regarder là où un autre se verrait en ombre chinoise ou que l'homme au reflet volé de se camper en face d'un miroir. Empêché radicalement de courir sa chance puisque en mesure de gagner à tout coup, il se sentirait — si les dés étaient sa passion — devenu un corps sans âme autant que ces deux maléficiés.

Mais je dois, une fois de plus, biffer après avoir avancé : si je parle comme je viens de le faire, c'est en homme que nul vrai malheur n'a frappé; pauvre tout simplement et astreint à un dur travail ou en quête de travail, je tiendrais pour un salaud ou un con celui qui donnerait à entendre que la vie est un jeu.

*

Le 8 avril 1973...

Vers le milieu de l'après-midi de ce dimanche, je me promène avec le chien comme je le fais, pour son plaisir et pour le mien, chaque jour que je suis à la campagne.

Nous sommes passés devant une vaste, sombre et belle vieille ferme à pigeonnier, que je connais fort bien mais dont j'ai su il y a peu qu'elle est le château du Tronchet, où venait enfant le trop lauré Alfred de Vigny que je ne vois plus qu'en indic depuis que j'ai lu comment, civil, il avait dénoncé deux soldats, ayant surpris leurs propos contestataires et les ayant suivis pour pouvoir mieux nourrir la dénonciation. Si la chose n'est pas calomnie, sale tache à son front de noble auteur de *La Mort du loup!*

Depuis un bon quart d'heure déjà, je suis incommodé par une neige très fine, à demi grêle, que le ciel pourtant chargé ne laissait pas prévoir et qui, fouettant ma face et mon crâne, me gèle douloureusement, au point que je crains d'avoir été mal avisé en m'en allant sans casquette. Me viennent à l'esprit d'inquiétantes histoires de gens âgés terrassés en pleine rue par le froid.

Sur la route plane et tout à fait découverte où nous sommes maintenant, la neige devient plus forte et voilà qu'éclate avec une brève fulguration un coup de tonnerre très sec et très violent, qui retentit longuement et qu'aucun autre ne suivra. Le chien marque sa peur par un sursaut, lui qui chez le dresseur restait indifférent aux coups de revolver tirés pour aguerrir les chiens de garde, ses congénères lointains, puisque tous du type bergers allemands dits aussi « chiens policiers ».

Presque rentrés, un incident : bagarre entre mon chien et un autre plus petit, séparé de lui par un grillage guère suffisant pour les empêcher de s'entremordre. Pris de court par la soudaineté de l'affrontement, je suis impuissant à retenir Typhon, que je ne parviendrai à détourner de son adversaire que lorsque celui-ci aura été lui-même détourné par son maître. J'ai le souffle à peu près coupé, tant l'algarade a été brusque, féroce, et tant il m'a fallu d'effort pour écarter mon chien de l'autre bête.

A peine engagés dans le bout de route qui mène à notre « Prieuré », second incident : une voiture en prend une autre en écharpe, les deux véhicules stoppent brutalement, et de l'un d'eux sortent des cris que je devine poussés par un enfant — probablement une fillette — apeuré par le choc, heureusement sans graves effets malgré le grand fracas.

Le chien et moi, nous venons juste de pénétrer dans la cour qui s'étend derrière la maison, quand j'aperçois ma femme debout dans l'embrasure de l'une des portes. Avant que nous ayons traversé le grand espace caillouté, elle prononce ces trois mots : « Pablo est mort. »

Deux ou trois jours après, je lirai, conclusion d'un article de journal consacré par un historien d'art à Picasso disparu, quelques lignes évoquant — à propos de l'allure fatidique que l'atterrante annonce prenait, entendue par radio — la légende selon laquelle le passage de l'ère païenne à l'ère chrétienne fut signifié par une voix criant, venue de nul endroit situable : *Pan, le grand Pan est mort!*

Fin d'un monde et commencement d'un autre? C'est bien de cela qu'il s'agit, je le pense moi aussi. Et je me dis (vertigineux ajout au déchirement amical et au regret de cette fête toujours revigorante, la découverte des derniers travaux

témoignant chaque fois d'un pouvoir fabuleux de renouvellement) que c'est notre monde à nous — à ma femme et à moi
ainsi qu'à beaucoup d'autres, désormais de naguère — qui
vient de recevoir le coup de *puntilla*. Comme pour m'en aver-
tir, plusieurs bruits en cascade avaient cogné à mon oreille :

    tonnerre,

        abois furieux,

            tintamarre de tôles,

                cris.

Ayant dû me rendre à la Banque du sang de l'hôpital Saint-Antoine (course appelée par la nécessité de soutenir, grâce à des transfusions, mon beau-frère fort malade et plus âgé qu'il n'est permis à la plupart de le devenir) j'ai traversé, au retour comme à l'aller, un marché populaire brillamment animé et coloré. Il y avait à ce coin de rue des gens de races très diverses, aux Blancs majoritaires se mêlant, outre des Noirs des deux sexes et — souvenir incertain — de ces Blancs par beaucoup récusés que sont les Nord-Africains, un couple au moins d'Asiatiques qui n'étaient pas des Jaunes mais probablement des originaires de l'Inde ou d'un autre pays d'entre le Proche et l'Extrême-Orient.

Belle gaieté de ce marché, par ce dimanche de soleil mal accordé au triste caractère de ma démarche. Drôle de chose, par surcroît, que de pouvoir se dire ensuite qu'à deux pas du pavillon de briques où l'on collecte et distribue les différents types de sangs reconnus par la science une foule d'hommes et de femmes, qui vaquant à leurs emplettes emplissaient la chaussée, semblaient offrir comme sur un éventaire un large échantillonnage de sangs (sangs qui, à l'inverse de ceux qu'emportaient leurs acquéreurs dans des sachets de plastique dont le contenu d'un rouge profond transparaissait, étaient des sangs de pure métaphore, comme dans « sang-mêlé », « sang bleu », « prince du sang » et « pur sang »).

A cette foule planétaire en même temps que de quartier —Jugement dernier sans éclat de trompettes, dans un décor parisien mais d'allure presque provinciale — il ne manquait guère, pour que l'éventail fût complet, que quelques personnes aux yeux bridés et quelques hippies au regard parfois aigu mais le plus souvent absent.

*

Plus que le drapeau rouge — sang humain, sang de tous les mammifères et sang de la plupart des êtres grands ou petits dont traite la zoologie — le drapeau de l'anarchie paraît être l'emblème qui conviendrait à notre espèce :

noir, comme la limite qu'en un trait continu l'homme trace autour de lui pour s'opposer au reste;

noir, comme la nuit dont il semble être le seul animal à se savoir enveloppé;

noir, comme le *non* qu'il s'obstine à dire à son destin;

noir, comme la cavité de la bouche d'où les paroles jaillissent;

noir, tranchant comme les signes des écritures en quoi tant de peuples, sortant de la préhistoire, ont tenu à se projeter;

noir qui, selon les peintres impressionnistes, n'existe pas dans la nature et indiquerait donc que l'humanité est ici comme une mouche qui s'agite à la surface du lait;

noir, comme le trou dans le papier et l'aiguille sur le cadran;

noir, comme la colère dont nulle espèce autre que celle qui inventa le feu n'est capable de faire une pierre angulaire.

*

Poétiquement, le tohu-bohu d'une aérogare — carrefour à la foule composite et aux branches multiples où je me sens perdu — me donne un avant-goût de la mort. Mais je sais que, pratiquement, mon cimetière sera le calme peuplé ou désert de la bibliothèque qui voudra bien me concéder ma juste longueur de rayonnage.

*

Quand il décidera de ne plus marcher à travers champs et sous-bois — lumière et ombre — avec son chien et de confier, s'il se peut, le soin de le promener à quelqu'un d'assez solide pour résister aux coups de collier que déclenchent un oiseau qui s'envole, un lièvre qui détale ou la vue d'un congénère qui n'a besoin ni de s'agiter ni d'aboyer pour produire son effet perturbant, ses proches — ou ce qu'il en restera — comprendront-ils qu'il n'en a plus pour longtemps?

Loin de seulement l'humilier, cet aveu de déclin — boule de neige — hâtera sa décrépitude, sa vie étant ainsi arrangée qu'il n'a, pour se tenir à peu près en forme, guère que les marches tantôt à ciel ouvert, tantôt sous tamis de branchages, auxquelles chaque samedi, chaque dimanche et chaque lundi le convie, prenant le pas sur sa paresse, le désir de ne pas décevoir l'espérance vite frémissante et gambadeuse du chien. Dès qu'il aura brisé avec cette routine (non sans retarder de semaine en semaine et, probablement, grâce à la coupure créée par quelques jours d'un temps à ne pas mettre le nez dehors, ou en raison d'une incartade de l'animal prouvant comme au tableau noir que le rapport des forces est maintenant tel entre eux qu'on ne sait plus lequel est le maître et lequel est l'esclave, ou bien parce qu'une mauvaise épine entrée dans son âme ou dans sa chair l'aura poussé à se rencogner), dès qu'il aura cédé sur ce point assurément mineur mais qui prendra pour lui des airs de dernier bastion, ses pieds s'enliseront, son corps s'ennuagera, sa vêture se je-m'enfichisera et ses propos, alourdis déjà, se ressentiront comme d'un poids supplémentaire de l'état de confinement et d'immobilité relative à quoi il sera voué : des propos rancis, sans relief, et dépourvus du tour drolatique que même aux plus déprimants il se plaisait souvent à donner. A l'écouter, il semblera que c'est toute sa personne, intelligence incluse, qu'il a mise à la retraite en renonçant aux courses de plein air qu'en toutes saisons il jugeait bonnes pour la rêverie et la réflexion autant que pour l'équilibre physique. Que voudra dire, d'ailleurs, l'ensemble de ses façons d'être, sinon qu'il entend désormais se laver les mains de toutes choses et se tourner les pouces, ne s'inquiétant pas plus de faire figure comme écrivain ou comme intellectuel « engagé » qu'il ne s'en est inquiété comme propriétaire de bête à pedigree (flatté pourtant quand des gens de rencontre le complimentaient sur la beauté de celle-ci)?

S'il en trouvait le courage et disposait des complicités voulues, la meilleure tactique qu'il pourrait adopter, parvenu presque au bout de son rouleau et rebuté par les promenades que dorénavant il ne pourrait plus faire que sans celui qui en était si friand, serait sans doute d'imiter ces anciens rois nilotiques qui, sentant leur capacité de répondre à l'attente de leur peuple s'épuiser avec leur vigueur, commandaient qu'on creusât leur tombe, s'y étendaient et, à la fin d'un discours dans lequel ils avaient énoncé leurs recommandations dernières, ordonnaient qu'on les recouvrît avec des nattes...

*

N'importe quoi
(bout de nature, chose ouvrée?)
à quoi — sans broder —
je puisse encore m'attacher.
Quoi que ce soit qui,
le même si je n'y étais pas,
arrête pile mon œil
et se pose,
bandeau blanc,
entre le vide et moi.

Marionnettes aux gestes encore moins variés que ceux des êtres qu'elles imitent, silhouettes de bois sommairement taillées et peut-être peintes rien qu'en bleu et en rouge, les chevaliers de la Table ronde : messire Yvain, messire Gauvain, Lancelot du Lac, puis Perceval et Galaad, quand un arrangement plus savant que les minces abrégés que j'avais lus dans mon enfance m'eut permis de mieux connaître les vieux romans qui parlent du roi Arthur et de la quête du Graal. Par un biais, un regain d'intérêt pour ces récits avait surgi dans mon esprit de maintenant quelque vingt ans : découvrant Apollinaire, je m'étais attaché à *L'Enchanteur pourrissant,* cette sorte de *Tentation de saint Antoine* plus débridée que l'autre et lointainement inspirée par le cycle d'Arthur m'offrant la mythologie alors la plus propre à m'émouvoir, et cela — autant que mon désir d'éclairer tout ce qui me semblait obscur quand je lisais Apollinaire — m'avait rendu curieux de ses sources anciennes. Sous les traits de Merlin, « l'enchanteur décevant et déloyal » que son amante Viviane, tournant contre lui l'artifice dont il lui a livré le secret, réduit à une absence presque égale à une mort, ce que le dernier des grands buveurs d'alcools stellaires m'avait montré, c'était la figure ambiguë du poète, mage et séducteur lui-même trop sensible à la séduction pour n'être pas proie déchirée en même temps que prestigieux architecte de mirages, homme entre tous blessé mais homme qui, tout à la fois, détient le plus haut privilège.

Parcourir, en Bretagne, en Cornouailles ou ailleurs, des landes et des guérets. Chevaucher dans l'opacité des forêts ou sous les ciels bousculés de finistères tels que l'ouest de l'Irlande, où les nuages s'entassent ou s'effilochent au-dessus des tourbières aux longues coupures jaspées par le rectangle de la bêche. Sonner du cor, demander l'accès de ce château où vous attend une épreuve qui peut être aussi bénigne, en apparence, qu'une partie d'échecs avec la Dame du lieu, alors qu'elle n'engage guère moins qu'affronter la Gorgone ou répondre à la question du Sphinx. Rompre des lances, châtier des félons, ruiner des enchantements, se faire le champion d'une belle à hennin, mais avoir également, tel Hercule, à choisir entre les deux voies et devenir peut-être, comme ce paladin d'avant la chevalerie, l'esclave d'une Omphale et de son rouet. Pur et loyal, Lancelot du Lac, l'un de ceux qui paraissaient capables de triompher de tout, n'est pourtant pas sans fêlure, puisqu'en aimant la reine Guenièvre et se laissant aimer il trahit le suzerain à qui, corps et âme, il était lié. Le Graal, vase que — selon l'avatar chrétien de légendes émanées, autant dire, du fond des âges — Jésus avait sanctifié lors du dernier repas et dans lequel, sur le Calvaire, son sang fut recueilli, le Saint-Graal gardé à Montsalvat — ou dans un château anglais, suivant une autre tradition — avec la lance qui avait percé le flanc divin, ce n'est pas Lancelot qui ravivera sa splendeur, car pour mener la quête jusqu'à son terme il faut un cœur et un esprit sans faiblesse et sans tache.

Merlin (ou, plus druidiquement, Myrddhin) victime de ses propres diableries par une sorte de choc en retour, Lancelot dont le défaut de cuirasse est un cœur trop ouvert, à ces deux personnages — l'un péchant par excès de malice, l'autre que l'on peut concevoir se disant

> *Par délicatesse*
> *J'ai perdu ma vie —*

je m'identifierais de meilleur gré qu'à ces guerriers aveuglé-
ment occupés de leur honneur et qui, chiens fidèles que leur
maître admettrait à sa table au lieu de se borner à leur lancer
des os, semblent n'avoir d'autre destinée que d'entourer
le roi Arthur (ou, plus précieusement, Artus) rigide et grave
autant qu'un roi de jeu de cartes.

De tous ces chevaliers aspirant à être des parangons quelles
que soient les erreurs, voire les fautes, qu'il leur advient de
commettre, celui qui eut — *post mortem,* il est vrai — le sort le
plus glorieux, n'est-ce pas Perceval le Gallois? De Celte
brave et bon qu'il était (car, même s'il n'exista que fictivement, son terroir est la littérature celtique, plus tard chris-
tianisée), il devint pour l'art allemand un fleuron d'un éclat
bientôt hors de discussion, après des changements de peau
dont le dernier eut pour témoin Bayreuth, qui aux yeux de
beaucoup a fait longtemps figure de nouvelle Mecque. Fortune à quoi ne peut se comparer que celle de Garin le Lor-
rain, qui termina sa carrière comme fort ténor — lui aussi
wagnérien — protagoniste de *Lohengrin* ((prononcez « green »
et non pas « grain »).

Il est aussi peu aisé de reconnaître en la soprano Isolde la
très médiévale Iseut qu'en celle-ci une barbare de même
souche que la reine Maeve et que Deirdre des Douleurs.
Mais comment retrouver le clair profil de Perceval derrière
celui de Parsifal, dont la chasteté pesamment affirmée semble
n'être que le masque pharisien d'une ténébreuse misogynie?
Au contre-pied de l'amour courtois, rabrouer les filles-
fleurs comme nul ne rabrouerait des racoleuses, puis, parvenu (avec l'innocence d'un demeuré plutôt que d'un élu)
au bout du sentier de perfection, regarder crever comme
une bête, à laquelle on ne peut toucher que pour rituellement
la purifier, la voluptueuse Kundry, noueuse et nue sous sa
bure.

Au même titre de faux apôtre que mon compatriote Claudel — qui n'eut aucun Roi Lune pour dévot mais à qui l'on
donna de l'« Excellence » et du « Maître » en attendant les

fleurs, couronnes et pis encore des funérailles officielles — Wagner est le monstre que, redresseur de torts, j'aurais plaisir à pourfendre. Compte réglé à leur pathos — ce ton sublime, même quand il se veut familier, auquel il m'arrive d'être pris mais jamais sans remords — ne me sentirais-je pas de même famille qu'un personnage de conte qui, vainqueur d'un fléau (ici, la grandeur trop grande pour être à hauteur de vérité), aurait la tête si bien ventilée qu'il parlerait et non seulement comprendrait le langage des oiseaux ?

Chez ces deux messieurs d'un large gabarit, mais que je vois — au point d'en être obnubilé — marqués chacun d'une tache de sang qui, tache d'huile, me semble vicier leurs œuvres même là où l'on aurait mauvaise grâce à ne pas tirer son chapeau, le prêche pour la chasteté (que le second du moins est loin d'avoir observée, ce qu'un puritain, il est vrai, pourrait seul lui reprocher) apparaît conjugué à cette émanation d'un fond plus que malodorant : une cruauté pas même sadique, mais étroite et méprisante, poussant à faire pâtir ceux qui, pour quelque raison, appartiennent au monde des réprouvés. Au cours des journées du *Soulier de satin,* le premier — Vierge Marie, anges et Providence à l'appui — transforme le noble Rodrigue, rongé par un amour que contrarie le respect du sacrement de mariage, en un conquistador qui trompe dignement son mal en portant le massacre chez les impies d'Amérique et d'Asie, puis devient une manière de saint, non qu'il se repente de ses crimes de soldat de la Croix, mais parce que — vanité des vanités — il doit à l'ingratitude de ceux pour qui il bâtissait un empire de finir pauvre et abandonné. Dans *Parsifal* — où, choix trop conforme aux vieilles idées qui font que dans maints poèmes chevaleresques les jardins orientaux semblent prédestinés à être des lieux de maléfices, un Éden perfidement luxuriant, opposé à une honnête forêt d'Europe, est le repaire de la puissance maligne — le second prône la pitié : délivrés de leurs mauvais mages, que les impurs soient lavés par la commisération des purs! Mais, non content qu'une errante, condamnée comme Ahasvérus, meure (grâce céleste) dans une honte à peine effacée par le baptême, il expose à la suffisance rogue des chevaliers — dont l'inhumanité rappelle aux gens de mon temps celle des S.S. formés dans les Ordenburger — le roi-prêtre puni d'avoir aimé charnellement; et c'est avec une insistance suspecte qu'il le montre torturé, jusqu'à l'heure du pardon condescendant, par la même blessure que le Christ après le coup de lance.

Quant à Claudel, ce catholique à cotte de mailles qui a fini sous l'habit vert, est-ce son Dieu ou son Diable qui lui fit estimer juste, alors qu'un officier colonial commençait à saigner l'Espagne pour y instaurer le fascisme, qu'on tuât les anarchistes coupables d'avoir incendié des églises? Quant à Wagner, dont la faute inexpiable a été le racisme, son passé de jeune révolté peut-il faire oublier que, cherchant dans les profondeurs de la tradition germanique les matériaux de plusieurs de ses livrets (livrets littéraires, plus ambitieux que les classiques livrets-canevas, mais qui, discoureurs et surchargés d'intentions, me semblent chaque fois, ma carence linguistique aidant, être une pierre au cou de sa musique), il a péché et exploité — en remuant sans dégoût la bourbe du sentiment national — le thème populaire de l'or maudit, qu'amalgamé à la mystique du sol et du sang les nazis ont repris, dénonçant la ploutocratie juive avec les conséquences que l'on sait et pratiquant, contre les Gitans aussi, une délirante eugénique?

Des deux compères — l'épais Picard à moustache de gendarme et le Saxon artistement coiffé d'un béret de velours, si l'un au moins — visant à un théâtre *absolu,* aussi agissant que l'était (a-t-on présumé) le théâtre sacré des Grecs — mena une quête pareille à celle de quelque Graal, ce génial manipulateur de sons est passé à côté de son Montsalvat, pour avoir pris le trop superbe chemin qui le ferait tomber dans ces chausse-trapes : mettre sur scène avec un sérieux d'augure — voir *Parsifal* — des simulacres de rites et de prodiges, et traiter en pieuse cérémonie la fête que toute représentation d'opéra devrait être, car ces faux-semblants, d'autant plus criants que voulus édifiants, seront (pour ceux à qui l'extase à yeux mi-clos du mélomane ne suffit pas) le signe patent qu'au théâtre tout n'est que mystification, charlatanerie, par quoi l'on ne saurait se laisser entraîner sans réserve; renflouer pédantesquement — voir *L'Anneau du Nibelung* — une mythologie qui, trop située et trop doctrinairement élue en tant que produit de la terre ancestrale, ne sera qu'une lourde antiquaille, bonne peut-être pour redorer le culte archaïque des héros, mais non pour infuser — comme la tragédie grecque — la terreur et la pitié. Plus que l'initiation de Parsifal, celle de Tamino, le prince égyptien de *La Flûte enchantée,* conduit au seuil du sacré, et plus que l'épopée de la Tétralogie, l'anecdote vériste de *La Fille du Far West* — ce « western », diront les fines bouches, en oubliant que le western est la forme moderne du roman de chevalerie — fait pénétrer au cœur de la tragédie. Croire à un conte de fées ou à un mélodrame qui se donne pour ce qu'il est — sans que pèse, en l'occurrence, ni le manichéisme naïf de l'un et ses mystères pour salon maçonnique, ni l'Amérique de ruée vers l'or et les échos bibliques de l'autre — est, en effet, plus aisé que de se prêter au jeu d'une pompeuse machinerie, qui double d'enseignements de magister presque tout ce qu'elle donne à entendre ou à voir. Et si, poussant plus avant et se demandant (sans plus penser théâtre) à qui pourrait échoir la palme de musicien exemplaire, on applique la leçon de *Parsifal :* simplicité et pureté sont les deux qualités souveraines, est-ce vers Richard Wagner, au drapé si tumultueux, qu'il convient de se tourner, ou n'est-ce pas, plutôt, vers Erik Satie? Satie, d'abord Rose-Croix, c'est un fait, et auteur d'une *Messe des pauvres,* puis membre banlieusard du parti communiste, mais qui — solitaire — ne s'est jamais écarté de sa ligne merveilleusement ténue de Socrate humoureux et de zéniste sans l'avoir voulu, s'adonnant à la composition comme d'autres au tir à l'arc.

A mi-distance de l'histoire et de la fiction, et guère plus légendaires que toutes les choses médiévales, les récits de la Table ronde m'ont causé — quand j'eus cessé d'être tout à fait un enfant — un ravissement précis, et d'une autre nature que celui procuré naguère par les *Contes de ma mère l'Oye* ou d'autres contes de ce genre, situés dans un *ailleurs* que laissent intentionnellement nébuleux leurs références à des royaumes imaginaires et leurs formules initiales, évocatrices d'un passé qui échappe aux annales.

A cette époque, je me souciais peu de savoir si Arthur et ses compagnons avaient été des créatures réelles, tels Charlemagne et ses barons. Mais l'indéniable, c'est que leur dessin — pour fabuleux qu'il fût — atteignait à une vigueur que ne possédait pas celui des Marquis de Carabas, Prince Charmant ou Riquet à la Houppe. Ancrés dans une historicité à tout le moins apparente, ces gens qui, bardés de fer comme des Dunois ou des Bayard, se mouvaient dans un monde de féerie, infusaient au merveilleux leur consistance, et les prodiges dont leur chronique fourmillait s'imposaient d'autant plus fortement que cette suite d'aventures avait pour pivots des hommes (aussi rudimentaires qu'en fussent les images) et non des êtres de fantaisie comme les héros des contes et ceux de la mythologie classique.

Des hommes aussi, à l'époque où j'apprenais l'Histoire sainte, étaient les prophètes, les rois et les défenseurs d'Israël et de son dieu; sans doute parce que leur histoire, y compris les épisodes où le surnaturel entrait, m'était donnée pour de l'*histoire,* dont la véracité n'avait pas à être mise en question. Ce merveilleux-là était d'une pâte plus dense que celui des contes de fées (dont le ronron m'enchantait mais sans jamais prendre vie) et pesait plus que le merveilleux païen auquel, adolescent, j'accédai non sans délices, dûment instruit toutefois de ses liens avec le culte d'une kyrielle de faux dieux et, ainsi prévenu, ne l'admettant que comme fiction. Or si, malgré leur faculté commune de s'imposer, le merveilleux de l'Histoire sainte était d'un autre ordre également que celui de la Table ronde, ce n'est pas que ses personnages eussent, à mon sens, manqué de réalité comme en manquaient ceux des contes et ceux créés par les Grecs et les Romains dans la froide lumière de leur Olympe. Simplement, il appartenait à la sphère du catéchisme — sphère des croyances qu'on vous inculque — alors que la Table ronde et le Graal, aussitôt abordés, me proposèrent un trésor où, soumis à nulle férule, je puisai de mon propre chef.

Des noms de personne comme YVAIN OU GAUVAIN (dont la rime fait de quasi-jumeaux) et UTER PANDRAGON que je n'ai connu que plus tard, des noms de lieu comme AVALON, sont des manettes qu'il me suffit d'actionner pour que s'ouvrent des vannes et que m'emporte une onde indéfinissable, que je me garderai de dire *ineffable,* jugeant que ce mot, en feignant de renoncer à dire, veut tant dire qu'au bout du compte il ne veut rien dire. « Yvain », portrait d'un jeune homme beau et candide, l'air songeur, et voué par son armure à une raideur de gisant. « Uter Pandragon » qui, tempétueux, déploie, dans un bruit d'armes et de galop, son oriflamme aux motifs baroques et pourrait désigner, autant qu'un homme de guerre, un expert en illusions et sortilèges (étoffes agitées pour provoquer des apparitions). « Avalon », aussi réel que tels paysages d'Écosse et d'Irlande qui — récemment traversés — m'ont semblé, en même temps qu'être exactement à ma mesure, traduire dans leur langue terrestre (dont une sèche série de photos pourrait constituer l'irrécusable dictionnaire) le dépassement que je cherche dans la poésie.

De force égale à celle de ces noms-là, TABLE RONDE, à la solidité de bois plein et nettement circonscrit, façonné par de dures mains de bûcheron, ce qui en fait un lest pour l'idéalité du GRAAL, dont le nom, quoique rocailleux et cristallin (comme d'un sucre extraordinairement blanc qui serait substance sacrée), ne s'achève pas mais, grave vibration de diapason ou grêle crissement d'harmonica, reste en l'air et s'étire en d'invisibles courants. Ou bien cet autre nom, qui lui non plus ne se ferme pas, et que je range parmi ceux des compagnons d'Arthur, incertain de cette appartenance mais persuadé qu'il est plus ou moins leur parent : BAEDEVER, si insinuant que je lui prête au point d'avancer qu'un tel nom — quelque analyse qu'un philologue puisse en fournir — exprime ce que toute existence humaine comporte de bizarre et que, sourdement, il indique aussi qu'on ne peut aller où je voudrais aller qu'en se faufilant, sans traîtrise mais par tactique (alliant, comme on dirait en style de conte de bonne femme, au courage du lion la prudence du serpent); nom, certes, à double registre et qu'un fourbe pourrait porter tout comme un conseiller avisé, mais que j'oriente du côté noble puisque j'y vois celui du chevalier qu'émerveille ce prodige : l'émersion d'une main inconnue élevant hors de l'eau, à trois reprises, l'épée qu'Arthur mourant avait prié ce chevalier de jeter dans un lac. Au bord de l'enclave liquide que cette main ne semble animer d'aucune ride, il se peut cependant que j'aie transporté par méprise Baedever, qu'un jeu de vagues assonances unirait plutôt à une autre eau dormante où rien de vivant, et pas même un cygne noir, ne se reflète : le *sombre lac d'Auber* proche des *bois, hantés par les Ghouls, de Weir,* dont Poe a fait le leitmotiv de l'un des plus obsédants de ses poèmes. Indémontrée — le cycle d'Arthur comprenant des récits d'âges distincts qui se greffent les uns sur les autres plutôt qu'ils ne s'emboîtent, ensemble si lâche qu'un même personnage peut y apparaître sous des noms ici et là différents —, la méprise est pourtant probable : quand j'ai cherché Baedever dans la version que je possède (rangée, point à mon chevet, mais de manière très accessible à côté du *Perceval le Galloys* préfacé par Apollinaire et non loin de deux *Tristan,* celui de Joseph Bédier et *La Folie Tristan,* récrite par Gilbert Lély, le spécialiste de Sade), j'ai constaté en effet qu'il n'y figure pas, et c'est sans plus de succès que j'ai compulsé les trois autres livres. Déception pire, j'ai découvert que le fidèle à qui le roi manda d'immerger son épée est affublé — dans cette version en tout cas — du nom, assez vaudevillesque, de GIFLET. Peut-être, si je disposais d'un exemplaire d'*Ivanhoé*, dont j'ai lu un résumé enfantin vers l'époque où je m'initiais de la même façon aux romans de la Table ronde, y rencontrerais-je l'insaisissable Baedever, mais incarnant (qui sait?) un type d'homme entièrement extérieur au cercle de la chevalerie.

Mort douteuse d'Arthur. Lancelot valet de trèfle et Perceval changé en ourson de l'Himalaya. Tristan flanqué d'un lévrier ou d'un molosse et d'un joueur de biniou (substitut folklorique du cor que fait entendre l'ici indiscutable Wagner). Bouclier frappé comme un gong. Chute de la maison Usher. Arbres tourmentés et prairies en sommeil dans un domaine seigneurial des hautes terres d'Écosse. Banco, spectre sanglant venant troubler le banquet. Ruine irlandaise signée Cromwell, ce Viollet-le-Duc à l'envers. Tombe mégalithique où il faut se glisser et, quitte à s'y meurtrir, jouer temporairement au serpent dans un étroit boyau rocheux pour arriver à la chapelle centrale ornée de motifs en spirale (la gidouille du Père Ubu, visible aussi en Bretagne dans une caverne du petit îlot de Gavrinis). Énormes marmites royales, devenues peut-être chaudrons de sorcières et, le temps les affinant, le Graal qu'accompagne la lance, autre attribut du chef (*dixit* Marcel Mauss, cité ici d'après un cours ou un entretien et par conséquent sous réserve).

Sans précipitation — recette qui pourrait m'être prescrite par l'un de ces almanachs ou autres livres de colportage où sont rassemblées maintes paillettes de savoir populaire — ajouter, pour que le mélange prenne, ces ingrédients mieux dosés, que je nomme selon deux modes de classement combinés, ordre d'entrée en scène et affinités :

presque immémorial, l'observatoire de Meudon, image stable et rassurante, qui bien souvent s'est présentée à mon horizon, sorte d'aérostat gris ou bleuté à base cylindrique enfoncée dans le sol comme si — ballon pas même captif mais enraciné — il ne devait jamais bouger ni me faire défaut;

la forêt de Villers-Cotterêts, dans laquelle — errement

du souvenir, puisqu'en fait c'est la forêt du Mans qui aurait été le théâtre de ce drame — j'imaginais encore ces jours derniers Charles VI frappé d'un émoi qui deviendrait bientôt folie, quand un inconnu soudain sorti du sous-bois lui avait barré la route en se jetant à la tête de son cheval;

le bois de Clamart où, quand commença notre amitié maintenant presque à cheveux blancs, André Masson peignait comme s'il avait été devant l'Océanie;

repaire d'un ancêtre divinisé, le lac Bosomtwe — noyé de brume quand je le vis au fond de sa chaude cuvette boisée — dans l'ancienne Côte de l'Or, en plein pays ashanti;

aperçu de loin et tout blanc dans le beau temps, le Sacré-Cœur, Montsalvat parisien qui serait l'emblème de ma ville si, malchance! la tour Eiffel n'existait pas;

la porte aux Lions, découpant dans les murs cyclopéens de Mycènes son embrasure, que surmontent les deux félins gardiens du seuil;

à Yugo Dogoru, la caverne renfermant deux statuettes de boue séchée qui, le corps presque informe et la tête plus travaillée, représentent deux petits êtres dont — suivant la tradition de cette partie de l'Afrique — l'apparition sur terre précéda celle des hommes;

dans les environs d'Oslo, le tremplin des compétitions internationales de saut à skis, toboggan pour géants, comparable à un segment de route dont la partie descendante serait suivie d'une courte et raide remontée, brusquement coupée pour un envol vers les planètes;

non loin de Naples et du Pausilippe, l'antre de la sibylle de Cumes, avec son corridor le long duquel se répercutaient les oracles;

édifice qu'on croirait déformé par quelque hallucinogène altérant la vision, à Neuschwanstein le vertigineux château de Louis II de Bavière, faux burg intérieurement pourvu d'un décor mi-wagnérien mi-arabe et garni de meubles et d'ustensiles tous — du plus luxueux au plus humble — fabriqués sur commande et comme modèles uniques, car des objets faits pour d'autres ou pareils à ceux des autres ne sauraient constituer le trésor d'un souverain, fussent-ils sans prix ou d'une antiquité vénérable;

à Berlin-Est, le panthéon néo-classique de faible diamètre et à coupole percée d'un trou rond qui laisse tomber la pluie sur le gros bloc de pierre noirâtre mal équarri posé juste au-dessous, seul ornement de ce lieu sur lequel, extérieurement, veillent deux sentinelles, et dont une plaque, contre le mur du fond, indique qu'il est un mémorial consacré aux victimes du fascisme;

au port du Havre, dans le secteur de la Compagnie Transatlantique, la cale sèche — vide — du paquebot *France,* si vaste et si profonde qu'elle étourdit un peu quand, se tenant au bord, on la regarde en vue plongeante comme, des gradins d'en haut, l'on regarde les arènes de Nîmes ou le Colisée;

en Irlande, la piste follement large qu'on prendrait, n'était son serpentement, pour un produit de l'érosion, grande cicatrice pâle sur l'un des flancs du mont Patrick, qu'ont écorché jusqu'à l'os les pieds des pèlerins montant, depuis des siècles, vers l'oratoire du sommet.

Sans se laisser arrêter par l'idée que la mixture pourrait ainsi être troublée, ne pas manquer de corser en ajoutant, prélevée à Dublin, la porte extérieure du 7 Eccles Street où habitait Leopold Bloom, porte je crois georgienne qui — aujourd'hui transférée au premier étage du bar Bailey's et placée près des toilettes — ne clôt rien et n'ouvre sur rien. A moins que l'on ne craigne que pareillement surajouter ce soit singer Wagner, en ne voulant pas se détourner d'un motif avant de l'avoir trituré longuement et épuisé jusqu'à la moelle, parfaire l'assaisonnement avec un ou quelques brins, *ad libitum,* des châteaux-de-mes-rêves (vrais châteaux de Bohême) que Satie leur inventeur dessinait soigneusement à l'encre noire sur de petits cartons et augmentait de titres et autres mentions calligraphiés. Pyramides d'Égypte, qui furent comptées parmi les Sept Merveilles du Monde; site foudroyé-foudroyant de Delphes; gouffre de Padirac; carrières mi-grottes mi-architectures de Saint-Rémy et des Baux; Latomies de Syracuse; Grande Muraille de Chine égrenant ses postes de garde, tours carrées maintenant désertées; énigmatique construction circulaire dite « Tombeau de la Chrétienne » à quelques kilomètres d'Alger : ajouts qui avec d'autres encore seraient, à la rigueur, possibles. Je dois toutefois en rester là. Avec de tels ajouts, que ferais-je, sinon allonger la sauce en maître queux truqueur? Car ce serait, soit parler de choses qui m'ont ébloui, mais auxquelles je n'accorde pas une signification telle qu'elles puissent avoir ici un rôle autre que décoratif, soit − quant à certaines − revenir simplement à ce sur quoi j'ai déjà dit tout ce que j'en peux dire, au cours de cette espèce de Longue Marche qui, depuis longtemps, ne prétend plus être l'équivalent d'une quête du Graal.

Ces ingrédients

− les uns cueillis presque au hasard et jetés dans la marmite en un méli-mélo, comme pour un repas à la fortune du pot,

− les autres dosés ou plutôt choisis (puisque c'était pour chacun d'entre eux leur nature, leur *qualité* qui comptait, et non la *quantité* exprimant leur plus ou moins d'importance en volume ou en poids), puis filtrés de manière à ne conserver que la fine fleur −

je les ai retenus parce qu'ils me semblent illustrer ce qu'est pour moi le MERVEILLEUX. A travers leur diversité, je leur reconnais un trait commun : tous, ils me donnent le sentiment du merveilleux. Les comparer doit donc permettre d'isoler ce caractère et, *ipso facto,* de discerner ce que j'enferme dans ce mot, dont je me sers − légèreté courante − comme si, empli d'un sens qu'il n'y a pas à expliciter, il était une carte de valeur incontestable, qui parle par elle-même, sitôt tombée sur le tapis. « Merveilleux », en vérité brillant mais vague comme l'image sans contours − applicable un peu à n'importe quoi si l'on n'y prend pas garde −

d'une nappe de brouillard voilant, très turnerien, un soleil qui l'illumine sans le percer et qu'on devine éclatant, derrière ce nuage de lait dans une tasse de thé. Si le mélange prend, le fruit de ma cuisine de sorcière sera cette image passée en quelque sorte à l'état solide et devenue gâteau d'anniversaire ou galette des rois découpable et mangeable. Succès, à dire vrai, bien théorique, puisqu'il n'aurait d'autre théâtre que le domaine des notions, mais qui fraierait peut-être le chemin à une mise en pratique...

Je le remarque d'emblée : tous mes ingrédients – de quelque façon, réfléchie ou non, qu'ils soient venus – sont des monuments, des sites ou des objets inanimés, et il n'est jusqu'à des personnages comme Lancelot, Perceval et Tristan qui n'interviennent dans une immobilité de *figures,* faites seulement pour être vues. L'on dirait que, du merveilleux, je n'ai accepté que des aspects pas même spectaculaires (un spectacle étant une chose vivante, qui a son déroulement) mais relevant de la salle d'exposition, de la photothèque ou des archives, documents que, sans les tirer de leur torpeur, j'aurais arrachés momentanément à un musée. Comique bévue, car le contraste s'avère absolu entre eux et l'idée que j'ai du merveilleux, dont j'exige qu'il soit mêlé à la vie et non parqué dans un domaine abstrait. Contraste qui – prouvant la fausseté radicale de toute l'opération – m'obligerait à rendre mon tablier si, en y regardant mieux, je ne découvrais des exceptions à ce que je viens d'avancer : la forêt de Villers-Cotterêts n'est pas un endroit mort mais un lieu où, chaque fois que je m'y suis trouvé, j'ai replacé – comme si pareille chose n'avait pu se passer que là – un événement historique singulier et riche en répercussions, qui me semblait en concordance parfaite avec la touffeur un peu inquiétante de la futaie (un Valois devient aussi fou que le roi Lear et ce fou, à l'humeur mélancolique de qui aurait été due l'introduction du jeu de cartes en France, inspire un autre fou, Nerval); le tremplin d'Oslo n'est pas inerte mais associé à une action, puisqu'il ne vaut que comme instrument du saut et que ses dimensions expriment ce qu'une action bien réelle, appartenant au temps présent, a de hors du commun ; le fascisme persistant un peu partout à s'évertuer, le mémorial de Berlin-Est n'est pas qu'un temple du souvenir, car ce qui émeut en lui, c'est qu'un sens tragique, toujours actuel, soit convoyé — et dénoncé comme répondant à quelque chose d'éternel — par l'archaïsme du bloc lavé par la pluie, masse si peu dégrossie et si proche de l'état de nature que, plus informe encore que les statuettes de Yugo Dogoru, elle paraît directement extraite du magma originel.

A cette lumière, c'est un autre jugement que je porte sur le choix que j'ai fait. Certes, j'ai eu tort d'établir une liste du type « Merveilles du Monde », perspective figée, adoptée peut-être parce que l'influence attiédissante de l'âge me poussait à un repli sur des espèces de monuments classés et répondant, plutôt qu'à « ce qu'est pour moi le Merveilleux » ou à ce qu'il était quand je souhaitais pouvoir le vivre aussi intensément qu'un Merlin ou qu'un Lancelot quoique sous d'autres formes, à ce qu'il est pour mes soixante-huit ans : un domaine moins de perdition ou de sainteté que de contemplation et de recours, où retrouver une goutte de la sécurité rêveuse dans laquelle me plongeait, pendant mes années d'enfance, la vue — au loin — de l'observatoire de Meudon. Domaine dont je n'admets pourtant pas que son rôle se réduise à celui d'un équanyl ou autre tranquillisant et qui, pour m'être de quelque appui, doit rester marqué avec force — fût-ce sur le plan de la seule spéculation — par le dérèglement, le viol des normes, qui lui est inhérent. Sans doute est-ce pour cela que nombre des sites et objets tant immeubles que meubles auxquels je me réfère sont autre chose que ce qu'ils sont ou qu'il était permis de penser qu'ils étaient et n'ont, à mes yeux, de valeur qu'à proportion de mon impossibilité de les enclore dans de sages limites de raison... Un tumulus irlandais porte l'emblème ubique dans son ventre. Un accident géomorphologique se révèle — et c'est à n'y pas croire — piste tracée par les pieds de pèlerins.

Une porte provenant d'une maison démolie est celle de la demeure d'un héros de roman et n'a plus pour fonction que d'introduire dans un bar-restaurant le mythe de ce nouvel Ulysse. Un château royal est un burg de film expressionniste meublé, pour s'affirmer princier, en absolument neuf et comme n'oserait le faire nul milliardaire sans goût. Un bois de banlieue est l'Océanie. Une cale sèche est le Colisée. Dans les Latomies j'implante les mercenaires rebelles de *Salammbô,* pris au piège mortel du défilé de la Hache. Deux lions sculptés que j'ai vus à Mycènes il y a plus de quarante ans sont devenus les fantastiques gardiens du seuil (guerriers en armes ou samuraïs) qu'affronte, lors de l'épreuve, le jeune couple d'initiés de *La Flûte enchantée,* scène dont les carrières romaines de Saint-Rémy pourraient être le décor. Par réfraction, les petits châteaux — ainsi que les plans imaginaires et annonces fantaisistes — issus de la plume de Satie me dévoilent ce qu'un homme à binocle et d'allure anodine peut construire d'insolite dans le secret de sa tête, pour sa seule joie pataphysique.

Autant que le nombre élevé d'antiquités et de souvenirs anciens (Table ronde et Graal tout les premiers) qui figurent parmi mes ingrédients — nombre dû à l'attrait des merveilles patinées par assez d'années, hors de moi ou en moi, pour sembler capables de résister à tout et me fournir de solides ancrages — ce qui me frappe à relecture, c'est qu'il n'entre dans cette série rien qui touche à l'érotisme, du moins de façon avouée, car l'honnête homme de notre temps se ferait un jeu d'y pêcher des allusions obliques à ce merveilleux si peu fantomatique qu'on peut, pour ainsi dire, le prendre à bras-le-corps : gouffre-matrice de Padirac, par exemple, lac Bosomtwe cuve à âme, antre de la sibylle avec son arrière-salle où se tapit la confidente du destin, tombe préhistorique au sein de laquelle on se glisse comme un serpent, tous symboles aujourd'hui sans mystère. Vaste pan d'existence sur quoi l'on a fait une croix, et dont il ne faut pas plus parler que de corde dans la maison d'un pendu, est-ce donc cela que cette forme la plus tangible du merveilleux est devenue pour moi, pitoyable Parsifal qui, n'ayant même plus à prendre sur soi pour ne pas céder aux filles-fleurs, souhaiterait oublier jusqu'à leurs voix?

Règne sacré de l'érotisme, sans commune mesure avec le reste, et détaché insolemment du quotidien avec la même éblouissante crudité que, dans les cabarets de nuit à exhibitions de femmes, tel autrefois Tabarin, les corps épilés et poudrés — marmoréens à les imaginer incorruptibles — évoluant à deux doigts des tables où de ternes consommateurs sont assis, engoncés dans leurs vêtements bourgeois. Règne réservé, dont l'expression par excellence était la maison close, pleine de nudités et de relents d'étuve, si éloignée du monde tantôt trop affairé, tantôt trop vide de la rue bien qu'elle n'en soit séparée que par un simple seuil, matérialisation du tabou qui frappe le mauvais lieu. Règne païen, opposé au règne chrétien de la morale et qui, relevant du Sabbat plutôt que de la messe, appartient au merveilleux, non seulement parce que son éclat émerveille, mais parce que les règles y sont nulles et non avenues, travail et calcul hors de propos et qu'ayant pour axe la transe, où la lucidité s'évanouit, il représente la déchirure de la vie courante par où l'illimité fait irruption.

Façon de désamorcer : parlant de l'érotisme, dont les merveilles ont pour vivant ressort une avidité qui nous éperonne, je l'aborde par l'entremise exsangue de ses lieux saints (le prenant donc lui aussi sous l'angle du musée) ou, si j'en parle autrement, c'est en fort peu de mots — ceux que je viens d'écrire en jetant un voile pieux de généralité et me gardant de nourrir cette glose très rhétoricienne avec le rappel de tel acte ou de telle aventure précis. Autre coup de ciseaux : sur l'amour, merveilleux à part entière vers quoi les récits arthuriens — avec leurs Viviane, leurs Morgane et le grand thème de l'amour courtois parfois mué en amour fou — auraient dû me conduire tout naturellement, je suis resté bouche cousue; ou si j'en ai parlé, c'est presque malgré moi et encore moins qu'à mots couverts, y faisant allusion, mais en une ellipse insaisissable tant elle est proche du zéro, quand j'évoque — par raccroc, à propos de la porte des Lions — le couple d'initiés de *La Flûte enchantée,* détour combien discret si, pour faire entendre que je crois important de ne pas être un mais d'être l'un de deux et que j'accorde un pouvoir talismanique à cette complicité, je me borne à citer une scène d'opéra qui, illustrant cela, m'a toujours extraordinairement ému!

Volontiers, je dirais qu'un Myrddhin — ou autre ensorceleur que rien ne force à être celte — s'était juré de me mystifier, m'écartant des régions qu'il eût fallu prospecter, me frappant, ici, de cécité et, là, me faisant prendre des vessies pour des lanternes... Ai-je besoin de le souligner? Ce ne serait qu'une image, très livresque, et mensongère puisque je sais qu'aucune instance du dehors ou du dedans ne s'est immiscée pour me duper. Mais elle illustrerait cette réalité : partir de la Table ronde et de Merlin, c'était choisir une ligne *Bibliothèque bleue,* qui m'amènerait — engourdi par un charme ancien — à négliger les points chauds et à m'orienter vers un merveilleux de tout repos, celui qui, même s'il se greffe sur une forme visible, demeure sans corps autant que les romans, les poèmes ou les rêves, et non celui dont certains faits concrets — jouant sans que l'imagination doive être le maître d'œuvre — sont la chair et le sang.

Notant ma carence et voulant m'en expliquer le mécanisme, j'ai donc été conduit — ma plume me guidant presque autant que je la guidais — à reconnaître qu'il y a deux ordres de merveilleux : l'un, inscrit dans les événements; l'autre, créé par l'imagination. D'une part, les aventures d'Yvain, Gauvain, Lancelot, Perceval ou Galaad et les réalités brûlantes qu'elles auraient été pour eux s'ils avaient existé; d'autre part, ce qui défile dans la tête de celui qui en lit le récit. Distinction fondée, mais qui paraît insuffisante car, lancé sur cette voie, comment ne pas compter encore — troisième ordre de merveilleux — l'opération qui avait pour théâtre l'esprit des auteurs de ces récits en lesquels des constructions plus vaporeuses que des nuées se sont cristallisées ? Ignorer que, si la réalité recèle un merveilleux, il n'est pas un décalque du merveilleux des livres et se distingue aussi de celui qu'on peut se plaire à inventer, telle est la folie de Don Quichotte, comme celle de Nerval fut d'oublier la frontière qui sépare la chose vécue de la chose imaginée, que celle-ci soit rêve ou création concertée... Mais cette folie, porte ouverte trop grande à un déferlement de prodiges, est-elle autre chose qu'un comble d'obéissance à ce mouvement qui fonde le merveilleux : qu'on les vive ou qu'on les sache imaginaires, qu'on les vive en les innervant d'imaginaire ou qu'en les sachant imaginaires on croie pourtant les vivre, une adhésion presque amoureuse à des faits incommensurables avec ceux dont l'existence ordinaire est tissée ? Et n'est-ce pas à un mouvement du même ordre que répond la poésie qu'on écrit : fixer les incommensurables par quoi l'on s'est laissé subjuguer ou, à l'inverse, tenter de fabriquer, par l'écriture, des incommensurables qui — un temps au moins — pourront nous subjuguer ? Merveilleux, poésie, amour, n'existent que si je m'ouvre, sans marchandage, à quelque chose — événement, être vivant, objet, image, idée — que mon désir d'illimité coiffe d'une auréole durable ou momentanée.

Puis-je admettre que, s'il combattait vraiment le monstre au lieu qu'il n'y ait là que fiction, le héros du conte vivrait le merveilleux, texture de certains événements et non simple éclairage qu'on projette dessus, ou bien dois-je penser que, le merveilleux vivant dans un récit (celui qui m'est fait, celui que je fais à d'autres ou celui qu'intérieurement je me fais), nulle merveille ne peut éclore sans qu'on ait du moins le loisir d'y rêver, ne serait-ce qu'un instant ? Sous quelque couleur fantastique que le dragon se présente, tout semble se passer pour le protagoniste comme si — une magie peut-être l'aidant, mais guère plus que l'arme perfectionnée qui techniquement constitue un atout — il accomplissait une valeureuse et bonne action, preuve de ses qualités sans pareilles, mais éloignée aussi terriblement du merveilleux que combattre tel ennemi puissant qu'il faut mettre hors d'état de nuire (de nos jours par exemple, l'impérialisme, à long terme *tigre de papier,* mais encore tigre tout court pour ceux qui luttent contre lui au corps à corps). Et s'il y a un merveilleux vécu à ses propres yeux pour le champion légendaire, ne serait-ce pas plutôt quand, cédant aux enchantements de la fée ou s'engageant (tel Siegfried) dans un amour funeste avec une fille des dieux, il oublie sa vocation héroïque et, quittant son droit chemin d'Héraclès ou de saint Georges, se met *du parti des démons sans le savoir* à l'instar du vrai poète qui, selon William Blake, est toujours de ce côté-là? Or, quant à la guerre, quelles qu'en soient les horreurs et les contraintes, sa rigueur atroce n'exclut pas un merveilleux, qu'atteste à notre époque cet aspect feu d'artifice qu'Apollinaire, guerrier trop conformiste, n'a pas rougi de chanter. (Et moi, militaire d'opérette, je me rappelle mon propre émerveillement — une guerre après celle des *Calligrammes* — alors que je me trouvais de nuit sur une voie de garage de la gare des Aubrais, convoyant un train de munitions et n'ayant rien d'autre à faire que contempler, sans abandonner mes wagons, l'éclatement d'immenses étincelles qui n'étaient ni foudre ni signes cosmiques dans le ciel noir, mais communication titubante entre les tronçons des fils de la force électrique coupés par les bombes qu'à l'instant avaient lâchées des avions allemands et devenus, je suppose, générateurs de courts-circuits...) Mais, quand un soldat s'émerveille de l'Apocalypse où il est plongé, n'est-ce pas justement parce que, prenant de la distance et ainsi se dédoublant, il regarde comme du dehors une action merveilleuse à ses yeux de spectateur goulu et non de combattant qui agit ou subit sans penser au-delà de ce qu'il faut? Coup de foudre, le merveilleux jaillit entre deux pôles dont je dois être l'un et dont le sort me propose l'autre, aussi attirant peut-être que le site singulier où le taoïste choisit de bâtir son temple, mais nul si rien en moi ne répond à cette offre. A chacun, donc, la merveille qu'il peut et qu'il veut accueillir : pour Tamino, la fille de la Reine de la Nuit; pour Papageno, l'oiselle Papagena et les tables superbement garnies; pour don Juan, dont le choix est de tout braver, la main de marbre que lui tend le Commandeur. Sous quelque forme qu'elle se présente, pas de merveille pour moi qui ne soit une merveille *mienne,* comme est mien ce que, conscient ou non, je souhaite profondément. Une merveille à mon image, à mon échelle, ou du moins à celle de ce que je voudrais être : quelqu'un qui aurait le courage d'être heureux si pareille chose lui arrivait. Mais, en ce dernier cas, merveille qui, survenant, me consternerait sans doute plus qu'elle ne me comblerait, et qui n'est donc merveille que dans le rêve que j'en fais...

Merveilleux à l'état brut, merveilleux distillé (qui n'a de goût que sorti de mon alambic). Merveilleux à couper bras et jambes, merveilleux sans virulence (édulcoré en quelque sorte et comparable à ce que sont, dans l'aire des us et coutumes, les sacrifices de chiens substitués aux sacrifices d'hommes, la combustion de figures en papier remplaçant celle d'êtres humains et de richesses lors d'une mort, le polo et le jeu d'échecs — d'où, paraît-il, dérivent les cartes — prenant la relève de sanglantes joutes guerrières). Merveilleux absolu, tel qu'on ne peut qu'y croire sans se poser de questions; merveilleux relatif, tel que la merveille est qu'on y croit sans y croire (ou tel, avancerai-je même, que pour qu'il charme comme il le fait il faut ne pas y croire). Moins échevelé que l'autre — présent, bouillant et révolutionnant sinon révolutionnaire — il y aurait celui-ci, plus évanescent, qui procéderait d'une saisie poétique (sur le vif ou après coup, mais toujours contemplatrice) ou naîtrait de ce qui, narration ou œuvre d'art, n'est qu'un reflet, un écho ou une imitation de cet autre merveilleux, immédiat, sauvage, et régnant sans qu'aucune réflexion ait dû l'introniser. Parler, toutefois, de ce merveilleux intégral qui, de son propre mouvement et par sa seule teneur, s'imposerait aussitôt, n'est-ce pas parler d'un merveilleux *en soi,* inhérent à des faits qui, indépendants de nous et simplement perçus comme viols flagrants des lois de la nature, ne peuvent être que des miracles s'ils ne sont pas des illusions? Parler, en somme, d'un merveilleux non humain, transcendant, et du même ordre que celui dont les religions font commerce, à moins que — ne doutant pas de la réalité de tels faits, mais niant qu'un coup de pouce venu d'on ne sait quelle instance puisse en être la cause — on écarte, aussi bien que l'idée d'une méprise, celle d'un infléchissement des mécanismes de l'univers et qu'au lieu d'y voir de fracassantes épiphanies l'on se borne à constater que, non classables, ils appartiennent au surnaturel, fourre-tout intellectuel rassemblant tout ce qui est mystère parce qu'inexpliqué jusqu'à ce jour, voire même inexplicable.

Cependant, si je pensais tenir le fin mot en décrétant que le merveilleux par excellence n'est autre que le surnaturel, je ne brasserais que du vide, car il se trouve que cette catégorie — où n'entre, son nom le veut, que ce qui excède les possibilités naturelles — n'englobe pas les choses qui, selon des voies diverses, me font crier merveille quand je sens leur impact énigmatiquement s'iriser (oserai-je indiquer, sans craindre de jargonner). Seul cas contraire : le passage de l'autre côté du miroir dont, il y a plus de trente ans, j'eus fugacement l'impression, voyant une amie qui était au bord de son dernier instant et avec qui tout lien était déjà presque rompu, se signer amplement mais à rebours, comme si un démon l'avait inspirée, geste si fou de la part de cette incrédule que je ressentis mon émoi comme une atteinte venue de l'extérieur, sorte de décharge fluidique descendant depuis ma nuque jusqu'au creux de mon échine. Vouloir que le surnaturel soit l'ossature du merveilleux serait, d'ailleurs, me fier à une notion encore trop embuée de mysticisme et pas même applicable à ces faits qu'aujourd'hui l'on dit, plus prudemment, « supranormaux » (double vue, télépathie, prémonition, etc.) : choses troublantes mais qui, si elles se produisent, sont par définition naturelles, comme tout ce qui s'inscrit dans la marche du monde sensible. Et si, en vérité, dans cette scène funèbre où la transe qui picotait mon dos revêtit l'aspect clairement visible d'une traînée luminescente — ainsi que me le rapporta l'ami qui était avec moi près de l'agonisante — hérésie physiologique et merveilleux ont l'air de se confondre, je suis certes intrigué par l'étrangeté d'un pareil phénomène; mais ce qui m'importe, ce n'est pas ce qu'un spirite ou un métapsychologue pourrait trouver dans cette chair de poule substantialisée. N'aurais-je pas regardé depuis longtemps la mourante dont je parle comme une image très exacte de *la sainte de l'abîme,* nul frisson ne m'aurait saisi et si, de son côté, mon ami (dont elle était la compagne) n'avait pas été encore plus bouleversé que moi, et avec moi en une connivence assez étroite pour que toutes choses soient entre nous transparentes, le frisson qui me parcourait ne lui serait pas devenu visible (même rien que par la voie imaginaire de l'hallucination) de sorte qu'en l'absence de notre émotion commune — à quoi participaient chagrin, fatigue, beauté de celle au chevet de qui nous veillions, allure de mauvaise farce sacrilège (même à nos yeux d'incroyants) qu'avait ce signe de croix parodiquement inversé — la chose singulière et (semblait-il) surnaturelle qui m'étonne encore lorsque j'y pense n'aurait sûrement pas eu lieu. En elle-même, du reste, cette surprenante matérialisation me paraît n'être rien de plus qu'un détail bizarre, déroutant, presque au niveau de la physique amusante, dans un ensemble qui lui seul portait là où souffle le merveilleux : le spectacle de parfaite mort en beauté que notre amie semblait vouloir nous donner et l'état proprement communiel dans lequel nous y adhérions. J'estime donc qu'il n'y a pas à se demander s'il existe un merveilleux en soi dont le merveilleux des contes ou celui qu'on s'invente ne seraient que des dérivés ou des pastiches : ordonnateur de la science, l'homme fonde — hors les murs — le merveilleux, qu'on ne peut caractériser comme infraction à la logique ou exception à la règle, car le situer par rapport aux lois que, de lui-même, il déjouerait et négliger aussi bien la vague qui nous soulève que le fond d'idées et de sentiments d'où elle monte, ce serait prendre du merveilleux une vue scientiste, contradiction dans les termes. Mais il reste ceci : mieux que d'autres, certaines choses appellent cette ivresse légère ou brutale par laquelle — à chaud ou à froid, en éclair ou au ralenti, possédé ou charmé — je me sens emporté comme sur un tapis volant.

Ce qui — sans gifle nécessaire à nos poids et mesures — dépasse le quotidien mais ne se réduit pas à l'insolite, ce qui — ni pièce pour cabinet mental de curiosités, ni mouton à cinq pattes — exalte totalement ou met l'imagination en branle, porte à rêver, « laisse rêveur », sans doute est-ce sur ces deux terrains-là (EFFUSION et RÊVERIE dans un cadastre symbolique) que pousse, multiforme, le merveilleux.

Quand l'extraordinaire devient quotidien, c'est qu'il y a la Révolution, énonçait en substance l'homme qui dès avant sa mort incarna la figure légendaire du guérillero. La tête sans brume et les pieds bien collés à la terre, aspirant l'air du temps à pleins poumons malgré son asthme, Che Guevara ne songeait sûrement pas au merveilleux quand il parlait de cet extraordinaire qui un beau jour se transforme en chose de tous les jours. Quel besoin aurait-il eu des images d'Épinal de la Révolution : grouillement d'un peuple en colère, pillage d'arsenaux, prisons ouvertes, barricades, femmes tirant le canon ou pansant les blessés, soldats levant la crosse, tyrans décapités ou pendus à des crocs de boucher, statues abattues, monuments profanés ? Pourtant, ne pas s'attacher au folklore révolutionnaire ne veut pas dire qu'on est insensible au merveilleux de la Révolution, conjoncture sociale qui démontre — façon penseur grec prouvant le mouvement en marchant — la possibilité soudaine d'une suite de réalisations jusque-là regardées comme lunaires.

A l'échelle de l'amour comme à celle de cette genèse, les

bouts de merveilleux que j'ai donnés en exemple (échantillons, plutôt, de déclencheurs d'un merveilleux à ma mesure) sont — hormis un seul, cité presque par accident — des bricoles, guère moins futiles qu'une boîte à musique, un bibelot tarabiscoté, voire une farce-attrape. Gadget mental, fleur de keepsake ou véhicule d'un contenu plus grave, aucune qui ne pue le dilettantisme, du moins sous l'angle où je l'ai prise, cet angle personnel sous lequel une chose est saisie et posée comme merveille. De ce merveilleux que je déguste en gourmet au merveilleux qui — dans le plein jour de l'aventure ou la pénombre du songe — s'absorbe sans mines de connaisseur ni claquements de la langue, la distance est immense...

Si peu que pèsent mes exemples devant un merveilleux qu'on ne saurait traiter ni en malle à double fond ni en pochette-surprise, je retiens néanmoins ceci, qui doit avoir sa raison : le rôle joué par le vide, l'absence, le manque, dans la plupart de ces exemples. En activité au lieu d'être au repos, le tremplin d'Oslo ne m'aurait sûrement pas autant frappé (tremplin, en somme, qui malgré ses dimensions titanesques n'eût pas été tremplin pour mon imagination si ce pour quoi il est fait ne lui avait manqué); plus que comme paysage, la forêt de Villers-Cotterêts vaut comme scène déserte à quoi le drame d'il y a plusieurs siècles fait défaut; ce qui m'émeut dans la cale sèche du Havre, c'est qu'il lui manque d'être le Colisée, de même qu'au bois de Clamart il manque d'être l'Océanie; un *moins* appelant le *plus* qui le complète (tout comme un vide crée un appel d'air), sans doute n'aimerais-je pas tant le Sacré-Cœur vu de loin (plutôt qu'église, château du Graal à la touche de palais de Klingsor) si j'ignorais que, vu de près, il n'est que du toc dénué même de la drôlerie qui pourrait lui tenir lieu de beauté; à Neuschwanstein, le vertige est créé par l'inexistence d'un *vrai* burg comme par celle d'un *vrai* trésor royal; la cicatrice du mont Patrick n'est qu'une trace, à quoi manque ce qui m'eût permis d'aussitôt l'interpréter; que si peu signifie tellement, voilà le miracle des deux statuettes de Yugo et celui du mémorial antifasciste de Berlin;

du lac Bosomtwe, l'on sait qu'il est sacré, mais il n'en offre d'autre indice que sa brumeuse majesté; au bar Bailey's, c'est sur une absence — sur rien, sauf la probable nudité d'un mur — qu'ouvrirait la porte de Leopold Bloom, personnage dont cette porte affirme la réalité qui lui a toujours manqué. Enfin, si je me laisse porter par cette idée qu'une fulguration peut naître d'un donné tel qu'on croirait que quelque chose lui a été soustrait ou tel qu'en sa parfaite absurdité il nous touche comme un sol qui se dérobe sous nos pieds, j'invoquerai aussi bien le silence de l'antre de la sibylle (siège déserté d'un oracle amputé de sa voix) que le gouffre qui, dans les petits châteaux imaginés par Satie, se creuse entre le réalisme publicitaire du texte et l'invraisemblance de l'objet ironiquement proposé.

Y aurait-il donc, en face d'un merveilleux *par excès,* lié à un éclatement des limites comme sous l'effet d'un trop-plein, un merveilleux *par défaut,* où tout irait comme si une lacune, un écart ou un mauvais joint, trahissant un flottement dans ces limites moins frontières que confins du réel et de l'imaginaire, s'offrait comme un appât à notre folle du logis? Et serait-ce sur ce merveilleux plus captieux, plus raisonneur, plus sournois, au regard de l'autre plus explosif, que sans y prendre garde j'aurais été amené à me replier, délaissant ce dont l'irruption bouleverse et misant sur ce qui trouble le seul esprit (étourdi par l'ampleur du parcours qu'il effectue soudain ou éberlué par la chiquenaude qui lui paraît, soit aussitôt soit à distance de souvenir, infligée à la réalité)? Bref, mon choix d'illustrations — naïvement tendancieux — prouverait-il que je quête aujourd'hui un merveilleux de tout repos dont l'atteinte, permise même à quelqu'un que l'âge a ankylosé, ne coûterait qu'un peu de gymnastique cérébrale? Merveilleux au rabais, mais un merveilleux malgré tout, alors qu'un jour, pour moi, il n'y aura plus de merveilleux du tout... S'ouvrirait-il encore à quelques plaisirs, comment un homme qu'à une vitesse de plus en plus écœurante d'affreux huissiers expulsent de lui-même morceau après morceau pourrait-il, conscience prise de sa dépossession accélérée, garder longtemps l'esprit assez libre et alerte pour le vif coup d'aile sans lequel il n'est pas de merveilleux? Et, sa fièvre engendrerait-elle de fantastiques produits : errance méta-physique, par exemple, le long d'un accident du mur ou du plafond, sensation interne travestie en théorème avec sub-tile figure à l'appui, fabuleux voyage d'égoutier ou de ramo-neur (que, ne parlant pas par expérience mais selon une hasardeuse prescience, je cite à titre d'indication pure et sans m'appesantir, de crainte de ne faire que rhétoriquer si j'en disais plus long), obscure et interminable pérégrination que l'oreille des proches percevra comme râle, ou certaines autres inventions — plus cauchemardesques — tel le menhir-suppositoire et la tondeuse à gazon qui vous roule dans la gorge (phantasmes eux aussi conjecturaux dont, malade, je n'ai connu que des analogues aujourd'hui sans traces récupé-rables, d'où mon recours à ces équivalents, trop visiblement fabriqués j'en ai peur), quelle merveille pourra échoir à ce même homme quand l'agonie l'enfermera dans le peu qui persistera de lui, si ce n'est la piqûre pourvoyeuse d'euphorie que, l'estimant virtuellement mort, on voudra bien lui octroyer, voire encore, miette de bien-être que sa détresse muera en don céleste, le drap frais remplaçant celui dans lequel il a transpiré?

Double variabilité du merveilleux : horizontale (ses change-ments de personne à personne), verticale (ses changements d'âge en âge pour une même personne). Ce qu'il doit pour-tant comporter de constant; ce par quoi il reste reconnaissable à travers ses avatars multiples; ce qui montre quel sens il a, aussi divers que soient ses points de départ et ses mécanismes. S'il est donc un trait immuable, inhérent au merveilleux et tel qu'en son absence celui-ci n'existe plus, ne serait-ce pas ce brusque élan qui — effervescence ou vertige dont peu importe la source — projette dans un autre monde, non d'outre-terre mais d'outre-ornières, monde sans quadrillage où l'on s'étonne de se voir introduit tout à coup et qui, ainsi régi par la surprise, recoupe celui de la poésie, s'il est vrai que la surprise est devenue le grand ressort poétique ainsi qu'Apollinaire, expert en vieux et nouveaux enchantements, l'avançait dans un texte au caractère de manifeste?

Surprise : celle de Siegfried trouvant la femme Brunehilde sous le bouclier qui virilement la masquait; celle de l'homme de la rue constatant qu'avec la révolution bien des choses ont changé du tout au tout; la mienne quand, prévenu mais ne m'attendant pas à être pareillement saisi, je vis sur un palier, à côté du vestiaire d'un bar-restaurant, la porte peinte en noir qui paraissait garante de l'historicité du juif dublinois imaginé par Joyce; ma stupeur, amalgamée à celle de mon compagnon, devant le geste de cette moribonde qui, traçant à l'envers un signe de croix, avait l'air de doublement se moquer. Surprise : coup de théâtre, apparition, révélation. Ce que j'éprouvai à Yugo Dogoru, pénétrant dans une caverne et découvrant les deux figures à peine sorties du chaos que rien n'avait annoncées et, à Berlin-Est, au spectacle de l'agencement intérieur — si simple qu'il semblait être une absence d'agencement — d'un édifice dont les allures prétentieusement helléniques ne permettent pas de prévoir une mise en scène aussi sobre. Ce que m'apportèrent ces deux géants, le tremplin d'Oslo et la cale sèche du Havre, tous deux d'un format à vous laisser bouche bée. L'étonnement subjugué dans lequel me plongea, quand je passai à Moscou en 1955, une représentation du *Lac des cygnes* donné, chose rare chez nous, dans son intégrité d'opéra muet où ce sont les corps qui prennent la parole : ballerine qu'on commençait à reconnaître merveilleuse, Maïa Plissetskaïa, qui en était l'étoile, m'apparut littéralement chargée de merveilleux parce qu'elle se détachait — en fait, point solitaire, puisque appuyée par le brillant corps de ballet — sur le fond de décors d'une hideur tellement vieillotte et déconcertante que, la première minute, c'en était presque à se frotter les yeux (fond qui faisait repoussoir un peu comme le fait la sécheresse prosaïque d'une rue moderne dans laquelle en passant l'on découvre soudain l'enclave paradisiaque d'une cour-jardin, un peu aussi comme le fait, ménageant une surprise plus nuancée ne conditionnent ni banalité ni laideur, la légèreté apparente d'une œuvre telle que *La Flûte enchantée* qu'on sentira très vite, non sans un serrement de gorge préludant à une joie grave et durable, glisser vers des profondeurs qu'elle n'avait pas portées, wagnériennement, à l'affiche).

Or, il n'est pas besoin d'être grand clerc pour voir que dans cette série de cas la surprise n'est jamais qu'un rideau qui se lève sur des réalités distinctes, dont elle ne réduit pas la diversité : quel rapport ont entre elles les émotions dont je parle, la première amoureuse, la seconde révolutionnaire, une troisième pataphysique (née de cette porte à la fois vraie et fausse), d'autres mêlées au sentiment du sacré, d'autres dues — noir sur blanc — à une impression de gigantisme, d'autres encore esthétiques? Ce qui importe — ce qui éventuellement émerveille — est-ce le lever du rideau ou n'est-ce pas, à moins court terme, ce à quoi introduit ce dévoilement toujours étonnant, mais qui n'agit que pendant quelques secondes? Faire d'une surprise initiale le principe du merveilleux, ce serait à peu près comme fonder conventionnellement le théâtre sur le lever du rideau, sans prendre garde à la nature de ce qu'inaugure cet envol — tragédie, opéra, vaudeville ou ballet — et, qui plus est, en oubliant qu'il y a aussi du théâtre sans rideau. Objection plus radicale : loin que ce soit la surprise qui fasse le merveilleux, n'est-ce pas, à l'inverse, le merveilleux qui me surprend? Saisir que je suis dans le merveilleux, là où les éternelles contraintes ne pèsent plus sur moi, voilà sans doute la vraie surprise dont, simplement, je serai plus frappé, quand le passage se fera inopinément, à partir d'une certaine innocence.

Si le merveilleux est plus qu'un mot (j'en reste convaincu, malgré l'élasticité de cette notion) et s'il ne peut se définir comme dérivé de la surprise, quel est donc le caractère qui rapproche et situe les réalités très différentes qui semblent en être les véhicules?

Éclatant soudainement dans mon dos, un coup de feu me

surprend et me fait tressaillir; mais la surprise n'a ainsi déclenché qu'une réaction physique et rien ne s'est produit qui, de près ou de loin, ressemble au merveilleux : un bref sursaut mécanique, et nullement un vertige, voilà ce que j'ai vécu. Condition non suffisante (le prouveraient aussi maints gags de cinéma fondés sur l'imprévu mais ne provoquant que le rire), la surprise n'est pas même condition nécessaire du merveilleux : observatoire de Meudon, forêt de Villers-Cotterêts, lac Bosomtwe, Sacré-Cœur — et j'en passe — sont les sources de rêveries qui m'attirent sur leurs pentes vertigineuses, mais cela ne tient pas à des stupeurs dont ils m'auraient frappé originellement et, si je m'étonne à leur propos, c'est plutôt quand je songe au pouvoir d'émerveillement — un pouvoir d'une ampleur inattendue — que possèdent ces gravats déposés en moi depuis longtemps.

Rêveries dont, pour m'enfoncer dans le merveilleux, je n'ai qu'à suivre docilement les pentes. Rêveries... Mais quelles rêveries? Et pourquoi si captivantes, à l'inverse de tant d'enchaînements de pensées qui vous prennent dans des rouages auxquels on déplore de ne pouvoir s'arracher?

C'est vers des lointains bleuâtres (Yvain ou Gauvain chevauchant dans les brumes de l'aube) que l'observatoire de Meudon m'oriente, et c'est avec tous les rois fous dont le sort engage à méditer sur ces lieux communs, le fardeau qu'est toujours une couronne et la fragilité des hiérarchies humaines, que la forêt de Villers-Cotterêts — de même que Neuschwanstein — m'apparaît en connivence. Comme l'antre de la sibylle (magesse à qui déjà faisait allusion un jeu qu'enfant j'ai possédé, l'*Oracle de la sibylle de Cumes* où une réponse à la question choisie était donnée par tirage au sort), le lac Bosomtwe est un endroit sacré dont la vue, pour le voyageur informé, se double de ce qu'il a lu sur ce beau site, en lequel il rencontre plus qu'une eau entourée par une épaisse végétation et voilée d'une vapeur légère. Le Sacré-Cœur de Montmartre, que sa blancheur, sa mine archaïsante et ses airs de pièce montée rendent étranger à toutes les époques, est plus sûrement que Notre-Dame (trop encaquée dans son Moyen Age) un symbole de Paris, la Babylone où je suis né. Illustration de la puissance de l'industrie moderne, la cale sèche fait surgir la majesté de Rome, dont livres d'histoire ancienne et textes latins me parlaient. Le mont Patrick, rien que par son nom, appartient à la légende et, dès le premier coup d'œil, le tremplin d'Oslo — plus grand encore parce que vide — précipite dans une démesure du niveau bottes de sept lieues. Maïa Plissetskaïa, dans une ambiance imprégnée de révolution russe (beaucoup de sans-cravate au Bolchoï, en cette soirée qu'un chef d'État étranger honorait pourtant de sa présence), renvoie par-delà 1917 au romantisme des sylphides, péris et autres créatures qui ne peuvent se manifester qu'en revêtant la parure désuète du tutu, et ainsi elle abolit deux fois le temps. Quant au bois de Clamart (où Masson, alors pauvre diable, allait travailler sur le motif) et aux petits châteaux de Satie, ils sont liés au mythe de l'artiste qui, loin de tout palais et de toute Océanie, dispose d'une immense richesse; et c'est un autre mythe de la création artistique — l'écrivain forgeur de réalités au regard desquelles la réalité pâlit — que cache cette porte introduisant plus encore au génie de Joyce qu'à la vie privée de Leopold Bloom. Enfin si, au mémorial de Berlin, je fus surpris de trouver un bloc de pierre là où je m'attendais à voir un monument (fût-il de taille modeste), cette surprise — assurément forte — ne compte guère que parce qu'il s'agit d'un lieu, à sa manière, sacré et en étroite liaison avec un vaste et terrible pan d'histoire, irréductible à la fausse dignité de la gloire militaire. Combien, faute de ce contexte auquel j'adhérais sans réserve, ma surprise fût restée anodine! Mais en revanche quel eût été, faute du déclic qui l'avait fait sortir des limbes comme un diable sort de sa boîte, l'académisme de cette fresque où héros et martyrs se mêlaient, si le thème émouvant des horreurs du fascisme et celui de la résistance à sa domination m'étaient venus à l'esprit par des voies plus orthodoxes! Et sans doute en va-t-il de même pour plusieurs de mes autres expériences, où le choc brusquement éprouvé devant une chose insolite joue un rôle que j'aurais tort de négliger : n'est-ce pas à cause de leur abasourdissante énormité qu'une cale sèche, un tremplin, des traces de pieds excitèrent mon imagination, l'une me paraissant de taille à résumer un empire, l'autre attester l'existence d'hommes aux capacités (si ce n'est aux dimensions) surhumaines, tandis qu'au flanc usé de la montagne se superpose une fantastique procession sans commencement ni fin? Combien peu, toutefois, m'auraient touché grandeur romaine, prouesses sportives ou Irlande légendaire, entrant par la voie bien ratissée de la pensée rationnelle, au lieu de fondre sur moi à l'improviste, par le détour de ces spectacles suscitant de fulgurantes associations!

Croyances à peine distantes des origines,

enchantement des contes (où le merveilleux nous enseigne sa langue),

prestiges de l'enfance (elle-même devenue conte que l'on a vécu),

hautes ombres historiques,

pharamineux exploits,

figures auxquelles je suis inconditionnellement attaché (l'artiste créant pour l'unique joie de créer, le fou princier dont l'égarement semble dire que la médiocrité seule ne peut pas s'égarer et, moderne paladin, le champion peut-être utopiste de la liberté et de l'égalité conjointes),

tout cela parcelles d'une zone mentale ordinairement obscure, dont un projecteur — qui ne dévoilerait nulle merveille si de propos délibéré je le déclenchais et l'orientais — illumine quelquefois un morceau qui, ainsi entrevu par chance, voire seulement suggéré, échappe à toute géométrie et, non délimité, suggère une totalité sans limites;

tout cela en lambeaux prélevés dans le fatras d'idées, d'images, de sentiments tous aux vieilles et larges assises, mais sur le champ mal étiquetables, propres à cette zone qui, explorée systématiquement au lieu d'être l'objet de découvertes inopinées, ne livrerait rien qui m'émeuve de la sorte, chacun de ces fragments étant alors emprisonné — par le gel de la réflexion — dans de trop claires arêtes pour que l'infini trouve à s'y engouffrer.

Nécessité, donc, d'une référence à quelque parcelle de ce fonds quasi immémorial, mais impossibilité d'accéder à cet illimité autrement que par une porte dérobée. *Ad augusta per angusta.* C'est la saveur d'une bouchée de pâtisserie qui, chez Proust, ressuscite le temps perdu et, chez Lewis Carroll, le terrier d'un lapin qui conduit au Wonderland. Pour parvenir à la chapelle préhistorique de Knowth en Irlande, il faut se faufiler le long d'un boyau rocheux aux méchantes aspérités. Dans le *Don Juan* d'Hoffmann, un couloir insoupçonné (tel celui que j'empruntai pour passer du musée de la Scala au théâtre où l'on répétait *Boris Godounov*) mène de la pénombre d'une chambre de voyageur aux mille lumières de la salle d'opéra. Allant droit au but et excluant toutes sinuosités, ma propre quête, qui au cours de cette *Règle du jeu* peut paraître se dérouler comme à plaisir, aurait-elle la moindre chance de déboucher sur la vérité poétique capable de m'aider à vivre (ou plutôt à finir ma vie car, si jamais l'éclair jaillit, la chose aura traîné Dieu sait comme)?

De même, c'est par d'étroits sentiers ou des pistes à peine tracées que passe le merveilleux propre à l'une comme à l'autre de ces réalités dissemblables mais douées toutes deux d'un égal éclat de mythes qui au lieu de n'être que rêvés *se vivent* (sont vécus du moins par certains même si, nous, nous ne les vivons pas) : l'amour et la révolution. De minces détails (trait physique, ton de voix, hasard prenant figure d'indice oraculaire, accord portant à l'occasion sur une vétille et qu'alors on tiendra peut-être pour encore plus révélateur) font qu'une femme pas forcément des plus belles, des mieux douées ou des meilleures devient l'élue sur qui l'on parie comme sur celle qui, réponse à notre désir ou miroir nous découvrant ce qu'était ce désir dont la nature exacte nous échappait, l'assouvira — présumons-nous — sans jamais l'éteindre. Quant au coup de bélier de la révolution, qui ouvre des perspectives plutôt qu'il ne fait place nette à une société dont le plan préexisterait, il survient d'ordinaire au bout d'une série (à vrai dire jamais close) d'avances et de reculs, de chances et de malchances, de coups d'audace mais aussi d'erreurs, éventuellement d'échecs sanglants, ligne accidentée qui tantôt se bloque et tantôt reprend, souvent resurgit après s'être cachée ou bien dévie, puis se redresse, une théorisation ultérieure pouvant seule affirmer que cette voie cahoteuse et aléatoire entre toutes était le plus court chemin et le plus logique qui s'offrait.

Parfois encore (de même qu'un chien, inférieur à un homme en ceci qu'il ignore qu'il mourra et n'est du reste ni aussi bavard ni aussi industrieux, peut donner de la vie une image plus lancinante que celle tirée de la vue de nos semblables) c'est le moins qui conduit au plus : moins sublime que le Colisée, la cale sèche le dépasse en puissance évocatrice, étant à la fois son rappel et tout l'au-delà moitié rêvé qu'on lui ajoute, sur la lancée de ce rappel; bâtard, le faux burg de Louis II de Bavière est d'autant plus empreint de majesté féodale qu'il n'est qu'une caricature aiguillant vers le burg inexistant qui les résumerait tous; et si, chez le titan Wagner, le merveilleux fait presque toujours long feu tandis que Mozart le fait naître à tout instant — lors même qu'il traite d'un futile jeu de masques, semblant de métamorphoses, comme dans la comédie des méprises sur quoi *Les Noces de Figaro* s'achèvent — c'est parce que la vraie merveille ce serait la souris accouchant d'une montagne et non la montagne accouchant de ce qui ne peut paraître que souris (Satie le savait sans doute, lui qui minimisa si souvent ses compositions grâce à des titres ou à des indications burlesques). Ou bien — antiphrase — c'est le négatif qui engendre le positif : glaçante dérision (qu'elle eût été voulue ou non), le signe de croix exécuté à rebours sur un lit d'agonie instaurait indubitablement la présence du ciel et de l'enfer, alors que rien de tel n'eût été ressenti si, geste pieux, il avait été exécuté à l'endroit ou si, à l'ample signe inverse qui, venant d'une main athée, frisait la simagrée clownesque, s'était substitué un blasphème rageusement proféré. Plus paradoxale encore, la crainte presque panique dont je fus saisi quand, un jour qu'en Haute Côte-d'Ivoire — chez des gens réputés très rudes, les Lobis — j'étais allé rendre visite à un magicien de village, cet humble vieux paysan, passé au fond de sa case où il faisait atrocement chaud (ce qui accroissait mon malaise) et caché derrière une claie, parla en voix de fausset pour imiter la voix de l'esprit qu'en principe il avait évoqué, truquage si manifeste que cela touchait à la bouffonnerie et qu'il s'en dégageait un merveilleux caricatural, grinçant, mais d'autant moins récusable que — l'exotisme aidant — il était distancié à l'extrême par la naïveté proprement sidérante du manège dont il résultait.

Accord total entre deux êtres, instauration d'une société fraternelle, c'est à cela que renvoient idéalement l'amour et la révolution, dans leurs fins et à travers les incidents de route. Et il semble, d'ailleurs, que ce soit à un bien ou à une vérité que l'on rêvait d'atteindre, à un large horizon soudain déployé dans notre esprit ou à l'idée d'une singulière réussite que renvoie — d'une manière nécessairement oblique et souvent par un ricochet ironique — tout ce qui procure l'ivresse du merveilleux : réponse (inattendue autant qu'elle était attendue) à un désir ardent; fusion orgiaque avec un corps qui devient un abrégé de l'immense Nature; subtile opération qui change en volupté notre tourment quand une phrase poétique ou musicale paraît en être pétrie et nous dire à mots couverts quelle en est la vraie substance; vue d'un objet ou d'un lieu qui rend sensible la présence — en des têtes moins mécanisées que les nôtres — d'idoles de même famille que cet *arbre toujours touffu de toutes les prières* à qui Apollinaire a donné pour pendant les *Christ d'une autre forme et d'une autre croyance* qu'il avait dans sa chambre; conjoncture voulant qu'un thème d'envergure épique surgisse dans notre pensée sans plus d'apparat qu'un lapin sortant d'un chapeau; sentiment que tel événement grand ou petit a trouvé, en se produisant, son lieu et sa formule; certitude que tel signe, lisible d'un coup d'œil, est chargé d'un sens que même le discours le plus pertinent ne permettrait pas d'entrevoir. Une victoire remportée sur l'improbable et annonçant peut-être d'autres victoires, l'infini embrassé sous les espèces d'une chair vivante, un fragment du passé historique prenant couleur et relief (au coin d'un bois, par exemple, ou dans le miroir déformant d'un château saugrenu), l'Océanie à notre porte, un Montsalvat en plein Paris, un dévoilement qui s'opère pour nous soit dans l'entier état de veille, soit quand nous tirent à demi de notre torpeur les images absurdes ou décousues qui s'immiscent dans la noirceur du sommeil, un gros lot qui nous échoit, une main qu'on nous tend, le cordial que la jeune prostituée d'Oxford Street fait boire à Thomas De Quincey à demi mort de faim, tout ce qui semble prouver qu'en dépit de trop d'indices contraires des brèches peuvent s'ouvrir dans la misère de notre condition : cadeaux tombés du ciel, insignes aubaines octroyées par le sort, fêtes du cœur, des sens ou de l'esprit dont il nous gratifie parfois, quand les choses sont d'humeur à provoquer ou à soutenir les élans de notre propre humeur... Et n'est-ce pas là le trait commun aux manifestations diverses du merveilleux, notion qu'il est gênant d'enclore dans l'épaisseur figée d'un substantif — exactement, d'un adjectif substantivé — car cela porte à oublier qu'elle se réfère à quelque chose qui est la fluidité même : un domaine vertigineux que l'on ne peut que furtivement traverser, puisque la régularité lui est étrangère par essence? Fortune aveugle qui nous élit, fleur que nous fait le destin, sourire complice que l'incommensurable nous adresse (fût-ce du haut des coteaux de Meudon que les années interposées voilent plus que la distance, ou sous le masque d'une scène de théâtre), sans doute est-ce cette allure de chance heureuse — tirer le bon numéro qui nous vaut un gain positif quoique parfois intangible, puisqu'il peut s'agir d'un simple gage d'espoir, voire de l'obscure sensation de beauté donnée par le film qui vient à se projeter en nous — cette allure de fructueux coup de dés, qu'à travers joie ou angoisse ou les deux combinés revêt toujours, quand on le vit, ce que désigne mal le mot trop stable de « merveilleux » : une incursion dans un au-delà qui n'est que la contrée intérieure où nous font subrepticement pénétrer des impressions hasardeuses que ne suffiraient à caractériser ni une surprise initiale provoquant le déclic, ni l'exultation ébaubie de nous croire précipités dans un monde où toutes les barrières sont abolies (le monde tel qu'il devrait être, celui de nos désirs jamais contrecarrés et que nous souhaitons sans être assez fous pour le penser possible), ni le plaisir de sentir l'ordre vaciller quand l'imagination, sautant de ce qui était donné à autre chose, efface les bornes d'une réalité et semble ainsi rendre caduc tout le système.

Pas de merveilleux, donc, qui se fonde seulement sur une rupture du train ordinaire des choses (exception à la règle, virement brusque suscitant l'étonnement, circonstance telle que toute loi paraît transcendée ou du moins remise en question); pas de merveilleux qui, circuit fermé, ne se nourrirait que de lui-même sans plonger ailleurs des racines, de fines racines qui, passant éventuellement par le discours que nous tient une mythologie très éloignée de celle dans laquelle nous avons été élevés, s'enfoncent au plus profond de nous (là où gisent et parfois s'agitent nos vrais secrets, ceux que nous connaissons trop confusément pour être en mesure de les divulguer); pas de merveilleux, certes, qui ne dérive d'une probabilité déjouée et ne survienne comme une chance, mais cette chance dont presque à la sauvette nous bénéficions de temps à autre pourrait-elle en être une dans une partie à blanc où rien qui nous touche ne serait mis sur le tapis?

Au menu hasard qui me comble parce qu'il paraît révéler une affinité entre moi et une femme que je connais à peine, il est probable que je ne prêterais nulle attention si, concernant une autre que précisément celle-ci, il ne représentait qu'un accident et non l'approbation donnée par le sort à un choix qu'implicitement j'ai déjà fait, pour des motifs obscurs et qui vraisemblablement le resteraient même si je prétendais les analyser. Et si, faisant l'amour le moins romanesquement du monde avec une catin, je puis accéder au merveilleux sans que cette forme la plus fruste des relations entre gens des deux sexes doive s'agrémenter d'une mise en scène plus ou moins fétichiste manifestant que la vie ordinaire a reçu son congé, encore faut-il que ma partenaire me donne la réplique au lieu de n'être qu'un outil pour qui nos gestes ne seraient qu'un maillon entre autres maillons d'une routine commerciale; les professionnelles le savent et c'est pourquoi si souvent, pour faire bonne mesure, elles feignent d'éprouver ce qu'en vérité elles n'éprouvent pas; ma jouissance, en effet, serait imparfaite et ne me ferait pas croire que je suis visité par le merveilleux si, en éveillant celle de l'autre, elle ne se dépassait, ne s'affirmait grand moment, voire signe de ma prédestination et de celle d'une inconnue à nous accorder sensuellement, plutôt que couronnement momentané d'un caprice futile. Et ce sera le désir fou d'une sorte plus générale de prédestination que comblera tel clin d'œil qu'il me semblera échanger avec le monde, grâce à un événement dont j'imaginerai qu'il était à mon exacte ressemblance (fût-ce un incident aussi minime que ma découverte d'un lieu apparemment fait exprès pour nourrir mon intime mythologie) ou, aussi bien, grâce à la trouvaille rétrospective de quoi que ce soit qui prend figure prémonitoire (fait, par exemple, qu'un fait ultérieur a l'air de reproduire sous d'autres espèces, de sorte que le premier semblera en avoir été l'annonce) ou bien encore grâce à un rêve dont je serai heureux et fier comme s'il me sacrait visionnaire bénéficiant de révélations, — toutes choses qui paraîtront me poser en élu affranchi des chaînes communes, si ce n'est assez favorisé pour que la mort l'épargne.

Du merveilleux que la vie offre avec une avarice si écœurante, sans doute en va-t-il pour moi comme de celui que l'art propose en images : gratuit, détaché, privé de référence ou de répondant, le merveilleux me laisse indifférent et, à mon sens, ne mérite même pas le nom de « merveilleux ».

Alors que je suis happé comme par un grand mystère sur le point d'être dévoilé quand je regarde une œuvre telle que la *Minotauromachie* de Picasso, dont l'onirisme paraît refléter de durs conflits vécus intérieurement par l'artiste, alors que j'ai toujours été sensible aux drôles de faits divers racontés par Max Ernst dans ses collages où des éléments iconographiques vieillots, rappels de l'époque de troubles et de ravissements où nos père et mère occupaient le devant du plateau, se conjuguent de manière inusitée, un tableau comme le fameux tableau surréaliste belge dont l'unique singularité est qu'on y voit *un cheval galoper sur une tomate* ne me suggère rien qui excède le dérèglement des proportions relatives d'un quadrupède et d'un légume, ce qui ne me fait ni chaud ni froid.

Désir soit idéal soit charnel qui nous habitait déjà ou qui surgit comme d'un abîme, folklore intime que dès longtemps on héberge, thème dont ses tenants et aboutissants pas tous clairs font une corde capable de fortement vibrer, c'est à cela, et non à quelque réalité de derrière le décor qui serait la réalité dernière, que se rattache le merveilleux. Il lui faut un point d'appui, mais son pouvoir ne repose pas sur un sens hautement symbolique qui le justifierait grâce à la portée métaphysique qu'il lui donnerait; penser ainsi serait en faire une manière d'enseignement par l'image ou (méthode plus moderne) audio-visuel introduisant aux grands secrets du monde, — non-sens en vérité, le merveilleux n'existant plus s'il apparaît assujetti à une fonction. Loin d'avoir à le décortiquer, on le vit — pour lui-même et dans la crudité de l'immédiat — comme une aventure personnelle qui n'aurait pas autant de prix si, acte rationnellement fondé, elle n'était pas cet imprévisible dans lequel on s'embarque sans trop peser le pour et le contre. Quelle pauvre histoire édifiante serait le récit de la quête du Graal pour quelqu'un qui, obnubilé par son contenu mystique, ne se laisserait pas prendre innocemment aux prodiges dont cette quête est jalonnée dans l'un comme dans l'autre des romans qui la relatent : rencontres idylliques ou simplement singulières que font ceux qui la mènent, visions au bel aspect d'enluminures dont ils sont gratifiés, entreprises follement aléatoires où s'affirme la valeur de ces chevaliers à qui, enfant, l'on rêve si volontiers de ressembler! Et n'est-ce pas parce que le merveilleux — celui qu'il nous arrive de vivre — est senti comme une chance qui séduit et qui encourage que de pareils récits, parlant de gens qu'escortent sur une bonne part au moins de leur chemin les chances les plus diverses, apparaissent typiquement merveilleux? (Hypothèse que n'infirme pas l'existence, à tout le moins littéraire, d'un merveilleux de signe opposé, celui du *roman noir* par exemple, car si nous faisons alors notre pâture de cet inverse de la chance, la malédiction, les sombres héros qui nous subjuguent hantent eux aussi des lieux peuplés d'apparitions émouvantes et, gageure plus folle encore que celles de leurs pendants côté CIEL, sautent à pieds joints dans la case ENFER de ce jeu de marelle, la vie humaine ainsi conditionnée que même le moins téméraire, voire — c'est mon cas — le plus désemparé devant une attente incertaine, donc le moins apte à tout ce qui tient du défi, ne peut frayer sa route sans faire face à des aléas et à des tentations multiples, d'où la fascination exercée par ces personnages que la violence de leurs passions conduit, audace suprême, à jouer leur bonheur éternel dans une partie qu'ils savent perdue à longue échéance, mais où le gain immédiat est merveille à leurs yeux.)

S'abandonner, sans délai ni réserve et toute inquiétude bannie, à quelque chose qui m'enchante, voilà (à ce qu'il semble) l'une des implications majeures du merveilleux, tel qu'il naît de conjonctures où nous sommes non seulement acteurs et spectateurs, mais aussi un peu auteurs, et c'est — ouaté alors de dilettantisme — un abandon analogue que réclament les récits et autres œuvres qui, sur le plan de la culture et donc en retrait de la réalité, participent du merveilleux mais auxquels, aussi ensorcelants qu'ils soient, la flamme de la vie manquera toujours.

Juste ou non, cette vue du merveilleux comme fête interne requérant notre accord total quelle qu'en soit l'occasion (vue militante, qui fait dépendre le merveilleux d'un mouvement que nous devons accomplir) n'apporte en tout cas rien dont puisse se déduire une recette et même — n'en pas faire la remarque serait sottise ou mauvaise foi — rien qui autorise à penser que le fond de la question est atteint : pour que, frappés du coup de foudre et distraits par nulle inquiétude, nous nous laissions entraîner par l'enchantement, la condition première est que nous soyons prêts à le subir, et si — serait-ce un instant — il nous délivre de l'inquiétude qui de près ou de loin pèse d'ordinaire sur nous, embarrassant nos pensées et nos gestes, c'est qu'avant de nous sentir délivrés nous l'étions virtuellement assez pour entrer dans le jeu, état qui ne dépend pas de notre choix. Au surplus, traiter du merveilleux à la lumière de l'enchantement (comme je viens de le faire en me croyant au bord de la conclusion), c'est éclairer un mystère par un autre mystère, voire expliquer un mystère par ce même mystère, et c'est — procédure vaine — passer d'un terme flou à un terme caméléon, aux tons changeants selon qu'il s'agit, par exemple, de l'opération magique qui a doté de sa vertu la flûte e n c h a n t é e que détient Tamino, des délices qu'on éprouve à écouter la voix e n c h a n t e r e s s e de la femme aimée ou du plaisir tout esthétique procuré par tel spectacle, tel concert ou telle autre belle manifestation qui fut pour son public « un e n c h a n t e m e n t ».

Les soucis dont le grignotement mutile, et le pire d'entre tous qui sans doute est l'idée de la mort, le merveilleux les tient en échec, tant que son charme s'exerce ou qu'il en subsiste un écho. Moment vite éclipsé! Mais comme la poésie, qui lui prend autant qu'elle lui donne et, située elle aussi *sur la limite de la vie, aux confins de l'art,* possède le même statut équivoque de chose tantôt touchée du doigt et tantôt de l'ordre de la fiction (ce qui accroît la difficulté de cerner aussi bien la notion de merveilleux que celle de poésie car, lorsqu'on parle de l'une ou de l'autre, on glisse d'autant plus facilement de la forme immédiatement donnée à la forme construite qu'en pratique celles-ci s'interpénètrent, rien n'étant jamais vécu sans qu'il y entre une part d'imaginaire et rien n'étant imaginé qui visiblement ou secrètement n'ait son germe dans le vécu), le merveilleux, bien qu'il procède par éclairs, a le pouvoir durable d'atténuer le tourment de vivre : se dire qu'en dépit de tout une porte (fût-ce une entrée de service et non le grand portail) reste ouverte pour de tels moments, que chacun croit faits pour lui, comme sur mesure, et où il lui semble être un lui-même que n'obombrerait plus le sentiment de sa vulnérabilité, nous permet en effet — sans recours religieux d'aucune sorte, sauf cette fois en des moments hors de pair qui font figure de bontés du sort — de considérer autrement qu'avec un désespoir total notre marche, parallèle à celle de nos proches, vers la disparition. Bref, il semble que le merveilleux aide à vivre en suspendant l'inquiétude mais qu'il faille, pour y accéder, être d'abord en état de faire bon marché de celle-ci. Cercle vicieux, qui ne relève pas seulement de la réflexion théorique, car c'est bien dans ce cercle-là que, passé l'âge mûr, nous nous sentons enfermés : drogue puissante, agissant à la façon du chien fée Petit-Crû que (selon Joseph Bédier inspiré par Gottfried de Strasbourg) Tristan fait remettre à Yseut parce que le grelot porté par cette bête plaisamment multicolore dissipe toute tristesse chez celui qui l'entend tinter, le merveilleux allège et arme contre la crainte de la mort; mais cette crainte, plus précise à mesure que nous vieillissons et que nous perdons ceux dont la présence était un appui, contrarie l'essor du merveilleux quand, plus que jamais, il faudrait qu'il nous drogue.

Sentiment d'être comblé au-delà du possible, impulsion donnée à l'imagination, chance, enchantement, tels ont été mes recours pour tenter de dépouiller de sa brume ce mot si lumineux qu'il m'aveugle : « Merveilleux. » Rien que de faibles recours, l'un suivant l'autre et dont la succession semble répondre moins à une démarche conséquente qu'à la recherche tâtonnante d'une issue, en une indécision telle que

— pensant qu'elle peut tenir, non à moi, mais à ce que le merveilleux aurait, par nature, d'aussi insaisissable qu'un feu follet — je me demande si vraiment, quand j'emploie ce mot pour situer autre chose que des créations relevant du récit ou de l'imagerie que leur façon radicale d'échapper au réalisme permet de ranger par convention en un même genre, il recouvre une catégorie définissable de faits? Ou s'il n'est pas un simple superlatif désignant, parmi les événements dont ma vie est tramée (rêve et rêverie compris), ceux qui m'ont plongé sans que j'eusse à y réfléchir dans le ravissement le plus grand et ceux qui — je veux l'espérer — auront encore, fussent-ils gouttelettes, ce privilège d'être vécus en une immédiate et complète adhésion? Spontanée autant que celle exigée par l'amour, cette adhésion ne peut d'ailleurs, à l'instar de celle-ci, qu'être un choix inconditionnel, défiant le pronostic et s'opérant en dehors de toute règle. Ne serait-il donc pas aussi absurde, pour le moins, de borner par un critère rigide le champ du merveilleux que de prétendre assujettir la beauté à des canons abstraits, déterminés une fois pour toutes? Du reste, s'il m'est loisible d'à peu près décrire ce que j'éprouve dans chaque cas où je crie merveille, et même de dire pourquoi, je ne saurais — utilement — ramener à un profil unique tout ce qui me fait crier merveille, ensemble si divers qu'il me faudrait pour le coiffer une formule qui, embrassant trop, n'étreindrait rien. Le seul trait de famille que partagent ces expériences dont les multiples voies d'accès justifieraient le dicton *tous les chemins mènent à Rome,* c'est en définitive que, moments aussi intenses que le fameux *temps retrouvé,* elles effacent comme lui d'un coup de gomme les ombres accumulées (inquiétude, mauvaise conscience, ennui) et font croire que l'on a atteint — dans l'oubli momentané de tout problème — quelque chose qui pourrait être la *vraie vie.* La vie dépoussiérée qu'a en vue tout poète, n'eût-il rien d'un mystique ou d'un aventurier, et se réduirait-elle aux extases sans métaphysique dont le bourgeois de haut luxe Roussel, plus glouton que Proust, paraît n'avoir jamais admis qu'elles ne soient que de courte durée : la sensation qu'il avait eue, tout jeune, d'être un inspiré chargé de *gloire* comme d'un rayonnement visible, puis — ultime succédané après la ruine de l'illusion qui lui avait donné « ce que Tannhauser rêvait au Venusberg » — l'*euphorie* que lui procuraient de savants mélanges de barbituriques pris en doses finalement mortelles.

Sauf que l'angoisse y est aussi mise entre parenthèses (analogie négative, comme dans la devinette qu'une vieille lady galloise proposait jadis à notre maisonnée : Quelle est la ressemblance entre un éléphant et une théière ? C'est que ni l'un ni l'autre ne peuvent grimper à l'arbre) mes extases sans lendemain ne sont assimilables ni à l'ivresse orgueilleuse dont Roussel jusqu'à son dernier souffle s'efforça de retrouver les délices, ni aux résurgences soudaines qui furent pour Proust un fanal orientant le cours entier de sa vie d'écrivain. J'aimerais, certes, pouvoir me dire que j'ai vécu sous le signe d'une expérience aussi coercitive que le furent le *temps retrouvé* et, autre illumination, la *gloire* dont Roussel s'était imaginé empli lorsque l'avait habité la conviction grisante d'être par lui-même une merveille dont l'univers n'aurait qu'à s'étonner. Mais en vérité, quand je m'attache à rassembler tout ce que mon passé a pu contenir de proprement fulgurant, je ne ramasse rien que de disséminé, de disparate et de si peu cohérent que cela montre, plutôt qu'une profusion, combien j'ai dû m'ingénier, cherchant de tous côtés de quoi meubler ce vide : l'absence d'un événement majeur dont serait issu ce qui, pour le reste de mon existence, aurait eu force de loi.

Sans doute, je puis citer quelques événements confondants, qui me touchèrent d'assez près pour que mon émerveillement dépassât celui du spectateur ravi ou ébahi et qui pour moi font date ; ainsi, la révélation qu'à dix-huit ans j'eus physiquement de l'amour puis, bien plus tard, l'aberrante scène funèbre que j'ai racontée et quelques années après — chose celle-là ni dionysiaque ni confinant au surnaturel, mais chose de la place publique — le fait qui, bien plus que le tumulte de l'insurrection parisienne, marqua pour moi le début d'une séquence de grand jour succédant à la séquence nocturne qu'avait été l'occupation allemande : penché sur le guidon de sa bicyclette, un homme dévalant à toutes pédales le quai des Grands-Augustins absolument désert et hurlant à plusieurs reprises cette phrase qui, en cette fin de soirée, n'avait pas d'auditeurs visibles et semblait adressée à tous et à personne : « Les Américains sont à l'Hôtel de Ville... », confirmation en vérité de l'entrée des troupes françaises au cœur de Paris, nouvelle que venaient de nous signifier le son du bourdon de Notre-Dame bientôt suivi par les cloches d'autres églises puis, *vox populi,* une *Marseillaise* rugueuse et, deux ou trois fois presque sans intervalle, le cri « Libération! » jaillissant de l'intérieur du Palais de Justice, en une sorte de chœur parlé. Toutefois, pour merveilleux qu'ils fussent chacun à sa manière et aussi intensément que je les aie vécus, ces trois événements — auxquels pour un peu j'aurais omis de joindre deux faits naguère relatés longuement, d'où (censure quasi automatique d'homme de plume) ma tendance à les traiter en affaires classées : la réponse que mon amie la fille de bousbir Khadidja adressa du fin fond d'elle-même à mon étreinte comme si je m'étais uni souterrainement à quelque Perséphone, puis, à Paris et au sortir de la même guerre, lors d'un hommage rendu à Max Jacob mort victime du nazisme, l'espèce de descente aux enfers que j'accomplis en imagination, lisant un texte de circonstance face au gouffre noir qu'était la salle du théâtre vue par-dessus les lumières de la rampe — ces quelques événements qui m'apparurent proches du miracle restèrent ce qu'ils étaient, et rien de ce qui leur fit suite n'indique que l'un ou l'autre ait eu valeur d'expérience cruciale influant durablement sur ma conduite. S'ils demeurent ancrés si fortement dans ma mémoire, n'est-ce pas surtout en raison de leur valeur illustrative et ont-ils eu plus de pouvoir réel que des flashes photographiques en première page d'un journal ou que des pièces à conviction exhibées dans la salle où se juge un procès?

Aujourd'hui — réaction contre une disette qu'aggrave, autant que mon engourdissement croissant, une défiance de plus en plus grande envers tout ce qui, trop merveilleusement merveilleux, est suspect de briller d'un éclat usurpé (défiance qui va de pair, en matière d'art et de littérature, avec l'orientation progressive de mes goûts vers le cartes sur table du réalisme) — c'est souvent sur des riens que le mot « merveilleux » me paraît poser sa flambante étiquette. Sur tel spectacle qui ne semble même pas être une exception à la règle, mais se singularise en cela seul qu'il me fascine sans rien contenir de singulier. Parfois rivés à la transparence d'un ruisseau dont un ondoiement végétal anime le fond, mes yeux s'y lavent de tout souci et — autre joie de week-end, quand je me promène avec la bête qu'en bipède vaniteux j'appelle « mon » chien — il arrive aussi que mon front soit d'emblée nettoyé de tout nuage pour peu que la pénombre d'un sous-bois l'essuie ou, mieux, que mon regard s'attache à une parcelle bien nette de forêt qui, découpée dans la plaine comme dans un arrière-plan de miniature ancienne, s'offre à la façon d'un gâteau posé sur un plat. Merveilleux rasérénant, comme, chez Nerval, il y a le gentil folklore de *Sylvie* à côté de ce merveilleux à haute tension, les délires d'*Aurélia*. Merveilleux en sourdine, mais dont la discrétion n'est pas moins efficace qu'au théâtre celle d'un acteur qui parle bas pour être mieux entendu (car ce n'est pas en criant qu'il forcerait l'attention). Merveilleux de pure nature, distinct aussi bien du merveilleux né d'un spectacle qui égare ou d'une aventure (soit vécue, soit racontée) que du merveilleux proprement poétique des constructions à quoi mots et formes se prêtent comme des corps chimiques en réaction dans un laboratoire. Merveilleux sans effets de manches, qui n'est ni impression produite par une chose extraordinaire qu'on admet sans critique, ni même impression de cet ordre dont, sachant que rien d'illusoire n'y entrait, on aimera à se souvenir parce qu'il est beau que quelque chose d'aussi incroyable vous soit indubitablement arrivé, mais impression issue d'une chose si ordinaire qu'on s'émerveille qu'elle puisse produire une impression si extraordinaire. Merveilleux nu comme la main, enraciné dans la réalité banale, d'où il surgit par chance (affaire de saison, de journée, d'heure, de météorologie déterminant l'éclairage, affaire parallèlement de météorologie intérieure), mais aussi enveloppant que celui tout imaginaire auquel l'énigmatique et ombreux BAEDEVER me faisait aborder. BAEDEVER, dont je me suis longtemps demandé si je ne m'étais pas abusé en le dotant de ce nom — *soupir étouffé de Weber* frôlant sylves et lacs puis rencontrant, si je m'abandonne à une course aux échos, Ver-en-Valois où est passé Nerval et, dans les Ardennes, Verviers où l'on va par Villers-Cotterêts (qu'à l'écoute je vois site forestier avec entassements çà et là de petits fagots ou de ligots précieusement résinés) — jusqu'au jour où, pareillement nommé, j'ai déniché son pareil dans un livre qui fait partie de notre bibliothèque commune mais a d'abord appartenu au beau-frère de ma femme. Plus gros lecteur que moi, ce kantien que ni sa dévotion au cubisme, qu'il soutint activement dès l'origine, ni son goût des objets alors dits tout bonnement « nègres », ni son debussysme de l'époque héroïque n'ont détourné du culte de Wagner (entre nous thème éculé d'inutiles controverses) possédait, outre une masse d'ouvrages d'art, nombre de livres français — dont ceux qu'il a édités, tels *L'Enchanteur pourrissant* et *Le Piège de Méduse,* farce de Satie « avec musique de danse du même monsieur » — ainsi que, si le terme n'est pas trop fort, une bibliothèque allemande (sa langue maternelle) et une de langue anglaise. C'est dans ce secteur anglo-américain — qui me doit peu — que, cherchant ce qu'il pouvait contenir en fait de Table ronde, j'ai trouvé une édition moderne du récit de Thomas Malory, *Le Morte d'Arthur,* où il est écrit que le vieux roi près de mourir manda à « Sir Bedevere » de jeter dans le lac son épée Excalibur et dont — ai-je remarqué au hasard de mon examen — d'autres passages nomment parmi les compagnons du roi un « Sir Tristram » et un « Sir Pelleas ».

Retour d'intoxiqué à son ersatz d'ambroisie, j'en reviens donc à la magie de ces noms, séduisants par les aventures qu'ils évoquent et par leur sonorité qui, parfois, vaut en elle-même et se passe d'être enrichie par de subtils prolongements. Ainsi chargés de deux courants, ils m'apparaissent doublement merveilleux, sans que je puisse discerner — du moins en maint cas — qui l'emporte du nom tel qu'il s'énonce ou de ce qu'il résume à la façon dont un titre fait resurgir en abrégé la matière d'un livre déjà lu. La chose est claire pour ARTHUR, prénom démodé qui, même suivi du patronyme « Rimbaud », garde un peu de son insignifiance boulevardière et ne la perd qu'accroché au roi à demi fabuleux dont le modèle lointain aurait été un chef celte en lutte contre les Angles et les Saxons envahisseurs de la Grande-Bretagne. Claire aussi (en sens inverse) pour PELLEAS, dont l'histoire me toucherait beaucoup moins si MÉLISANDE et lui ne portaient ces noms rares qui à eux seuls sont déjà une musique. Mais il en va différemment de BAEDEVER, car en lui je vois diverses sortes de merveilleux confluer et se mêler inextricablement : celui qui nimbe l'histoire dont ce personnage est le protagoniste, celui de son nom auquel suffirait l'étrangeté de ses syllabes (dont, porté par cette étrangeté, j'ai sans doute emphatisé la première, substituant un *ae* latinisant à la lettre *e* toute simple), celui du chapelet d'associations que l'on peut dévider à partir de ces syllabes mais qui, accordées à l'atmosphère en clair-obscur du récit et donc guidées par tout ce que me suggère le contenu de celui-ci, ne dérivent pas seulement de coïncidences sonores fondant de creux calembours. Confluence, carrefour, comme si dans le mot « Baedever » s'entrecroisaient plusieurs des routes où il m'est loisible de m'engager pour atteindre à ce que, secouant un peu le joug du dictionnaire, je nomme « merveilleux » et, tout aussi empiriquement, « poésie », autrement dit ce qui, coupant court à toute évaluation à l'échelle du Bien et du Beau, semble aussitôt se situer en dehors et au-dessus de tout et — voluptueux arrachement à la coulée normale des jours heureux ou malheureux — peut, je le constate finalement, avoir pour véhicule presque n'importe quoi : réalité (parfois infime ou même dérisoire) dont l'étrangeté ouvre soudain des perspectives grandioses ou saugrenues, voire qui, *rien dans les mains rien dans les poches* et ne renvoyant à rien que l'on puisse définir, se présente dans sa nudité de réponse à une question pas même balbutiée ; rêve qui se donne en lecture ou lecture qui s'impose avec la force d'un rêve ; chatoyante combinaison formelle (verbale ou autre) agissant comme un archet sur nos fibres profondes ; prélude à une délirante explosion, l'acte idolâtrique entre tous où chacun des amants braque son être entier pour devenir statue sensible et sensibilisante. Toutes choses qui n'engendrent pas automatiquement le merveilleux, mais lui fournissent un point d'appui, le rendent possible sous réserve que se produise le saut qu'il nous incombe d'effectuer et qui, dépendant de nos dispositions, non de notre envie et moins encore de notre décision, peut s'accomplir ou ne pas s'accomplir. Appâts, en somme, qui nous sont tendus et que nous devons saisir mais sommes loin de saisir à tout coup, qu'il s'agisse de faits ne relevant de rien de concerté ou d'œuvres d'art calculées pour nous forcer la main (ce à quoi, soit dit en passant, une œuvre n'a chance d'aboutir que si, fût-ce dans sa seule facture, elle contient quelque chose qui, venu à l'improviste, est manifestement étranger à tout calcul et, irréductible à un modèle préétabli, va jusqu'à défier l'analyse).

De l'ordre du réel ou de la pure image, le terrain propice au jaillissement du merveilleux n'est donc jamais qu'un terrain, et c'est à nous qu'il appartient de l'exploiter sur l'heure, prenant la fortune aux cheveux sans que jamais la partie soit jouée d'avance, et toujours dans l'étonnement que pareille chose arrive (cet émerveillement que peut provoquer même un donné très quelconque, dont nous faisons soudain infiniment plus qu'il n'est, tout en l'acceptant pour ce qu'il est et, bien que dociles à son pouvoir allusif, ne le réduisant pas à n'être que le signe de quelque vérité ésotérique).

Sans doute est-ce à une idée de mort — mort « naturelle » en tant qu'évanouissement dans la nature et, comme telle, acceptable moins difficilement — que se rattache la paix que je puis trouver dans un sous-bois, fût-il bien plus modeste que cette forêt druidique mi-ombre mi-lumière qui, en Irlande à Blarney Castle, me faisait songer aux majestueuses forêts où devaient se célébrer les rites de « nos ancêtres les Gaulois ». Et s'il se peut aussi qu'un bois aperçu de loin m'apaise et se pare, à mes yeux, d'un mystère égal à celui de ces bois sacrés africains où, non initié, l'on ne pénètre pas et qui sont (paraît-il) des lambeaux de forêt primaire, le site ou fragment de paysage en question ne me révèle aucun arcane relatif à la mort, pas plus qu'il ne me distrait de ma certitude d'être appelé à disparaître : ni enseignement ni évasion, le spectacle par lequel — toutes affaires cessantes — je suis ainsi captivé me rassérène en ce que, justement, la paix qui s'en dégage — calme et silence de la mort — m'imprègne de cette idée qui d'ordinaire me fait peur, en l'enrobant d'une couleur moins macabre que merveilleuse (accordée aux ombrages mouvants d'une forêt arthurienne mieux qu'à la sécheresse administrative d'un cimetière parisien). Or, qu'une expérience aussi funèbrement teintée puisse me rassurer aussi merveilleusement que jadis la vue lointaine de l'observatoire de Meudon ou que, plus récemment, n'importe quel signe apparemment complice que le dehors semble m'adresser (fût-ce dans l'humour, comme la porte de Leopold Bloom ornement intérieur d'un bar dublinois), cela me conduit à me demander si ce qui m'est montré, en noir sur blanc, par le tranquille mystère d'un bois n'est pas un caractère, point toujours perceptible, mais essentiel, du merveilleux. En effet, peut-être faut-il qu'une goutte de mort (tantôt par le jeu de la mélancolie ou celui d'une ambiance de violence ou de tragédie, tantôt métaphoriquement comme dans l'acte amoureux ou dans quoi que ce soit qui donne l'impression d'aborder un autre monde) entre dans tout ce qui — grave ou léger — procure la sensation du merveilleux, non point message reçu d'un ailleurs hypothétique mais, dans les bornes de ce monde-ci et selon les plus privées de mes voies, atteinte de quelque chose qui, n'introduisant à nul lieu de gnose ou de vénération, pourrait être comparé — plutôt qu'à un seuil comme celui sur lequel veillent les deux guerriers de *La Flûte enchantée* ou celui du mémorial berlinois que gardent deux soldats — à un cap ou finistère représentant une avancée extrême dans une immensité qu'on peut croire, non sans vertige, dominer en l'embrassant du regard? Une goutte, un soupçon, ou mieux encore une ombre de mort : juste le nécessaire pour que la mort soit présente, explicitement ou allusivement, sur ma scène intérieure mais pas assez pour que je me sente devenu sa proie imminente, auquel cas ce serait un poison, et non un breuvage à la haute et capiteuse vertu, que la conjoncture m'inviterait à boire. S'il n'est pas (à ce qu'il semble) de merveilleux où ce petit peu de mort ne soit en cause et si c'est ce caractère mortel à quelque degré qui confère au merveilleux sa dignité et son poids sans qu'il ait besoin de se donner des airs de gravité, il est sûr par contre qu'absorbée à dose trop forte l'idée de mort ne peut que le tuer dans l'œuf : comment, étranglé par l'effroi autant que je le serais si je savais que le couperet va tomber, aurais-je le cœur de prendre au bond la balle du merveilleux?

Ainsi frappé d'impuissance et mis hors jeu dès que les choses se gâtent, le merveilleux est-il la merveille que follement j'avais cru et dépasse-t-il pour moi ce sur quoi un esthète peut se complaire à rêvasser et ce qu'il peut prendre pour thème de discussions avec ses pareils? Qu'après mes excitations d'enfant mené prématurément à l'Opéra voir *Lohengrin* et *Parsifal,* puis mon ardeur de jeune homme précipité par la lecture de *L'Enchanteur pourrissant* vers tout ce cycle légendaire, qu'après ces périodes d'enthousiasme le Graal et sa mystique — greffe chrétienne sur la Table ronde — aient fini par me lasser (comme m'a lassé l'occultisme, que je n'ai jamais pris pour une bouche de vérité mais dont les formes m'ont séduit un certain temps), la double raison en est celle-ci : l'idéalisme de conte bleu qui s'attache à ces imageries trop éloignées de la vie moderne (soit de la vie tout court pour l'homme du XXe siècle que je suis) et — grief pire — le fade esthétisme dont elles ont été l'aliment chez ceux qui prennent la beauté pour une impotente incapable de marcher sans les béquilles du symbole. Or j'en arrive à constater qu'ici, à tout bout de champ, je me réfère ouvertement ou en sous-main à de vieilles lunes de cette espèce, mal accordées à la réalité nue sur quoi j'aimerais me fonder, et que le merveilleux, pris pour motif d'aperçus non moins alambiqués que ceux auxquels prêtent les chefs-d'œuvre, y a laissé peu à peu sa verdeur comme si, le mettant sous globe pour mieux le considérer, je l'avais momifié. Rien d'étonnant à cela, car m'acharner à décortiquer le merveilleux, à en démonter les mécanismes afin de mieux le saisir, c'était aller à l'encontre de sa nature, qui veut qu'on y adhère en bloc, en un mouvement trop vif pour qu'on se pose des questions. Faisant d'un côté le difficile par crainte de la poudre aux yeux, mais d'un autre côté me montrant trop facile en étendant à l'extrême la notion de merveilleux pour être sûr de ne manquer aucun de ses aspects, — m'énervant au cours de la poursuite (beaucoup plus longue que sa transcription écrite n'en donne idée), — m'irritant à mesure que je me rendais compte qu'il a presque déserté ma vie depuis déjà longtemps et que, si j'en traitais en ne m'aidant guère que d'exemples anciens, la raison en était simple, — j'ai dérivé, cherchant diverses issues, avant de céder, entre deux paragraphes, à une humeur chagrine qui m'a poussé à douter du merveilleux, sous le mauvais prétexte qu'il y a des conjonctures si alarmantes qu'elles sont incompatibles avec lui. Puisqu'il est, par excellence, ce à quoi il convient de s'abandonner à la seconde même et sans ratiocinations, en faire l'objet d'une réflexion touffue (pour ne pas dire divagation de dilettante qui aime à jouer au philosophe) ne pouvait que m'en écarter plus que m'en rapprocher. Et, lors même qu'il ne serait pas devenu en se quintessenciant un hommage de fait à ce que je veux brûler, ce passage au crible aurait été un moyen peu conforme au but que je visais (sans trop espérer le succès) : vivre, à un rythme accéléré, le merveilleux au degré le plus haut et non en discourir, apprendre à mieux animer son clavier et non le ravaler, pratiquement, au rang de thème littéraire. Tenter de lever le voile était peut-être, vis-à-vis de cet inconnu au masque changeant, la même faute que celle de Psyché trop avide de percer l'incognito de son Amour et que celle de la princesse de Brabant demandant qui il est au Chevalier au Cygne... Mais dire ainsi, n'est-ce pas user de termes trop noblement archaïques et retomber dans l'esthétisme que je viens de dénoncer ?

Voulant, d'entrée de jeu, chasser de mon esprit tout ce qui pouvait m'incliner à parler du merveilleux avec des airs bêtement profonds et des trémolos dans la voix, j'ai daubé sur Wagner, l'accusant notamment d'être avec son théâtre « passé à côté de son Montsalvat ». Mais n'ai-je pas eu tort si — comme un bruit le prétend — il a touché par sa mort même (aventure qui, jusqu'à l'ultime coupure, fait partie de la vie) à ce merveilleux vécu qui me paraît se situer au-dessus de tout et à qui, juge-examinateur, je donnerais la note maximale dans les cas où on le vit non seulement pour soi mais — sans l'avoir cherché — pour ceux qui sont ou seront à même de s'émerveiller que pareille chose se soit produite ? L'on a dit en effet que Wagner, le pur chantre du pur Parsifal et pour qui les fées — voyez Kundry — n'étaient apparemment que des diablesses, serait mort victime d'une fellation ancillaire au palais Vendramin-Calergi, aujourd'hui siège du casino d'hiver qui relaie à Venise le casino d'été du Wido.

Cette fin certainement coupable, non en soi mais comme péché contre l'ascétisme sexuel qu'on avait jugé bon de préconiser (s'être fait publiquement le champion d'un idéal de chasteté, puis y manquer lourdement), scandaleuse en tant que démenti qu'on inflige dans sa vie au message dernier dont on avait chargé son art et susceptible aussi d'attirer les foudres quand on l'interprète en termes de lutte des classes (être le maître que suce une manière d'esclave), je la tiens — la souhaitant vraie — pour une belle ironie du sort. D'autant que, ce racontar admis, il n'est pas interdit de concevoir qu'en un orgasme destructeur (exaltation charnelle brisant positivement les limites de l'être) ou au cours de la recherche de ce comble du plaisir sensuel le chantre aussi de Tristan et d'Isolde, dont l'amour s'achève en une double mort, atteignit — plus directement qu'à travers les fastes de sa mythologie lyrique — ce qui avait peut-être été le but constant de sa quête, par-delà son amphigouri de penseur : le merveilleux, que les barricades de l'insurrection de Dresde lui avaient (peut-on estimer) offert en 1848 sous l'une de ses formes les plus intenses et qu'à la fin d'une course éclairée plusieurs fois par les merveilles de la passion il lui advint de rencontrer (si vraiment sa grande mort coïncida avec une petite mort) dans des circonstances galantes où il était sans doute loin d'y penser. Quand on accède au merveilleux, ne faut-il pas que ce soit en parfaite innocence et que cette chance vous échoie sans qu'on l'ait en rien forcée ? J'avoue donc que sur ce point, quoi que j'aie pu articuler contre lui, Wagner (ou sa légende) me donne une leçon sans avoir, en l'occurrence, joué le moins du monde au magister...

Et si c'est bien comme ce ragot l'insinue qu'est mort l'illustre protégé de Louis II, le roi bavarois aux fantastiques châteaux, n'est-ce pas merveille qu'une ivresse dont il n'est pas revenu ait couronné l'existence d'un homme qui, s'enivrant de sa propre musique, avait tenté de donner corps à tant de merveilles en s'appuyant sur son génie de compositeur, fascinant je le reconnais, aussi rebuté que je sois par les terribles errements idéologiques qui salissent la mémoire du demi-dieu de Bayreuth. Mais si pareille fin est propre à constituer la plus piquante des conclusions pour une bande dessinée qui (gloire suprême) populariserait la biographie de Wagner, il est sûr que je n'aurais pas même songé à parler de merveilleux à propos de cette fin si on ne l'attribuait à quelqu'un que sa puissance créatrice, ses ambitions et son renom dotaient d'un format presque mythologique (la mort analogue qu'a eue, dit-on, le président Félix Faure ne m'a jamais suggéré rien de tel).

Si quelque chose qui m'arrive peut me donner le sentiment du merveilleux, ce sentiment — que, faute de pouvoir positivement le définir, j'ai regardé en dernière instance comme l'impression d'être soudain délivré de tout ce qui m'oppresse — sera-t-il plus qu'une euphorie s'il est mon bien à moi seul? Et pour qu'il y ait pleinement MERVEIL-LEUX (pour que la chose insigne qui *m'arrive* ait force d'événement qui *arrive*) ne faut-il pas que, fugacement ou plus durablement, les bornes de ma personne soient elles aussi abolies et que, chair et sang ou au besoin comme un fantôme qui n'est qu'autant qu'il apparaît à certains, je passe à une tout autre façon d'être que mon habituel isolement? Qu'un autre vive l'expérience avec moi (comme dans les temps forts de l'amour). Que je fasse partie d'une collectivité qui la vit (comme dans tels grands moments historiques). Qu'à défaut de cet absolu partage je communique à qui le voudra mon expérience par l'entremise de ce qu'elle m'aura inspiré (comme Proust et son *temps retrouvé*). Que, sans même que je doive l'avoir senti comme merveilleux, le fait en question devienne aux yeux des quelques qui sont un peu mes *aficionados* — préalable nécessaire, si l'on ne prête qu'aux riches et s'il n'est de vrai émerveillement qu'en référence à ce qui touche déjà — une chose qu'ils s'étonneront de voir si singulièrement appropriée à ma personne *(cela ne pouvait arriver qu'à lui)* ou — si j'étais de ceux qui auront leur légende et, exclus désormais comme sujets, seront en permanence objets d'un merveilleux — que ce fait vrai (et non enjolivure) occupe une place privilégiée dans cette légende.

Idéalement :

qu'à vif ou en effigie — soit qu'en de rares instants de chance (partagés ou m'appelant à les faire poétiquement partager) je m'arrache à ma grisaille quotidienne en une sorte de mort sans blessure, soit que tels traits de ma vie saisis par d'autres prennent dans leur esprit le même relief que s'ils appartenaient à un personnage imaginaire — je sois, pour moi-même ou pour qui me voit du dehors, le héros de scènes à la fois réelles et mythiques de nature à me faire exister sur l'un ou l'autre de ces modes dont je dirai qu'ils me semblent, ô merveille! différer de la vie autant que de la mort.

Concrètement :

— ne plus m'interroger ainsi sur ce qu'est le merveilleux, car au lieu de m'ouvrir des fenêtres cette démarche trop sophistiquée (voire truqueuse, si je n'ai pas assez pris garde aux commodes fluctuations de sens que peut subir un même mot) m'a sûrement fait manquer, en accaparant mon attention, nombre de ces merveilles sans oripeaux qui peuvent être reçues comme une manne par n'importe qui que le sort n'a pas écrasé;

— retenir que, pour prêter à une mythologie et notamment pour que je fasse cas de son aventure supposée du palais Vendramin-Calergi, il fallait que Wagner fût tout d'abord Wagner et qu'il eût accompli dans son métier la tâche qu'il a accomplie;

— veiller à ce que mon souhait d'avoir une vie dont quelques détails s'entoureraient d'un halo mythique (souhait timide, puisqu'il n'inclut aucun appel à des malheurs hors série) ne se dégrade ni en appétit de consécration ni en désir de faire mon numéro de Michel Leiris, mais reste le vœu sans malice de rencontrer chez quelques-uns, œuvre et personne fondues, une connivence à trame plus serrée qu'un simple accord du cœur ou de la tête;

— ne pas chercher à vivre sur un pied de conte de fées, ce qui serait d'autant plus vain que j'en ai passé l'âge, mais travailler — bien qu'en l'espèce le travail ne suffise pas et que nulle entreprise littéraire ne permette tant de se laver les mains des horreurs qui avilissent le monde que d'écarter longtemps l'angoisse fondamentale qui vous habite — à tracer de ma vie un tableau véridique auquel j'aimerais, pourtant, savoir donner çà et là un peu de la couleur magique d'un conte de fées.

Panoramiquement :

mesurer, d'un œil ironique, combien me rabattre sur ce but serait contraire à ce qui, en principe, justifiait ma quête autobiographique : m'étant flatté d'écrire pour me découvrir et orienter ma vie plus justement, vouloir en brosser un tableau réaliste où de merveilleux chatoiements apparaîtraient par endroits serait prendre pour fin ce dont je prétendais n'user que comme d'un moyen et, au lieu d'écrire ma vie pour savoir la vivre mieux, faire comme si ma vie telle que je l'ai vécue avait tendu essentiellement à être écrite et comme si toute merveille qui a pu l'éclairer avait eu pour principal effet le récit que j'en ai donné.

Utopiquement :

trouver des sources de merveilleux, non dans ce qui me dépayse, mais dans la « réalité nue » de la vie la plus ordinaire (pas même celle de la campagne, encore trop exotique, mais celle qui a pour cadre ma ville, mon quartier, ma maison, voire la chambre où ma femme et moi nous sommes deux, jusqu'à quand? à entendre le galop du temps), car cela voudrait dire que, ne biaisant plus avec les réalités, j'admets sans la farder ou la passer au tamis l'idée de cette atterrante réalité, la mort.

*

Aussi méticuleux qu'une bonne maîtresse de maison qui, sur rien, ne souffre le moindre grain de poussière... Aussi bourgeoisement vigilant!

Toujours à s'épousseter, s'astiquer, se bichonner, il ne se rendait pas compte que des soins maniaques ne servent de rien à celui qu'une tare étrangère à tout code, mais indicative de la déchéance qui pourrait être la sienne si les circonstances le voulaient, marque d'une flétrissure aussi gênante pour lui qu'une gale.

Littéraire, puisque telle était son occupation majeure et que c'est là qu'il faisait jouer la casuistique la plus vétilleuse, sa faute inexpiable – dont la nature exacte ne lui apparut que très tard, lors d'un voyage en Avignon, soit lors de l'un de ces déplacements qui sont peu de chose en eux-mêmes mais, vous arrachant à votre coquille, vous aident à faire le point – était peut-être celle-ci, aussi grosse de sens que le *péché contre l'Esprit* dont parle la théologie catholique et, sur le plan de son activité d'élection, illustrant l'espèce d'infirmité morale dont il est affligé : quoi qu'il en ait pu dire, chercher dans la poésie un refuge, un moyen de désamorcer la mort, au lieu de s'embarquer sur les ailes du langage comme pour un saut en parachute et de parler avec l'aisance de quelqu'un qui n'ignore pas la mort mais la met entre parenthèses. Plus sévèrement, ne se vouloir poète que dans un but intéressé d'hygiène mentale ou de confort et viser à un ton surhumain bien que, déjà éperdu sans qu'une catastrophe y invite, on sache qu'on aurait peu de chances de rester homme dans les terribles conjonctures qui, fréquentes à notre époque, changent aisément les hommes en sous-hommes.

Tache au contour tracé peut-être rien qu'en pointillé, parce qu'à peine plus que virtuelle, l'indulgence du sort — mais elle seule — ayant jusqu'à présent évité à ce féru de propreté une salissure dûment caractérisée. Tache longtemps inaperçue de lui, mais dont il se demandait si, dans ses rapports avec les autres, elle n'avait pas eu toujours pour corollaire un manque de légèreté, une façon gauche d'osciller entre contrainte et obsessionnelle mise à table qui, malgré son blason apparemment intact, ne pouvait qu'hypothéquer lourdement sa revendication moins d'estime que d'amitié fervente. Dans son aveuglement, plus étendu peut-être qu'il ne l'imaginait, n'aurait-il pas été, à l'inverse de ce qu'il pensait, un naïf infatué, voire — avec cette tendance à se croire seul à exister que sa quête paperassière d'une vérité personnelle accentuait plutôt qu'elle ne l'en corrigeait et les bonnes excuses que ce travail de Sisyphe lui fournissait en maints domaines (au plus humble niveau, lettres à écrire, humeurs domestiques et petites attentions qu'il aurait pu avoir pour telle ou tel) — quelque chose comme le mufle qui, par essence, est trop obtus pour avoir connaissance de sa muflerie, alors qu'elle crève les yeux et coupe court aux sympathies?

Faire preuve dans toute sa vie privée de la bonne grâce et de la modestie la plus grande, cesser d'être un plaisantin amer, un lunatique que ses examens de conscience ne poussent qu'à la maussaderie, telle est la solution vers laquelle il décida de s'orienter, sinon pour effacer, du moins pour partiellement compenser la faille qu'il avait repérée en lui. Dernier stade d'une réaction en cascade au bref séjour qu'à l'occasion d'un hommage posthume au créateur inconditionnellement créateur que fut Picasso il avait fait dans la vieille ville pontificale au palais debout non loin d'un pont brisé.

*

« *Ici fruit à la tête se dit : là on s'enlise.* »

C'est, bien sûr, le sentiment surréaliste dont j'étais imbu à l'égard non seulement des rêves mais des inventions du demi-sommeil qui fit que je notai cette phrase, prononcée mentalement un matin très ancien, alors qu'endormi encore je m'acheminais sourdement vers l'éveil.

Sentence absurde mais qui, impeccablement balancée, sonnait comme une vérité d'évidence et me paraissait douée de la même valeur de clef que maintes formules, également équilibrées et péremptoires, dont le pouvoir tenait à ce qu'elles semblaient m'échoir plus que je ne m'en sentais responsable.

Que le langage me parle au lieu que je le parle, qu'il s'adresse à moi dans ma langue (celle avec laquelle, sans toujours aussitôt la comprendre, il me semble être en un accord aussi profond qu'avec celle de quelqu'un dont, tout en le connaissant à peine, je pourrais dire que lui et moi *nous parlons la même langue* tant me paraît sans fissure la communication qui s'instaure entre nous), je crois que l'essentiel de mon effort poétique est orienté vers cela : faire parler le langage et, confirmation de la validité de son message, le faire parler à autrui comme il me parle à moi, en cette langue décantée qui m'est parfois donnée mais que, plus souvent, j'essaie de me forger pour parvenir à une saisie qui, opérée dans la langue commune, n'est qu'un semblant de saisie et passe à côté de ce que je veux capter et faire partager (moins des idées que ma vie intérieure même), le fausse ou le détruit, car il n'y a que cette langue-là, sibylline mais fermement articulée, qui soit vraiment ma langue, celle qui répond à ce qu'intellectuellement je suis, celle aussi qu'en dépit de son obscurité peuvent entendre à tout le moins les quelques-uns que je regarde comme mes correspondants.

Fruit à la tête, que je ne peux situer qu'*ici* en ma propre tête, qu'est-ce que c'est, sinon les constructions qui s'élaborent dans mon cerveau, sortes de bourgeonnements, de fructifications éventuellement monstrueuses, liées si intimement à moi et douées pour moi de tant de densité et de relief qu'il me vient pour les désigner l'image de quelque chose de typiquement comestible : un fruit, dont on mangerait, de même qu'à la différence du « rêve » (plus vu, plus visuel, et qui ne serait donc que figure) le « songe », mensonge plus substantiel, a tout le poids d'une nourriture, champignon rouge (l'oronge, dont la fausse oronge est une réplique vénéneuse) ou os que — suivant la logique sans tire-ligne que j'ai laissée proliférer autour du premier membre d'une phrase dont la singularité m'avait frappé — l'on ronge jusqu'à cette moelle dont il a un peu le goût, peut-être dans l'attitude songeuse du *Penseur* de Rodin, le menton appuyé sur le poing à moins que, rongeant ce poing, l'on n'illustre — tel, dans un salon, un acteur de charade — l'expression « se ronger » ou (comme disait quelquefois ma mère, assimilant en somme les idées noires à des matières qu'on triture) « se malaxer ».

Au passif « être absorbé » par une besogne, à l'actif « ruminer » des projets, « dévorer » un livre, « se repaître » de sombres pensées : expressions relatives à la vie mentale et qui de près ou de loin évoquent une manducation qu'on subirait ou qu'on ferait subir, référence alimentaire qui affermit la conception que j'aime à me faire de la « vie intérieure », prenant à la lettre ces deux mots qui désigneraient alors, plutôt qu'une vie spirituelle sans forme ni couleur, une vie aussi concrète que celle dont le théâtre est l'intérieur de notre corps, sorte de caverne qu'emplissent nos entrailles et d'autres organes au creux desquels, en un jeu incessant d'échanges entre le dedans et le dehors, ce que nous consommons se transforme en produits nécessaires à notre existence. Modèle réduit de cette vie que je voudrais percevoir par mes sens mêmes, bien qu'elle ne soit qu'une vie de tête : la masse obscure — ni objet opaque, ni chambre aux rideaux tirés, ni paysage, mais pourtant réalité irrécusable — que je vois derrière mes paupières baissées et qui rougeoie quand mes yeux sont tournés vers la lumière. Plus bas, au niveau du thorax, cet exemple fondé sur nul artifice verbal et sur nulle allégorie : la sensation nauséeuse dont je ne sais si, angoisse, elle procède de la vie de l'esprit ou si, malaise physique, elle est la source et non la traduction matérielle de cette angoisse.

Ici (cet endroit où je suis, d'où j'observe, d'où j'émets la sentence)

fruit à la tête (les produits de mon imagination qui prennent corps par la parole ou par l'écrit et forment une excroissance qu'aujourd'hui je comparerais aux « ballons » dans lesquels s'inscrit ce que les personnages de bande dessinée disent ou pensent)

se dit : (a pour équivalent la formule qu'annoncent les deux points)

là (en un lieu conçu comme plus ou moins distant)

on s'enlise (on s'enfonce, on perd pied, on est le jouet d'une terrible succion).

C'est bien *ici* qu'est le fruit à la tête, *ici* que j'en parle et que je parle d'un enlisement localisé par un *là* qui, assurément, peut n'être qu'un substitut rhétorique de l'*ici* inaugural et, alors au service d'une autocritique, indiquer que c'est dans mes opérations mentales manifestées par leurs fruits oraux ou écrits que je risque de m'embrouiller, de m'égarer, de m'embourber, mais un *là* que — sa radicale opposition avec *ici* gouvernant toute la phrase, ainsi coupée en deux parties centrées sur deux lieux apparemment distincts — j'ai interprété dès l'abord comme situant la menace au-dehors et non dans l'orbite de cet *ici,* la caverne intérieure qu'habite ce que j'appellerai sans vergogne « mon moi bien à moi », autrement dit ce que je sens et ce que je me sens. Si *fruit à la tête se dit...,* il faut entendre que les deux formules sont interchangeables (concourant au même but) et que, pour dire une seule et unique vérité, je puis me référer à l'enlisement aussi bien qu'au fruit à la tête. Or cette vérité que la phrase, malgré son équivoque, m'a d'emblée paru receler et dont, par la suite, je n'ai fait que dégager les implications, c'est qu'il y a d'une part les fructifications de l'imaginaire, d'autre part les dangers du monde extérieur, ce dedans où l'on est chez soi et ce dehors inquiétant s'opposant et s'appariant comme antidote et poison ou les deux plateaux d'une balance. Pas d'autre alternative, donc, que faire fructifier en moi l'imagination, vouer ma vie à ce jeu et y chercher une autre façon d'exister ou bien, sans moyen de m'abstraire de la vie trop réelle qui, triompherait-on de ses embûches multiples, aura la mort pour dernier épisode, être avalé petit à petit par l'angoisse née des traquenards du dehors.

Voilà (à ce qu'il me semble) comment la phrase m'invitait à tenter de combler par la convexité illusoire du *fruit à la tête* l'abîme qui se creuse inexorablement sous chacun de mes pas. Cependant, s'il m'est arrivé de penser — quand je notai cet autre adage : *poète égale parleur à la parole fruitée qui goûte ses mots et les fait savourer* — que la poésie, objet d'une avidité gourmande, est essentiellement un beau fruit et si parfois j'ai rêvé de simplement *chanter* plutôt que de m'échiner sur ce lent ouvrage qui, né du désir d'abord vague d'apprendre à jouer sans bavures le jeu que règlent mes idées, mes goûts et mes aptitudes, est devenu moins le manuel que le terrain de ce jeu et, aiguillé vers un éclairement appelant une interrogation toujours renaissante, n'est peut-être plus (sauf brèves échappées) que la chronique jamais à jour d'une déprimante course au mirage, rien ne m'interdit d'adopter une tactique rigoureusement à contre-pied de la soûlerie par mes propres alcools : prendre le taureau par les cornes, braver les aléas du dehors et m'engager, yeux grands ouverts, dans une vie active. En leur temps, c'est plus ou moins à cela qu'ont répondu aussi bien mes voyages accomplis sous le pavillon de l'humanisme que mes périodes de coude à coude avec des militants de gauche ou d'extrême gauche. Dois-je incriminer l'insuffisance de ces remèdes s'ils n'ont été pour moi que de médiocres palliatifs? L'honnêteté m'oblige plutôt à reconnaître qu'un remède ne saurait réussir à qui ne l'applique qu'à demi, et c'est mon cas, partie à cause de mon défaut d'allant, partie à cause des questions difficiles (je dirais volontiers insolubles) que ces activités m'amenaient à me poser. Comment, par exemple, être à la fois ethnographe (attiré par vocation vers les cultures traditionnelles) et impatient, par amitié pour ceux qu'on s'est refusé à étudier comme des insectes ou des plantes rares, de les voir enfin outillés assez fortement pour se faire écouter et, si possible, d'y contribuer (autrement dit, vouloir aider ces peuples à se dégager, en se faisant plus « modernes », de ce par quoi ils nous avaient séduits)? Comment, luttant contre le racisme et tenant à chasser de soi jusqu'aux moindres traces de ce mal souvent insidieux, ne pas être embarrassé quand, affranchi de tout préjugé même favorable envers les gens d'une autre couleur, on reconnaît qu'il y a chez eux aussi des emmerdeurs que, devraient-ils nous penser raciste, il faut remettre à leur place? Comment, si l'on croit à la nécessité d'une révolution (fût-ce parce qu'il est juste qu'en rabattent de leur suffisance les soi-disant élites de classe ou de race), concevoir pour avant et pour après une organisation qui fonctionnerait avec toute l'efficacité requise sans que la liberté des personnes soit sacrifiée à la bonne marche du mécanisme? Aussi est-ce à bien des espèces de déboires et d'errements, sinon d'enlisements, que s'expose celui qui, par haine de l'inertie, s'aventure sur l'une ou l'autre de ces terres.

Comme le diable, les façons dont on peut s'enliser sont donc légion. Elles le sont même assez pour que la menace se fasse sentir *ici* avec moins de rudesse mais aussi pernicieusement que *là*. Et c'est pourquoi un doute me vient sur la justesse de mon analyse, un doute qui, à l'examen, se fera peut-être certitude : était-ce vraiment ma voix qui prononçait la phrase qu'en la mettant sur fiche assez longtemps après l'avoir notée et en lui annexant un premier commentaire je qualifiai de « cruciale », tant sa teneur m'avait impressionné? Sans doute aucun, c'était moi qui parlais, car je n'ai pas la naïveté de penser que quelque puissance surnaturelle m'aurait adressé ce message. Mais quel était au juste ce moi qui prenait la parole et ne suis-je pas dans l'erreur quand je l'identifie au moi qui peut montrer ses papiers sur toute requête, celui qui pratique le *fruit à la tête* par crainte de l'enlisement sans ambages que lui promet le dehors? A bien y réfléchir, il me semble que cette voix montée des profondeurs du demi-sommeil était, en même temps que la mienne, une autre que la mienne, je veux dire une voix venue de si loin — d'un tel recoin perdu de ma caverne — qu'elle m'était presque étrangère et que j'ai donc eu tort d'interpréter le mot « ici », placé au seuil du message, comme s'il eût désigné le lieu même où je me tiens quand dans la vie courante j'énonce quoi que ce soit. « Ici », n'est-ce pas précisément ce coin reculé qui m'appartient mais dont le contrôle m'échappe, soit le lieu d'où me parle cette voix que je ne puis qu'écouter comme j'écouterais un interlocuteur qui, s'il dit « ici », le dit dans une perspective qui ne coïncide pas nécessairement avec la mienne, car elle est la sienne propre.

Ici (le lieu obscur qui n'est « ici » que pour cette voix qui parle en moi)

fruit à la tête (ce que j'imagine à un niveau moins profond et extériorise en le formulant)

se dit : (est jugé comme il va être dit)

là (dans ce « fruit à la tête » vu de chez elle par la voix qui énonce et qui n'est pas absolument la mienne) *on s'enlise* (on patauge, on s'englue comme dans des sables mouvants).

D'abord pris pour un encouragement à cette vie seconde, le travail qui colore mes journées, me soustrait à la crainte de ce que leur succession prépare, me porte au-delà des mots par les mots mêmes et m'arrache au quotidien sans être une diversion puisqu'il revient à triturer dans ma tête des matériaux tirés de la vie (qu'elle soit diurne ou nocturne) et à les traiter d'un point de vue qui, échappant aux balisages de la pensée journalière, serait celui de l'existence dépassée, ou celui de la mort pénétrée par ruse si, retour à zéro, la mort n'impliquait pas l'effacement de toute espèce de point de vue, l'adage a subi une complète inversion de sens : mise en garde contre un enlisement possible dans de folles élucubrations, et non contre les risques trop évidents de la vie réelle, il serait, plutôt qu'un conseil de repli sur ma vie du dedans et sur mon effort pour la rendre sensible, un appel détourné à la franche ouverture sur le dehors, si ce n'est — comme je l'ai pensé plus tard, adaptant cet adage à l'un des grands problèmes que je n'ai pas su résoudre — à l'engagement politique, rude épreuve pour qui l'affronte en poussant l'oubli de soi aussi loin qu'il le peut mais, en aucun cas, n'acceptera de mettre en veilleuse ses capacités critiques. Dedans et dehors, je force d'ailleurs grossièrement la note en opposant catégoriquement ces deux champs d'activité : ce que je pense au-dedans passe au-dehors sous la forme des phrases que je prononce ou que j'écris et mes options du dehors m'obligent à des réflexions dans lesquelles je puis me perdre non moins piteusement que dans les constructions que j'échafaude sans contrainte extérieure. Bien plus : que penserais-je au-dedans si ma tête n'était pas nourrie par le dehors et que ferais-je au-dehors si nul désir, intérieurement, ne m'animait et si je n'avais pour me guider quelques idées en quoi j'ai foi? Quand, oubliant leurs échanges, je parle de ce dedans et de ce dehors comme de contraires qui s'excluent et dont il faut choisir l'un en renonçant à l'autre, je cède probablement à ma vieille manie de poser mes problèmes en termes théâtralement contrastés et d'en faire presque une matière de drame cornélien : plaisir et devoir (antithétiquement affrontés comme amour et honneur dans *Le Cid* tel, du moins, qu'il se lit au lycée), contemplation et action, raison et déraison. Séquelle scolaire ou disposition immémoriale, procéder de la sorte, c'est souscrire à un manichéisme puéril qui, fermé à toute dialectique, voudrait que le Bien soit ici et le Mal là, chacun gentiment à sa place.

Ici (le siège du tribunal qui tout au fond de moi rend ses jugements)

fruit à la tête (les divers types de sophistications, intellectuelles et morales, pour lesquelles j'ai trop de complaisance)

se dit : (se traduit par)

là (en ces façons qu'il me faut écarter)

on s'enlise (je m'égare, je cafouille, je me démène en vain).

C'est donc, finalement, un contenu très anodin que recèle cette phrase dans l'interprétation de laquelle j'ai failli m'enliser, n'ayant compris que tardivement la double orientation de sa mise en garde. Éviter de sophistiquer, me défier des proliférations baroques, ne pas chercher toujours la petite bête, voilà ce qu'elle me conseille, non seulement quant à la création verbale mais quant à l'engagement actif, tous deux renvoyés dos à dos, sans rien qui permette d'affirmer que l'un peut être joué fructueusement contre l'enlisement dans l'autre et qu'il conviendrait donc que je repousse celui-ci pour m'adonner exclusivement à celui-là. Aussi tranchante dans sa forme qu'un couperet de guillotine, cette sentence elliptique, à première vue si riche de sous-entendus, ne m'intime pas de choisir entre deux genres d'activités (qu'à moins de me nier en supprimant le conflit qui est l'un des moteurs de ma vie personnelle, je dois mener de front, pour épineuse que soit leur coexistence sur le plan de la théorie comme sur celui de la pratique) mais est, en fait, une sage invite à témoigner ici et là d'un peu plus de bon sens et de spontanéité, m'attachant surtout à ne pas multiplier comme à plaisir les méandres qui font de quelque voie que l'on pense devoir suivre une voie sans issue. Comment ai-je pu me méprendre à ce point et croire qu'il y avait révélation là où, sous le voile oraculaire, une vérité des plus banales m'était donnée à déchiffrer ?

Ce que je constate tout d'abord c'est que, voulant savoir ce que la phrase signifiait, je l'ai interprétée en substituant à ce qu'elle disait ce que, selon l'humeur, je souhaitais lui entendre dire : apologie de l'imaginaire, puis appel à l'action. Lui assignant tour à tour ces deux sens avant de parvenir à la version qui m'apparaît comme son édition *ne varietur,* j'ai pris avec elle la liberté dont on use à l'égard des emblèmes qui, sans changer sensiblement de forme, subissent au cours des temps des variations souvent surprenantes de contenu : le drapeau rouge qui, avant d'être emblème révolutionnaire (quand il ne signale pas des travaux routiers, un chargement dangereux ou une mer trop mauvaise pour qu'on puisse s'y baigner), fut pavillon qu'arboraient les troupes royales lorsqu'elles allaient tirer sur des rebelles, signe donc de l'insurrection mais vue de l'autre côté de la barricade ; la croix rouge, aujourd'hui symbole d'assistance aux blessés et aux malades, mais qu'à l'origine les moines de l'ordre du Temple, gendarmes de la Palestine conquise, associaient à leur manteau blanc comme marque de leur appartenance ; le svastika, antique idéogramme de vie, pris par Hitler comme signe de ralliement à ce qui de plus en plus atrocement s'avérerait œuvre de mort ; le coq gaulois, baptisé, se perchant au sommet d'un clocher. A la façon de ces emblèmes à forme fixe mais à contenu fluide, maints adages changent de sens au gré des gloses dont ils sont l'objet, sans rien perdre de leur autorité et peut-être en devenant d'autant plus prestigieux qu'ils reçoivent des interprétations différentes. N'en a-t-on pas l'exemple avec des philosophes à demi légendaires comme Héraclite et Lao-Tseu, qui exerceraient sans doute une moindre fascination si une part au moins des sentences qu'on leur attribue ne revêtaient pas le caractère d'énigmes prêtant à quantité de commentaires qui ne se recoupent pas nécessairement? Outre sa concision, c'est assurément son hermétisme et le choix qu'elle m'offrait entre plusieurs traductions qui ont fait le prix de cette phrase poussée, un matin, dans ma tête comme un fruit brusquement apparu et qu'après l'avoir laissée longuement reposer (comme si j'avais voulu attendre son mûrissement) j'ai reprise pour la tourner et retourner, sans prévoir qu'elle ne me livrerait qu'une vérité pauvre et fragile. Suis-je même tout à fait sûr, maintenant que je l'ai dénudée jusqu'au noyau, que c'est bien à plus de naturel qu'elle m'engage ou ne dois-je pas, au contraire, en déduire que le risque d'enlisement est un prix à payer et que reculer devant cette éventualité c'est se priver de toute possibilité de fruit à la tête, autrement dit qu'à trop craindre de se fourvoyer on se stérilise ou on se châtre?

S'élancer. Vaciller. Virevolter. Chavirer. C'est à plusieurs avances suivies de repentirs que m'a conduit l'examen de cette phrase qui, même lue correctement au point de vue grammatical, reste obscure et s'obscurcit encore si je tiens à en tirer un mot d'ordre au lieu de l'accepter comme un froid constat. S'articulant sans que je l'aie voulu, elle m'a certes été dictée; mais c'est maintenant moi qui lui dicte le sens utilisable que je veux lui trouver, ce qui fait que, d'abord entendue comme un avertissement venu d'ailleurs, elle n'est plus que le reflet changeant de mes opinions sur la question qu'elle met en cause sans m'indiquer comment je dois la résoudre. Descendue de son socle, elle se découvre inopérante sur le terrain où je comptais qu'elle me guiderait, lui prêtant — à cause de sa forme souverainement poétique, qui m'entraînait à la lire comme une règle d'or — plus de pouvoir qu'elle n'en a, d'où un doute sur l'ensemble des *paroles d'oracle* qui parfois m'ont semblé retentir en moi, diseuses de vérités marquées d'un sceau d'éternité mais si friables qu'elles ne souffrent pas d'être traduites en langue de tous les jours. Doute qui grève jusqu'au crédit que — viscéralement

— j'accorde à la poésie même la plus élaborée, l'inconsistance peu à peu démasquée d'une phrase dont la limpidité de pierre précieuse m'en avait imposé montrant que ce mode contrapuntique de pensée peut tromper quand il paraît fournir, en un message plus sensible que rationnel, une lumière sans égale.

Pourtant, malgré cet ébranlement, une chose reste pour moi certaine. Si, par mes scrupules mêmes, je suis intellectuellement porté à passer du *pour* au *contre* puis du *contre* au *pour* en une constante oscillation et si, en dehors de nous comme au-dedans de nous, les choses s'usent si vite qu'il n'existe rien de stable sur quoi se reposer, ma seule ressource n'est-elle pas de tenter de m'accrocher à ce qui est le mouvement même et se présente à la fois comme affirmation et négation : création esthétique incessamment renouvelée, travail pour une révolution sociale toujours à reprendre et à porter plus loin? Il y a longtemps, certes, que j'ai souscrit à ce programme, presque d'instinct et sans guère m'inquiéter, alors, de fournir des preuves. Toutefois, il ne suffit pas d'y souscrire, et c'est là que la difficulté commence, ne retiendrais-je que l'un des deux volets et me proposerais-je — si pour moi les jeux n'étaient déjà joués — soit d'être un inventeur infatigable, soit de me comporter en authentique révolutionnaire... Pour me garder du spectre de l'échec qui, à nouveau, parcourt mes chambres de tous étages en faisant tinter déplaisamment ses chaînes, où trouver la position de repli qui me tiendrait lieu de cercle magique?

Que les divers moyens dont je dispose — au premier chef mes écrits, poétiques et autres — aident aussi fragmentairement que ce soit et par quelque biais que ce soit à la réalisation, fût-elle embryonnaire, de cette utopie, fruit dans ma tête comme dans celle de bien des compagnons connus ou inconnus pour qui le mot « révolution » ne répond pas seulement à une vue stratégique mais à un désir d'affranchissement maximal de l'espèce humaine : passer, au plus tôt, de notre panier de crabes à une civilisation où tâches et biens seraient équitablement répartis, — où les équipements seraient pour les peuples des commodités et non pas des carcans, — où, tout racisme annulé, les sexes aussi seraient égaux sans qu'on veuille abolir non plus que cultiver leur différence, — où, pourvu que l'autre soit en âge et qu'il admette, on admettrait toutes les formes d'amour, — où les groupes d'élection supplanteraient les familles institutionnelles, — où l'exercice de l'imagination, ouvert à tous et conviant à vivre sur d'autres ondes, compterait autant que l'émission d'hypothèses de recherche, — où la mort, simple pendant de la naissance, serait moins une tragédie qu'une conclusion normale qu'en principe on s'emploierait seulement à retarder le plus possible. Savoir que mes efforts mal accordés ont eu, bon an mal an, une résultante tendant utilement vers cela et que les phrases qu'inlassablement j'ai égrenées n'étaient donc pas que des bulles de savon, voilà qui me rassurerait, du moins en quelque mesure. Assuré de n'avoir pas été qu'un reflet distordu de mon époque, je pourrais estimer en effet qu'à travers mes contradictions, faiblesses, faux départs, plongées point toujours ironiques dans la futilité, va-et-vient entre la sèche observation du réel et le lancer hasardeux de fusées, j'ai contribué un peu à l'avènement d'un monde moins empuanti, même si je me suis lavé les mains de trop de choses par peur ou par ennui et n'ai pas évité, ici ou là, la tache de sang en me trompant lourdement...

Vaut-il mieux, toutefois, qu'une croyance à un au-delà, cet espoir lointain, invérifiable, dont je ne puis tirer aucune règle précise et que les sombres couleurs du présent comme de ses suites probables dans le futur immédiat peuvent faire juger aussi lunaire qu'une science-fiction, outre qu'il peut au bout du compte se révéler pari aveugle sur un paradis morne à se tuer ou à jeter des bombes, mais espoir qui m'arme d'un frêle bâton de vieillesse en me permettant de regarder ma vie proche de son point final selon une perspective propre à la sauver de l'absolu non-sens?

Digne dernier mot, auquel pourtant (chimère pour

chimère) j'ajoute cet aveu : coup fourré à mon souhait de société sans privilégiés ni grosses têtes que mon plus grand mérite serait d'avoir aidée infinitésimalement à s'instaurer, j'aimerais que ma goutte d'eau — si la chance veut bien que j'en apporte une — soit sue *mienne* par (disons) quelques liseurs en qui, audible bien qu'absent, j'éveillerais un écho et dont l'attachement, enraciné plus finement que dans la seule raison, empêcherait que mes nom et prénom (symbole pas encore tout à fait exsangue de ma personne) s'enlisent trop vite dans la sourde et muette indifférence qu'il est vain de préférer au parfait oubli.

*

Entre les deux tendances qui m'animaient – poésie et engagement politique, forces dont j'aurais aimé trouver le point de confluence, puisqu'il n'y a nulle discordance entre tenter par soi-même d'élever la réalité au niveau du mythe et se joindre à ceux qui veulent muer en réalité le mythe d'une société sans barrières– la lutte n'a pas été celle du pot de terre contre le pot de fer, mais celle de deux pots de terre qui se brisent quand ils se cognent l'un l'autre. Match nul, les combattants tombant tous les deux en morceaux...

Pourtant c'est – quoi que j'en dise – la poésie qui a pour moi le dernier mot puisque – spontanément – je cherche à me consoler de ce désastre en le mettant, ici même, en image.

*

Déroute qui ne cesse pas de s'affirmer, j'écris maintenant
comme un chanteur dont la voix s'est à tel point perdue que
s'éteint jusqu'à son envie de chanter, le courage lui manquant de plus en plus d'user des artifices techniques qui,
naguère encore, lui permettaient de se faire — à lui en tout
cas — illusion.

Voix cassée, voix blanche, voix morte, tel est devenu l'instrument dont c'est à peine si cet artiste ose encore jouer, ne
laissant d'ailleurs pas d'émettre des fausses notes ainsi qu'il
arrive à tous ceux qui, pour que sorte de leur gorge un son
musical apte à être écouté, sont astreints à un effort aussi
grand que celui qu'exige un travail de terrassier. Et ces notes
à côté, qu'il ressent chaque fois comme une déviation, une
altération de sa personne entière et qui déchirent son ventre
plus que son oreille, lui causent autant d'angoisse qu'à un
croyant la faute irrémissible qui lui coûtera son salut.

Même dans ses jours les meilleurs, il lui faudra tirer tant
qu'il pourra sur sa voix, façon alpiniste remontant à bout de
bras son compagnon de cordée tombé dans une crevasse.
Arrachée si péniblement à la noirceur glaciale d'un puits,
comment cette voix, impossible à réchauffer sans se démener
comme un diable, serait-elle encore Vérité?

Le 11 janvier 1975...

Mon frère sur le lit d'hôpital où, comme sa femme vient de me l'apprendre au téléphone, il n'a pas survécu au grave malaise dont il souffrait depuis quelques heures, alors que cette semaine même il semblait se remettre décidément des suites d'un mauvais accident (renversé à deux pas de chez lui par un véhicule monté sur le trottoir, à cause de la chaussée ce matin-là glissante et, sans doute, parce que le conducteur roulait trop vite pour un temps de ce genre).

Hideuse image, que la dernière toilette occultera matériellement, la remplaçant par une autre plus harmonieuse et plus conventionnelle marquant une sorte de retour à la norme voire de passage sans douleur à un nouvel état — l'intemporalité feinte de ce corps sans dissymétrie, apparemment plongé dans un sommeil marmoréen — mais image que cette fraude pieuse visant à rétablir sur un autre registre le lien irrémédiablement rompu n'extirpera pas de mon esprit : face tournée vers le mur de même que la maigre charpente aux genoux repliés sous le drap chiffonné, un chien ou une autre bête familière qu'on découvre morte dans son coin et qui, coupée radicalement de nous par son inertie de paquet au contenu indéfini et son mutisme désormais total, gît au-delà même de toute pitié...

397

Mais n'est-ce pas, en ce moment, à une dernière toilette que je veux moi aussi procéder, essayant — pour rendre la chose plus tolérable — d'imposer par la plume une ordonnance à ce qui est horreur sans nom?

Dans ce tome final rose par endroits mais où (qu'y puis-je?) le noir domine, j'en ai pris à mon aise avec l'échelonnement des dates et avec la construction rationnelle. Plaçant fréquemment *avant* ce qui n'était venu qu'*après,* traitant de neiges d'antan selon un état d'esprit présent, sortant de mes cartons ou des tiroirs de ma mémoire, pour les mêler à des choses d'aujourd'hui ou à peine d'hier, tantôt une vieille histoire, tantôt une idée passée, tantôt ce que — faute d'un autre mot — je pourrais dire « poème » au même titre que tel morceau qui, d'un coup ou par apports graduels, s'est fait en cours de route. Mais acquiert-on un œil d'éternité en mélangeant les temps, multipliant les points de vue et mariant ou opposant les tons comme il vous plaît?

Affaire, si l'on veut, d'arrangement, à la façon dont au Japon l'on arrange patiemment — sans les fondre en la profusion d'un bouquet — un petit nombre de fleurs, pour la joie — ou pour la paix — du regard, avec toutefois certains dessous.

Florilège donc, que plus irrémissiblement que tout choix délibéré limitent ces absences : ce que je n'ai pas décelé, pas su formuler, ou répugné à mettre en lumière.